Almost a Fairy Tale
Verwunschen

1. Auflage 2017

ISBN 978-3-7641-7068-4

Dieses Werk wurde vermittelt durch die Agentur
EDITIO DIALOG, Dr. Michael Wenzel.

Lektorat: Angela Iacenda
Umschlaggestaltung: Alexander Kopainski unter der
Verwendung von Fotos von © Mischoko/shutterstock.com;
© BellonaAhillia/shutterstock.com; © Valentyna Chukhlyebova/
shutterstock.com; © gualtiero boffi/shutterstock.com; © Soloma/
shutterstock.com; © oksanika/shutterstock.com;
© Igor Zh./shutterstock.com; © KatarinaF/shutterstock.com;
© SWEviL/shutterstock.com

Druck und Bindung: GGP Media GmbH, Pößneck
Gedruckt auf Papier aus geprüfter nachhaltiger Forstwirtschaft.

www.ueberreuter.de

Mara Lang

Almost a Fairy Tale

Verwunschen

ueberreuter

I

Sie blickte durch einen
Zauberspiegel auf die Welt,
der ihr nichts als Schönheit
und Glück zeigte.
Als er zerbrach, fand sie in den
Scherben eine neue

Wahrheit.

1

Eine Drachenlady? Sie sah sich schon auf ihrem Drachen zwischen den Wolkenkratzern in die Lüfte aufsteigen, die Hände in die schimmernde Schuppenhaut gekrallt, mit wallendem Haar, flatterndem Kleid …

Interessante Vorstellung. Natalie lächelte gezwungen. »Das kann nicht dein Ernst sein, Jolly. Ich habe eine Verabredung und gehe nicht auf eine Faschingsparty.«

Ungerührt zuckte Jolly mit den Schultern. »Vielleicht gefällt dir ja was anderes. Ich nehme Vorschläge entgegen.«

Natalie betrachtete die großformatigen Hochglanzplakate an den Wänden, alles magisch gestylte Models. Bei den Kreationen blieb einem die Spucke weg, das musste sie zugeben, doch keine davon konnte sie sich für ihr eigenes Styling vorstellen. Überhaupt war sie nur hier, weil sie eine Wette verloren hatte.

»Pastelltöne vielleicht?«, schlug Olga, die Inhaberin des Studios, vor. Sie hatte einen typischen Schlafzimmerblick und genauso sprach sie: leise, weich, langsam. Niemand hätte in ihr eine Hexe vermutet. Dass sie eine war, stand außer Frage. Natalie spürte das Aufwallen der Magie ganz deutlich, als Olga etwas Pulver in die Luft stäubte und einen Zauberspruch murmelte. Unmittelbar darauf erglühte ihr blonder Bubikopf in Puderrosa. »Oder gespenstisches Weiß? Ein leuchtender Regenbogenlook?«

Irritiert verfolgte Natalie, wie Olga erneut die Magie anzapfte. Ein winziger, silbriger Funken sprang von der magischen Ader, die sich quer durch den Raum erstreckte, auf das Pulver über und aktivierte den Zauber. Olgas Haar färbte sich weiß, danach präsentierte sie einen schillernden Farbmix. Jolly klatschte begeistert in die Hände.

Natalie konzentrierte sich wieder auf die Glasröhrchen mit dem Haarpulver. Gut fünfzig befanden sich in der Metallkassette, und dazu gab es die jeweils gefärbte Haarsträhne zur Ansicht. Mitternachtsblau, schimmerndes Perlmutt, Orange …

Wie die Farben wohl an ihr aussähen? Ihr Haar war schneewittchenschwarz, wie es Jolly, mit ihrem Faible für magische Geschichte, so gern formulierte. Sie trug es schulterlang gestuft und meistens nervte es sie, weil es ihr ins Gesicht hing, aber es gehörte zu ihr, genau wie das Muttermal über ihrem Mundwinkel und das Grübchen am Kinn.

»Für den Drachenladylook wäre Grün ideal«, meinte Olga und führte die Farbe auch gleich vor.

Oh Hölle! Nein, als Eidechse oder Nymphe verkleidet würde sie Kilian keinesfalls unter die Augen treten. »Lass uns die Wette ein anderes Mal einlösen«, versuchte sie ihre Freundin umzustimmen.

Unbarmherzig schüttelte Jolly den Kopf. »Gewonnen ist gewonnen.«

Hätte sie sich bloß nicht darauf eingelassen. Zu wetten, dass der Junge, in den sie sich Hals über Kopf verliebt hatte, sie nie im Leben innerhalb einer Woche einladen würde, war der erste Fehler gewesen. Jolly hingegen hatte Kilians Interesse an Natalie richtig eingeschätzt. Das wirklich Schlimme war der Wetteinsatz – das Hexenstyling.

»Warum dann ich? Lass du dich stylen, Jolly!«

»Natalie Amalia Windersom, du weißt, dass ich das nicht darf. Meine Eltern bekämen die Krise. Du kennst meinen Vater doch. Außerdem«, sie senkte die Stimme, »ist das eine gute Gelegenheit, um auf euer *Problem* zu sprechen zu kommen.«

»Wir haben absolut kein Problem«, entrüstete sich Natalie. Schön, sie hatte Kilian vorenthalten, dass sie kein Mensch war, aber Jolly übertrieb maßlos.

»Okay. Wann willst du das Thema anschneiden? Vor oder nach dem ersten Kuss? Ich kann dich schon hören: ›Du küsst wahnsinnig toll, Kilian! Ach, übrigens, ich bin eine Hexe.‹«

»Na und? Was ist schon dabei?«

»Kilian arbeitet für die Organisation, wie dir kaum entgangen sein dürfte. Nebenbei ist er ein Prinz. Das könnte ihn in einen klitzekleinen Interessenskonflikt stürzen.«

Olga pfiff leise durch die Zähne. »Etwa *der* Prinz Kilian? Du willst den Nachfahren der ältesten Königsdynastie Europas aufreißen?«

»Prinz Kilian von Nauders, genau der«, bestätigte Jolly mit einem Nicken. »Sie muss ihn nicht aufreißen, sie hat ihn längst an der Angel. Die zwei schreiben sich in einem fort Herzchen- und Küsschennachrichten. Das Einzige, was dem jungen Glück im Wege steht, ist die Tatsache, dass sie …«

»Also echt, Jolly!«, unterbrach Natalie ihre Freundin. *Manchmal könnte ich sie auf den Mond schießen!*

»… dass sie eine Magische ist und er ein verdammter Agent«, beendete Olga den Satz, wobei sie die Hologramme auf ihren Nägeln durch einen Zauber aktivierte. Zehn 3D-Feen stiegen empor und bekundeten ihre Empörung mit einem Aufschrei.

Jolly begutachtete sie entzückt. »Sind die niedlich! So was brauchst du, Nat. Ein Bild sagt mehr als tausend Worte.«

Blödsinn! Jeder konnte sich ein solches Styling verpassen lassen, es sagte absolut nichts aus. Gut, sie war eine Angehörige des Magischen Volkes, eine *Magische*. Zwar zählte sie zu den menschlichen Magischen und besaß sogar die A-Klassifikation, doch es gab einen wesentlichen Unterschied zu reinen Menschen: In ihrem Blut ließen sich *Magyära* nachweisen, Symbionten, die ihr die Fähigkeit verliehen, Magie zu nutzen. Theoretisch. Denn mit einem A galt sie als Mensch, sie lebte wie ein Mensch, sie fühlte sich auch so. Und da die meisten Menschen nun mal mit Magie nichts anfangen konnten, verzichtete man mit einem A grundsätzlich aufs Zaubern.

Sinnlos jedenfalls, weiter darüber zu diskutieren. Wenn Jolly sich etwas in den Kopf gesetzt hatte, war sie vernünftigen Argumenten gegenüber uneinsichtig. Um ihrer Freundschaft willen würde Natalie zu ihrer Verabredung also mit einer neuen Haarfarbe, magischem Make-up und Holonägeln erscheinen. Sie konnte nur hoffen, dass Kilian nicht sofort Reißaus nahm.

»Na schön. Jolly, such was aus.«

»Echt? Egal, was?«

»Egal, was. Bloß kein Grün, ja?«

Jolly jauchzte. »Die Drachenlady also. Dann nehmen wir eine Kombination aus Türkis und Violett für die Haare und dazu Gold, das Gold aber nur an den Spitzen. Außerdem ein Kunst-Make-up auf Augen und Lippen. Die Nägel unbedingt mit Hololack, vielleicht animierte Drachen, die Feuer speien …«

An diesem Punkt stieg Natalie aus. Ihr Blick schweifte über die fliederfarbenen Stühle des Studios und aus dem Schaufenster. Die Fußgängerzone war belebt, aber keiner der Passanten fand den Weg in den Laden, ungeachtet des spiegelverkehrten Schriftzugs auf der Scheibe: *MagicStyleIn by Olga – Mitrans erste Adresse in Sachen Styling.* Ob Olga ihre Lizenz erst kürzlich erworben hatte? Es dauerte Monate, bis der Antrag von der OMB, der Organisation für magische Belange, geprüft und bewilligt wurde, und sie wirkte kaum älter als Natalie.

»Nat? Natalie!« Jolly wedelte mit beiden Händen vor ihrem Gesicht herum. »Bist du bereit?«

Natalie warf einen Blick auf den Bildschirm, wo ein computeranimiertes Foto ihren magischen Look präsentierte. »Wow!«

Sie erkannte sich kaum wieder. Was sie sah, war kein siebzehnjähriges Mädchen, sondern ein Gesamtkunstwerk, das die Models auf den Plakaten noch übertraf. Sehr farbig zwar, mit den Drachenschuppen über ihren Augen und den Flammen, die aus dem aufgerissenen Maul des Ungeheuers züngelten, aber traumhaft schön. Wenn sie schon magisch gestylt herumlaufen musste, dann so.

»Jolly, du bist der Hit! Einverstanden. So machen wir es.«

Ein wenig Herzklopfen bekam Natalie schon, als Olga sie in eine Wolke aus magischem Pulver hüllte. Es war lange her, dass sie mit Magie in Berührung gekommen war. Viel zu lange.

Die Umgebung verschwamm vor ihr, flirrende Lichter explodierten vor ihren Augen, Jolly ließ ein ehrfürchtiges »Oh« hören. Natalie spürte, wie die Magie an ihr zupfte, sachte anfangs, dann mit mehr Intensität. Sie kannte das Gefühl, das Prickeln unter der Haut, wenn die Magyära in ihrem Blut angefeuert wurden, und ja, sie liebte es … doch langsam wurde es unangenehm. Wie Millionen Nadeln, die sie unaufhörlich piksten, tiefer und tiefer stachen, als wollten sie Säure in sie hineinpumpen. Sie verkrampfte sich.

»Komisch. Da stimmt was nicht.« Olga schob eine Ladung Magiepulver nach und sprach ihren Zauber erneut.

Natalie unterdrückte einen Hustenanfall. Besser, wenn sie stillhielt. Ihre Wangen brannten, ein Kreischen ertönte, so durchdringend, dass sie meinte, ihr würde das Trommelfell platzen. Nur sie konnte es hören, das war ihr durchaus klar. Allerdings hätte es lediglich ein Summen sein dürfen, das übliche Geräusch magischer Entladungen, nicht dieser quälend schneidende Laut.

»Ich verstehe das nicht!«, drang Olgas Stimme an ihr Ohr und erneut atmete Natalie pures Magiepulver ein.

Das Kreischen steigerte sich zu einem ohrenbetäubenden Laut. Funken rasten über ihre Hände, Schmerz brandete in ihr auf. Es fühlte sich an, als würde ihr die Haut abgezogen, als würden ihr die Fingernägel ausgerissen, als …

Plötzlich gab es einen Knall, und eine Druckwelle fegte sie regelrecht vom Stuhl. Ringsum hörte sie Gepolter, Jolly schrie. Blitze zuckten im Studio auf, es knisterte und stank nach verbranntem Haar. Endlich lichtete sich der farbige Staub. Natalie rappelte sich auf. Die Stühle waren umgekippt, eine graue Schmiere bedeckte Arbeitstisch und Computerbildschirm. Über ihren Köpfen quoll Rauch.

Jolly beugte sich über Olga, die hustend die Augen aufschlug. Ihr Blick huschte fiebrig umher und als sie Natalie entdeckte, stieß sie einen erstickten Laut aus.

Jolly wandte sich ebenfalls um. »Auweia.«

Angesichts Natalies Ratlosigkeit deutete sie auf den Spiegel.

»Hölle, nein!« Mehr fiel ihr zu ihrem Spiegelbild nicht ein. Und es traf den Kern der Sache ganz gut.

Das graue Zeug klebte auch an ihr, und zwar auf Haut und Kleidung, als wäre sie durch einen Kamin gerutscht. Der Drache, den Jolly für ihre linke Wange ausgewählt hatte, schillerte nicht wie geplant in kräftigem Türkis, sondern wirkte wie im eigenen Feuer verkohlt und dekorativ auf ihr Gesicht geklatscht. Sosehr sie auch rubbelte, die Farbe ging nicht ab. Ihre Haare waren zerzaust und von undefinierbarem Matschbraun. Der Gipfel jedoch waren ihre Fingernägel, die sich zu gelblich grauen Krallen deformiert hatten, lang genug, um jemanden damit zu erdolchen.

Olga sprang auf. »Bist du irre? Das hätte ins Auge gehen können!«

»Ich? Was ist mit dir?«, schoss Natalie zurück. »Du hast mich verunstaltet!«

Jolly schnalzte mit der Zunge. »Entstellt. Verhunzt. Total verpfuscht …«

»Wir hätten alle dabei umkommen können!«, rief Olga und an ihrer unerwartet schrillen Stimme erkannte Natalie, wie erschrocken sie war.

»Allerdings«, sagte sie. »Mach das rückgängig! So kann ich auf keinen Fall rumlaufen!«

Selbst ihr Bruder Liam wäre vor ihr zurückgeschreckt. Zum Glück hatte sie kein permanentes Styling gewählt. Trotzdem würde es Stunden dauern, bis der Zauber komplett erloschen war. Noch immer schien die Magie in ihren Adern zu pulsieren. Sie fühlte sich nicht länger aufgeputscht, sondern paralysiert, als hätte sie eine Überdosis erwischt, die alles in ihr lahmlegte.

»Dein Problem, ich rühr dich bestimmt nicht mehr an. Raus aus meinem Laden, ihr zwei, sofort! Ihr vergrault mir die Kundschaft. Und solltest du je wieder ein Hexenstyling in Erwägung ziehen, dann leg vorher gefälligst den Schutzzauber ab!« Olga riss die Ladentür auf. »Verschwindet! Los!«

Wie betäubt trat Natalie ins Freie, eine quengelnde Jolly im Schlepptau. »Schutzzauber? Was für ein Schutzzauber?«

Die Antwort blieb ihr im Hals stecken. Eine Drohne surrte heran. Mit blinkenden Lichtern scannte sie den Strichcode, der an der Tür angebracht war. Natalie entwich ein hysterisches Lachen. Das wäre die Krönung, wenn mit Olgas Lizenz etwas nicht stimmte! Aber die Drohne piepte nur und flog weiter, um woanders potenzielle Magiedelikte aufzuspüren.

»Was war das jetzt?«, wunderte sich Jolly.

»Lizenzabgleich. Hätte ja sein können, dass Olga illegal Magie ausübt.« *Bei dem Ergebnis nicht so abwegig.*

Die Werbebotschaft im Schaufenster mutete wie blanker Hohn an: *SONDERANGEBOT: Komplettes Styling 2 Taler.* Magische Taler konnte man bei der *Goldesel Bank* abheben und einer war zwanzig Euro wert. Hätte sie ihr Geld bloß für einen Friseurbesuch ausgegeben, dann sähe sie jetzt höchstwahrscheinlich annehmbar aus. Ein magisches Stylingstudio würde sie jedenfalls nie wieder betreten.

»Deine Smartwatch piept«, sagte Jolly. »Vielleicht Kilian?«

Kilian! Sie hatte eine Verabredung mit dem Jungen ihrer Träume – und sah aus wie eine dieser Gruselhexen aus Liams Lieblingscomputerspiel. In diesem Aufzug konnte sie ihm nicht gegenübertreten, nein, unmöglich!

Es war tatsächlich Kilian: *Ich habe einen Einsatz, tut mir furchtbar leid! Könntest du gegen fünf in den Zoo kommen? Dort gibt es ein nettes Café. Will dich unbedingt treffen. Kilian*

»Was mache ich denn jetzt bloß?«

»Natürlich hingehen!«

»Mit einem Vogelnest auf dem Kopf?«

»Gar kein Problem. Und weißt du auch, warum?« Jolly schob sie vor den Spiegel neben der Tür.

»Es … es ist weg! Wie …?« Erleichterung durchflutete sie. Sie sah wieder völlig normal aus. Die Haare schwarz, die Wangen leicht gerötet, die Fingernägel kurz, mehr als kurz – alles in allem wie immer. Aber gruselig kam es ihr schon vor, was war da nur passiert?

»Los, antworte ihm, dass du kommst.«

Okay. Freu mich!, schrieb sie an Kilian und spürte wieder dieses nervöse Kribbeln in ihrem Magen.

Noch einmal kniff sie sich in die Wangen, strich über ihre Kleidung, zupfte an ihren Nägeln. »Einfach weg. Ich verstehe das nicht …«

»Ich kenne mich ja mit Zauberei nicht aus. Aber es müsste ein echt miserabler Schutzzauber sein, wenn er dich nicht schützt. Oder er stammt von einem echt miserablen Zauberer. Oder beides?«

Natalie nickte nachdenklich. Ein Schutzzauber sollte einen magischen Angriff auf die geschützte Person verhindern. Logisch, dass das Hexenstyling nicht funktioniert hatte.

Aber, Hölle noch mal! Seit wann war sie mit einem solchen Zauber belegt?

2

Der sommersprossige Zwergenjunge mit den roten Haaren, der neben ihnen an der Absperrung hing und Natalie kaum bis zu den Knien reichte, zog angesichts der neun Felsbrocken im Gehege eine Grimasse. »Och, nur Steine!«

Seine Mutter, eine in Zwergentracht gekleidete Magische, ermahnte ihn. »Trolle sind nachtaktiv. Tagsüber erstarren sie zu Stein. Schau, der da drüben hat eine typische Trollnase. Wie eine Kartoffel.« Mit ein bisschen Fantasie konnte man auch den bulligen Kopf und die Knie erkennen, fand Natalie.

»Ich will zurück zu den Pinguinen!«

Jolly fiel in das Gejammere ein: »Schade, ich hätte sie zu gern in Aktion gesehen.«

Natalie grinste, obwohl sie die Enttäuschung nachvollziehen konnte. Trolle bekam man nur selten zu Gesicht. Sie hätte an dieser Stelle ja publikumswirksamere Geschöpfe platziert, die Drachen zum Beispiel.

»Vielleicht kriegen wir die Greife zu sehen. Oder die Phönixe. Du hast doch noch Zeit totzuschlagen, oder?«

»Jede Menge. Ich muss erst zum Abendessen zu Hause sein.« Jollys Eltern legten Wert auf Pünktlichkeit und das Abendessen war ein Familienritual, bei dem Anwesenheitspflicht bestand. Jollys Halbschwester Paige hatte mit zwanzig die Konsequenzen gezogen und sich eine eigene Wohnung genommen.

Kopfsteinpflasterwege schlängelten sich durch die magische Abteilung des Zoos, gesäumt von Pappeln und mittelalterlich anmutenden Infohäuschen, ein jedes einer magisch historischen Persönlichkeit gewidmet. Jolly blieb stehen und betrachtete ein Hologramm, das überlebensgroß vor ihnen aufragte.

»Königin Thalie, durch einen Feenzauber in einen hundertjährigen Schlaf gefallen und unter dem Namen ›Dornröschen‹ weltbekannt geworden«, ratterte sie die Fakten herunter, ohne einen Blick auf den Infobildschirm zu werfen.

»Du bist echt ein Ass in magischer Geschichte«, erwiderte Natalie kopfschüttelnd. Auch Roderick, den Kobold, der sich vor Königin Saria als »Rumpelstilzchen« ausgegeben hatte, um an ihr Kind zu gelangen, hatte Jolly vorhin schneller erkannt als sie. »Ich kann nicht glauben, dass das dein erster Besuch in der magischen Abteilung ist.«

»Doch. Vor der Zugbrücke ist meine Mutter jedes Mal umgedreht. ›Das ist nichts für dich, Joleen‹, hat sie gesagt und wollte mich armes Würmchen unwissend sterben lassen. Aber zum Glück«, sie drückte Natalie an sich, »habe ich ja dich.«

»Und zum Glück hat sie nichts gegen mich.«

»Oh, das hat sie. Mein Vater auch. Ihr Pech. Ich suche mir meine beste Freundin selbst aus.«

Was Jolly so leichthin verlauten ließ, löste bei Natalie ein unangenehmes Magendrücken aus. Sie hatte sich bei den Dibenskys nie richtig willkommen gefühlt und war nur selten bei ihnen zu Gast, während Jolly in Natalies Haus ein und aus ging und mit ihren Eltern sogar per Du war.

»Was glaubst du«, meinte Jolly, als sie weiterschlenderten, »stimmt das mit dem Schutzzauber oder hat Olga Mist gebaut?«

»Das wäre auch eine Erklärung.«

»Vielleicht waren es deine Eltern. Alle Eltern wollen ihre Kinder beschützen. Wäre doch verständlich.«

Verständlich schon, aber total untypisch. Ob Liam auch einen hatte? »Sie haben keine Lizenz. Ich glaube nicht, dass sie überhaupt wissen, wie man einen Schutzzauber durchführt.«

Abwesend knibbelte sie am Nagelbett ihres Daumens. Bis vor wenigen Stunden hätte sie geschworen, dass ihre Eltern mit Magie nichts am Hut hatten. Sie waren Befürworter des Systems. Niemals würden sie die Magiegesetze brechen, die für Natalies Empfinden inzwischen reichlich angestaubt waren. Abgesehen von geringfügigen Änderungen hatten sie seit ihrem Inkrafttreten 1897 in ganz Europa ihre Gültigkeit. In Deutschland sorgte die OMB dafür, dass sie eingehalten wurden. Wer sich widersetzte, wurde von den Agenten ausgeforscht und inhaftiert. Das organisationseigene Gefängnis war voll von Magischen aller Gattungen. Riesen, Trolle, Zwerge, Feen, Zauberer – Kriminelle gab es zuhauf.

Was Natalie zur nächsten Frage führte: War der Zauber, falls es ihn gab, unter legalen Bedingungen gesprochen worden?

Umschwirrt von Pixies, geflügelten Feenwesen, die wie die Irrlichter in Freiheit lebten, gelangten sie wenig später zum Gehege des Einhorns – und fanden nur eine um eine Heuraufe versammelte Ponyherde vor.

»Echt jetzt?«, entrüstete sich Jolly. »Alles, was ich zu sehen kriege, sind schnöde Gäule? Wo ist das edle Tier mit dem magischen Horn?«

Natalie deutete auf die Bäume im Hintergrund. »Im Wald?«

»Im Wald. Super. Keine Trolle. Kein Einhorn. Die magischen Wesen haben sich alle gegen mich verschworen!«

»Gegenüber sind die Phönixe.« Natalie zeigte Jolly die Vögel mit dem rotgoldenen Gefieder. »Die sind extrem selten. Schau, auf dem … Oh. Da ist Kilian.«

Jolly grinste breit. »Ja, das ist wirklich ein höchst seltener Vogel. Und so hübsch, alle Achtung.«

Vor dem Phönixgehege parkte ein dunkelblauer Kleintransporter mit silbernem Schriftzug und dem Emblem der Organisation, dem Zepter des *Mächtigen.* Er war der Boss, der oberste Zauberer, dem sämtliche Agenten unterstanden.

Auf dem Dach des Wagens saß Kilian im Schneidersitz mit einem Laptop auf den Knien. Der Wind zupfte an seinem braunen Haar. Seinen Waffengurt hatte er nicht abgelegt, aber seine Haltung war entspannt. Ungeachtet der Neugierigen, die sich unten versammelt hatten, konzentrierte er sich auf den Bildschirm.

»Soll ich ihn rufen?«, flüsterte Natalie und fragte sich gleichzeitig, ob er sie überhaupt erkennen würde.

Sie schrieben sich mehrmals täglich und tauschten Fotos aus, aber persönlich waren sie einander erst einmal begegnet: Am Berufsinformationstag an ihrer Schule. Kilian und sein Partner hatten ihre Arbeit als Agenten der OMB vorgestellt. Im Anschluss daran hatte Natalie ihn angesprochen. Mit dem Ergebnis, dass sie ganze zwei Stunden in der Cafeteria gesessen hatten, plaudernd und lachend.

Kilian löste Gefühle in ihr aus, die sie nie zuvor empfunden hatte, Herzrasen, Bauchkribbeln und glühende Wangen mit eingeschlossen. Es hatte sie voll erwischt, noch dazu auf die bescheuerte wie-vom-Blitz-getroffene Art.

Und hier stand sie und wusste nicht, wie sie sich verhalten sollte. Sie hatte keine Erfahrung mit Jungs, noch dazu war sie zu früh dran und erst recht nicht am Treffpunkt, er würde verärgert sein, sie gar nicht mehr sehen wollen …

»Ich sehe schon, in seiner Gegenwart mutierst du zum schmachtenden Püppchen. Ich mach das.«

Jolly hüpfte auf einem Bein zum Transporter, sodass ihre kastanienroten Locken wild um ihr Gesicht tanzten. Zu allem Überfluss trällerte sie ein Kinderlied, lautstark und grundfalsch. Schon drehten sich die Leute nach ihr um, und Natalie wäre am liebsten im Boden versunken. Aber da blickte Kilian auf, entdeckte sie und winkte. Sie winkte ebenfalls.

Atemlos fand sich Jolly an ihrer Seite ein. »Mission geglückt.«

Kilian sprang vom Dach. Mit drei langen Schritten war er bei Natalie und küsste sie zur Begrüßung auf die Wange. Hitze jagte in ihr hoch, unwillkürlich spürten ihre Finger dem Kuss nach. Hastig zog sie die Hand zurück.

»Hallo.« In seinen Augen tanzte ein Lächeln. »Entschuldige, dass ich nicht in die Innenstadt kommen konnte. Wir hatten eine Drohnenmeldung bezüglich Magiefluktuationen, der mussten wir sofort nachgehen.«

»Halb so wild, mach dir keine Gedanken.«

»Es dauert nicht mehr lang. Nur noch die Banngitter vom Einhorn und dem Riesen, dann können wir los. Super, dass du schon da bist!«

Natalie nickte. Er mochte ein Prinz sein, aber das war nur ein Titel, auf den er, das wusste sie inzwischen, keinerlei Wert legte. Und sie war eine Hexe, na und?

»Das ist übrigens Jolly«, stellte sie ihre Freundin vor.

Jolly zwinkerte ihm zu. »Keine Sorge, ich werde euer Date nicht vermasseln. Ich verzieh mich, sobald du fertig bist.«

»Nett von dir, dass du Natalie begleitet hast.«

»Hey, Kilian!« Sein Partner Ed, ein Mann um die fünfzig mit vollem, aber bereits ergrautem Haar, der am Nachbargehege beschäftigt war, deutete auf die Drohne. »Flirten kannst du später. Ich will hier nicht bis in die Nacht rumstehen.«

»Ich muss wohl«, sagte Kilian bedauernd. »Bis gleich, Nat.« Er lief zum Auto und zog sich mit Schwung aufs Dach, wo er sich wieder seiner Arbeit zuwandte.

»Was genau macht er da eigentlich?«, erkundigte sich Jolly. »Einen Einsatz hatte ich mir irgendwie anders vorgestellt, mit Verfolgungsjagd und Rumgeballere und so.«

Natalie lachte. »Klar doch. Im Zoo, vor allen Besuchern.«

Sie sah genauer hin, bis die Magie vor ihren Augen Gestalt annahm. Anscheinend überwachte Kilian eine Drohne, die über dem Gehege kreiste und Aufzeichnungen machte. Ed kontrollierte ebenfalls Daten, allerdings verwendete er dafür ein Gerät an seinem Handgelenk, das einem Handy ähnelte. Die beiden Wassermänner im Teich beobachteten ihn teils argwöhnisch, teils belustigt, während die Phönixe sich versteckt hielten.

»Ich glaube, sie prüfen, ob die magischen Gitter intakt sind.« »Banngitter« hatte Kilian sie genannt. Natalie zeigte nach oben, wo die Magie im Sonnenlicht flirrte.

»Magische Gitter?«, wunderte sich Jolly.

»Oder Netze. Die magischen Wesen sind dahinter eingesperrt.« Während viele Tiere im Zoo hinter massiven Gittern verwahrt waren, verwendete man in der magischen Abteilung zusätzlich zum Elektrozaun lediglich Magie – natürlich nur bei friedlichen Geschöpfen, der Riese, die Trolle und die Drachen waren zusätzlich gesichert.

»Wo denn? Da ist doch nichts. Nur Luft.«

»Sie sind da, ich sehe sie«, versicherte Natalie.

Sobald sie sich darauf konzentrierte, erschienen ihr die Magiestränge so real wie Schneeflocken oder Nebel. Je nach Lichteinfall schimmerten sie silbern und nachts wie Laserstrahlen, die in unterschiedlichen Dimensionen die Stadt durchzogen. Wunderschön.

Als Kind hatte sie geglaubt, der mehrere Meter breite Strang, der sich durch den Zoo wälzte, sei ein verwunschener Fluss, den niemand sehen konnte, nicht ihre Eltern, nicht Liam, nur sie. Erst viel später hatte sie erfahren, dass es sich dabei um eine der Hauptlinien des Erdmagienetzes handelte, das die Welt umspannte und durchdrang.

»Ich kann sie auch hören und spüren.« Da war ein Summen in ihren Ohren. Und ein Kribbeln unter der Haut, das sich bis in ihre Fingerspitzen fortsetzte. Ihr Blut pulsierte, als flitzten die Magyära vor lauter Aufregung umher.

Sie bezogen Posten am Einhorngehege. Jolly schaute sich nach dem Riesen um, der nebenan einquartiert war, aber zu ihrem Pech schlief er im Schatten hinter den Holunderbüschen. Nur seine Füße guckten hervor. Auf seinen nackten Zehen, die bei jedem Schnarchen wackelten, saßen Meisen und pickten an seiner Hornhaut.

»Igitt.« Jolly schüttelte sich. »Na ja, immerhin kann ich jetzt behaupten, zumindest ein magisches Wesen in natura gesehen zu haben … Oh, das Einhorn!«

Es bremste aus vollem Galopp vor ihnen ab, die Nüstern gebläht, den Kopf gesenkt, als wollte es den Erstbesten, der ihm in die Quere kam, mit seinem Horn aufspießen. Unter dem weißen

Fell traten die Muskeln deutlich hervor. Unablässig scharrte es mit dem Vorderhuf und wirbelte jede Menge Staub auf.

»Es ist so schön«, hauchte Jolly ergriffen. »Aber es sieht ziemlich wild aus.«

Auch die Ponys stoben wie von Sinnen durchs Gehege. Was beunruhigte die Tiere? Gegenüber war Kilian nach wie vor in seine Computerdaten vertieft. Die Drohne zog ihre Kreise über dem Zentrum des Banngitters. Natalie wandte sich wieder um, den Fokus nach wie vor auf die Magie gerichtet, und da begriff sie, was das Einhorn derart in Aufregung versetzte.

»Hölle, da bildet sich ein Riss im Banngitter!« Auf Kopfhöhe war eine der fingerdicken Adern, aus denen die Gitter gewebt waren, gerissen und der Magiefluss unterbrochen. Die beiden Enden drifteten auseinander. »Da ist ein Fehler im Gewebe. Ein Loch.«

Wie war das nur möglich? Kam das von diesen Magiefluktuationen, von denen Kilian gesprochen hatte?

»Wie jetzt, ein Loch?«, meinte Jolly. »Ein kleines, so wie in einem Socken? Oder ein Megaloch?«

»So groß wie ein Fenster. Aber es weitet sich bereits aus. Ich muss Kilian informieren.« Sie wandte sich nach ihm um, nur um festzustellen, dass er gerade vom Dach des Wagens sprang und sich durch die Schaulustigen drängte, deren Zahl beträchtlich angewachsen war. »Wo will er denn hin?«

Jolly deutete nach rechts. »Ich glaube, da drüben gibt's Ärger.«

Natalie entdeckte eine Gruppe von Jungen, die sich um einen Zwerg geschart hatten und ihn lautstark anpöbelten. Er sah ganz eingeschüchtert aus, seine Sommersprossen leuchteten in seinem blassen Gesicht. Gleich würde er in Tränen ausbrechen. »Oje. Das ist der kleine Rothaarige von vorhin. Wo ist seine Mutter?«

»Nicht da. Aber …«, Jolly setzte ein schwärmerisches Lächeln auf, »… dein Herzallerliebster ist schon unterwegs, um ihn zu retten. Was für ein Held, so müssen Prinzen sein!«

Natalie grinste, doch es verging ihr schnell, als sie bemerkte, dass sich das Loch im Banngitter vergrößert hatte. Das Einhorn schnaubte mit geweiteten Augen, während die wild gewordene Ponyherde im Hintergrund wie ein Uhrwerk ihre Galopprunden drehte. Sie blickte sich nach Ed um, konnte ihn aber nirgends entdecken. Das Gehege der Wassermänner war verwaist.

»Ed ist auch verschwunden. Das Loch reißt immer weiter auf. Was machen wir denn jetzt?«

»Warten, bis sie zurückkommen. Dann darf Kilian gleich weiter den Helden spielen und das Loch flicken. Höchst dramatisch, euer Date.«

»Das ist kein Witz, Jolly, das könnte echt gefährlich werden. Außerdem kann Kilian hierbei nichts tun. Er ist zwar Agent, aber ein Mensch.«

»Und wer kann dieses Gitter sonst reparieren?«

Natalie überlegte kurz. »Der Mächtige, denke ich. Er ist der zuständige Zauberer der OMB.«

»Warum ist er dann nicht beim Einsatz dabei?«

»Woher soll ich das wissen, Jolly? Er ist jedenfalls der Einzige, der Magie wirken kann.« Sie zögerte. »Oder … ich.«

Jolly riss die Augen auf. »Du? Ernsthaft?«

»Ich weiß nicht … Vielleicht.« *Ich könnte es zumindest probieren. So lange, bis Hilfe da ist.*

Während ihre Familie bei jedem Zoobesuch immer und immer wieder dieselben Tiere und magischen Wesen bestaunte, hatte sie sich die Langeweile vertrieben, indem sie ins Magiegitter griff. Sie fischte Stränge heraus, leitete sie um, flocht sie an anderer Stelle wieder ein, anfangs rein instinktiv, später zielgerichtet. Sie erfand neue Muster, erweiterte das Netz um Rüschen oder formte Ohren, Pfoten und Schwänzchen, sodass Tiere entstanden, die über die Gitter zu laufen schienen. Sie hatte einen Riesenspaß dabei und wurde von Mal zu Mal besser.

Keine Magielinie war vor ihr sicher, nicht einmal die feinsten Adern, auf die man in Mitran praktisch an jeder Ecke stieß.

Natürlich brachte sie stets wieder alles in Ordnung. Nie war der Drohnenalarm losgegangen, nie war jemandem etwas aufgefallen. Und natürlich hatte sie niemandem je verraten, welches Geheimnis sie hütete.

Erst als Schulkind hatte sie diese Spielereien aufgegeben. Aus reinem Selbstschutz, da sie nicht länger Spott und Hänseleien ausgesetzt sein wollte, weil sie wie eine Verrückte mit den Händen in der Luft herumfuchtelte.

Der Gedanke, wie damals in die Magie zu greifen, es zumindest zu versuchen, füllte plötzlich ihr Denken. Natalie spürte, wie ihre Brust sich verengte, als ob sich dort ein Knoten in ihr ballte. Sogar ihre Muskeln zuckten unwillkürlich. Sie atmete tief durch.

»Aber du darfst nicht zaubern!«, rief Jolly. »Oder?«

Natalie schüttelte den Kopf. Zaubern ohne Lizenz war streng verboten. Doch sollte sie etwa tatenlos zusehen, wie das Banngitter kollabierte?

Der Magiekreislauf war ein geschlossenes System. Ungebändigt strebten lose Stränge immer der nächstgelegenen Magielinie zu, wie es ihrem natürlichen Fluss entsprach, das hatten sie in Physik gelernt. Nachbarstränge würden mitgerissen werden, eine Kettenreaktion, die, einmal in Gang gesetzt, nicht mehr aufzuhalten war.

»Du hast recht. Besser, ich warte, bis …«

Abermals preschte das Einhorn heran. Schrill wiehernd und mit peitschenden Hufen stieg es empor. Als es wieder auf dem Boden auffußte, verfing sich sein spiralartig gedrehtes Horn im Elektrozaun, sodass die Funken nur so stoben. Panisch setzte sich das Einhorn auf die Hinterbeine und zerrte und zog, bis es freikam. Es rannte den demolierten Zaun nieder und stürmte gegen das Bannnetz. Noch hielt es, aber an der Stelle mit dem Riss dehnten sich die Waben und platzten auf, eine nach der anderen.

»Hol Kilian!«, rief Natalie entsetzt. »Schnell, Jolly, bevor sich das Gitter komplett auflöst!«

»Und du?«

»Ich … keine Ahnung … beruhige das Einhorn?« Es hörte sich wie eine Frage an, so wenig war sie davon überzeugt, dass es ihr gelingen könnte, auf das hysterische Tier einzuwirken. »Los doch! Lauf!«

Jolly schoss davon.

»Ruhig, ganz ruhig.«

Das Einhorn kümmerte sich nicht um ihre Beschwichtigungsversuche. Mit dem Huf zog es Furchen in die lockere Erde, der Staub wurde immer dichter. Die losen Enden des gerissenen Magiestrangs fegten unkontrolliert umher. Sie würden weitere Risse in den Waben bewirken.

Hastig blickte sich Natalie um. Immer mehr Neugierige strömten herbei, angezogen von den Eskapaden des wild gewordenen Einhorns. Nichts zu sehen von Kilian, Ed oder Jolly.

Tu was!, schrie eine Stimme in ihr, angefeuert durch die Magie, die um sie tobte.

Du darfst nicht, sagte die andere Stimme, jene, auf die sie ihr Leben lang gehört hatte. *Sei vernünftig. Kilian muss gleich hier sein.*

Aber Kilian ist ein Mensch! Du kannst helfen!

Vernunft gegen … gegen … Ja, was? Sie konnte es nicht benennen. Es war, als wäre etwas in ihr erwacht, etwas, das sie jahrelang unterdrückt hatte, und das nun in ihr loderte, stark, nicht zu bezwingen. Die Magie rief nach ihr.

Und während die beiden Stimmen weiter in ihr stritten, trat sie dicht an das Banngitter heran. Das Einhorn stieß ein einzelnes Schnauben aus, ein durchdringendes Geräusch, das in jeder Faser ihres Körpers vibrierte, aber es wich nicht zurück. Der Blick seiner dunklen Augen traf Natalie mitten ins Herz.

»Ganz ruhig … Ich tu dir nichts, ich will nur helfen …«

Sie musste es versuchen.

Das fällt nicht unter Zaubern. Kein Hexenspruch, keine Essenzen oder Pulver, sie würde bloß mit der Magie spielen, wie damals. *Tu es, mach schon, bevor es zu spät ist!*

Die Stimme der Vernunft schwieg.

Behutsam tastete sie sich an das magische Gitter heran, bemüht, das Summen, diese pulsierende Melodie in sich aufzunehmen, in jede Zelle, in jede Nervenfaser. Ihr letztes Mal war eine halbe Ewigkeit her und sie hatte erwartet, alles vergessen zu haben, doch es fühlte sich an wie Heimkommen, vertraut und viel zu lange vermisst.

Von Euphorie durchflutet, spürte sie den Schwingungen der Magie in sich nach. Alles in ihr lebte auf, alles sang, jubelte, tanzte. Alles war möglich. Die Gefahr, das Risiko traten in den Hintergrund. Plötzlich war sie wieder ein Kind und das hier ein Spiel, ein Spiel, das sie beherrschte.

Die Hände erhoben, summte sie mit, und begann, die Melodie zu beeinflussen, indem sie die Töne minimal veränderte. Auf diese Weise entsandte sie Wellen, die über die Magiestränge glitten und sich schließlich mit ihnen vereinten. Die Verbindung war hergestellt. Die losen Stränge folgten ihrem Ruf und schmiegten sich an ihre Hände, einer links, der andere rechts. Um sie zusammenzuführen, musste sie sie anreichern, mit Energie, die aus ihrem tiefsten Inneren kam.

Und es gelang! Sie hatte nichts vergessen, ja, es floss förmlich aus ihr heraus, so aufgeputscht war sie. Erleichtert lachte sie auf. Sie konnte die Magie in Schach halten, sie konnte verhindern, dass sich das Loch vergrößerte, mehr noch, vielleicht, vielleicht konnte sie es sogar flicken …

»Das Einhorn!«, schrie jemand.

Auf die Warnung folgten erschrockene Schreie. Die Menge der Schaulustigen geriet in Bewegung, Natalie bekam einen Stoß in die Rippen. Sie krümmte sich, ihre Hände zuckten reflexartig zurück – und die Magie entglitt ihr, rutschte ihr förmlich durch die Finger. Das Einhorn galoppierte auf sie zu, den Kopf gesenkt, das Horn wie eine Lanze vor sich tragend. Im letzten Moment wendete es ab, rammte jedoch dabei das Gitter. Die Magie kreischte auf, als sie so unsanft aus dem Strom gestoßen wurde.

Natalie traf fast der Schlag: Weitere Löcher hatten sich gebildet, das Banngitter löste sich auf!

In heller Panik fasste sie in die Magie, grob diesmal, was das Summen zu einem grässlichen Ton anschwellen ließ, der ihr schier durchs Gehirn sägte. Wenn sie nur einen der silbrigen Stränge in den Griff bekäme, einen nur …

Doch die Magie wandte sich gegen sie. Eine Art Rückstoß traf sie und sie ging unter einer Welle von Schmerz zu Boden. Als sie wieder zu Atem kam, bemerkte sie zu ihrem Entsetzen, dass sich der Schaden ausgeweitet hatte: Auch die Wabenstruktur am angrenzenden Banngitter war betroffen.

»Nein, nein, nicht der Riese!«

Auf dem Boden kauernd bekam sie endlich einen der Magiestränge unter Kontrolle. Sie rief ihn zu sich, hielt ihn fest, obwohl die gewaltige Kraft in ihren Händen kaum zu bändigen war.

Stimmen wurden laut, fluchend bahnte sich jemand seinen Weg durch die Schaulustigen.

»Natalie?«

»Kilian …«

»Weg da!«

Er schnellte auf sie zu, stieß sie zur Seite, sodass sie auf das Kopfsteinpflaster knallte. Fauchend schnalzte die Magie davon, während das Einhorn in einem gewaltigen Sprung das zerstörte Banngitter durchbrach.

3

»Vergiss das Einhorn, Kilian!«, hörte er Ed aus einiger Entfernung schreien. »Wir haben andere Probleme!«

Kilian hatte das Einhorn, das wie der geölte Blitz über die Wege der magischen Abteilung des Zoos gefegt war, ohnehin aus den Augen verloren.

Der Detektor an seinem Handgelenk spielte schon länger verrückt und nun, da er sich im Zentrum des Geschehens befand, schlugen die Zeiger zu hundert Prozent aus.

Jawohl. Sie hatten eindeutig Probleme. Gerade erst die Sache mit dem Zwerg und den rassistischen Äußerungen dieser Jungen, jetzt auch noch ein beschädigtes Bannsystem.

Jolly hatte ihn darauf aufmerksam gemacht, aber er hatte ihr nicht glauben wollen, vor allem, als sie nicht mit der Sprache rausrücken wollte, woher sie von dem Loch wusste. *Ich Idiot!* Er blickte sich nach ihr um, konnte sie im herrschenden Tumult allerdings nicht entdecken. Stattdessen hockte Natalie vor ihm, völlig aufgelöst. Er half ihr auf die Beine und sah, dass sie am Knie und an den Handflächen blutete.

»Du bist verletzt! Tut mir echt leid, ich wollte nur …«

»Nicht so schlimm. Kilian, das Banngitter … ich habe versucht …« Der Rest ging im Gebrüll des Riesen unter, der nach einem Durchschlupf im zerstörten Gitter suchte.

Riesen waren mäßig intelligent und häufig aggressiv. Ihr Gehirn war dem des Menschen in Masse und Struktur ähnlich, lediglich der Frontallappen war geringer ausgebildet, und dementsprechend instinktgesteuert reagierten sie. Und sein Instinkt würde ihm den Weg in die Freiheit weisen.

»Du musst hier weg, Nat! Bring dich in Sicherheit!«

Sie blinzelte verwirrt. Begriff nicht, in welcher Gefahr sie schwebte. Wie sollte sie auch? Sie konnte ja nicht sehen, welches Drama sich mit den Banngittern abspielte. Niemand konnte Magie mit bloßem Auge wahrnehmen, vom Mächtigen abgesehen. Er war ein Bannmagier, sämtliche Magiegitter im Zoo entstammten seinem Zauber.

Kilian hielt ihr den Detektor hin, der auf dem Display eine elektronische Darstellung des Schadens anzeigte. Ein riesiges Loch klaffte im Gitter. Mit Sicherheit würde es sich rasch ausweiten. Nie zuvor hatte er einen solchen Fall erlebt.

»Das Bannsystem bricht zusammen«, erklärte er ihr. »Wenn der Riese entkommt, können wir uns auf etwas gefasst ...«

»Es ist meine Schuld!« Ihre Unterlippe zitterte, die Wangen waren gerötet.

»Wovon redest du?« Er musste sie hier wegschaffen. Sollte ihr etwas zustoßen, könnte er sich das nie verzeihen. Er wollte sie mit sich ziehen, sie aber stemmte sich dagegen.

»Wo ist Jolly? Ist sie ...? Jolly? Jolly!«

Himmel noch mal! »Sie ist längst fort. Komm schon, Nat, lauf!«

Ed, der neben ihm auftauchte und seinen Lähmer auf den Riesen richtete, berichtete hastig, dass er Verstärkung angefordert habe. »Was uns nicht viel nutzen wird«, fügte er hinzu. »Bis die hier antanzen ...«

Der Riese brüllte erneut und rammte mit dem Kopf voran das Banngitter, sodass der Detektor einen durchdringenden Warnton von sich gab.

»Das Gitter löst sich auf!«, rief Natalie.

Tatsächlich. Der Detektor zeigte an, dass das Banngitter komplett kollabierte. Woher wusste Natalie das?

»Der Riese bricht aus!«, brüllte Ed. »Weg hier! Lauft!«

Schreie gellten, die Leute, die das Wüten des Riesen mit sensationslüsterner Neugier beobachtet hatten, flohen blindlings. Natalies Hand entglitt Kilian. Erleichtert sah er, dass sie davonstob. Er zog den Lähmer im Bewusstsein, dass sie zu zweit ohnehin kaum etwas ausrichten würden.

Die letzten Reste des Banngitters fielen in sich zusammen. Der Riese griff nach dem Elektrozaun und riss ihn aus der Verankerung. Funken sprühten. Die massive Sicherheitsabsperrung flog als Nächstes.

Ed feuerte, aber der Riese nahm Kurs auf sie und sie mussten beiseitespringen. Nur zu leicht landete man unter den Füßen oder zwischen den Fingern des Kolosses. Donnernden Schrittes stapfte er an ihnen vorbei, quer durch den Zoo, und walzte einen Imbissstand und ein Infohäuschen nieder. Das Letzte, was Kilian von ihm sah, war sein Schädel, der über den Baumkronen tanzte wie eine Bowlingkugel.

Sie stürmten zum Auto. Ed fuhr bereits los, als Kilian sich auf den Sitz warf und die Tür zuschlug.

»Der Laptop!«, fiel ihm ein. »Er steht auf dem Dach.«

Sie hörten ein Scheppern und ein Schatten huschte an der Heckscheibe vorbei.

»Jetzt nicht mehr«, bemerkte Ed grimmig und schaltete die Sirene ein. »Wurde ohnehin Zeit für neues Equipment.«

»Und die Drohne! Mist! Das wird dem Chef nicht gefallen.«

»Glaub mir, an der Geschichte wird ihm so manches nicht gefallen. Er wird sich gar nicht für die Top Drei entscheiden können. Weg da, macht den Weg frei! Die haben wohl alle Tomaten auf den Augen!«

Trotz Blaulicht und Sirene kamen sie nur langsam voran. Zu viele Menschen steuerten auf den Ausgang zu, alle in heller Aufregung, es war zum Verrücktwerden. Erst als sie auf eine Lieferantenzufahrt abbogen, konnte Ed Gas geben. »Gib die Warnung an die Sicherheitskräfte raus!«

»Schon dabei.«

Kilian setzte den Funkspruch ab, während sie der Spur der Verwüstung folgten. In Fällen wie diesem arbeitete die Organisation eng mit den Einsatzkräften zusammen, der Schutz der

Zivilbevölkerung hatte oberste Priorität. Polizei, Feuerwehr und Rettungsdienst bestätigten. Ersten Meldungen zufolge war der Riese Richtung Zentrum unterwegs.

»Jetzt zeigt sich wieder mal, dass der Kastenwagen als Einsatzfahrzeug nichts taugt«, schimpfte Ed. »Mit einem Aeromobil hätten wir ihn längst eingeholt. Aber nein, diese Idioten im Aufsichtsrat mussten ja dagegenstimmen!«

»Nimm die Autobahn«, sagte Kilian.

»Was denkst du, was ich vorhabe? Ich bin schließlich nicht taub …«

… und auch nicht blind oder altersschwach, vervollständigte Kilian Eds Lieblingsspruch in Gedanken. Er hätte die Qualifikation seines Partners niemals infrage gestellt, obwohl dieser nächstes Jahr seinen fünfundfünfzigsten Geburtstag feierte. Andere seines Alters wären längst in Rente gegangen, Ed aber dachte gar nicht daran.

Während sie über den Zubringer zur Stadtautobahn rasten, erstattete Kilian der Einsatzzentrale Bericht. »Zentrale, hier Team Epsilon, wir folgen dem Riesen in die Stadt. Erste Lähmungsschüsse haben nichts gebracht, das wird ein Fall für die ganze Brigade.«

Lydia, die IT-Technikerin der OMB, hatte sie längst auf dem Radar. »Verstanden, Team Epsilon. Wir rücken mit allen verfügbaren Teams aus. Viel Glück!«

Ed brummte anerkennende Zustimmung. »Ist ein echtes Goldstück.«

Kilian nickte. Seine Gedanken schweiften zu Natalie. Was war da bloß vorgefallen? Was genau hatte sie *versucht?* Er probierte, sie zu erreichen, aber sie meldete sich nicht, also hinterließ er ihr eine Nachricht. Hoffentlich war sie in Sicherheit.

»Wie ist das passiert?«, überlegte er laut. »Das waren simple Magiefluktuationen, unmöglich können die ein solches Leck verursachen. Hast du mitgekriegt, wie schnell sich das Bannsystem aufgelöst hat? Binnen weniger Minuten!«

»Hm.«

»Die Drohnenmeldung kam wohl vom Gitter des Riesen. Oder vom Einhorn. Alle anderen Banngitter waren doch intakt.«

»Hm.«

»Wir hätten mit der Kontrolle nie bei den Drachen beginnen dürfen. Die Koordinaten waren falsch. Aber wieso?«

»Hm.«

»Kannst du auch mal was anderes dazu sagen?«

»Klar, mein Junge. Erstens: Vergiss die Koordinaten. Das Zeug ist Schrott. Das Kontrollsystem, die Drohnen, die Signalübertragung – alles Schrott.« Damit hatte er nicht unrecht. Die Messgeräte waren veraltet und fehleranfällig. Das Einzige, worauf Verlass war, waren die Detektoren. »Zweitens: In der Nähe starker Magielinien gibt es laufend Schwankungen, doch meiner Erfahrung nach fallen die nie ins Gewicht. Was glaubst du, wie oft wir schon wegen eines Fehlalarms ausgerückt sind? Es war eine reine Routineüberprüfung, sonst wäre der Chef mitgekommen. Was mich zu drittens führt: Wenn ich es nicht besser wüsste, würde ich sagen, ein Bannmagier hatte die Finger im Spiel.«

Kilian lachte auf. »Bannmagier sind so selten wie dreiköpfige Esel.«

»Ich habe noch nie von einem dreiköpfigen Esel gehört, von Bannmagiern schon.«

»Momentan gibt es in Deutschland nur einen, den Mächtigen.« Insgesamt sorgten in ganz Europa überhaupt nur drei Bannmagier für Ordnung.

»Ich sagte ja auch: ›… wenn ich es nicht besser wüsste.‹« Ed grinste. »Dein Mädchen – wie gut kennst du sie?«

»Wie bitte?«

»Du weißt, dass sie eine Hexe ist?« Er bemerkte Kilians Gesichtsausdruck. »Sag bloß, das ist dir nicht aufgefallen?«

»Blödsinn!«, entgegnete er, doch in seinem Kopf formte sich bereits eine eigenartige Gewissheit.

Sie hatten nicht darüber gesprochen, er war einfach davon ausgegangen, dass Natalie ein Mensch war. Hatte sie es nicht erwähnt, weil sie sich keine Abfuhr einhandeln wollte?

»Es kann mir ja egal sein. Verlieb dich, in wen du willst. Ich bin nicht intolerant, aber ich habe mit Magischen keine guten Erfahrungen gemacht, unabhängig vom Job, verstehst du?«

Kilian verstand sehr gut. Ed spielte auf den Tod seiner Schwester an, deren Mörder – ein Magischer – nie gefasst worden war.

»Hast du Beweise? Hast du gesehen, dass Natalie Bannmagie angewandt hat?« Allein die Möglichkeit in Erwägung zu ziehen, erschien ihm absurd.

»Wir müssen die Daten der Detektoren auswerten. Aber ich habe einen Screenshot gemacht. Kam mir gleich so komisch vor, was sie dort veranstaltet hat.«

Ed löste seinen Detektor vom Handgelenk und warf ihn Kilian zu. Lebewesen wurden auf dem blauen Hintergrund als rote Silhouetten dargestellt, die Magie in Form von weißen Linien. Der Screenshot zeigte mehrere Personen. Die in der Mitte hatte die Arme erhoben und war durchdrungen von Magie. Er vergrößerte das Bild. Unzählige feine Adern zogen sich quer durch ihren Körper, verbunden mit dem Banngitter, als wäre sie selbst Teil davon.

»Ach du Scheiße.« Er schloss für einen Moment die Augen, sah wieder hin, fluchte erneut. Die Darstellung ließ sich nicht anders interpretieren. »Und du meinst, das ist Natalie? Sie hat ja noch nicht einmal ein Zepter. Könnte es nicht einer der anderen Leute …«

»Ich habe einen eingebauten Magischensensor, mein Junge. Ich erkenne eine Hexe, wenn ich sie sehe. Und wo steht geschrieben, dass man ein Zepter für Bannmagie braucht? Jedenfalls habe ich die Fahndung nach ihr schon rausgegeben.«

»Fahndung?«, wiederholte Kilian schockiert. »Ist das nicht ein bisschen voreilig?« Ihm war bewusst, dass dies das übliche Vorgehen war, aber verflucht noch mal … es handelte sich um

Natalie! Seine Nat. »Magischensensor – hörst du dich überhaupt reden? Trägt sie etwa ein Schild auf der Stirn? Du musst dich irren, Ed«, fügte er ruhiger hinzu, »es muss eine andere Erklärung dafür geben …«

Ed erwiderte nichts und so verfiel auch Kilian in Schweigen. Bilder spukten ihm durch den Kopf. Momentaufnahmen von dem Chaos im Zoo, dann wieder musste er an die Fotos denken, die Natalie ihm geschickt hatte. Gestern erst hatte sie eines für ihn geschossen und er hatte es wieder und wieder angestarrt, völlig hingerissen von ihrem Lächeln. Es war so echt, so unverfälscht. *Sie* war es. Unter Adeligen aufgewachsen, hatte er gelernt, dass sich hinter jeder noch so schönen Maske Verschlagenheit und Berechnung verbergen konnten. Natalies Natürlichkeit war einer der Gründe, warum er sie so anziehend fand.

Und ausgerechnet sie sollte eine Bannmagierin sein?

»Holla, was ist denn hier los?« Ed bremste scharf ab und verriss das Lenkrad, um nicht auf seinen Vordermann aufzufahren. Kilian wurde in den Gurt gepresst.

Ein Stau hatte sich gebildet und natürlich hielt keiner die Rettungsgasse ein. Trotz Sirene machten die Autofahrer nur schleppend Platz, bis der Verkehr endgültig stockte. Es gab kein Weiterkommen mehr. Über Polizeifunk erfuhren sie, dass der Riese quer über die Autobahn gelaufen war und dabei einen Sattelschlepper beschädigt hatte, der nun die Fahrbahn blockierte.

»Großartig«, zischte Ed. »Dann muss ich uns wohl den Weg freiboxen.«

Gesagt, getan. Gnadenlos fuhr er auf ihren Vordermann auf, im Zurücksetzen krachte er auf das Fahrzeug hinter ihnen, bis die Fahrer ihrerseits auswichen. Nach schier endlosem Rangieren und jeder Menge Blechschäden hatte er den Transporter gewendet. Nun ging es entgegen der Fahrtrichtung zurück bis zur nächsten Autobahnauffahrt, die sie mit achtzig Sachen hinunterrasten, wobei sie nicht bloß einen Wagen touchierten.

»Kreative Lösung«, bemerkte Kilian kopfschüttelnd. Wenn das erst ausgestanden war, würden sie sich mit einem Haufen Klagen auseinandersetzen müssen.

Sie wichen der Route des Riesen großräumig aus und näherten sich der Stadtmitte aus entgegengesetzter Richtung. Die Meldungen ließen das Schlimmste befürchten. Teile des Stadions waren zertrümmert, der Rasen komplett ruiniert. Im Sternthaler Park war beträchtlicher Sachschaden entstanden. Aktuell lief der Riese auf der Rapunzel Chaussee entlang und hatte bereits Dutzende Autos beschädigt.

Kilian rieb sich die Stirn. »Er wird die Stadt in Schutt und Asche legen.«

»Tja, dann sollten wir froh sein, dass es nur der Riese ist. Stell dir vor, es wären die Drachen.«

4

»War ja klar«, murmelte Paige und bremste scharf ab. *Schritttempo, super.* Sie öffnete das Fenster einen Spalt. Rapunzel Chaussee. Einer der neuralgischen Punkte auf ihrem Heimweg, an denen der Verkehr regelmäßig zum Erliegen kam.

Sie liebte ihre Heimatstadt Mitran. Liebte das pulsierende Leben, das einen zu jeder Tages- und Nachtzeit in Atem hielt, die bunte Vielfalt, eine Mischung aus Tradition und Moderne. Sie konnte den historischen Gebäuden, die Jahrhunderte hatten kommen und gehen sehen, genauso viel abgewinnen wie den spiegelverglasten Wolkenkratzern. Die Blechkolonnen in den Straßen aber hasste sie.

Liebend gern hätte sie auf das Auto verzichtet, doch *Mitran-Biotec,* das Pharmaunternehmen, für das sie arbeitete, lag am Stadtrand und war mit öffentlichen Verkehrsmitteln nur schwer erreichbar. Und ihre gemütliche Innenstadtwohnung wegen ihres Jobs aufzugeben, kam nicht infrage.

»Man muss Prioritäten setzen«, hätte ihre Stiefmutter Louisa gesagt. Und ihr Vater: »Du kannst jederzeit bei mir anfangen, die Tür steht dir immer offen.«

Dieses Angebot hatte sie bereits mehrmals ausgeschlagen. Sie war Biologin, ihr Anliegen war es, die Natur zu schützen. Eher würde die Hölle zufrieren, als dass sie an chemischen Kampfstoffen für die Rüstungsindustrie forschte.

Zumeist überbrückte Paige die einstündige Fahrzeit mit Hörbüchern, am liebsten historische Romane. Sie war zwar nicht so vernarrt in magische Geschichte wie ihre Halbschwester Jolly, aber Geschichte interessierte sie sehr, vor allem in Hinblick auf die wissenschaftlichen Fortschritte. Ihr aktuelles Hörbuch handelte von Königin Blanka von Hessen, deren Schicksal Millionen berührt hatte. Dutzende Filme waren bereits über »Schneewittchen« gedreht, etliche Bücher geschrieben worden. Dieses beschäftigte sich mit dem Leben und Wirken der Königin nach dem Mordversuch durch ihre Stiefmutter.

Vertieft in ihr Buch, wurde ihr erst nach einer Weile bewusst, dass es sich um einen ernsten Zwischenfall handeln musste. Der Verkehr auf der zweispurigen Richtungsfahrbahn war zum Stillstand gekommen, ein Hubschrauber knatterte, Sirenen erschallten. Auf den Bürgersteigen beiderseits der Straße waren jede Menge Leute unterwegs, es schien fast, als flüchteten sie, und zwar alle stadtauswärts.

Paige stoppte das Hörbuch und wechselte zum Radio, da wurde ihre Aufmerksamkeit anderweitig gefesselt. Sie warf nur einen beiläufigen Blick aus dem Fenster, doch der genügte. Jäh stieg Hitze in ihr auf und mit kurzer Verzögerung wurde ihr bewusst, dass ihr Puls raste.

Der Typ zu ihrer Rechten, der große Blonde mit den kurz geschorenen Haaren, der sich durch die Menschenmassen schob, dem Strom entgegen wohlgemerkt – sie kannte ihn! Er war es, ganz sicher!

»Valeriu«, flüsterte sie, nein, nicht sie, es war die Paige von damals, hin- und hergerissen zwischen Liebe und Hass, Sehnsucht und Verlorenheit, die, von der sie gedacht hatte, sie längst hinter sich gelassen zu haben.

Was für ein fataler Irrtum!

Alles brach in ihr auf. Die Wut, die Tränen, das Magendrücken, der Schmerz, der gefühlt niemals weichen wollte, Tage nicht, Wochen, Monate nicht. Über ein Jahr lang fraß sich die dumpfe Leere durch ihr Innerstes. Jetzt, zwei Jahre nachdem Valeriu aus ihrem Leben verschwunden war, kam es ihr vor, als sei es gestern gewesen. Gestern erst …

Sie drosch mit der Faust auf die Hupe, ein paarmal hintereinander, dann im Dauerton. Endlich drehte er sich um. Sein

Blick glitt über die Autokolonnen und blieb an ihrer giftgrünen alten Kiste hängen, die er unzählige Male repariert hatte und die erstaunlicherweise, oder vielleicht gerade deshalb, immer noch lief.

Sie sah das Wiedererkennen in seinen Augen, sah einen Sturm von Gefühlen über sein Gesicht branden, ehe seine Miene wieder unverbindlich wurde. Er wandte sich ab.

»Oh nein, wage es ja nicht!«

Paige stürzte aus dem Auto, ließ es einfach an Ort und Stelle stehen, und nahm die Verfolgung auf. Sie schubste und drängte und hatte den Eindruck, keinen Meter voranzukommen. Was war hier eigentlich los?

»Das ist die falsche Richtung, junge Dame«, informierte sie jemand im Vorbeieilen.

Als hätte sie das nicht längst gemerkt. Noch immer begriff sie nicht, wovor die Leute alle flohen, aber selbst wenn das der direkte Weg in einen Vulkankrater wäre, würde sie nicht umkehren.

»Valeriu! Warte!«

Sie hatte ihn tatsächlich eingeholt. Mit dem Rücken zu ihr stand er da, zur Salzsäule erstarrt. Seine Schultern hoben sich, als er tief einatmete und sich umwandte.

»Paige.«

Seine Stimme war noch genauso tief und weich wie damals. *Paige, Paige, Paige, ich liebe dich, du bist das Beste, was mir je passiert ist …* Aber klar doch.

Falls überhaupt möglich, war er noch attraktiver geworden. Er hatte immer schon gut ausgesehen, doch sein jungenhafter Charme, dem sie nicht hatte widerstehen können, war gewichen, der Schalk in seinen Augen, dieses amüsierte Funkeln, war erloschen.

Er war zum Mann gereift, muskulös und – sie suchte nach der passenden Bezeichnung – hart, ja hart, wie ein Soldat. Angespannter Kiefer, ein leicht verkniffener Zug um den Mund, zusammengezogene Brauen. Alles an ihm strahlte Abwehr aus, und Paige sank ein bisschen in sich zusammen, als er den Kopf schräg legte, wie zur Aufforderung, um Himmels willen endlich zur Sache zu kommen.

Ihr entfuhr ein bitteres Lachen. Sie war Hals über Kopf losgelaufen, ohne sich zu überlegen, was sie ihm sagen wollte. Und nun, unter dem ungeduldigen Blick seiner gewittergrauen Augen, brachte sie keinen Ton hervor.

»Was machst du hier?«, fragte er schließlich. Für Paige hörte es sich mehr nach »Was willst du denn?« an. Was sie wollte? Eine Erklärung, oder noch besser: eine Entschuldigung. Nicht, dass sie ihm je verzeihen könnte …

»Nach Hause fahren, was sonst? Du erinnerst dich an meine Wohnung? Oder hast du mich komplett aus deinem Gedächtnis gestrichen?«

»Nein. Bestimmt nicht …« Valeriu fuhr sich in einer nervösen Geste über die Stirn. »Das ist nicht der passende Zeitpunkt, Paige. Sieh zu, dass du hier verschwindest.«

»Komm mir nicht so! Du bist einfach abgehauen, von heute auf morgen! Hatte ich nach drei Jahren Beziehung nicht mehr verdient als einen verdammten Dreizeiler?«

Paige, ich muss fort.
Vergiss mich, wir können uns nicht wiedersehen.
Es tut mir leid. Valeriu

Sie hatte den Wisch in winzige Schnipsel zerfetzt und ins Klo gespült, doch jetzt wünschte sie sich sehnlichst, ihm das Beweisstück unter die Nase halten zu können.

»Schon, aber ich … konnte nicht. Und ich kann auch jetzt nicht. Bitte hab Verständnis …«

»Verständnis? Ist das dein Ernst?« Sie schrie jetzt, all ihre Enttäuschung in ihre Stimme gepackt. »Wofür soll ich Verständnis haben? Dass du mich sitzen gelassen hast?«

»Hör zu.« Er beugte sich vor und sah sie eindringlich an. »Was zwischen uns vorgefallen ist …«

»Zwischen *uns?* Du hast *mich* verlassen! Ich bin aus allen Wolken gefallen!«

Valeriu blickte sich unruhig um. »Paige, bitte, ich muss gehen. Und du auch. Du … Lauf! Bring dich in Sicherheit!«

»Ich will eine Erklärung!«

Er schüttelte den Kopf. Presste die Lippen aufeinander. Und war im nächsten Moment im Gewühl verschwunden. Wo er eben noch gestanden hatte, so dicht vor ihr, dass sein Geruch eine Erinnerung nach der anderen weckte, klaffte mit einem Mal eine Lücke in der Menge.

Paige schnappte nach Luft. Schwindel überfiel sie und sie taumelte zurück. Er war einfach gegangen – schon wieder. Das Blut pochte in ihren Wangen und die Scham darüber, dass er sie auf diese Weise abserviert hatte, drohte sie beinahe zu zerreißen.

»Was bildest du dir eigentlich ein, du Dreckskerl?«, murmelte sie, als sie den Motor startete. »Ich hasse dich, ich hasse, hasse, hasse dich!« Sie blinzelte den Tränenschleier weg. Nein, sie würde nicht zu heulen beginnen!

Die Menge zerstreute sich, auch der Stau löste sich langsam auf, und zwar vom Ende her. Die Autofahrer setzten zurück oder wendeten, ungeachtet der Einbahnstraße. Momentan galten offenbar andere Regeln.

Sie wollte ebenfalls wenden, als sich ein Schatten über ihr Auto legte. Sie blinzelte durch die Windschutzscheibe und sah eine behäbige Gestalt auf sich zukommen, eine große Gestalt, sehr groß – ein Riese!

»Ach du Scheiße.«

Er befand sich mitten auf der Fahrbahn, vielleicht noch fünfzig Meter entfernt, und kam geradewegs auf sie zu. Ein Auto nach dem anderen zertrümmerte er mit seinen bloßen Füßen. Im Vorbeigehen stieß er die Faust in die Fenster der angrenzenden Häuser und riss die erst kürzlich gepflanzten Jungbäume aus. Er war komplett in Rage.

War er aus dem Gefängnis der OMB ausgebrochen? Aus dem Zoo? Eine andere Möglichkeit gab es nicht. Riesen lebten nirgendwo auf der Welt mehr in Freiheit.

Aussteigen und rennen, Paige. Doch gerade als sie die Tür aufstoßen wollte, rammte der Fahrer neben ihr beim Wenden ihren Wagen. Sie fing seinen Blick auf, in dem keinerlei Zerknirschtheit lag, lediglich Furcht. Der Motor starb ihm ab und als er ihn wieder zum Laufen gebracht hatte und losfahren wollte, krachte ein Baum in seine Heckscheibe.

Paige schrie auf. Sie rüttelte an der Tür, doch sie ließ sich nicht mehr öffnen, also kroch sie auf den Beifahrersitz. Der Riese war höchstens noch drei, vier Meter entfernt. Nur noch ein Schritt, ein Schritt …

Sie wollte nach dem Türriegel greifen, blieb aber mit dem Riemen ihrer Tasche hängen. Panik überrollte sie, vereiste ihren Körper, ihren Verstand. Sie saß wie ein Tier in der Falle, bewegungsunfähig, ausgeliefert. Sie würde hier sterben, zermalmt unter einem Haufen Blech.

Noch einmal, in einem letzten Aufwallen von Überlebensinstinkt, streckte sie sich nach dem Riegel, da wurde die Beifahrertür aufgerissen. Hände schoben sich unter ihren Körper und hoben sie vom Sitz.

Ein trockenes Schluchzen entwich ihr. »Valeriu!«

Sie klammerte sich an ihn, als er mit ihr zur Hausmauer zurückwich. Nur Sekunden später hörte sie das Ächzen von Metall. Der Riese setzte den Fuß auf die Motorhaube und stapfte über ihr Auto hinweg.

»Verdammt, Paige! Kannst du einmal auf das hören, was man dir sagt? Nur ein einziges Mal?«

Sie starrte ihn an, von keuchenden Atemstößen geschüttelt und unfähig, sich zu rechtfertigen. Als er nichts weiter sagte, barg sie den Kopf an seiner Schulter und brach in Schluchzen aus.

Valeriu brachte sie aus der Gefahrenzone und murmelte ihr beruhigende Worte ins Ohr, die in eklatantem Widerspruch zu seinem Zorn standen. Sie erinnerte sich an diverse Begebenheiten aus ihrer gemeinsamen Zeit, da er sie auf ebensolche Weise angeschnauzt hatte. Es war Sorge, die ihn dazu brachte, Sorge um sie. Bedeutete sie ihm noch etwas?

Erst einige Gassen weiter setzte er sie ab und sah sie forschend an. »Bist du verletzt?«

»Nein.« Ihr Mund war staubtrocken, ihr T-Shirt hingegen nass geschwitzt. Sie trat einen Schritt zurück. »Danke.«

Valeriu seufzte.

Über ihren Köpfen kreisten zwei Hubschrauber der Polizei. Eine blecherne Stimme forderte durch ein Megafon auf, zu Hause zu bleiben oder in einem Gebäude Schutz zu suchen.

»Was werden sie tun?«, fragte Paige.

»Ihn wieder einfangen.«

»Wie fängt man einen Riesen ein?«

»Das obliegt der Organisation. Schätze, der Mächtige wird ihn bannen.«

Richtig, Magie. Nicht ihr Metier.

Die Uhr an Valerius Handgelenk piepte, ein Signalton, mit dem er offenbar gerechnet hatte, denn sein Gesicht gab keinerlei Überraschung preis. »Ich muss gehen. Leb wohl.« Spontan fasste sie nach seiner Hand. Etwas Undefinierbares blitzte in seinen Augen auf. »Was noch?«

»Können wir uns wiedersehen?«

»Nein.«

»Bitte. Ich lade dich ein, auf einen Kaffee, oder so.« Sie tranken beide keinen, das war der Witz an der Sache, aber mit diesem Anmachspruch hatten sie sich kennengelernt. In einem schäbigen kleinen Café hatten sie sich gegenübergesessen, zwei unberührte Cappuccinos auf dem Tisch. Erst Tage später, bei ihrem zweiten, rein zufälligen Treffen, hatte Valeriu ihr die Wahrheit gestanden.

Ein Lächeln huschte über seine Lippen, doch wieder verneinte er. »Es tut mir leid, Paige. Belassen wir es dabei, bitte.«

Sie schluckte gegen die aufsteigenden Tränen an. Dieser Abschied fühlte sich weitaus schlimmer an als jener vorhin. Zuvor hatte sie sich mit ihrer Wut beholfen, aber jetzt? Sie empfand nichts als den unsäglichen Schmerz des Verlustes. Ein Verlust, der ihr seit damals in den Knochen steckte. Den sie nie verwunden hatte.

Paige blickte ihm nach, bis er am Ende der Gasse um die Ecke bog. Überrascht bemerkte sie seine seltsam schleppenden Schritte. Und taumelte er nicht etwa? Er wirkte so … kraftlos, fast so, als hätte er Schmerzen.

Einbildung? Oder Tatsache?

Sie folgte ihm und ihr Eindruck wurde zur Gewissheit, als er sich zwei Gassen weiter über ein Auto beugte, das Gesicht bleich und stark schwitzend. Die Jacke streifte er ab, das Hemd war bereits bis zum Bauchnabel offen und seine Hände nestelten am Hosenbund, als hätte er vor, sich auf offener Straße zu entkleiden.

»Valeriu?«

Er gab keine Antwort, Paige war sich nicht einmal sicher, ob er sie überhaupt wahrnahm, so unstet war sein Blick. Vor ihren Augen brach er in die Knie. Sie stürzte zu ihm, wollte ihn stützen, ihm aufhelfen, da stieß er einen zischenden Laut aus, und sie wich erschrocken zurück.

Ein eigenartiger Geruch ging von ihm aus, intensiv, fremd, nicht menschlich. Sie konnte ihn nicht zuordnen. Erst als sie das Fell bemerkte, das aus seiner Haut hervorbrach und in Windeseile seine Brust bedeckte, grau-golden gesprenkelt, als seine Kleidung aufplatzte, während sein Körper sich veränderte, als sie beobachten musste, wie er zusammenbrach und unter Schmerzen alle Menschlichkeit abstreifte, erst da begann sie zu begreifen.

Und als er sie mit gefletschten Zähnen anknurrte, sprang sie voller Entsetzen vor ihm zurück.

5

Jolly stupste Natalie an. »Geht es dir gut?«

»Nein.«

Sie saßen im Taxi und die Luft war zum Schneiden dick, weil sich Rouven, der Fahrer, eine Zigarette nach der anderen ansteckte. Er war ein Bekannter von Jolly, den sie angerufen hatte, als sie erfuhren, dass der Riese einen Zug aus der Aufhängung der Schwebebahn gerissen hatte. Der Tag hatte richtig was zu bieten.

Rouven benutzte vorwiegend Schleichwege und musste die Strecke aufgrund der aktuellen Meldungen, die über den Taxifunk hereinkamen, laufend anpassen. Aus dem Funkkauderwelsch wurde Natalie nicht schlau, aber ab und zu übersetzte Rouven für sie.

Der Amoklauf des Riesen schien kein Ende zu nehmen. Er zog randalierend durch die Straßen, beschädigte Autos, entwurzelte Bäume, schlug Fenster und Auslagen ein, durchlöcherte Dächer. Zudem gab es jede Menge Verletzte. Je mehr Meldungen hereinkamen, desto elender fühlte sich Natalie. Ihr Versuch, eine Katastrophe zu verhindern, hatte diese erst recht heraufbeschworen.

Jolly seufzte. »Nein. Natürlich geht es dir nicht gut. Doofe Frage, doofe Freundin. Schätze, ein Schokoflash ist keine Lösung.«

Den Schokoflash hatten sie für absolute Notfälle kreiert, für Riesenzoff mit den Eltern, für verhauene Klassenarbeiten, für Liebeskummer. Ein Schokoflash bestand aus einem Schokomuffin, übergossen mit einem Topping aus Schokosoße und bunten Schokolinsen, und war unbedingt im Beisein der Freundin zu verzehren. Ein Schokoflash machte alles wieder gut. Doch heute erlaubte sich Natalie keine Illusionen.

»Wir könnten ihn dem Riesen überstülpen«, schlug Jolly vor. »Einen Eimer voll natürlich, was sag ich, einen Tankwagen voll. Vielleicht lässt sich was mit der Feuerwehr arrangieren, mit Wasserwerfern oder so.«

»Schokowerfer.« Das Grinsen verging Natalie schnell. Sie ließ sich wie eine Prinzessin in ihrer goldenen Kutsche nach Hause fahren, während es draußen drunter und drüber ging. Sie hatte den Titanen freigelassen und jetzt entlud sich sein Zorn auf die Menschheit – oder so ähnlich, die Unterschiede waren marginal.

»Was soll ich bloß tun, Jolly?«

»Könntest du denn etwas tun? Ich meine, du hast es ja schon versucht …«

… *und es ist schiefgegangen*, vollendete Natalie den Satz in Gedanken. Ratlos hob sie die Schultern. Sie musste daran denken, was ihr Vater immer predigte: »Man kann sich Fehler erlauben. Jedem passiert mal einer, niemand ist perfekt. Aber man sollte auch den Mut haben, dafür geradezustehen.«

Den Mut könnte sie womöglich irgendwie zusammenkratzen. Der Rest war das Problem.

Rouven hatte Fernsehempfang auf dem Tablet, das in einer Halterung am Armaturenbrett steckte. Der Nachrichtenkanal brachte eine Sondersendung, und sie erfuhren, dass die OMB sämtliche Teams auf den Riesen angesetzt hatte.

»Zeit wird's«, knurrte Rouven. »Diese Scheißmagischen.«

»Bestimmt haben sie ihn bald.« Jolly warf Natalie einen bedeutungsvollen Blick zu. »Das sind Profis, die sind auf solche Fälle spezialisiert.«

Es folgte ein Bericht über einen ähnlichen Vorfall im Jahre 1977, als Magiefluktuationen die Banngitter geschwächt hatten. Daraufhin waren die Trolle ausgebrochen und hatten die Stadt in Angst und Schrecken versetzt. Erst als sie im Morgengrauen wieder zu Stein erstarrten, war es der OMB gelungen, sie zurück in den Zoo zu transportieren.

»Von wegen Profis«, ätzte Rouven. »Der senile Zauberer und seine lahmarschige Truppe werden das heute genauso wenig gebacken kriegen wie damals. Ich habe schon immer gesagt: Diese magischen Missgeburten sind gemeingefährlich.«

In Natalie festigte sich der Verdacht, dass sich seine Aversion nicht bloß gegen die magischen Wesen im Zoo richtete, sondern gegen alle Magischen. Rouven steckte sich eine neue Zigarette an und zappte durch die Fernsehkanäle, nur, um am Ende wieder beim Nachrichtensender zu landen.

»… sachdienliche Hinweise zur gesuchten Person melden Sie bitte der nächsten Polizeidienststelle oder der OMB«, sagte der Moderator. »Und nun schalten wir wieder live auf den Chronistenplatz zu Dora Böschke.«

»Wen suchen sie?«, flüsterte Jolly. »Hast du das mitgekriegt, Nat?«

Natalie schüttelte den Kopf. In ihrem Magen breitete sich ein mulmiges Gefühl aus. Indessen wetterte Rouven weiter. Mit halbem Ohr vernahm sie Jollys Protest, ihre Gedanken waren woanders: Suchmeldungen in den Nachrichten waren an der Tagesordnung. Die Polizei fahndete ständig nach Drogendealern, Bankräubern oder Kleinkriminellen. Es musste nichts mit ihr zu tun haben.

»Mist, eine Absperrung!« Rouven brachte das Taxi abrupt zum Stehen, sodass Natalie schmerzhaft in den Gurt fiel. Der Verkehr war zum Stillstand gekommen, nichts ging mehr. »Ich hätte doch die Taluner Allee nehmen sollen!« Er wechselte über Funk ein paar Worte mit einem Kollegen. »Jetzt zerlegt der Riese auch noch die Gedächtniskirche.« Er deutete zum Tablet, wo der Nachrichtensender gerade Bilder brachte, die seine Worte bestätigten.

In blinder Raserei trommelte der Riese auf das Dach des Kirchenschiffs ein. Ziegel prasselten herab und sammelten sich zu seinen blutverkrusteten Füßen. Doch plötzlich hielt er inne. Seine verzerrte Miene erschlaffte, bis nur noch Ratlosigkeit in seinem Gesicht stand.

»Irgendwie tut er mir ja leid«, sagte Jolly leise. »Sie tun mir alle leid, die magischen Wesen im Zoo. Warum muss man sie einsperren? Damit wir Menschen sie als Kuriositäten begaffen können? Warum dürfen sie nicht in Freiheit leben wie Wölfe und Bären auch?«

Mit derartigen Fragen hatte Natalie ihre Eltern schon als Kind gelöchert. »Sie sind intelligent und damit gefährlich«, behalf sie sich mit der Standardantwort ihres Vaters.

»Intelligent? Pff!«, mischte sich Rouven ein und nickte zum Tablet. »Was soll an dem, bitte schön, intelligent sein?« Wie zur Bestätigung fing der Riese wieder an zu toben.

»Sie passen nun mal nicht in unsere moderne Welt«, sagte Natalie rasch, um Rouven den Wind aus den Segeln zu nehmen. »Wassermänner im Badesee? Das Einhorn auf dem Wanderweg? Der Riese, der die Kühe von der Weide pflückt? Stell dir das mal vor!«

Jolly zuckte mit den Schultern. »Man könnte ihnen doch Land zur Verfügung stellen. So was wie Reservate.«

Natalie sah das ähnlich, aber im Beisein Rouvens wollte sie keine Grundsatzdiskussion führen. Sie deutete zum Tablet. »Ich glaube, es gibt Neuigkeiten.«

»… wie berichtet«, sagte die Reporterin und die Kamera schwenkte nach rechts auf das enorme Aufgebot der Einsatzkräfte, »sind die Agenten der OMB bereits vor Ort.« Sie tippte an ihr Headset. »Soeben erfahre ich, dass der Mächtige in Kürze mit dem Hubschrauber eintreffen wird.«

»Warum ballern sie ihn nicht einfach nieder?«, kommentierte Rouven. Er warf einen Blick in den Rückspiegel, stellte den Motor ab und öffnete seinen Gurt. »Wir stecken fest. Ich geh mal nachsehen, wie wir hier wegkommen. Ihr wartet hier, verstanden? Lasst niemanden rein.«

»Klar«, Jolly presste die Hände an die Brust, »wir werden dein Taxi mit unserem Leben verteidigen.«

Natalie beobachtete, wie Rouven die Zigarette wegwarf, sich kurz umblickte und dann davoneilte. »Ein echter Sonnenschein. Kennst du ihn gut?«

»Er ist ein Freund meines Vaters. War zwei-, dreimal zu Besuch bei uns. Raucht wie ein Schlot.«

»Was du nicht sagst.« Natalie ließ das Fenster herunter und atmete tief ein.

»Tut mir leid.«

»Was muss dir denn bitte leidtun?«

»Weiß auch nicht. Dass alles dermaßen in die Hose gegangen ist.«

»Ach was.« Jolly war die Letzte, die sich mit Schuldgefühlen quälen sollte.

Sie schwiegen, den Blick auf das Tablet gerichtet, und verfolgten die Hubschrauberlandung mit. Die Reporterin überbrückte die Wartezeit mit der Biografie des Mächtigen, der die OMB seit vierzig Jahren leitete und dem das friedliche Zusammenleben von Magischen und Menschen stets ein Anliegen gewesen sei.

»Zumeist funktioniert das problemlos«, fuhr sie fort, »doch an Tagen wie heute werden kritische Gegenstimmen laut, die bezweifeln, dass die OMB in der Lage ist, ihrer Aufgabe nachzukommen. Bekanntlich fehlt es an Geldmitteln, auch ein Nachfolger für den Mächtigen, der kurz vor der Rente steht, ist nicht in Sicht.«

»Na, wenn das mal gut geht«, murmelte Jolly. »Hoffentlich erleidet er keinen Kreislaufkollaps, Schlaganfall, Herzinfarkt oder was alte Leute halt so haben.«

Rouven kehrte zurück, ließ sich in den Sitz fallen und steckte sich – Überraschung! – sofort eine Zigarette an. »Rund um den Chronistenplatz ist alles gesperrt, auf der Umleitungsstrecke ist ein Unfall passiert und hinter uns ist auch alles zu. Tut mir leid,

Jolly, wir können nur warten. Und alles wegen dieser verdammten Magischen!«

»Okay …«

Jollys lang gezogenes Okay gab den Anstoß. Rouven lief gerade erst warm, er hatte bestimmt noch allerhand zu meckern. Darauf konnte Natalie gut verzichten.

Sie schnappte sich ihren Rucksack. »Jolly, ich steige aus. Danke fürs Mitnehmen, Rouven, ich gehe zu Fuß weiter.«

»Nat!«, rief Jolly, aber Natalie warf bereits die Autotür hinter sich zu. Sie konnte nicht länger untätig herumsitzen, beladen mit Schuld, die von Minute zu Minute schwerer wog und sie regelrecht erdrückte.

Über den niedrigen Häuserzeilen der Mitraner Altstadt ragten die beiden Türme der Gedächtniskirche in den rosa gefärbten Abendhimmel. Ursprünglich 1185 als kleine Kapelle erbaut, gehörte sie zu den ältesten Gebäuden der Stadt. Bekannt geworden war sie durch die Brüder Jacob und Wilhelm Grimm, die sich während der »Schlacht um Mitran« 1831 in der Kirche verschanzten und ihre »Magischen Chroniken« vervollständigten. Viele magisch-historische Ereignisse wären nie für die Nachwelt erhalten geblieben, hätten die Brüder sie nicht niedergeschrieben.

Was die wenigsten wussten: Die Gedächtniskirche war auf einem Magieknotenpunkt errichtet worden, an dem sich gut ein Dutzend Magiestränge kreuzten, jeder für sich nicht der Rede wert, so schmal waren sie, doch in ihrer Gesamtheit strahlten sie eine geballte Kraft aus, die Natalies Blut prickeln ließ.

In Gedanken versunken war sie stehen geblieben. Auf dem Infoscreen an der Westseite des Chronistenplatzes fand eine Übertragung der Nachrichtensendung statt, unterbrochen von Durchsagen der Stadtverwaltung, Häuser und Wohnungen bis zur Entwarnung nicht zu verlassen. Kaum jemand hielt sich daran.

Vor der Absperrung, die von Polizei und Feuerwehr bewacht

wurde, hatten sich Neugierige versammelt, die heftig diskutierten. Der allgemeine Tenor ging gegen die Magischen, nicht gegen den Riesen oder die Organisation, nein, gegen sämtliche Angehörige des Magischen Volkes. Seit wann waren die Menschen derart hasserfüllt?

»Nat!«

Natalie blieb gerade mal Zeit zum Luftholen, da legte Jolly auch schon los, die Hände in die Seiten gestemmt: »Natalie Amalia Windersom! Ich glaub, ich träum! Bist du noch ganz dicht, allein loszurennen? Was denkst du dir eigentlich?«

»Ich musste …«

»… mich mitnehmen, dass hättest du gemusst. Was anderes musst du nicht müssen. Ich weiß ja nicht, was du vorhast, aber zu zweit geht alles leichter. Schon vergessen? Du und ich gegen den Rest der Welt!«

Gegen Jollys Sturkopf kam Natalie nicht an. Und etwas seelische Unterstützung hatte sie bitter nötig. Sie umarmte ihre Freundin. »Gegen den Rest der Welt!«

»Junge Dame.« Jemand tippte ihr auf die Schulter. Als Natalie sich umdrehte, sah sie sich zwei Polizisten gegenüber. »Kommen Sie bitte mit«, forderte sie der größere der beiden auf.

»Warum denn?«

»Wir haben ein paar Fragen an Sie.«

Natalie tauschte einen Blick mit Jolly, die nur hilflos die Schultern hob. »Worum geht es?«

»Das besprechen wir gleich. Bitte begleiten Sie uns zu unserem Wagen.« Er wies zur Absperrung.

Sie wich zurück, als er Anstalten machte, sie am Oberarm zu packen, und entdeckte Rouven, der an der Motorhaube seines Taxis lehnte, entspannt und mit einem Lächeln um die Mundwinkel. Einem geringschätzigen Lächeln.

Plötzlich wusste sie, was los war. *Dieser Dreckskerl!*

»Scheiße«, sagte Jolly. »Rouven. Und die Suchmeldung.«

Deshalb war er vorhin ausgestiegen. Er hatte sie als die Gesuchte aus der Fernsehmeldung erkannt und der Polizei einen Tipp gegeben. Schließlich war sie eine der »gemeingefährlichen Magischen«. Und Rouven schien nicht der Einzige zu sein, der so dachte. Die Blicke der Umstehenden brannten auf ihr, ringsum wurde getuschelt, sogar mit dem Finger zeigten sie auf sie. Was sahen sie in ihr? Eine magische Missgeburt? Eine Kriminelle? Beides?

Mit aller Macht blinzelte sie gegen die Tränen an und hob das Kinn. *Ich wollte doch nur helfen*, schoss es ihr durch den Kopf, gefolgt von wirren Überlegungen: dass sie ja dennoch mitverantwortlich war. Was Kilian nun von ihr denken mochte. Wie sie das alles ihren Eltern erklären sollte. Die Gedanken schwappten nur so durcheinander, als hätte sich ihr Gehirn in Mus verwandelt.

Wohl oder übel musste Natalie die Polizisten begleiten.

»Das ist meine Schuld«, jammerte Jolly, die ihr nachlief. »Könnte sein, dass mir bei Rouven was rausgerutscht ist, vorhin am Telefon.«

»Ach Jolly!«

»Tut mir so leid. Weißt du was?«, raunte sie. »Wir krallen uns ihre Pistolen. Dann nehmen wir Geiseln und fordern ein Flugzeug an, das uns nach Kuba bringt.«

Natalie musste grinsen, sie konnte Jolly einfach nicht böse sein. Der Polizist hingegen fand das weniger lustig. Er warf ihr einen bitterbösen Blick zu.

»Wollen Sie auch mitkommen? Wegen Behinderung einer Ermittlung?«

»Nein«, sagte Jolly kleinlaut. »Besser nicht. Aber sehen Sie sich meine Freundin an – jemand muss sie aus ihrer Schockstarre reißen. Nobel wie sie ist, würde sie jedes Schuldbekenntnis unterzeichnen.«

An der Absperrung rückten die Schaulustigen zur Seite, eine Gasse bildete sich, und das makabere Bild einer mittelalterlichen Hexenverbrennung zuckte vor Natalies Augen auf. Jeder

Schritt fühlte sich an, als würde sie über Watte laufen, darin versinken, ersticken. Sie sah Münder, die sich bewegten, sah vor Hohn und Verachtung verzerrte Gesichter, sie merkte, dass die Polizisten mit ihr sprachen, dass auch Jolly etwas sagte, doch sie konnte nichts hören. Nur das Blut rauschte in ihren Ohren und ihr Herzschlag dröhnte.

Und dann entdeckte sie den Riesen. Direkt vor der Kirche war er zusammengebrochen. Offenbar hatte man versucht, ihn zu betäuben, wenn auch die Wirkung nicht optimal schien, denn er brüllte und grollte weiterhin und boxte ziellos in die Luft. Rings um ihn flirrte die Magie in unzähligen silbrigen Strängen. Ein Banngitter! Allerdings war es unfertig und die erstellten Waben nachlässig gewebt. Der Riese wirkte, als könnte er es jederzeit niederreißen. Was, wenn er wieder zu Kräften kam, wenn er erneut ausbrach?

Hölle, nein! All die Leute! Jolly! Und Kilian!

Natalies Panik wurde von plötzlicher Klarheit abgelöst. Wie ein Pfeil schnitt sie durch ihren Verstand, fegte alles hinweg, bis nur noch eins übrig blieb: Sie konnte etwas tun, diesmal konnte sie wirklich helfen.

Ihre Stimme war belegt, als sie sich an Jolly wandte, aber ihr Puls hatte sich beruhigt. »Ich glaube, du musst dich doch allein auf den Heimweg machen. Grüß Rouven von mir.«

Sie duckte sich unter der Absperrung durch und noch während die Polizisten sich ebenfalls bückten, rannte sie los.

6

Kilian drehte am Lautstärkeregler seines Headsets. Die Verbindung über den Kanal der Einsatzkräfte war durch Störgeräusche beeinträchtigt, zudem gab der Riese gerade ein unwilliges Grollen von sich. Die beiden Hubschrauber, die über ihren Köpfen kreisten, sowie die Einspielungen über den Infoscreen machten es nicht besser.

»Ich sagte, wir hatten sie, aber dann ist sie getürmt«, erklärte der Polizist am anderen Ende der Leitung und Kilian ertappte sich bei einem Schmunzeln. Sie hatte es geschafft, zwei gestandenen und gut ausgebildeten Männern zu entwischen. »Verdammt schnell, die Hexe. Da drüben ist sie, vor dem *Stadtmusikanten.«*

Kilians Herz machte einen Sprung, als er Natalie unter den Sonnensegeln des Restaurants entdeckte. Unter den gegebenen Umständen waren seine Gefühle für sie kontraproduktiv, aber sobald er sie sah oder auch nur an sie dachte, spielte alles in ihm verrückt. Das Lokal war in aller Hektik geräumt, die Tische mit Speisen und Getränken beladen stehen gelassen worden. Natalie sprintete zum Grimm-Denkmal hinüber, kletterte über die Brüstung des Brunnens und hinauf auf den Sockel, wo sie sich an Wilhelm lehnte – oder war es Jacob? –, der mit der Hand die Augen beschattend in die Ferne schaute.

»Holla.« Ed, der von seinem Platz an der Ladekante des Transporters an seine Seite kam, unterdrückte einen Lachanfall. »Mut hat sie, das muss man ihr lassen.«

Fast zu viel Mut. Was hatte Natalie bloß vor? Es war höchst gefährlich, sich auch nur in die Nähe des Riesen zu wagen. Sie hatten ihn mit Betäubungsschüssen außer Gefecht gesetzt, ein kurzer und effektiver Einsatz aller Agenten, woraufhin er zwar nicht die Besinnung verloren hatte, aber immerhin in die Knie gebrochen war und nun mit rasselndem Atem auf dem Chronistenplatz hockte. Ein Tieflader war vorgefahren. Gerade wurde darüber diskutiert, wie und mit welchem Kran man den Koloss am besten verladen sollte. Die Zoodirektion hatte sich dringend erbeten, Vorsicht walten zu lassen.

Indessen war sein Chef, der Mächtige, dabei, ein flexibles Bannnetz zu erstellen. Mittels Zepter hatte er drei Verankerungspunkte am Leib des Riesen gesetzt, das konnte Kilian auf dem Detektor sehen. Nun mussten sie durch Magie verbunden werden. Eine heikle Angelegenheit, weil der Mächtige dem Riesen dabei ziemlich nahe kommen musste. Fast so nahe wie Natalie auf ihrem zehn Meter entfernten Posten.

»Ja, das ist sie«, gab Kilian an die Polizei durch. »Wir übernehmen.« Eine Hexe – Lydias Abgleich mit den Systemdaten im Computer hatte das bestätigt – war ein Fall für die OMB, noch dazu war Natalie offenbar höchst begabt.

»Wir müssen sie da runterholen, bevor noch was passiert oder der Chef auf sie aufmerksam wird«, sagte Kilian zu Ed.

Der klopfte ihm doch glatt auf die Schulter, die Lippen zu einem süffisanten Grinsen verzogen. »Dein Mädchen, dein Job. Mit dir wird sie bestimmt reden.«

»Reden?«

»Du kannst sie auch gleich lähmen, ganz wie du willst.«

Der Lähmer war eine weiterentwickelte Elektroimpulswaffe, die das Opfer rasch und effektiv außer Gefecht setzte, indem sie das Nervensystem für kurze Zeit blockierte. Er war ihre Standardwaffe, wenn es darum ging, Magische dingfest zu machen. Nichts würde Kilian dazu bringen, ihn auf Natalie abzufeuern.

Fluchend machte er sich auf den Weg. *Du bist Agent, das ist dein Job*, ermahnte er sich. Alle Indizien sprachen dafür, dass Natalie im Zoo tatsächlich Bannmagie gewirkt und somit gegen die Magiegesetze verstoßen hatte – was ihn in eine unmögliche

Situation brachte: Er konnte doch nicht seine Freundin festnehmen! *Schöner Mist.*

Er lief um den Tieflader herum und näherte sich dem Denkmal, ohne dass Natalie ihn kommen sah. Kurz hielt er inne, weil ihn ihr Tun irritierte. Sang sie etwa? Ihre Stimme war so leicht und die Laute so fremdartig, dass sich auf seinen Armen unweigerlich Gänsehaut bildete. Dazu diese Handbewegungen, jenen des Mächtigen nicht unähnlich, aber irgendwie komplexer und auf eigenartige Art weicher.

Bannmagie, ohne Zweifel. Das ist keine gute Idee, Nat.

Mit drei Sprüngen war Kilian auf dem Sockel des Denkmals und rief ihren Namen. Erschrocken wandte sie sich ihm zu, die Hände nach wie vor erhoben. In ihren grauen Augen las er Bedauern und Scham, doch schon wandelte sich ihr Blick. Entschlossenheit blitzte darin auf.

»Nimm die Hände runter, Nat. Ganz langsam. Bitte.«

Sie kam der Aufforderung nach, behielt sie aber auf halber Höhe. »Das passt gerade nicht so gut«, flüsterte sie angespannt. »Ich habe sie in der Magie.«

Das sah er auf dem Display. Sie brauchte kein Zepter, sie arbeitete mit bloßen Händen und die Magie floss durch ihren Körper, mehr noch, es schien ihm, als würde sie sich dort ballen. In ihrem Brustkorb hatte sich ein helles Knäuel gebildet, pulsierend wie ein zweites Herz. Wunderschön.

Für einen Moment verschlug es ihm die Sprache. Ein Magieknotenpunkt wie dieser, im Körperinneren noch dazu, war ihm noch nie untergekommen. Völlig fasziniert starrte er Natalie an und kämpfte gegen das Bedürfnis, sie genau dort zu berühren, zu spüren, was sie spürte …

Konzentrier dich, verdammt! Rasch machte er einen Screenshot, dann fragte er: »Was wird das? Was tust du da?«

Sie gab einen hysterischen Laut von sich. »Ich wollte das alles nicht, Kilian, bitte, das musst du mir glauben. Ich wollte nur helfen.«

»Und jetzt?«

»Jetzt auch.«

»Wem denn helfen?«

»Dem Mächtigen natürlich!«

»Natürlich.« Er verstand gar nichts mehr. »Kommt er etwa nicht allein klar?«

»Meinst du?« Ihr Kinn ruckte zum Mächtigen, der wie ein Wiesel um den Riesen herumeilte und dabei ein wenig von seiner üblichen Routine vermissen ließ. »Erweckt das da etwa einen professionellen Eindruck?«

»Das da«, es klang spöttischer als beabsichtigt, »dient dazu, das Chaos einzudämmen. Nat, hör auf, bitte«, fügte er sanfter hinzu. »Komm mit, wir können über alles reden.«

Mit der Schulter wischte sie sich eine Haarsträhne von der Wange. Oder war es eine Träne? Vor ihm stand das Mädchen, in das er sich verliebt hatte. Er hätte weiß der Himmel was dafür gegeben, sie in den Arm nehmen zu können. Ihr sagen zu können, dass alles gut werden würde. Aber das konnte er nicht. Er durfte nicht.

Gebrüll ließ ihn zusammenzucken. Der Riese regte sich, und der Mächtige musste zurückspringen, um nicht erschlagen zu werden. Die Wirkung des Betäubungsmittels schien bereits nachzulassen. Das war schlecht, ganz schlecht – sie hatten keine Kartuschen mehr übrig.

»Nat, wir müssen hier weg. Wenn der Riese aufwacht und der Mächtige nicht fertig ist, bricht die Hölle los.«

»Genau deshalb bin ich hier. Er braucht mich. Sein Banngitter ist unvollständig, immer wieder fällt es in sich zusammen. Das musst du doch auf deinem Scanner sehen.«

»Scanner?«

»Das Ding da, der Magiescanner«, erklärte sie mit einem ungeduldigen Blick auf sein Handgelenk.

»Detektor«, korrigierte er automatisch. Laut Displayanzeige hatte sie einen Verankerungspunkt über dem Kopf des Riesen gesetzt, einen geballten Knoten aus purer, intensiver Magie, der allerdings noch mit den Magiesträngen, die sich strahlenförmig um die Gedächtniskirche ausbreiteten, verbunden war und eine Struktur aufwies, wie Kilian sie noch nie gesehen hatte. Ihre Fähigkeiten waren wirklich beeindruckend.

»Ist das … ein Igel?«, fragte er ungläubig.

»Nein, eine Sonne.«

Er blickte zum Riesen, über dessen Haupt nicht das Geringste zu erkennen war, kein Igel und schon gar keine Sonne. Logisch, es war Magie, sie war unsichtbar. »Du kannst Magie also sehen?«

»Ja. An den Strahlen kann er sein Netz anhängen. Sag ihm das. Vor lauter Stress ist es ihm noch gar nicht aufgefallen.«

Tatsächlich wirkte der Mächtige fahrig. Unkoordiniert fuchtelte er mit dem Zepter herum. Das Netz zu stabilisieren, schien ihn zu überfordern, oder möglicherweise wurde er einfach alt. Ob er Unterstützung nötig hatte, konnte Kilian allerdings nicht abschätzen.

»Sei vernünftig«, bat er. »Du besitzt ja nicht mal eine Lizenz, oder?«

»Nein. Ich bin erst siebzehn, das weißt du doch.«

»Ja, das weiß ich. Dass du eine Hexe bist und noch dazu Bannmagie beherrschst, hast du wohl vergessen zu erwähnen. Wann wolltest du es mir sagen?«

»Heute«, flüsterte sie. »Zumindest Ersteres. Was die Bannmagie betrifft … so wusste ich selbst nicht, dass ich das kann.«

»Nun, das haben wir jetzt dann wohl beide rausgefunden.« Er seufzte. »Okay, Ende der Diskussion. Du trennst sofort deine Verbindung zur Magie und kommst mit.«

»Aber er braucht mich!«, rief sie entrüstet. »Er wäre längst fertig, würde er meine Sonne benutzen.«

»Deine *Sonne* hilft ihm so nicht, sie ist noch an die Magiestränge gekoppelt. Das Bannetz muss flexibel und transportabel sein, wir müssen den Riesen schließlich zurück in den Zoo schaffen. Verstehst du?«, setzte er hinzu, weil sie sich nicht rührte und ihn lediglich verwirrt anblickte.

»Er muss freiliegen!« Erkenntnis huschte über ihr Gesicht. »Aber klar! Wie dumm von mir. Nur, wie erschafft man einen mobilen Knotenpunkt?«, murmelte sie vor sich hin. »Was hält ihn im Zaum? Wieso verpufft die Magie nicht?«

»Ich. Habe. Keine Ahnung!« Er fühlte sich hilfloser denn je.

Ein neuerliches Brüllen erschallte. Seinen Detektor ebenfalls im Blick, beobachtete Kilian besorgt, wie der Riese die Faust gegen das unfertige Bannnetz rammte. Bereits gespannte Stränge rutschten aus dem Gewebe, der Mächtige ging erst in Deckung, dann schleuderte er einen Stoß reinster Magie auf den Riesen. Er konnte sich zweifellos wehren, aber letzten Endes hätte er es mit einem übermächtigen Gegner zu tun.

Zu zweit wären sie schneller. Vielleicht sollten sie Natalies Angebot ja annehmen, vielleicht war das ihre einzige Chance, den Riesen unter Kontrolle zu bekommen …

»Kilian«, meldete sich Ed über das Headset, »der Chef lässt fragen, was zum Geier ihr dort oben treibt.«

»Wir genießen die Aussicht, was denkst du denn?«, knurrte er. »Ich bringe sie jetzt zum Wagen.« *Egal wie.*

»Wird auch Zeit, mein Junge.« Ed hatte ihn heute bereits mehrmals *mein Junge* genannt. Das tat er nur, wenn er betonen wollte, dass Kilian mit seinem dreiviertel Jahr Berufserfahrung ein richtiger Grünschnabel war.

»Ich hab's vermasselt, oder?«

»Ach was! Er findet das großartig … Moment, warte …«

Es knackte in der Leitung. Kilian sah, wie Ed ein paar Worte mit dem Mächtigen wechselte. »Was ist?«

Keine Antwort.

»Oh, gut!«, rief Natalie. »Er hat meine Sonne entdeckt! Ich wusste doch, dass er sie gebrauchen kann.« Sie ließ die Hände an die Seiten fallen, den Blick auf den Riesen geheftet, wo sie vermutlich genau das in natura beobachten konnte, was Kilian am Display in Form von Millionen von Pixeln geboten bekam.

Sein Chef hatte die »Sonne« vom Magiesystem gelöst und mit den anderen Verankerungspunkten verbunden. Jetzt konnte er das Bannnetz mühelos erweitern. Die Arbeit ging ihm nun rasch von der Hand, Wabe um Wabe baute er auf, bis der Riese komplett eingehüllt war. Er war mittlerweile endgültig aus der Betäubung erwacht, doch das Netz war so straff gespannt, dass er weder die Arme heben noch aufstehen konnte. Sein frustriertes Gebrüll hallte über den Chronistenplatz, als die Kräne in Position gebracht wurden. Nun würde er bald verladen und bereit für den Transport in den Zoo sein.

Natalie strahlte. »Na also! Jetzt können wir gehen.«

»Herzlichen Dank.« Kilian seufzte tief. »Nach dir.«

Sie kletterten vom Denkmal und er ließ zu, dass sie sich am Brunnen das Knie und die Hände wusch. In der hereinbrechenden Dämmerung glommen ihre Augen wie Silber.

»Es tut mir leid, dass ich dir solchen Ärger gemacht habe«, sagte sie leise.

Kilian schluckte. Seine Hand hob sich ohne sein Zutun an ihre Wange, flüchtig nur, wie zufällig. Eine winzige Berührung, die sie erschauern ließ. Etwas in ihm krampfte sich zusammen, etwas, das überraschend viel Platz einnahm, viel mehr, als er geahnt hatte.

»Das ist das geringste Problem«, flüsterte er. Er hätte gern eine Weile hier gestanden, nur so, Junge und Mädchen, dicht beieinander, abgeschottet von Zeit und Raum. Dummerweise hatte er einen Job zu erledigen.

Der Transporter war ihre mobile Kommandozentrale und verfügte neben Stauraum für Laptops, Funkgeräte, Kameras, Waffen und Kleidung auch über herausklappbare Tische und Stühle. Kilian bot Natalie ein Glas Wasser an und setzte sich ihr gegenüber. Während sie trank, legte er Notizblock und Vernehmungsprotokoll bereit. Er nahm sich vor, einen offiziellen Ton anzuschlagen und die persönlichen Fragen, die ihn quälten, hintenanzustellen. Soweit der Plan. Doch der entpuppte sich als nicht so einfach wie erwartet.

Du kannst sie ja noch nicht mal ansehen, ohne dir vorzustellen, sie zu küssen. Ihm fiel ein, dass er sie ursprünglich in das Café an der Jesar hatte einladen wollen, wo man in bunten Strandkörben direkt auf den Fluss schauen, das Wasser und den nahenden Sommer schmecken konnte. Es hätte ein romantischer Nachmittag werden sollen. Stattdessen saßen sie einander in dieser alten Karre gegenüber, wo es nach Waffenöl und Benzin roch. Er durfte nicht ihr Freund sein, der sie tröstete, durfte noch nicht mal nach ihrer Hand fassen – er war der Agent, der sie vernehmen musste.

Reiß dich gefälligst zusammen! So kannte er sich nicht. Sein Denken war für gewöhnlich strukturiert und auf das Wesentliche ausgerichtet. Natalie aber stellte es komplett auf den Kopf. *Los jetzt, fang an!*.

»Du …«

»Ich …«

Kilian lächelte schwach. »Du zuerst. Erzähl mir, was im Zoo passiert ist.«

Natalie nickte und beschrieb das Loch im Banngitter, das sie entdeckt hatte. »Ich wollte dir Bescheid geben, aber du bist los, um den Streit um den Zwergenjungen zu schlichten. Ed war auch nicht da. Das Einhorn spielte plötzlich komplett verrückt und damit nahm der Schlamassel seinen Lauf.« Sie schilderte, dass sie sich in ihrer Not nicht anders zu helfen gewusst hatte, als in die Magie zu greifen. Dass sie das Unglück verhindern wollte – und gescheitert war.

»Du hättest niemals eigenmächtig handeln dürfen«, sagte Kilian nach einem Moment der Stille.

»Ich weiß. Jetzt weiß ich es.« Sie mied seinen Blick. Zupfte Haut von ihren Nagelbetten.

»Es war eine Verkettung unglücklicher Umstände. Doch das wird die Straftat leider nicht aufwiegen, vor allem auch, weil du den gleichen Fehler zweimal begangen hast.«

»Ich wollte ihn wiedergutmachen.«

»Das ist unerheblich.« Er rieb sich die Stirn, bemüht, nicht an die möglichen Folgen zu denken. »Wir könnten es so darstellen, dass dir nicht bewusst war, dass du die Magiegesetze übertrittst. Du müsstest zugeben, aus Dummheit gehandelt zu haben …«

»Es war keine Dummheit, es war Affekt. Und meine Sonne hat dem Mächtigen geholfen!«, rief sie empört.

»Na ja, unüberlegt war es schon, findest du nicht? Wenn du das eingestehen würdest …«

Natalie schüttelte den Kopf. »Wie gesagt, es blieb nicht gerade viel Zeit zu überlegen.«

Kilian seufzte. »Ist ohnehin nicht die beste Idee. Du müsstest lügen, und ich auch … Scheiße!«

Er starrte auf sein Vernehmungsprotokoll. Er hatte keine Zeile geschrieben. Ein feiner Agent war er.

Natalie war die Verzweiflung deutlich anzumerken. Sie so vor sich zu sehen, schwer atmend und mit bebendem Brustkorb, weil sie mit aller Macht versuchte, Haltung zu bewahren, löste in ihm den Wunsch aus, sie beschützen zu wollen. Einen Ausweg zu finden, ganz egal welchen und was ihn das auch kosten mochte.

Kilian wusste nicht, wann es passiert war, aber Natalie hatte sein Herz bloßgelegt, es in ihren Händen gewärmt und unzählige Abdrücke darauf hinterlassen, die nun in ihm leuchteten. Er war süchtig danach, süchtig nach ihr. Er konnte seine Gefühle nicht ausklammern, unmöglich.

Sie schniefte. Sah ihm fest in die Augen. »Ich habe mit besten Absichten gehandelt. Und vorhin konnte der Mächtige das Bannnetz erst durch meine Hilfe vollenden …«

Die Hecktür, die Kilian nur angelehnt hatte, wurde aufgerissen. »Von Nauders!«, ertönte die scharfe Stimme des Mächtigen.

Natalie zuckte zusammen. »Kommen Sie heraus! Ich will sie mir ansehen, bevor wir zum Zoo aufbrechen.«

Feiner Regen stäubte Kilian ins Gesicht, als er hinter Natalie aus dem Wagen kletterte. Der Abend kleidete den Himmel in verwaschenes Grau. Scheinwerfer erleuchteten den Chronistenplatz. Der Riese lag, durch Ketten gesichert, auf dem Tieflader. Auf dem Infoscreen war man zur Normalität zurückgekehrt. Die Holle-Gesellschaft für Meteorologie, liebevoll »Frau Holle« genannt, lieferte den Wunschwetterbericht: »Vergesst den Regenschirm nicht, liebe Leute, heute Nacht steht Nieselregen auf dem Programm, gewünscht vom Bauernbund Groß-Mitran.«

Der Mächtige musterte Natalie eine schier endlose Weile, ohne ein Wort, als wäre sie ein Rätsel, das nur er zu lösen vermochte. Wie stets trug er seinen Ledermantel, das kunstvoll gedrechselte Zepter mit der Glaskugel an der Spitze lag locker in der Linken. Trotz seines Alters war er eine imposante Erscheinung, groß, schlank, drahtig. Sein autoritäres Auftreten ließ sein Gegenüber unweigerlich in sich zusammensinken. Bestimmt hatte sich Ed, der mit Leidensmiene hinter ihm verharrte, schon einiges anhören dürfen.

Gerade als Kilian das Schweigen brechen wollte, erhob der Mächtige die Hand gegen Natalie, um ihr eine Ohrfeige zu verpassen. In letzter Sekunde hielt er sich zurück.

»Dein Name?«, fuhr er sie stattdessen an.

Sie schluckte und setzte mehrmals zu einer Antwort an. Als sie endlich sprechen konnte, zitterte ihre Stimme. »Natalie. Natalie Amalia Windersom.«

»Holla, wie bitte?«, flüsterte Ed.

Der Mächtige nickte. »Deine Mutter wird hocherfreut sein, dass du alles, was sie erreicht hat, zunichtegemacht hast.«

»Meine … Mutter?«

Er zischte verächtlich. »Bringen Sie sie nach Hause, von Nauders. Und lassen Sie sich nicht noch einmal von ihr auf der Nase herumtanzen. Sie kommen mit mir, Kroll.«

Seufzend hob Ed die Hand zum Gruß. Kilian blickte den beiden nach, nicht sicher, was er verpasst hatte. Er sollte sie nach Hause bringen? Mehr nicht?

Natalie schien nicht weniger verwirrt zu sein als er. Röte war ihr in die Wangen geschossen und sie knibbelte an ihren Fingernägeln, eine Verlegenheitsgeste, die ihm schon fast vertraut war.

Natalie Windersom, wiederholte er in Gedanken und plötzlich setzten sich die Puzzleteile wie von selbst zusammen. Windersom. Jetzt begriff er.

7

Die Szene hätte aus einem kitschigen Liebesfilm stammen können: *Der Junge bringt sein Mädchen mit dem Auto nach Hause. Er stellt den Motor ab. Ein verführerisches Lächeln umspielt seine Lippen, als er sich ihr zuwendet, sein Blick gleitet weich über ihr Gesicht* – und genau da drifteten Romanze und Realität gewaltig auseinander.

»Mist! Was für ein Mist.«

Kilian hämmerte mit der Faust gegen das Lenkrad, mehrmals, mit aller Wucht. Natalie meinte, seine Fingerknöchel knacken zu hören. Damit war sein Ausbruch auch schon beendet und sie schwiegen sich wieder an, wie sie es bereits die ganze Fahrt über getan hatten.

Hätte Jolly ihr am Morgen prophezeit, dass ihre Verabredung eine solche Wendung nehmen würde, sie hätte ihr den Vogel gezeigt. Dabei hatte alles so gut angefangen. *Zu gut*, dachte sie bitter.

Sein Duft strich ihr um die Nase, süß und holzig, mit einer schwachen Zitrusnote, ein Rasierwasser oder Parfüm, das ihr gut gefiel. Ihr Bedürfnis nach Nähe, nach Trost war dermaßen stark, dass sie sich an den Haltegriff klammern musste, um nicht heulend an seine Schulter zu sinken.

Die Auffahrt vor der Garage glänzte nass. Die Scheibenwischer quietschten im ewig gleichen Rhythmus. Kilian murmelte etwas, das sich wie »Blöde Karre« anhörte, und schaltete sie ab.

»Nett hier«, ergriff er endlich das Wort. »Wohnen viele Magische in der Gegend?«

Oh ja, lass uns ein bisschen Small Talk betreiben. »Nicht, dass ich wüsste. Hauptsächlich Menschen.«

»Die Grundstückspreise müssen horrend sein.«

»Meine Mutter hat geerbt.«

»Großeltern?«

»Großtante.« In Wirklichkeit hatte sie keinen Schimmer. Sie sagte es nur, um sich nicht wie ein kompletter Idiot zu fühlen. Sie sollte dem Theater besser ein Ende machen und aussteigen, aber sie konnte die Hand nicht vom Griff lösen. Er war ihr einziger Halt.

Vorhin, bei der Begegnung mit dem Mächtigen, hatte sie das Gefühl gehabt, sie wüssten genau über sie Bescheid – Ed, Kilian, aber vor allem *er*, dessen Blick präzise wie ein Laserstrahl an ihr herabgeglitten war. Er war nicht bloß *mächtig*, sondern hatte eine Furcht einflößende Aura. Aber nichts, nicht einmal die Ohrfeige, die er ihr fast verpasst hätte, hatte sie so aufgewühlt wie seine Worte.

Was wusste er über sie, wovon sie nichts ahnte? Kannte er ihre Mutter? Was hatte Natalie denn *zunichtegemacht?*

»Nat? Warum hast du es mir nicht früher gesagt?«

Sie begegnete Kilians forschendem Blick. »Dass ich eine Magische bin? Ändert es denn etwas, jetzt, da du es weißt? Zwischen uns, meine ich.«

»Zwischen uns? Nat …«

»Ich wollte es dir persönlich sagen, nicht schreiben. Vielleicht hätte ich das in der Cafeteria tun sollen, aber so beginnt man doch kein erstes Gespräch, oder?«

»Du hast mir ja auch erzählt, dass deine Mutter Goldschmiedin ist und dein Vater Zahnarzt. Dass du Journalistin werden willst.«

»Ja, schon«, sagte sie gedehnt. »Es ist nicht so, dass Magie zu meinem Leben gehört, weißt du. Ich … *wir*«, sie nickte zum Haus hinüber, »sehen uns als Menschen, nicht als Magische. Ich hatte anfangs einfach nicht daran gedacht.«

Kilian nickte. »Verstehe. Nein, es hätte nichts geändert, das musst du mir glauben.«

Hätte. »Aber?«

»Es liegt nicht daran, dass du eine Hexe bist. Ich fand die Magie und ihre Wesen schon immer faszinierend. Deshalb arbeite ich ja auch für die OMB.«

Kälte kroch ihr in den Nacken. »Da fühle ich mich doch gleich viel besser.«

»So habe ich das nicht gemeint. Aber die Situation ist kompliziert. Ich bin Agent und du bist die …« Er schloss kurz die Augen, schüttelte sachte den Kopf. »Wie kann ich mich in ein Mädchen verlieben, das … Ich muss mir erst überlegen, wie ich damit umgehe.«

»Dann schlage ich vor, du machst das mal und meldest dich, falls du zu dem Entschluss gelangst, dass du dich doch in ein faszinierendes Wesen wie mich verlieben kannst«, erwiderte sie und war furchtbar stolz, dass ihre Stimme nicht brach, ja nicht einmal zitterte.

Sie stieß die Tür auf und floh ins Freie. Wild entschlossen, sich keine Blöße zu geben, drängte sie die Tränen zurück. Der Regen fiel lautlos und in hauchfeinen Fäden, angenehm kühl auf ihren heißen Wangen. Vom Garten her roch es nach feuchter Erde.

»Nat! Nat, warte!« Nach wenigen Schritten hatte er sie eingeholt und griff nach ihrer Hand. »Du bist das tollste Mädchen, dem ich je begegnet bin, und bis heute Morgen dachte ich, das mit uns ist einfach nur perfekt. Doch jetzt … Ich weiß nicht, was ich tun soll …«

»Ein Liebesdrama!«, drang plötzlich eine Stimme, die Natalie nur zu gut kannte, zu ihnen herüber: »Hey, Leute, habt ihr das mitgekriegt? Die zwei streiten sich!«

Das auch noch. »Psst«, machte Natalie in Richtung der alten Tannen neben dem Haus.

»Psst, psst, psst«, echoten die Pixies, die neuerdings hier Quartier bezogen hatten, und ihr Wispern und Kichern strich wie Wind durch das Geäst.

Kilian ließ ihre Hand los. »Was war das?«

»Jetzt gibt's Ärger«, krähte eine zweite Stimme. »Hau ihn, hau ihn!«

Und eine dritte: »Ich hätte ja lieber etwas Romantik.«

»Hast du Matsch in der Birne?«, kam es zurück. »Wir wollen hier was geboten bekommen, du Blödmann!«

»Hau ihn! Gib ihm eins auf die Nase!«

»Still jetzt!«, rief Natalie. Dem ziemlich verwirrt dreinblickenden Kilian erklärte sie: »Das sind sprechende Pilze. Die haben eine große Klappe.«

»Oh. Züchtet ihr die?«

»Natürlich nicht. Sie sind eine Plage.«

»Ich verbitte mir diese Beleidigung!«, entrüstete sich die erste Stimme.

»Einfach ignorieren«, sagte Natalie, »dann hören sie von selbst auf.«

Kilian folgte ihr bis unter das Vordach. Tropfen hingen in seinem wirren Haar, und sie dachte mit schmerzlicher Sehnsucht daran, was ihr der Tag geraubt hatte. Wäre alles anders gekommen, so hätte sie die Finger in seine nachtfeuchten Strähnen getaucht und ihn zum Abschied geküsst.

»Nat …« Er verstummte, und sie wollte schreien vor Verzweiflung über all das, was er bisher nicht über die Lippen gebracht hatte. Da beugte er sich zu ihr vor.

Er kam ihr so nah, dass sein Atem über ihre Wangen strich. Die Luft schien zu prickeln und die Vertrautheit, die sie von Anfang an geteilt hatten, stellte sich wieder ein. Es fehlte nur ein Herzschlag zum Kuss, ein Atemzug …

Doch dann zuckte er zurück und der Moment rieselte ihr wie Sand durch die Finger. Was blieb, war das Gefühl, etwas verloren zu haben, das sie fälschlicherweise für sich beansprucht hatte.

»Soll ich klingeln?« Seine Stimme klang rau.

Hastig fingerte Natalie den Schlüssel aus dem Rucksack.

Noch bevor sie ihn ins Schloss stecken konnte, wurde die Tür aufgerissen. Licht und Wärme strömten zu ihr ins Freie, und mit ihnen der verführerische Duft von Lasagne. Wie auf Kommando knurrte ihr Magen.

»Natalie!« Ihre Mutter riss sie in die Arme. »Wir haben uns solche Sorgen gemacht! Hättest du nicht anrufen können? Geht es dir gut? Bist du in Ordnung?«

»Äh, ja, ich bin okay. Mama, du erdrückst mich.«

Ihre Mutter wich zurück. Sie trug noch ihre Arbeitskleidung, ein blaues T-Shirt und Jeans. Feiner Goldstaub hatte sich daran festgesetzt und schimmerte im Schein der Flurlampe. Liam lugte neugierig an ihr vorbei, nur Natalies Vater war nirgends zu sehen.

»Sag, dass es nicht wahr ist, was sie im Fernsehen berichtet haben.«

Natalies Herz begann zu rasen. Sie kannte den Ausdruck tiefster Sorge im Gesicht ihrer Mutter. Doch jetzt wirkte sie geradezu panisch.

»Also, ich weiß ja nicht, was genau sie berichtet haben …«

»Nein!« Dem entsetzten Ausruf folgte ein Flüstern, fast eine Beschwörung: »Was hast du getan?«

Kilian verschwand so schnell, dass es einer Flucht gleichkam. Der Motor heulte auf, dann verglühten die Rücklichter in der Dunkelheit. Benommen wankte Natalie ins Haus. Hinter ihren Schläfen hämmerte es. Die an Kilian gerichtete Frage ihrer Mutter sickerte langsam in ihr Bewusstsein: »Wird sie angeklagt?«

Angeklagt? Das war absurd. Sie war keine Verbrecherin. Der ganze Mist war nur das Ergebnis unglücklicher Umstände. Und Kilian war die Antwort schuldig geblieben.

»Liam, geh auf dein Zimmer«, verlangte ihr Vater, der aus der Küche kam, »wir haben etwas mit deiner Schwester zu besprechen.« Er legte ihr die Hand auf die Schulter. Mehr nicht. Keine Begrüßung, kein Wort darüber, dass sie wohlbehalten zu Hause eingetroffen war. Sie hatte ihn noch nie so angespannt erlebt.

Murrend verzog sich Liam ins Obergeschoss. Mit einem Krachen fiel seine Zimmertür in Schloss. Ihr war klar, dass er sie in spätestens fünf Minuten vorsichtig wieder öffnen würde, um zu lauschen. Sie hatte selbst dafür gesorgt, dass die Türen ihrer Zimmer nicht knarrten.

Im Wohnzimmer erzählte Natalie ihren Eltern, was geschehen war. »Ich weiß, was ich angerichtet habe«, schloss sie, »aber ich schwöre, dass ich nur helfen wollte.«

Die Eltern tauschten gehetzte Blicke.

»Mama? Papa? Es tut mir so leid, das müsst ihr mir glauben!«

»Das ist eine Katastrophe«, flüsterte ihre Mutter endlich. Fahrig strich sie sich durchs Haar, in dem ebenfalls Goldpartikel glitzerten. Es war schwarz, wie Natalies, während Liam und ihr Vater dunkelblond waren. »Was sollen wir nur tun, Dorian?«

Er rieb sich die Nasenwurzel. »Erst mal abwarten. Vielleicht kommt es ja nicht ganz so dick.«

»Was kann denn passieren?«, fragte Natalie. »Müssen wir für den Schaden aufkommen?« Sie dachte an die zerstörten Gebäude und Straßen, an die Verletzten. Sogar Tote gab es.

»Sie weiß es nicht«, stellte ihre Mutter fest.

Der Vater ließ die Hand auf den Tisch fallen. »Wundert dich das, Viola? Du hast doch immer alles von den Kindern ferngehalten. Du hast sie erzogen wie Menschen, aber das sind sie nicht. Wir alle nicht. Und jetzt müssen wir den Preis dafür bezahlen.«

Verständnislos sah Natalie ihn an.

»Sie werden uns die A-Klassifikation entziehen«, sagte ihre Mutter dumpf.

»Die … A-Klassifikation?«

»Du weißt, was das ist?«

Natürlich wusste sie es. Die Angehörigen des Magischen

Volkes waren in fünf Klassen unterteilt, von A bis E. Während magische Wesen wie Trolle, Riesen oder Zentauren, in Gruppe E fielen, hatten menschliche Magische der A-Klasse einen Sonderstatus. Sie waren die Privilegierten und damit den Menschen in allen Belangen gleichgestellt. Politiker gehörten dazu, Personen öffentlichen Interesses wie Schauspieler und Autoren, Ärzte wie ihr Vater, Richter, Anwälte …

»Ja doch«, erwiderte sie, »aber …«

»Ein A erhält man nur, wenn jedes Familienmitglied unbescholten ist. Die Akten müssen absolut rein sein. Kein Konflikt mit dem Gesetz darf aufscheinen, keine Anzeige. Sogar ein Strafzettel für Falschparken kann zum Problem werden.« Ihre Mutter atmete tief durch. »Mit einer Klassifikation B würde sich unser Leben komplett ändern. Wir müssten die Bank wechseln, die Versicherungen, den Anwalt, sämtliche Ärzte …«

»Aber fast alle Magischen gehören der Klasse B an«, wandte Natalie ein. Normale Bürger, die einer geregelten Arbeit nachgingen und die unter bestimmten Umständen sogar eine Lizenz erwerben und Magie ausüben durften. Die meisten öffentlichen Einrichtungen waren für sie zugänglich, Schulen, Krankenhäuser, Bibliotheken, Museen, Schwimmbäder, aber auch Handels- und Dienstleistungsunternehmen wie Kaufhäuser, Banken und Versicherungen. »Was ist so schlimm daran?«

»Mit B werden wir nicht davonkommen«, murmelte ihr Vater, doch ihre Mutter überhörte seinen Einwand.

»Dein Vater ist auf das A angewiesen. Seine Patienten sind durchwegs Menschen. Die Krankenkassen könnten seine Verträge auflösen. Er würde die Praxis aufgeben müssen, weil der Vermieter ausdrücklich betont hat, nur aufgrund seiner Reputation eine Ausnahme zu machen. Und denk an seine Hüfte: Er könnte nie wieder um eine Kur ansuchen, wenn sie ihm Beschwerden macht, sie würden ihn noch nicht einmal im Hower-Krankenhaus aufnehmen, sollte eine weitere Operation anstehen.«

Das klang erschreckend und langsam dämmerte ihr das Ausmaß der Katastrophe.

»Du und Liam, ihr würdet euren Schulplatz verlieren.«

»Was?«

»Ja, Natalie, eure Schule nimmt nur Magische der Klasse A, das weißt du doch! Und sollte es ein C werden, müsstet ihr eines der Internate am Stadtrand besuchen.«

In Natalies Magen machte sich Angst breit, schwer wie ein Stein. Sie erinnerte sich, dass jene, die mit dem Gesetz in Konflikt geraten waren, aber keine Magiedelikte begangen hatten, ein C erhielten, wodurch sie nur in speziell gekennzeichneten und zumeist von Magischen betriebenen Einrichtungen zugelassen waren. Alle Magischen der Klasse D wiederum waren wegen Magiedelikten gesuchte Kriminelle oder bereits Insassen des Gefängnisses der OMB. Sie hatten so gut wie keine Rechte.

Erkenntnis durchfuhr sie. »Ich werde ein D bekommen«, flüsterte sie erstickt.

Der Vater rang die Hände. »Und das nur, um einen Jungen zu beeindrucken!«

»Darum ging es doch gar nicht! Ich wollte …«

»Helfen, ja, das sagtest du bereits.«

»Es tut mir so leid! Das alles ist einfach über mich hereingebrochen. Wie ein Gewittersturm.«

»Und da stellst du dich ausgerechnet ins Zentrum und wartest auf den Blitz? Hast du heute irgendwann darüber nachgedacht, was du mit deinem Verhalten aufs Spiel setzt? Hast du auch nur einen Gedanken an uns verschwendet?«

Nichts hatte sie bedacht, gar nichts. Was ihre Eltern da aufzählten, war ihr nicht neu, sie kannte die Magiegesetze schließlich. Aber es war eine ganz andere Sache, sie auf sich selbst anzuwenden.

Sie schluchzte auf, alles verschwamm in Tränen. Die Aussage des Mächtigen ergab plötzlich Sinn. »Nein. Das war mir nicht bewusst.«

Ihr Vater seufzte, sein Blick wurde milder. »Das scheint mir auch so.«

Sie verfielen in Schweigen, nur durchbrochen von Natalies Schluchzen, das sie nicht unter Kontrolle bekam. Die ganze Anspannung des Tages brach aus ihr heraus, es schüttelte sie geradezu.

»Was ist mit deinen Händen passiert?«, fragte ihre Mutter sanft, als sich Natalie zum wiederholten Mal mit dem Unterarm die Tränen wegwischte.

»Ich bin gestürzt, als Kilian … als das Einhorn auf mich zusprang … Er hat mich zur Seite geschubst. Wäre er nicht gewesen … Und jetzt will er nichts mehr mit mir zu tun haben …« Ihre Stimme versagte.

»Er hat dich gerettet. Wie gut, dass er zur Stelle war.« Ihre Mutter zog sie in die Arme. »Ach Süße, da hast du wirklich einiges durchgemacht.«

Ihr Vater legte die Hand auf Natalies Schulter. »Scheint ein feiner Kerl zu sein, dein Kilian. Das wird wieder, meine Große. Alles. Wir kriegen das hin.«

Langsam beruhigte sich Natalie. Ihre Eltern benahmen sich wieder wie gewohnt: liebevoll, beschützend, umsorgend. Sie waren wütend und enttäuscht, aber sie würden trotzdem zu ihr halten. Weil sie sie liebten. Weil sie eine Familie waren.

Sie schnäuzte sich. »Werden sie mich verhaften?«

Ihre Mutter strich ihr über die Wange. »Was auch geschehen mag – wir finden eine Lösung.«

»Ihr könnt mein Erspartes nehmen, wenn das was hilft.« Sie wusste nicht, was sie sonst beitragen könnte.

Ihr Vater lächelte. »Danke. Wir wissen dein Angebot zu schätzen, aber wir haben genug Geldreserven.«

»Geh jetzt bitte auf dein Zimmer. Dein Vater und ich werden alles besprechen. Fürs Erste hast du Hausarrest, wir wünschen auch keine Besuche. Du kannst mit Jolly telefonieren, aber erzähl ihr nichts von unserem Problem.«

Natalie schluckte schwer. Sie hatte mit einer Strafe gerechnet, doch Jolly nicht sehen und nicht offen mit ihr reden zu dürfen, würde sie nie und nimmer aushalten. »Sie ist meine beste Freundin! Sie macht sich doch Sorgen!«

»Diese Krise betrifft nur unsere Familie, sie geht niemanden sonst etwas an.«

»Hast du verstanden, Natalie?«, fragte ihr Vater, als sie nichts erwiderte. »Können wir uns auf dich verlassen?«

Sie nickte widerstrebend. »Okay.«

»Schön. Rauf mit dir, Große.«

Kein Abendessen, auch gut. Der Appetit war ihr ohnehin vergangen. Mit geschultertem Rucksack kämpfte sich Natalie die Treppe hoch. Sie war müde, so unendlich müde.

Aus Liams Zimmer drang das Geballere eines Computerspiels, bestimmt eines, das ihre Mutter ihm verboten hatte. *Humans versus Creatures* oder etwas Ähnliches, Spiele, bei denen man in der Rolle einer menschlichen Figur Magische mit einem ganzen Arsenal von Waffen niedermetzeln musste.

Natalie klopfte an seine Tür, bekam aber keine Antwort. Wahrscheinlich musste er sich erst wieder einkriegen. Dass ihre Eltern ihn weggeschickt hatten, nagte an ihm. Er hasste es, wenn sie ihn nicht für voll nahmen. Liam war ein Spätentwickler, vor allem körperlich. Für seine knapp dreizehn Jahre war er relativ klein und zart und sein Gesicht trug noch kindliche Züge.

Verdrossen ließ sich Natalie in ihrem Zimmer aufs Bett fallen. Ihre Welt war zerbrochen, an nur einem Tag. Sie saß vor einem Scherbenhaufen.

Sie setzte sich Kopfhörer auf, schaltete ihre Frustplaylist ein und drehte die Lautstärke voll auf. Sie wollte nicht nachdenken, sie wollte sich das Hirn heraushämmern lassen.

8

Der nächste Tag begann mit einem Freudengeheul, das Liam auf dem Flur anstimmte. Natalies Wecker hatte bereits dreimal geklingelt, aber sie hatte jedes Mal die Schlummertaste gedrückt. *Noch ein paar Minuten, nur noch ganz kurz …*

Geschlafen hatte sie kaum. Sorge, Hunger und Übelkeit hatten dafür gesorgt, dass sie sich im Bett herumgewälzt hatte, die Gedanken dunkel und zäh. Erst in den Morgenstunden war sie in einen unruhigen, von Traumfetzen durchzogenen Schlaf gefallen.

»Wir müssen nicht zur Schule, wir müssen nicht zur Schule«, sang Liam und stampfte im Takt dazu, sodass die Fußbodenbretter knarrten und Natalies Flaschensammlung, bunte, mit Sand gefüllte gläserne Kostbarkeiten aus aller Welt, auf dem Regalbrett klirrte.

»Gott sei Dank«, murmelte sie und zog die Decke über den Kopf. Es klopfte. *Mist. Nicht jetzt, nicht jetzt, bitte.*

Erneutes Klopfen. »Natalie?«

»Ja doch! Komm rein.«

»Guten Morgen.« Ihre Mutter setzte sich an ihr Bett. Sanft schob sie die Decke weg. »Die Schule hat angerufen. Sie wollen nicht, dass ihr kommt.«

»Äh, sie *wollen* nicht?«

»Es war der Direktor. Du bist bis auf Weiteres vom Unterricht befreit. Und Liam soll zu Hause bleiben, bis sich die Wogen geglättet haben.«

»Na toll.« Die Abschlussarbeiten für das Schuljahr standen an. Nicht, dass sie sonderlich heiß darauf war, aber wenn sie nicht mitschrieb, würde sie auch keine Noten bekommen. Und mit einem »Nicht beurteilt« in den Hauptfächern konnte sie das Schuljahr nicht abschließen. »Ich werde durchfallen.«

»Aber nein. Du bist eine ausgezeichnete Schülerin, so schnell fällst du nicht durch. Wir regeln das, keine Sorge.«

Natalie setzte sich auf und zog die Knie ans Kinn. »Wie?«

Ihre Mutter senkte den Blick. Sie war bereits für den Tag im Laden zurechtgemacht. Ihr Schmuckgeschäft war dreimal die Woche geöffnet, die übrige Zeit arbeitete sie in ihrer Werkstatt im Haus. Heute trug sie eine violette Bluse, eine Farbe, die ihre Augen zum Strahlen gebracht hätte – wären da nicht die bläulichen Schatten um ihre Lider gewesen, die verrieten, dass auch sie nicht genug Schlaf bekommen hatte. Natalie hatte ihre Eltern noch spät abends im Schlafzimmer diskutieren gehört.

»Wir sind uns noch nicht einig«, sagte sie leise. »Dein Vater will wegziehen.«

»In einen anderen Bezirk?«

»Nein. Fort aus Mitran, aus Deutschland. Wir haben über Kanada nachgedacht.«

»Was?« Musste es gleich ein anderer Kontinent sein? »Bitte, alles, nur das nicht! Ich will nicht weg, Liam sicher auch nicht. Das dürft ihr uns nicht antun.«

»Kanada wäre ideal. Sollten wir ein Visum bekommen, könnten wir dort neu anfangen.«

Natalie flüsterte nur noch. »Bitte nicht.«

Ihre Mutter erhob sich. »Noch ist nichts beschlossen, wir reden heute Abend weiter. Kümmere dich bitte um Liam. Mach ihm zu Mittag die Lasagne warm, sie steht im Kühlschrank. Und iss auch etwas, du siehst ganz blass und dünn aus.«

Sie fühlte sich auch so. Als ob die Magie sie zur Hälfte gefressen hätte.

Weg aus Mitran, sogar aus Europa? Nach Kanada? Aber ihre Heimat war hier. Sie fühlte sich ihr verbunden, so verrückt das auch klingen mochte. Davon abgesehen würde sie Jolly verlieren, ihre Jolly!

Ein Wimmern stieg in ihr auf. Sie rollte sich zusammen und schlug die Hände vors Gesicht. Sie wünschte, sie würde Zeitmagie beherrschen. Dann könnte sie die Uhr um vierundzwanzig Stunden zurückdrehen. Den gestrigen Tag ungeschehen machen. Und alles wäre gut.

»Keine Computerspiele, Liam«, hörte sie ihre Mutter sagen. »Und zieh dir was an. Ich möchte nicht, dass du den ganzen Tag im Pyjama herumlungerst.«

Liam maulte. »Darf ich wenigstens fernsehen?«

»Hast du keine Schularbeiten?«

Es stellte sich heraus, dass Liam eine Menge zu erledigen hatte: einen Aufsatz schreiben, für die Klassenarbeit in Mathe lernen und ein Buch für ein Referat lesen. Er würde eine Weile beschäftigt sein.

Und Natalie? Was sollte sie tun? Sich im Bett verkriechen und sich selbst bemitleiden? Eine Runde heulen? Sie blinzelte die Tränen weg und fischte ihr Handy vom Nachttisch. Sie musste Jollys Stimme hören.

Ihre Freundin ging sofort ran. »Nat! Ich wollte gerade aus der Tür. Hast du schon gehört – die OMB hat das Einhorn eingefangen! Endlich eine gute Nachricht. Das Wetter ist grauenhaft, oder? Da hat sicher Frau Holles Wetterdienst die Finger im Spiel, wobei ich mich frage, welcher Idiot sich im Mai Temperaturen wie im Februar wünscht. Treffen wir uns an der Bushaltestelle? Oder bist du mal wieder spät dran?«

»Ich komme gar nicht.«

»Was? Wegen gestern? Ach, Nat! Und ich hatte mir schon vorgenommen, jedem den Kopf abzureißen, der dich auch nur schief anschaut. Ich hab extra meine Boxhandschuhe eingepackt.« In einem Anfall von Fitnesswahn hatte Jolly sich für einen Kickboxkurs angemeldet und sich die nötige Ausrüstung besorgt. Hingegangen war sie noch nie, aber sie wurde nicht müde, sich das Training vorzunehmen. »Bestimmt ist es besser, wenn du dir einen Tag freinimmst. Um alles zu verdauen …«

»Die Schule hat mich suspendiert.«

»Was?«

»Na ja, fast. Ich bin erst mal vom Unterricht ausgeschlossen. Der Himmel weiß, wie ich die Klausuren schaffe.«

»Auweia. Und Kilian?«

Zwischen ihnen herrschte seit gestern Abend Funkstille. »Er hat mich verhört. Und anschließend nach Hause gebracht.«

Jolly kreischte auf. »Nat, das ist der Hammer!«

Ja, es war wirklich besser, Jolly nichts von der Familienkrise zu erzählen. Ihre Welt war heil und so sollte es auch bleiben.

»Ist es«, meinte sie daher, während sie gegen die Tränen ankämpfte. »Er hätte mich fast geküsst.«

»Du musst mir später alles haarklein berichten! Weißt du was, ich komme nach der Schule zu dir, dann können wir reden.«

»Ich darf keinen Besuch bekommen.«

»Das klingt, als wären deine Eltern ziemlich unentspannt.«

Du ahnst nicht, wie sehr. »Sie werden sich schon wieder beruhigen. Ruf mich einfach an, wenn du Zeit hast, okay?«

»Mach ich.«

Den Vormittag verbrachte Natalie damit, Liam bei Mathe zu helfen. Wie sie war er eher sprachlich begabt und empfand Bruchgleichungen oder Prozentrechnungen als Zumutung. Sie leistete jede Menge Überzeugungsarbeit, denn an Intelligenz mangelte es ihm nicht, nur an Motivation. Nach dem Mittagessen verbannte sie ihn in sein Zimmer, damit er sich an den Aufsatz setzte. Den Laptop nahm sie mit ins Bett.

Kilian hatte ihr Eingreifen als unbedacht bezeichnet. Da war was dran, das hatte sie sich inzwischen eingestanden – was es um nichts besser machte. Sie könnte ihr Halbwissen natürlich ihrer Mutter anlasten. Viola hatte die wunderbare, sorgenfreie A-Welt für ihre Familie errichtet. Aber Natalie wurde im Herbst achtzehn, sie würde im nächsten Jahr das Abitur machen, sie hatte konkrete Berufspläne. Längst fühlte sie sich als

Erwachsene. Und damit war sie selbst für ihr Desinteresse verantwortlich, sie allein.

Zeit, das zu ändern.

Eine Weile recherchierte sie im Internet über Europas Magiegesetze. Dass die Diskriminierung von Magischen bereits bei Klasse B begann, war ebenso an ihr vorbeigegangen wie die Tatsache, dass es unzählige Gruppierungen gab, mehr oder weniger politisch orientiert, die offen Stellung gegen Magische bezogen, allen voran die Bewegung *Pro Mensch*.

Es juckte ihr in den Fingern, einen Blogartikel zu diesem Thema zu verfassen. In letzter Zeit hatte sie ihren Blog sträflich vernachlässigt und nur ab und zu über Freizeitaktivitäten, Mode oder Bücher geschrieben. Seriöse Einträge wie ihre Artikelserie über Waisenkinder waren selten geworden, doch gerade die wollte sie vorweisen können, wenn sie ihr Volontariat beim *Mitran Kurier* antrat. Falls sie es überhaupt antrat …

Sie tippte die ersten Absätze in Windeseile, angetrieben von der Wut, die jetzt wieder in ihrem Inneren rumorte. Wie war das möglich? Wieso herrschten in Deutschland beinahe mittelalterliche Zustände, während Kanada eine Oase des Friedens und der Gleichberechtigung zu sein schien?

Im Zuge ihrer Nachforschungen stieß sie auf einen Zeitungsartikel, der sich mit der Vergabe der A-Klassifizierung befasste. Korruption sei dabei an der Tagesordnung, hieß es da. Natalie ging davon aus, dass ihre Eltern das A auf ehrliche Weise errungen hatten, doch was würden sie tun müssen, um es zu behalten?

Auszuwandern erschien ihr plötzlich nicht mehr so abwegig. Der einzige Haken waren die strengen Einreisebestimmungen. Nur 500 Magische pro Jahr erhielten die Bewilligung, nach Kanada zu immigrieren. Dass gerade ihre Familie eine solche ergattern könnte, noch dazu unter den derzeitigen Umständen, bezweifelte Natalie stark.

Sie wäre mit ihrem Blogeintrag fertig geworden, hätte sie nicht den Fehler begangen, in einer Gedankenpause ihre E-Mails abzurufen. Ihr Posteingang quoll über. 347 neue Mails, teilweise Benachrichtigungen über Kommentare auf ihrem Blog, aber auch direkt an sie gerichtete Nachrichten auf den Social-Media-Kanälen oder an ihre Mailadresse – alles Hasskommentare. Fassungslos scrollte sie weiter und weiter. Sie öffnete die Mails nicht, las nur die Betreffzeilen und den Anfang der Vorschau. Das reichte.

Wildfremde gingen auf sie los, beschimpften sie aufs Übelste und forderten ihre Inhaftierung. Andere wollten sie vergiften, vergasen, auspeitschen oder vierteilen, sie und alle anderen Magischen dieser Welt, für Dinge, die sie nicht getan hatte und niemals tun würde. Die Fantasie der Leute kannte keine Grenzen, ihre Schamlosigkeit war ungeheuerlich.

Die Buchstaben verschwammen vor ihren Augen, Tränen tropften auf die Tastatur. Sie fühlte sich vor aller Welt bloßgestellt und gedemütigt. Jeder Muskel schmerzte, die Knochen, ihre Haut – alles tat weh.

Am schlimmsten traf sie, dass sie unter den Absendern Mitschüler erkannte. Einer warf ihr vor, den Vater seiner Freundin auf dem Gewissen zu haben, der beim Amoklauf des Riesen in seinem Wagen umgekommen war.

Und hatte er nicht recht? Hatten sie nicht alle recht? Es *war* ihre Schuld.

Liams Wispern weckte sie. »Bist du wach?«

»Jetzt schon.« Ihre Wimpern waren salzverklebt, sie bekam die Lider kaum auf. Geblendet schob sie die Taschenlampe zur Seite. Draußen war es stockfinster.

Sie hatte einen Albtraum gehabt, in dem sie von einer Menschenmenge mit Steinen beworfen wurde. Kilian hatte danebengestanden, sie mit einer Waffe bedroht, und ihr befohlen, ein Banngitter über den Mächtigen zu ziehen.

Die Schuldgefühle kehrten mit aller Wucht zurück. Sie war für Tod und Leid verantwortlich, für eine zerstörte Stadt. Und dafür, dass ihre Familie vielleicht alles verlor.

»Er ist unten«, flüsterte Liam und benetzte ihr Ohr mit Spucketröpfchen, die von seiner Zahnspange sprühten.

»Wer?« Sie flüsterte ebenfalls.

»Na *er.* Der Mächtige.«

Es durchzuckte sie wie ein Stromstoß. Er war hier, um sie zu verhaften!

»Er redet mit Mama und Papa.« Liam huschte zur Tür, die nur angelehnt war, und winkte sie heran. »Komm!«

Vor Jahren hatte sich ihre Mutter eingebildet, sie müsse die Treppe nach Feng-Shui-Methode entstören. Daher stand am Treppenabsatz direkt unter dem Dachfenster eine Bananenpalme, hinter deren ausladenden Blättern man sich zum Lauschen wunderbar verstecken konnte.

Genau das taten sie jetzt. Die Stimme des Mächtigen fuhr Natalie unter die Haut, kalt und scharf wie ein Messer, und das Gespräch rauschte anfangs an ihr vorbei, bis sie sich endlich darauf konzentrieren konnte.

»Du hast geschworen, dass es nie dazu kommen wird!«, rief ihre Mutter und ignorierte die Warnung des Vaters, leiser zu reden. Das Erdgeschoss war ein einziger offener Raum, weshalb sich ihre Eltern für private Unterhaltungen normalerweise ins Schlafzimmer zurückzogen. Das stand in diesem Fall wohl nicht zur Debatte. »Ich hätte dir nie erlauben sollen, den Zauber zu sprechen. Das wäre alles nicht passiert …«

»Ich habe gar nichts *geschworen*«, fiel ihr der Mächtige ins Wort. Natalie konnte ihn nicht sehen, aber den schweren Schritten zufolge ging er im Wohnraum auf und ab. »Der Schutzzauber verhindert nicht, dass sich magische Fähigkeiten entwickeln, das weißt du so gut wie ich.«

Er hatte also den Schutzzauber gesprochen? Natalie hatte ihn am Vortag erwähnt, doch ihre Eltern waren nicht darauf eingegangen und in der Aufregung hatte sie vergessen, noch einmal nachzufragen.

»Du hast sie doch getestet! Ich verstehe das nicht!«

»Der MQ-Wert betrug unter null Komma eins und jetzt verfügt sie über Fähigkeiten, die andere trotz jahrelanger Ausbildung nie erreichen. Wie kommt es, dass euch das niemals aufgefallen ist?«

Die Mutter stieß ein abfälliges Schnauben aus. »Sie war ein Kleinkind, als sie erste Anzeichen zeigte, danach kam es nie wieder vor. Wir dachten, es hätte sich gegeben. In jedem Fall wärst du der Letzte gewesen, den wir informiert hätten.«

»Was ist mit Liam?«, fragte ihr Vater. »Könnte es sein, dass er sich noch entwickelt?«

»Möglich. Ihr habt euch ja geweigert, mich die nötigen Vorkehrungen treffen zu lassen. Das müssen wir schnellstens nachholen. Ich werde alles veranlassen.«

Natalie fing den erschrockenen Blick ihres Bruders auf und drückte seine Hand.

»Du wirst nichts dergleichen tun!«, rief ihre Mutter. »Ich erlaube nicht, dass du das Leben meiner Kinder stiehlst.«

»Nun«, der Mächtige machte eine bedeutungsvolle Pause, »in Natalies Fall hast du keine andere Wahl. Mein Angebot ist mehr als fair.«

Angebot? Dass der Mächtige ihre Eltern kannte, ziemlich gut kannte, hatte Natalie inzwischen verdaut, obwohl sie nicht begriff, wieso sie das verheimlicht hatten. Aber sie begriff sowieso gar nichts mehr. Gerade ihre Eltern, die Magie derart ablehnten, hatten Verbindungen zur OMB?

»Du kannst dir dein Scheißangebot in die Haare schmieren! Ich lasse nicht zu, dass es Natalie wie Hanjo ergeht!«

»Hanjo?«, flüsterte Liam, doch Natalie konnte nur mit den Schultern zucken. Sie hörte diesen Namen zum ersten Mal.

»Hanjos Schicksal«, sagte der Mächtige, »ist tragisch …«

»Du hast ihn gebrochen! Deinetwegen sitzt er in der Psychiatrie. Du bist schuld an seinem Elend! Du allein!«

»Leise, Viola, die Kinder!«, mahnte ihr Vater.

»Sollen sie es doch hören! Schließlich geht es um sie!«

Natalies Vater behielt noch immer die Ruhe. »Es geht um uns, um die ganze Familie. Wir sollten den Vorschlag wenigstens in Betracht ziehen. Vielleicht können wir uns auf einen Kompromiss einigen.«

»Kein Kompromiss, Dorian«, sagte der Mächtige. »Das Angebot gilt so, wie ich es euch unterbreitet habe: Ihr überlasst mir Natalie und im Gegenzug behaltet ihr die A-Klassifikation.«

Was? Natalies Herzschlag stolperte. Jäh schoss ihr Hitze in die Glieder und sorgte dafür, dass sie aufsprang. Alles verschwamm vor ihren Augen. Um Gleichgewicht ringend, suchte sie nach Halt und erwischte eines der Blätter. Die Bananenpalme kippte, und während Natalie auf dem Po landete, stürzte der riesige Topf unter Getöse die Treppe hinunter.

Als er zum Liegen kam, senkte sich Stille herab, in der Liams Stimme deutlich zu vernehmen war: »Hoppla.«

Gefolgt von ihren Eltern trat der Mächtige in den Vorraum und begutachtete das nunmehr zerfledderte Grünzeug, die Erdbrocken auf der Treppe und den zersprungenen Topf. »Schau an«, sagte er mit unverhohlenem Amüsement und klopfte zur Bekräftigung auf sein Zepter, »zwei Lauscher.«

Der Vater seufzte. »Natalie. Und Liam, natürlich. Dieses Gespräch war nicht für eure Ohren bestimmt.«

Natalie rappelte sich auf. Immer noch raste ihr Puls, doch zumindest der Schwindel war verebbt. Liam schmiegte sich an ihre Hüfte und sie legte den Arm um ihn. In seinen Augen las sie die gleiche Furcht, die sie selbst erfasst hatte. Was hatte der Mächtige mit ihr vor? Sie ins Gefängnis stecken? An ihr ein Exempel statuieren? Und ihre Eltern?

»Ihr wollt mich opfern!«, presste sie hervor.

Beschwichtigend hob ihr Vater die Hände. »Das hast du falsch verstanden, meine Große …«

»Lüg mich nicht an! Ich habe es doch gehört!« Sie deutete auf den Mächtigen, der ungerührt zu ihr aufblickte. Er hatte weder Stiefel noch Mantel abgelegt und wirkte wie ein alter Krieger auf sie – der kalte Glanz seiner Augen, die harten Gesichtszüge, die aufrechte Haltung.

Ihre Mutter war bleich wie die Wand. »Kommt erst mal runter. Dann können wir alles besprechen.«

Natalie schüttelte den Kopf. »Wir brauchen nichts zu besprechen. Sagt mir gefälligst die Wahrheit!«

»Die Wahrheit«, begann der Mächtige und wischte mit einer Handbewegung den flehenden Zwischenruf von Natalies Mutter beiseite, »die Wahrheit ist, dass es zur Anklage kommen wird, falls ihr meine Forderungen nicht akzeptiert. Da du eine Magische der Klasse A warst, hättest du zwar das Recht auf ein Gerichtsverfahren, doch deine Eltern dürften nur noch B-Anwälte in Anspruch nehmen und es würde ihr ganzes Vermögen verschlingen. Sollte der Richter entscheiden, dass das Erwachsenenstrafrecht anzuwenden ist, drohen dir bei einer Verurteilung mindestens zwanzig Jahre Gefängnis. Und danach? Du wärst vorbestraft und obendrein gebrochen. Welche Zukunftsaussichten hättest du? Wie könnten deine Eltern dich unterstützen, ohne Geld, ohne Beziehungen, ohne Ansehen? Ihr wärt am Ende, die ganze Familie. Oder aber …« Er ließ den Rest ungesagt.

Oder aber … nur eine hätte darunter zu leiden: Natalie. Sie hatte den Fehler begangen, sie würde dafür büßen müssen.

»Verstehe«, sagte sie und wunderte sich, dass es ihr klar und deutlich über die Lippen kam, wo doch alles in ihr in Aufruhr war.

»Wir werden dich auf keinen Fall ausliefern, Süße«, erklärte ihre Mutter.

Der Mächtige nickte, als hätte er mit dieser Antwort gerechnet. »Du hast dich nicht verändert, Viola. Immer noch uneinsichtig. Stur, so stur.« Er schritt zur Haustür. Die Hand bereits an der Klinke wandte er sich noch einmal um. »Dann werte ich eure Antwort als Nein?«

Die Eltern tauschten Blicke. »Wir erbitten Bedenkzeit, nur ein paar Tage«, erwiderte ihr Vater und etwas in Natalie zersprang, wie eine schützende Ummantelung aus Glas, auf immer beschädigt. Sie wusste, dass er Schwierigkeiten stets nüchtern und mit zwingender Logik meisterte und niemals übereilt handelte. Sie wusste auch, wie sehr er sie liebte. Dass er sie einfach verschachern wollte, hätte sie nicht erwartet.

»Entscheidet euch bald. Der Fall steht im Zentrum des medialen Interesses. Die Regierung erwartet, dass ich tätig werde.« Der Mächtige nickte ihnen noch einmal zu und verschwand in die Nacht.

Natalies Vater lehnte sich erschöpft ans Treppengeländer, ihre Mutter machte sich daran, die Scherben aufzusammeln.

Bedenkzeit, hallte es in Natalies Kopf wider, nur das eine Wort, immer wieder wie ein unendliches Echo.

»So ist das also.«

Ihr Vater blickte zu ihr auf. »Noch ist nichts entschieden.«

»Wir wollen das mit dir besprechen«, fiel ihre Mutter ein, die Scherben wie einen Schatz an sich gepresst. »Kommt bitte zu uns ins Wohnzimmer, beide.«

»Wozu?«, meinte Natalie. »Wir machen es so, wie es für die Familie am besten ist.« Sie schob Liam, der sich wie ein Ertrinkender an sie klammerte, sanft von sich und lief in ihr Zimmer, wo sie die Tür hinter sich abschloss.

Verraten und verkauft, dachte sie, als sie zu Boden sank. Sie würde im Gefängnis der Organisation zugrunde gehen.

9

Kilian zügelte die Stute. Hinter den von samtgrünen Moosen bewachsenen Felsen hatte sich etwas bewegt, ein Reh vielleicht oder gar ein Wolf. Die Sonne brach durch die Baumkronen und streute Lichtfäden ins Unterholz, in der Nähe gurgelte ein Bach.

Seine Brüder hatten ihre Pferde ebenfalls durchpariert. Während Stefo auf seinem schwarzen Pony neugierig zu Kilian aufblickte, schnitt Marik eine Grimasse. Er war siebzehn, ungeduldige hier-komme-ich-siebzehn, und immer auf Konfrontation aus, vor allem Kilian gegenüber. Er war nur mit von der Partie, weil Stefo sich den gemeinsamen Ausritt zum elften Geburtstag gewünscht hatte. Ihm konnten sie nichts abschlagen, beide nicht.

Geräuschlos glitt Kilian aus dem Sattel und pirschte sich an die Felsen heran, wie er es als Kind bei seinen Streifzügen so oft getan hatte. Der Wald, der zu den Ländereien seiner Familie gehörte, war sein Rückzugsort, wenn ihm Adel, Etikette und die Intrigen seiner Mutter zu viel wurden.

Zwischen den Wurzeln der mächtigen Eiche zu seiner Linken entdeckte er Fußspuren, die von einem Kobold stammen mochten. Das Geräusch kam von vorn. Vorsichtig beugte sich Kilian über die Felskante, die Arme ins Moos gebettet.

»Verschwinde!«

Ein Luchs! Er lag am Fuße des Felsens und blickte erbost zu ihm auf. Die Magie, die sich seit Anbeginn der Zeit in einem gut fünf Meter breiten Strang durch dieses unberührte Stück Natur wälzte, brachte die erstaunlichsten Wesen und Pflanzen hervor, sprechende Tiere waren keine Seltenheit.

»Fort mit dir, Mensch! Lass mich in Ruhe sterben.«

»Sterben?«

Der Luchs hob matt die Pfoten und rollte herum, sodass Kilian seine Flanke sehen konnte. Angetrocknetes Blut klebte in seinem Fell. Es war nicht Ärger, der sein Gesicht verzerrte, es war Schmerz.

»Eine Kugel hat mich durchbohrt. Sie saugt mir das Leben aus dem Leib, langsam und qualvoll.« Er zog jede Silbe leidend in die Länge.

Kilian kletterte über den Felsen und ging in die Hocke. »Lass sehen.«

Zitternd sank der Luchs zurück, die Puschelohren zur Seite geklappt, den Blick himmelwärts gerichtet. »Du kannst mir nicht helfen. Ich bin am Ende. Der Tod naht.«

Kilian beschlich der Verdacht, dass der Luchs ein klein wenig übertrieb. Behutsam betastete er die Wunde. Ein Streifschuss, kaum der Rede wert. Es hatte sich bereits eine Kruste gebildet, die demnächst abfallen würde.

»Es ist nur ein Kratzer.«

»Von wegen! Mein ganzer Leib schmerzt. Bestimmt habe ich innere Blutungen ... Und ich kann nicht aufstehen ... Ach weh!«

Ein hypochondrischer Luchs, mal was Neues. Seine Mimik war ausgeprägt, was typisch für sprechende Tiere war, eine Tatsache, die sich Illustratoren für ihre Cartoons und Zeichentrickfilme zunutze gemacht hatten.

»So schlimm also«, sagte Kilian betont mitfühlend. »Da kann ich wohl nichts mehr für dich tun. Ich werde dein Leiden beenden.« Er zog sein Messer aus der Scheide am Unterschenkel und ließ die Klinge im Sonnenlicht aufblitzen. »Wir machen es schnell und schmerzlos, dann hast du deinen Frieden.«

Jäh kam der Luchs auf die Beine und ging mit einem Fauchen in Angriffsstellung. »Wage es nicht, Mensch!«

»Was für ein Glück! Du bist geheilt!«

Der Luchs begann sich zu putzen. »Ein Wunder in der Tat«, murmelte er und strich mit der Pfote unablässig über sein Maul.

Kilian gelang es nicht, sein Grinsen zu verbergen, als er das Messer wegsteckte. »Tja, soll vorkommen. Aber jetzt erzähl mir, wie das passiert ist.«

»Was gibt's da Spannendes, Kil?« Unbemerkt waren Kilians Brüder auf den Felsen geklettert. Und wie stets führte Marik das große Wort. »Ein Luchs, wie nett! Unterhaltet ihr euch gut? Macht ihr ein Picknick?«

Fauchend und tief geduckt wich der Luchs zurück. Marik hatte nichts Besseres zu tun, als ihn nachzuahmen, die Hände zu Klauen erhoben.

»Er ist angeschossen worden«, erklärte Kilian.

»Was für ein Pech.« Die Gehässigkeit war aus Mariks Stimme gewichen. Etwas anderes schwang mit, das Kilian nicht zuordnen konnte. Forschend sah er seinen Bruder an.

»Seit wann darf hier gejagt werden? Hat Vater das veranlasst?«

»Es waren keine Jäger«, warf der Luchs ein, ohne den Blick von Marik zu wenden. »Es waren die Siedler.«

Kilian runzelte die Stirn. »Welche Siedler?«

Der Luchs deutete mit der Pfote vage in den Wald. »Drüben, am Bachlauf, auf der Lichtung …«

»Red keinen Stuss, du blödes Vieh!«, rief Marik. »Hau ab!« Er sprang vom Felsen und auf den Luchs zu. Unter Klatschen und Stampfen trieb er ihn zurück.

»Ihr elenden Menschen!«, hörten sie ihn noch rufen, ehe er im Gebüsch verschwand.

Kilian verpasste Marik einen Klaps auf den Hinterkopf. »Du bist so ein Idiot! Musste das sein?«

»Du hast ihn verjagt«, warf Stefo ihm vor. »Jetzt wird er vielleicht verbluten.«

Marik grinste, die Hände in die Seiten gestemmt. »Echt jetzt, Kleiner?«

»Es geht ihm gut, die Wunde war schon am Heilen«, beruhigte ihn Kilian und bedachte Marik mit einem grimmigen Blick. Er war es leid, ihn maßregeln zu müssen.

Marik verdrehte die Augen. »Jetzt macht kein Drama draus. Reiten wir lieber weiter.«

»Erst will ich mir die Lichtung ansehen«, entschied Kilian. Der Luchs hatte gewaltig überdramatisiert, doch dass ihn eine Kugel erwischt hatte, war unbestreitbar. Dieser Teil des Waldes war als Urwald klassifiziert, hier durfte weder gejagt noch gebaut werden. »Kommst du mit, Stefo?«

Sein Bruder bejahte und folgte Kilian, der seine Stute am Zügel nahm. Auch Marik schloss sich ihnen an, wenngleich unter gezischtem Protest. Nach wenigen Schritten stießen sie auf den Bachlauf. Das Wasser war kristallklar, Kilian konnte bis auf den von runden Kieseln bedeckten Grund sehen. Sie ließen die Pferde trinken, dann stapften sie durch dichtes Farnkraut am Ufer entlang bis zur Lichtung.

Dunstige Schleier hingen über der weitläufigen Wiese, silbrig schimmernd wie Nebelfetzen im Sonnenlicht. Bloß dass die Sonne hinter den Wolken verschwunden war. Kilian blinzelte, aber seine Augen wollten sich nicht scharfstellen. So, als würde ihn ein hauchfeines Gespinst vom Rest der Welt trennen.

Die Ohren seiner Stute spielten unruhig. Im Wald war es niemals ganz still: da das Hämmern eines Spechts, dort ein Knacken oder das Kichern der Pixies. Untermalt vom Plätschern des Baches und dem sanften Säuseln der Blätter, jetzt, da der Wind auffrischte.

»Seht ihr!« Marik breitete die Arme aus. »Nichts. Tote Hose.«

Obwohl Kilian keine Anzeichen fand, dass sich hier Unbefugte herumtrieben, geschweige denn eine Siedlung entstand, beharrte seine Intuition darauf, dass etwas nicht stimmte.

»Du weißt, wovon der Luchs gesprochen hat«, sagte er Marik auf den Kopf zu. Prompt lief dieser rot an. Treffer. »Um welche Siedler geht es da?«

Marik warf die Hände in die Luft. »Es gibt keine Siedler! Das ist nur ein Forschungsprojekt, das Vater genehmigt hat, irgendwelche Naturbeobachtungen. Die kommen immer wieder mal. Seit ein paar Wochen. Förster oder so. Oder Wildtierexperten …«

Er fand kein Ende und gerade das machte Kilian erst recht stutzig. *Wer immer weiterredet, obwohl bereits alles gesagt ist, verbirgt etwas.* Marik wusste Bescheid.

Nur, worüber?

Im Abendlicht schimmerten die Mauern von Schloss Nauders in sanftem Perlmutt. Von der Balustrade der zweiarmigen Freitreppe hing das Banner des Königshauses, zwei grüne, mit Gold bewehrte Greife auf silbernem Grund. Nichts war Königin Antonia wichtiger, als die Traditionen zu wahren.

Darum war Gaeland auch in eine historische Galalivree gekleidet, obwohl es ein Frack auch getan hätte. Er erwartete sie am Seiteneingang. »Königliche Hoheiten, endlich! Ihre Mutter hat bereits nach Ihnen gefragt.«

Bestimmt nicht zum ersten Mal, dachte Kilian. Sie hatten versprochen, an der Abendgesellschaft teilzunehmen, zu der hochrangige Gäste erwartet wurden.

Marik schlug dem Bediensteten kräftig auf die Schulter und hinterließ einen staubigen Handabdruck. »Immer mit der Ruhe, Gae. Wir kommen gleich.«

Gaeland verbeugte sich steif. »Ich werde es bekannt geben.«

Im Smoking betrat Kilian wenig später den Salon, in dem der Aperitif serviert wurde. Auf dem kunstvollen Intarsienparkett, unter Goldstuck und Kristalllüstern hatten sich schon seine Vorfahren vor Hunderten von Jahren versammelt.

Gaeland kündigte ihn an: »Werte Gäste, begrüßen Sie bitte den Thronfolger, Prinz Kilian von Nauders.«

Köpfe reckten sich, es mussten dreißig oder mehr sein. Applaus brandete auf, als er den Anwesenden zunickte, und hielt sogar noch an, während er seine Eltern begrüßte. Das fiel nicht mehr unter höflich, die Gäste waren regelrecht enthusiastisch.

Marik, ebenfalls dem Anlass entsprechend herausstaffiert, grinste spöttisch. Er wusste, wie sehr Kilian es hasste, im Mittelpunkt zu stehen.

König Ralph gebot mit einer Handbewegung Ruhe. »Ein gebührender Empfang für einen Helden! Er lebe hoch!«

Held? Er? Eine Servierkraft drückte ihm ein Glas Champagner in die Hand und er hob es automatisch, jenes Lächeln auf den Lippen, das er bereits als Kind hatte einstudieren müssen.

Beiläufig bedachte er seine Mutter, in ihrem Abendkleid in changierendem Weiß die Eleganz in Person, mit einem Lächeln, und sie neigte hoheitsvoll den Kopf. Reizend. Aber zu mehr Wärme war sie nicht fähig. Sein Vater war das genaue Gegenteil und manchmal fragte sich Kilian, was ihn bewogen hatte, einen Eisblock zu heiraten.

König Ralph fuhr in seiner Ansprache fort: »Als mein Sohn in die Dienste der OMB trat, war ich wenig angetan. Ein junger Mann von Adel, dem die Welt offensteht, könnte doch Sinnvolleres leisten. Ins Finanzgeschäft einsteigen beispielsweise, uns endlich ein wenig Geld ins Haus holen. Oder sich der Wissenschaft verschreiben, der Forschung, der Politik. Aber er wird Agent, ein Beruf, der nicht gerade hohes Ansehen genießt und zudem miserabel bezahlt ist. Soviel also zum Auffüllen der königlichen Schatzkammer.« Die Gäste lachten pflichtschuldig über seine Scherze, Königin Antonias Gesicht hingegen blieb eine starre Maske.

»Doch seit gestern fühle ich mich ein wenig getröstet. Prinz Kilian«, er blickte Kilian nun direkt an, »hat gezeigt, dass er zu Großem fähig ist: Quasi im Alleingang hat er unsere Hauptstadt Mitran vor einer kriminellen Magischen gerettet. Beherzt hat er die Attentäterin gestellt und verhaftet. Nur durch sein Eingreifen konnte der Riese dingfest gemacht werden. Herzlichen Glückwunsch, mein Sohn! Mögen noch viele weitere edelmütige Taten folgen!« Er wandte sich wieder an die Gäste. »Trinken wir auf sein Wohl! Auf Prinz Kilian!«

»Auf Prinz Kilian!«, echote die illustre Runde.

Kilian benetzte die Lippen mit Champagner und stellte sein Glas wieder weg. Wie sein Vater über Natalie sprach, konnte er nur schwer ertragen. Aber nun war es an ihm, ein paar Worte zu sagen. Er hielt sich kurz. »So eine Begrüßung lasse ich mir gefallen. Vielen Dank – Vater, Mutter, werte Gäste.«

König Ralph nickte. »Ehre, wem Ehre gebührt.«

Kilian entgegnete nichts. Was auch? Natalie war weder eine Kriminelle noch eine Attentäterin. Was die Medien in ihrer Sensationsgier aus der Geschichte gemacht hatten, war maßlos übertrieben. Für Natalie musste es der blanke Horror sein. Er vermochte sich gar nicht vorzustellen, wie sie sich jetzt fühlte. Nur zu gern hätte er die Fakten richtiggestellt, aber seinen Vater vor seinen Gästen zu korrigieren, stand ihm nicht zu.

Die Gespräche kamen wieder in Gang. Obwohl es ihm zuwider war, begrüßte Kilian an der Seite des Königs einige der Anwesenden. Als Thronfolger hatte er gewissen Verpflichtungen nachzukommen. Noch. Langsam wurde es wirklich Zeit, mit seinen Eltern zu klären, dass er sein Leben frei gestalten und den Titel abgeben wollte. Da der Adel, und somit seine Familie keinerlei politische Macht besaß, wäre das keine große Sache, hoffte er, und Marik würde das Erbe mit Freuden antreten. Er wäre wie geschaffen für all die zeremoniellen und repräsentativen Funktionen.

Nach wie vor war der Ausbruch des Riesen Gesprächsthema Nummer eins. »Es ist unsagbar schade um die historischen Bauwerke«, sagte Königin Antonia, als Kilian und sein Vater zu einer Gruppe stießen, in der heiß diskutiert wurde. »Ich hörte, der Schaden gehe in Milliardenhöhe. Die Restaurierung wird eine große finanzielle Hürde für die Stadt.«

Bürgermeister Engels pflichtete ihr bei und erklärte, dass dringend anstehende Sozial- und Wohnbauprojekte in Mitrans Slumbezirk leider aufgeschoben werden müssten. Man könnte auf die Einnahmen durch die Touristen nicht verzichten.

»Und das alles wegen einer kriminellen Magischen!«, meinte Marcus Dibensky, ein Großindustrieller und Waffenproduzent, der mit seiner bildhübschen und wesentlich jüngeren Gattin Louisa hier war. »Ich frage mich, wie es weitergehen soll. Wie können wir uns in Zukunft gegen Angriffe der Magischen schützen? Wenn sogar schon Jugendliche kaltblütig zur Tat schreiten …«

»Aber Marcus«, warf Dibenskys Frau ein, »das war doch ein Einzelfall. Sie wusste gar nicht, was sie tat.«

»Umso schlimmer. Doch ich teile deine Meinung nicht, Louisa. Indem wir die Magischen unter uns dulden, setzen wir uns einer immer größer werdenden Gefahr aus. Irgendwann wird sich das rächen. Es beginnt immer klein, nicht wahr? Doch was, wenn es sich zu einem Flächenbrand ausweitet?«

Unangenehm berührt trat Kilian einen Schritt zurück. Die politische Diskussion, die sich gerade entspann, behagte ihm nicht, hierbei konnte er nur verlieren. Solchen Leuten wie Dibensky war mit vernünftigen Argumenten nicht beizukommen. Vielleicht konnte er sich unter einem Vorwand entschuldigen?

Dothias Mildenweith, der Innenminister, ein Mann mit grau meliertem Haar, Schnauzbart und scharfer Zunge, machte seine Hoffnung zunichte. »Die OMB kommt ihrer Aufgabe nicht in dem Maße nach, wie sie sollte. Verzeihen Sie mir, Prinz Kilian, das ist nicht gegen Sie gerichtet. Ich spreche von der Führung.«

»Der Mächtige leitet die Organisation seit Jahrzehnten«, meinte Louisa Dibensky. »Seine Erfahrung ist von unschätzbarem Wert.«

»Selbstverständlich«, flötete Königin Antonia, bevor Kilian etwas erwidern konnte, »seine bisherigen Leistungen sprechen für sich. Er ist ein verdienter … Veteran. Man möge mir den Ausdruck verzeihen – wie alt ist er noch gleich? Einundsiebzig? Bei seinem Einsatz auf dem Chronistenplatz hätte ich ihm liebend gern einen Stuhl angeboten.«

Kilian sah seine Mutter prüfend an. Er fragte sich, was sie im Schilde führte. Sie war die Berechnung in Person und setzte ihre Ziele ohne jeden Skrupel durch, doch seit wann interessierte sie sich für Magischenpolitik?

Mildenweith nickte. »Es ist an der Zeit, abzudanken und das *Zepter*«, er grinste über sein Wortspiel, »der Jugend zu überlassen.«

»Wie ich hörte, gibt es keinen Nachfolger«, sagte König Ralph. »Täusche ich mich, mein Sohn, oder ist auch gar kein Magischer in Ausbildung?«

»Dazu kann ich nichts sagen. Wir Agenten haben diesbezüglich zu wenig Einblick.«

»Das ist nicht relevant«, meinte Mildenweith. »Es besteht keine zwingende Notwendigkeit für einen Magischen an der Spitze. Ein fähiger Agent könnte die Leitung durchaus übernehmen. Ihm zur Seite könnte man einen Zauberer oder eine Hexe stellen, für Notfälle wie den gestrigen. Wobei überprüft werden müsste, ob Bannmagie nicht überholt ist.«

»Und der Zoo? Das Gefängnis der OMB?«, wandte Kilian ein, verärgert über so viel Anmaßung. »Wie sollten all die Magischen in Schach gehalten werden?«

»Wie in jedem anderen Gefängnis auch: stahlverstärkte Wände, zentral gesteuerte Zellensysteme, Videoüberwachung, Isolationshaft für Schwerverbrecher. Es gibt genügend Möglichkeiten, Magischen beizukommen.«

»Das klingt bereits sehr konkret«, sagte Königin Antonia.

»Wir haben ein internes Konzept ausgearbeitet, ja.« Mildenweith blickte verschwörerisch in die Runde. »Was natürlich unter uns bleiben muss.«

Sie wollten den Mächtigen absägen! Kilian konnte es nicht fassen. Die Organisation war eine gemeinnützige GmbH und erhielt staatliche Subventionen. Der Geschäftsführer war Zauberer Alvis Windersom, doch im Aufsichtsrat saßen mehrheitlich Menschen, unter anderem zwei Regierungsmitglieder. Ihr

Sitz im Rat war umstritten. Obwohl sie angewiesen waren, sich neutral zu verhalten, sorgte man sich um Interessenskonflikte. Nicht unbegründet, wie Kilian nun alarmiert feststellte.

»Wen haben Sie für den Führungsposten im Auge?«, erkundigte er sich, so beiläufig es ging. »Sinnvollerweise doch hoffentlich …«

»Sehr geehrte Gäste«, Gaeland stand in der Tür zum Salon, die Hände vor dem Körper gekreuzt, »es ist angerichtet. Bitte begeben Sie sich in den Speisesaal nebenan. Das Personal wird Sie zu Ihren Plätzen geleiten.«

Dieses Gespräch kommt nicht von ungefähr, dämmerte es Kilian, als der Minister ihm mit einer sachten Geste bedeutete zurückzubleiben. Der Salon leerte sich, schließlich waren sie nur noch zu viert: Kilian, Mildenweith und seine Eltern. Eine hübsche kleine Verschwörung also.

Der Minister senkte die Stimme. »Sie, werter Prinz«, schloss er nahtlos an Kilians Frage an. »Wir haben Sie im Auge, die Organisation zu leiten.«

»Das ist absurd. Ich bin der jüngste Agent im Team. Es gibt Dutzende, die besser geeignet wären.«

»Stell dein Licht nicht unter den Scheffel«, mahnte seine Mutter. »Ein von Nauders hat Tiefstapeln nicht nötig.«

Wir reden von Tatsachen, wollte er aufbrausen. Früher hätte er das getan, mittlerweile hatte er sich besser im Griff. Dies war kein Privatgespräch, er stand als Prinz, als Thronfolger vor dem Minister. Schlimm genug, dass er sich von der Königin anpflaumen lassen musste.

»In ein paar Jahren denkst du bestimmt anders darüber«, sagte sein Vater.

Wohl kaum. Er war nicht geschaffen für Schreibtischarbeit, noch weniger für eine Managementtätigkeit. Er brauchte frische Luft, Bewegung, Kontakt mit Menschen und Magischen, den Adrenalinkick. Er brauchte Arbeit zum Anfassen. Zudem hielt er eine OMB ohne einen Magischen an der Führungsspitze für undenkbar. Gerade der gestrige Tag hatte doch gezeigt, dass man auf Bannmagie nicht verzichten konnte.

Mildenweith räusperte sich. »Noch ist nichts spruchreif. Doch wir müssen vorausplanen. Zwei, drei Jahre geben wir dem Mächtigen noch Zeit abzudanken, fünf im besten Fall, danach wäre es so weit. Denken Sie darüber nach, Hoheit.«

»Nein, danke. Ich bin Agent, kein Manager.«

»Das eine muss das andere ja nicht ausschließen.«

Kilian blieb hart. »Bedauere.«

»Aber …«, setzte die Königin an.

»Ich will nicht. Verstanden, Mutter?«

Sie neigte den Kopf und stieß ein kleines Schnauben aus.

»Schade«, sagte Mildenweith. *Schade*, las Kilian auch in den Augen seines Vaters.

»Nun«, sagte Königin Antonia langsam, »das ist zwar eine Enttäuschung, aber im Grunde kein Problem. Wir haben schließlich noch einen anderen Anwärter in petto.«

Kilian hob die Brauen. »So?«

Sie würdigte ihn keines Blickes, sondern schenkte dem Minister ihr schönstes Lächeln. »Prinz Marik hat sich entschlossen, der OMB beizutreten. Nicht wahr, Marik?«

Woher sein Bruder so plötzlich aufgetaucht war, konnte sich Kilian nicht erklären. Doch da stand er, dicht neben seiner Mutter. »Ja. Das war schon immer mein Traum.«

Mildenweith lächelte irritiert. »Das ist erfreulich …«

»Hast du sie noch alle?«, entfuhr es Kilian. Seine Beherrschung war dahin. Er war kurz davor, Marik das siegessichere Grinsen aus dem Gesicht zu pfeffern. »Du bist der Letzte, der davon geträumt hat, Agent zu werden!«

»Ganz ruhig, Kil«, erwiderte Marik gelassen. »Der Herr Minister hat bestimmt kein Interesse, Familiendisputen beizuwohnen.«

Keine Blöße in der Öffentlichkeit. Kilian presste die Kiefer gewaltsam zusammen, damit er seine Wut nicht wie ein trotziges

Kind hinausschrie. Marik war absolut ungeeignet, Agent zu werden. Er war nur auf seine eigenen Bedürfnisse bedacht, in dieser Hinsicht kam er ganz nach ihrer Mutter.

»Das hört sich gut an«, sagte Mildenweith. »Ich nehme an, Sie werden den Aufnahmetest mit Bravour absolvieren.«

Marik reckte das Kinn. »Das ist bereits geschehen. Ich beginne in einer Woche mit der Ausbildung.«

»Meinen Glückwunsch! Das trifft sich geradezu perfekt.«

»Nicht wahr?« Königin Antonia drückte Marik ganz unköniginnenhaft an sich. Ihr Schätzchen, ihr Häschen, ihr Meisterstück.

Schlagartig begriff Kilian, dass sie diesen Plan ausgeheckt hatte. Sie hatte seine ablehnende Reaktion vorausgesehen und damit Marik den Weg geebnet. Er hatte das Gefühl, sich auf der Stelle übergeben zu müssen.

Zu allem Überfluss klopfte ihm sein Vater gönnerhaft auf die Schulter. »Schon gelöst, Kilian. Du kannst dich weiter austoben und später, wenn es so weit ist, ganz auf deine Aufgaben als König konzentrieren. Und Sie, Herr Minister«, er wandte sich an Mildenweith, »haben einen Anwärter für den Führungsposten. Sind wir im Geschäft?«

»Ausgezeichnet.« Mildenweith schlug in seine ausgestreckte Hand ein. »Es ist mir eine Freude.«

Kilians Schultern sanken herab. *Austoben. König. Ausgezeichnet.* Er war ihre Marionette und würde es sein Leben lang bleiben.

10

Das Telefon riss Paiges Blick vom Monitor. *Wehe, es ist nicht wichtig.* Sie war dabei, die Ergebnisse der letzten Testreihe einzugeben und konnte keine Ablenkung gebrauchen.

»Ja?« Sie klemmte sich den Hörer zwischen Schulter und Ohr, während sie mit dem Finger die verlorene Zeile suchte. *Probe A54 – negativ.*

»Paige? Haben Sie eine Minute?«

Sie brauchte einen Atemzug, ehe sie an der schnarrenden Stimme ihren Chef erkannte. »Natürlich, Herr Bahkle.«

»Ich möchte Sie um ein Gespräch bitten.«

»Sofort?«

»Es eilt nicht. Kommen Sie gegen vierzehn Uhr in mein Büro. Dann können wir die Angelegenheit in Ruhe besprechen.«

Welche Angelegenheit? »Ist etwas nicht in Ordnung? Habe ich ...« *Habe ich etwas falsch gemacht*, wollte sie fragen, verkniff es sich aber, als ihr einfiel, wie das auf ihn wirken mochte. Sie war jung, sie war unerfahren. Aber sie hatte einen Bachelor in Biologie und einen Master in Mikrobiologie, verdammt!

»Wir sprechen später, ja?« Er legte grußlos auf.

Paige versuchte, sich einen Reim darauf zu machen. Sie war der Meinung, bei MitranBiotec bisher gute Arbeit geleistet zu haben. Was konnte Bahkle von ihr wollen?

Ratlos kehrte sie zu ihren Testergebnissen zurück. *Probe A55 – negativ. Probe A56 – negativ. Probe ...* Sie seufzte.

Das Eingeben von Daten langweilte sie. Um wie viel interessanter war die Arbeit im Labor. Oder das Planen einer Versuchsreihe. Das Verschriftlichen der Analyse. Die Präsentation. Jeder Idiot konnte eine Tabelle ausfüllen.

»Angeregte Unterhaltung?« Sanft entzog ihr Zaven, ihr armenischer Kollege, den Telefonhörer. Sie hatte nicht bemerkt, dass sie ihn nach wie vor eingeklemmt hielt. Jetzt schmerzte ihre Schulter.

»Ha, ha. Du mich auch.«

Er stellte ihr eine Tasse Tee hin. »Hier. Ich dachte, du hast einen nötig. Siehst etwas abgekämpft aus.«

Chai Latte mit viel Milchschaum und Zimt obendrauf. Er kannte ihre Vorlieben. »Danke. Das ist extralieb von dir.«

»So bin ich. Und du? Fertig?«

»Noch nicht. Aber es wird.«

»Na dann. Gutes Gelingen. Schönen Tag noch, Paige.«

»Dir auch.«

Sie blickte ihm nach, als er sich wieder in seine Koje zurückzog, bestimmt um seinerseits Daten einzugeben. Sie arbeiteten an der Entwicklung eines Nasensprays, das bei neurologischen Erkrankungen zum Einsatz kommen sollte, doch der entscheidende Durchbruch war bisher ausgeblieben.

Zaven hatte sich viel von der Testreihe erhofft, die sie zusammen entwickelt hatten, unter anderem auch eine Gehaltserhöhung. Aber so war das in der Forschung. Man brauchte eine hohe Frustrationstoleranz, um bei all den Irrwegen, die man unweigerlich einschlug, am Ball bleiben zu können. Gerade das fand Paige so faszinierend an der Wissenschaft. Die Menschheit war fähig, sämtliche Schranken zu überwinden. Es gab immer eine Lösung, sie war da, allen Fehlschlägen zum Trotz. Irgendwann erreichte man sein Ziel.

Bei ihr würde Zaven sein Ziel nicht erreichen. Er hatte ihr mehrmals zu verstehen gegeben, dass er an ihr interessiert war. Er war freundlich, hilfsbereit und gut aussehend mit seinen Glutaugen und dem charmanten Lächeln. Nur leider nicht ihr Typ.

Vielleicht war das auch nur eine Ausrede. Sie wollte sich auf keine neue Beziehung einlassen, sie wollte … Valeriu. Nach all der Zeit wollte sie keinen anderen als ihn, erst recht nach ihrem

Zusammentreffen neulich. Aber er war ein *Wolf?* Seit wann? Wie war es zu seiner Verwandlung gekommen?

Kopfschüttelnd vertrieb Paige ihre Gedanken. Sie musste sich ranhalten. Sollte ihr Chef auf die abwegige Idee kommen, sie feuern zu wollen, wollte sie mit den Ergebnissen ihrer Arbeit zumindest ein Gegenargument vorweisen können.

Punkt vierzehn Uhr betrat sie Justus Bahkles Büro. Ihr Chef, ein schmächtiger, unscheinbarer Mann, hatte am Fenster gestanden, nahm aber jetzt an seinem Schreibtisch Platz und bot ihr den Stuhl gegenüber an.

»Frau Dibensky – Paige –, wie lange arbeiten Sie nun für uns?«, kam er sofort zur Sache. »Etwa ein Jahr, wenn ich mich nicht irre. Gefällt es Ihnen bei uns?«

Paige bemühte sich, Sicherheit auszustrahlen. »Ja, natürlich. Das Arbeitsklima ist toll, die Kollegen nett, ich bin zufrieden.« Wie schal das klang. In ihrer Bemühung, es nicht zu übertreiben, hatte sie die falschen Worte gewählt.

Bahkle scrollte durch eine Datei auf dem Laptop. Ihre Akte vielleicht, oder auch nur eine Alibihandlung, um geschäftig zu wirken. Er konnte weder durch gutes Aussehen überzeugen noch durch ein einnehmendes Wesen. Tatsächlich wirkte er im Chefsessel völlig fehl am Platz.

»Das freut mich«, sagte er. »Ich habe nur Gutes über Sie gehört. Deshalb möchte ich Sie von *Neurosur* abziehen.«

Sie konnte ihm nicht folgen. »Wieso das? Wir sind wirklich vorangekommen, Zaven, ich meine Herr Egoyan, und ich. Ich bin mir sicher, dass wir demnächst das gewünschte Ergebnis liefern können.«

»Herr Egoyan kann gut allein weitermachen. Ich brauche Sie in einem Forschungsteam für ein Impfserum.«

Ein Impfserum? In der letzten Konferenz war keine Rede davon gewesen.

Bahkle blickte wieder auf den Laptop und rieb dabei unablässig über sein Kinn. »Rotlieb leitet es, ansonsten sind noch

Schneyder und Wartmann dabei. Sie werden das Team bereichern, Paige.«

Rotlieb war ein arroganter Arsch, Schneyder eine nicht weniger arrogante Zicke und Wartmann ein arroganter Nerd. Alles brillante Wissenschaftler, aber ohne jede soziale Kompetenz. Sie würde in diesem Team alle Sünden abbüßen.

»Ich weiß nicht, ob ich über genügend Erfahrung …«

»Ich denke schon. Melden Sie sich umgehend bei Rotlieb. Er wird Sie einweisen. Projekt *Purgatio* ist von äußerster Wichtigkeit.«

»Herr Bahkle, ich …«

»Außerdem unterliegt es absoluter Geheimhaltung. Enttäuschen Sie mich nicht, Paige. Ich setze auf Sie.«

Schon klar, einer musste die Egozentrikertruppe bändigen. *Aber warum ich?*, dachte sie gereizt.

Bahkle blickte sie über seine runden Brillengläser hinweg an. »Noch Fragen?«

»Nein.« Sie stand auf. Bereits an der Tür fügte sie hinzu: »Danke für das Vertrauen.«

Sie nickte seiner Assistentin Melinda im Vorbeigehen zu und eilte auf die Toilette, wo sie sich in eine Kabine einschloss und mit den Fäusten gegen die Tür trommelte. Verdammt, musste denn alles schieflaufen?

Ganze fünf Minuten brauchte sie, um ihre Fassung wiederzugewinnen, dann erst fühlte sie sich stark genug, dem Wunderteam gegenüberzutreten.

Lovis Rotlieb empfing sie mit mäßigem Interesse. »Ah. Die Kavallerie. Nehmen Sie sich die Blutproben da drüben vor.« Er nickte zu einer Box voller Blutentnahmeröhrchen hinüber.

»Inwiefern?«

»Was inwiefern?«

»Was genau soll ich mir vornehmen?«

Amanda Schneyder blickte von ihrem Mikroskop auf. »Ich hab's euch ja gesagt.«

»Nun stellen Sie sich nicht so an«, sagte Rotlieb zu Paige. »Machen Sie sich schlau, die Daten liegen daneben. Kann ja nicht sein, dass man Ihnen das vorkauen muss.«

»Sinnerfassendes Lesen wird überbewertet«, ließ Wartmann, der Dritte im Bunde, verlauten.

Entzückend. »Wie wäre es, wenn Sie mich vorher unterweisen, worum es bei dem Projekt geht?« Sie richtete die Frage an niemand Bestimmten. Einer würde sich doch hoffentlich herablassen, ihr die nötigen Informationen darzulegen.

»Später«, sagte Rotlieb. »Jetzt haben wir zu tun.«

Du kannst mich mal. »Präzisieren Sie *später*.«

Wartmann lachte schallend. »Die gefällt mir, die passt zu uns.«

»Das werden wir noch sehen.« Schneyder blies sich eine Haarsträhne aus der Stirn und beugte sich wieder über ihr Mikroskop. »Wenn sie so unflexibel ist wie die Vorige, wird sie ganz schnell wieder draußen sein.«

Die Vorige? Sie war der Ersatz? Wie demütigend.

»Jetzt machen Sie schon, Dibensky!«, blaffte Rotlieb. »Stehen Sie nicht herum wie bestellt und nicht abgeholt. Sie halten alles auf.«

Zähneknirschend öffnete Paige die den Blutproben beigelegte elektronische Akte und verschaffte sich einen Überblick. Gefordert wurden neben einem großen Blutbild die Bestimmung des Medikamentenspiegels, die Blutgruppe sowie eine Reihe von Parametern, die Aufschluss über die Lebensweise der Testpersonen gaben. Nichts Besonderes also. Der Clou lag im Detail: Sämtliche Blutproben stammten von menschlichen Magischen.

Ein Kribbeln regte sich in ihrem Magen. MitranBiotec sollte einen Impfstoff für Magische herstellen? Wozu?

Angehörige des Magischen Volkes waren praktisch immun gegen Infektionskrankheiten, wofür die in ihrem Blut lebenden Symbionten, die Magyära, sorgten. Einzig Gift konnte ihnen etwas anhaben. Das Feld war weitestgehend erforscht und nichts, was es noch herauszufinden gab, lag im Interesse der Allgemeinheit.

Projekt Purgatio – *purgare* – reinigen. Paige wurde übel. Sie blickte auf und registrierte, dass sich die Köpfe der anderen im gleichen Moment senkten. Sie hatten sie beobachtet, natürlich hatten sie das.

»Was geht hier vor? Was für einen Impfstoff sollen wir herstellen? Von wem kommt der Auftrag? Jetzt reden Sie schon! Ich will eine Auskunft!«

Rotlieb setzte einen undefinierbaren Gesichtsausdruck auf. »Der Auftrag«, sagte er langsam, »kommt vom Innenministerium.«

»Keinen Impfstoff«, ergänzte Schneyder. »Ein Serum.«

»Gegen Magismus«, informierte sie Wartmann.

Sie hätten es nicht theatralischer anlegen können. Paige schnappte nach Luft. »Ein Serum gegen Magismus?«, entfuhr es ihr voller Entsetzen. »Wir sollen aus Magischen … *Menschen* machen? Das ist nicht möglich!« Abgesehen davon, dass es sich um einen klaren Verstoß gegen die Individualrechte handelte.

Sie planen eine Art ethnische Säuberung! Das ist ja fast wie Völkermord! Sie war so schockiert, dass sie nichts mehr hervorbrachte.

Rotlieb blickte sie rügend an. »Nichts ist unmöglich, das wissen Sie doch, Dibensky. Wir sind Wissenschaftler, wir finden einen Weg.«

Sandkörner

[persönlicher Blog von Natalie A. W.]

12. Mai 2030

Wir sind nicht wie ihr

Wir sind Magische. Wir sind Hexen, Feen, Zwerge, Zauberer. Wir leben unter euch, schon immer. Wir atmen die gleiche Luft, wir essen, trinken, reden wie ihr. Wir haben ähnliche Interessen, wir gehen zur Arbeit, wir bekommen Kinder, wie ihr. Wir werden geboren, wachsen auf und sterben, genau wie ihr. Wir blicken zum gleichen Himmel auf, flehen zu den gleichen Sternen. Wir teilen die gleichen Ängste und Sorgen.
Und doch fürchtet ihr uns. Ihr teilt uns in Klassen ein, verweigert uns Grundrechte, bürdet uns Gesetze auf, die uns in unserer Freiheit einschränken. Unnötig grausame Gesetze, die in keiner Relation zu den Verbrechen stehen, die wir eurer Meinung nach begehen könnten. Glaubt ihr denn, dass wir eure Kinder rauben, euch durch unsere Zauberspiegel beobachten, euch bestehlen, verfluchen, verzaubern, vergiften? Dass wir die Macht an uns reißen? Uns erheben? Uns rächen? Warum setzt ihr voraus, dass wir euch Böses wollen? Warum verabscheut ihr uns?
Seht euch an! Ihr seid von Hass erfüllt. Täglich setzt ihr Waffen ein. Ihr kämpft um Macht, Land, Geld, sogar um den richtigen Glauben. Ihr schießt Raketen auf Waisenheime und Krankenhäuser ab. Zer-

bombt Städte und Schiffe und Flugzeuge. Jeden Tag. Ihr seid Mörder. Und doch wagt ihr es, über uns zu urteilen. Solltet ihr nicht besser euer eigenes Verhalten überdenken? Über euresgleichen richten?

Wir sind nicht euer Feind – das seid ihr selbst. Denn wir sind nicht wie ihr.

Eingestellt von Nat um 23:54 96 Kommentare

11

Mit einem sanften Klicken, das nicht zur aufgebrachten Stimmung im Haus passte, schloss sich die Tür hinter Natalie. Herr Dibensky hatte sie rausgeworfen! Hier sei kein Platz für Magische, schon gar nicht für eine wie sie. Und seine Frau hatte ihm beigepflichtet und Jolly verboten, Natalie wiederzusehen.

Drinnen standen die Zeichen weiter auf Sturm. »Wenn sie gehen muss, gehe ich auch! Ich lass mir von euch nicht meine Freundin verbieten!« Jolly stürzte ins Freie, nahm Natalie an der Hand und zerrte sie ungeachtet der Rufe und Drohungen ihrer Eltern zum Gartentor und weiter die Straße hinunter. »Die sind echt das Letzte!«

»Ich hätte nicht kommen sollen«, murmelte Natalie. In der Nacht nach dem Besuch des Mächtigen war sie von zu Hause ausgerissen und bei Jolly untergeschlüpft, deren Eltern für zwei Tage verreist waren. Sollte sie es unter Pech verbuchen, dass sie früher als erwartet heimgekommen waren, oder wollte ihr das Schicksal etwas mitteilen? *Du bist nirgends erwünscht*, zum Beispiel?

»Und ob!« Jolly blieb stehen und blickte sie streng an. »Du *musst* kommen, wenn es dir mies geht, immer, hörst du? Tut mir leid, dass mein Vater so ein Ekel ist. Ich hasse ihn.«

Natalie konnte ihn auch nicht sonderlich gut leiden. In all den Jahren ihrer Freundschaft zu Jolly hatte er sie maximal toleriert. So wie man den Gestank auf einer mobilen Toilette erträgt.

Sie winkte ab. »Schon okay. Dass du zu mir hältst, ist das Einzige, was zählt. Alles andere kann ich wegstecken.« Langsam quoll ihr geistiger Mülleimer über. Sie fürchtete sich davor, dass er umkippte und sich der Dreck der letzten Tage auf sie ergoss.

Jolly drückte ihr einen Kuss auf die Wange. »Immer. Gegen den Rest der Welt.«

»Gegen den Rest der Welt«, bestätigte Natalie und zum ersten Mal stand ihr diese Vorstellung bildlich vor Augen.

Sie war nicht bereit für einen solchen Kampf, sie war nicht stark genug, ihn zu bestreiten, das hatten ihr die Hassmails verdeutlicht. Ihr Herz fühlte sich an wie von giftigen Pfeilen durchlöchert, und sie sehnte sich nach einem Wundermittel, das alles auf Anfang stellte.

»So«, sagte Jolly, »und jetzt werden wir einen draufmachen. Was hältst du von TDD? Wir müssen ja noch auf deinen mutigen Beitrag gegen die Diskriminierung anstoßen.«

Natalie hatte ihren Blogartikel bereits vergessen. Geschrieben, gepostet, abgehakt. Sie hatte die Kommentare nicht gelesen, keinen der sechsundneunzig. Aber sie hatte in den Nachrichten gehört, dass der Artikel Wellen geschlagen hatte. Der Artikel einer Siebzehnjährigen.

»Okay«, sagte sie. Dass sie eigentlich zurück nach Hause musste, ignorierte sie.

Wie würden ihre Eltern reagieren, wenn sie nach knapp zwei Tagen wieder auftauchte? Sie wussten, dass sie bei Jolly war, und Natalie hatte damit gerechnet, sie würden da aufkreuzen und sie abholen. Doch das war nicht der Fall gewesen. Erst heute Morgen hatte ihre Mutter eine Nachricht geschickt: *Natalie, Süße, wir sind dir nicht böse, bitte komm heim. Lass uns reden. Wir lieben dich, alles wird gut.*

»Hast du noch Magische Taler übrig oder müssen wir zur Goldesel Bank?«, fragte Jolly.

Natalie wühlte in ihrer Hosentasche. »Ja, einen.«

»Einer sollte reichen«, sagte Jolly grinsend.

Die Filialen der *Tischlein-Deck-Dich*-Kette waren immer gerammelt voll. Für einen Magischen Taler pro Tisch konnten bis zu vier Personen essen, soviel sie wollten. Auch bis zum sprichwörtlichen Platzen, denn ein Tisch deckte sich immer wieder von Neuem, wenn man ihn dazu aufforderte.

Natalie und Jolly fanden einen Platz am Fenster, an einem Tisch, der noch nicht abgeräumt war. Die Kellner waren fix, nur Sekunden nachdem sie sich gesetzt hatten, eilte einer herbei, um zu kassieren.

»Vielen Dank und guten Appetit, die Damen«, sagte er, packte die vier Zipfel des Tischtuchs und zog den Beutel mit Geschirr und Essensresten an sich.

Das große Manko der Kette war die fehlende Umweltverträglichkeit. In der Küche wurde der Abfall natürlich getrennt und wiederverwertbare Speisen wurden an eine Hilfsorganisation gespendet. Das Geschirr und die Tischtücher wurden recycelt. Trotzdem war der Aufwand enorm und es hagelte laufend Kritik.

»Tischlein deck dich«, befahl Jolly feierlich und sofort entfaltete sich ein weißes Tuch aus feinem Damast auf dem Tisch.

Was der Zauber hervorbrachte, war jedes Mal eine Überraschung. Es konnte passieren, dass man gedünsteten Fisch und grüne Bohnen bekam oder Kohlsuppe mit Wurst – beides Gerichte, die Natalie nicht unbedingt herbeisehnte.

Sie hatten Glück. Eine silberne Platte voll gegrilltem Fleisch und kross gebratenen Kartoffelscheiben materialisierte sich vor ihren Augen. Dazu Salat und Wein, Teller, Gläser und Besteck. Auch der Nachtisch wurde prompt geliefert: eine ganze Schüssel Himbeercreme.

Skeptisch hob Jolly ihr Weinglas. »Ähm …«

Natalie bat den Kellner um Wasser. Das war gratis und immer zu haben. Sie nahm sich ein Stück Fleisch und Salat, Jolly aber tauchte ihren Löffel in die Himbeercreme.

»Oh mein Gott, isch dasch gut!«

Natalie grinste. »Vielleicht sollten wir besser mit der Hauptspeise beginnen?«

»Wer schagt dasch?« Jolly schluckte hinunter. »Ich esse, was ich will und wann ich es will. Diese blöden Regeln meiner Eltern gehen mir so was von auf den Keks.« Demonstrativ stibitzte sie mit den Fingern Kartoffeln von der Platte, während sie zeitgleich die Himbeercreme löffelte. »Du isst ja gar nicht.«

Natalie blickte auf ihren Teller. Richtig, sie hatte ihr Fleisch mittlerweile in unzählige Stücke zerlegt. Gegessen hatte sie nicht eines davon.

»Alles okay mit dir?«

»Ja, ich …« Ihre Smartwatch piepte und sie warf einen Blick aufs Display. »Meine Mutter.«

»Du wolltest nachher ohnehin nach Hause. Das werden sie ja wohl noch abwarten können.«

»Ich habe ihnen noch nicht Bescheid gegeben. Vielleicht sollte ich …« Die Smartwatch piepte erneut. Diesmal nahm sie den Anruf mit klopfendem Herzen entgegen. »Ja?«

»Natalie!«, rief ihre Mutter. »Wo bist du? Komm …« Ein Poltern, ein abgehackter Schrei, Stille.

»Mama?«

»Komm … nicht …« Es knackte, dann riss die Verbindung ab.

Natalie rief sofort zurück, mehrmals, aber ihre Mutter meldete sich nicht mehr.

»Was ist los?«, fragte Jolly.

»Ich weiß nicht. Sie klang so …« Verstört. Verängstigt. Überhaupt nicht wie ihre Mutter. »Ich muss nach Hause. Sofort.«

Sie nahmen die Schwebebahn, und die Fahrt über saß Natalie wie auf Nadeln. Sie hatte keinen Blick für die Aussicht aus dem *fliegenden Aquarium*, wie die gläsernen Waggons unter den Mitranern genannt wurden. Nervös zupfte sie an ihrer Nagelhaut, die Smartwatch im Blick. Ein paar Mal hatte sie es schon probiert, aber weder ihre Mutter noch ihren Vater oder Liam erreicht. *Das muss nichts bedeuten.* Für die Panik in Violas Stimme gab es bestimmt eine logische Erklärung. Verbrannte das Huhn im Ofen? Ein Wasserrohrbruch?

»Hey, bist du nicht diese Hexe? Die vom Grimm-Denkmal?« Der Fahrgast gegenüber starrte sie argwöhnisch an. Natalie wurde heiß und kalt zugleich. Sollte sie leugnen?

»Ja, das ist sie«, stimmte eine junge Frau mit Baby im Tragetuch zu. »Ich dachte, sie wäre verhaftet worden.« Schützend barg sie den Kopf ihres Babys in den Händen, als wäre damit zu rechnen, dass Natalie sich an ihm verging.

»Das ist meine Freundin«, erklärte Jolly ruhig. »Die Arme wird andauernd mit dieser Verrückten verwechselt.«

Verrückt? Obwohl Natalie bewusst war, dass Jolly es nur gut meinte, versetzte es ihr einen Stich.

»Man sollte die öffentlichen Verkehrsmittel für Magische sperren«, sagte ein dritter Fahrgast. »Die sind eine Gefahr für die Allgemeinheit.«

Ein Vierter wedelte mit einer Tageszeitung. »Klar ist sie das. Die zieht über uns Menschen her. Hören Sie sich das an …«

Das war zu viel. Natalie fuhr vom Sitz hoch und wollte zur Tür, strauchelte aber und wäre fast gefallen. Beide Hände erhoben, konnte sie in letzter Sekunde das Gleichgewicht wahren. Jollys Miene bestätigte, was sie nur flüchtig registriert hatte: Einer der Fahrgäste hatte ihr ein Bein gestellt!

»Ihre Hände! Sie spricht einen Zauber!«, kreischte die Frau mit dem Baby.

»Geht in Deckung!«, kam es vom anderen Ende des Waggons.

»Nein, packt sie!«

Natalie wollte etwas entgegnen, sich verteidigen, aber in ihrem Gehirn herrschte eine Art Starre, als wären alle Gedanken vereist – genau wie sie selbst. Fahrgäste näherten sich ihr, zwei, drei, mehr. Sie roch den Schweiß der aufgeheizten Gemüter, spürte den Fanatismus, der urplötzlich aufloderte und wie mit langen Fingern nach ihr griff. Sie schwankte. Langsam, unendlich langsam formte sich Widerstand in ihr. Irritierenderweise war alles, was ihr einfiel, ihnen genau das zu geben, was ihnen gebührte: einen Zauber oder einen Fluch. Sie verlangten ja förmlich danach! Sie lachte auf, denn natürlich war sie dazu nicht im Entferntesten fähig.

Jolly packte sie am Arm. »Komm, wir müssen raus.«

Irgendwie schafften sie es auf den Bahnsteig und die empörten Gesichter der Fahrgäste glitten an ihnen vorbei, bis der Zug über den Hausdächern verschwand. Sie blickten sich an, und hysterisches Lachen platzte aus ihnen heraus, das erst auf der Straße verebbte. Der Bus fuhr ihnen vor der Nase davon, also liefen sie die zwei Stationen zu Fuß. Mit jedem Schritt wuchs die Unruhe in Natalie, zum Schluss rannte sie fast.

Ein bläulicher Schein hing zwischen den Tannen an der Einfahrt und waberte um das Haus. Doch als sie näher kamen, erkannten sie, dass davon nicht mehr viel übrig war.

»Nein«, sagte Jolly heiser. »Oh nein, Natalie!«

Natalie blieb die Luft weg. Was sie sah, konnte nicht wahr sein, konnte nicht, durfte nicht, unmöglich, nein!

Das Haus lag in Trümmern. Kein Stein schien auf dem anderen geblieben zu sein, als hätte hier ein Tornado gewütet.

Sie versuchte zu begreifen, was passiert war, versuchte Zusammenhänge zu erfassen – das Telefonat, die Panik in der Stimme ihrer Mutter, der Schrei –, versuchte etwas, das in Wahrheit unmöglich war.

Es war unbegreiflich.

Jolly tat, was sie immer tat. Sie redete. »Wir müssen die Polizei rufen. Die Feuerwehr. Ich finde mein Handy nicht. Oh nein. War das eine Explosion? Gas vielleicht? Oder … Oh Nat, wie furchtbar, es tut mir so leid, so, so leid!«

Tonlos kam die Antwort aus ihrem Mund: »Das war Magie.«

Sie konnte sie fühlen, ihren Sog, ihr Tosen, ihre verheerende Macht. Konnte ihren Nachklang fühlen, als wäre sie immer noch zugange, prickelnd, summend, zischend dabei, Haus und Bewohner zu vernichten.

»Mama?«, brach es aus ihr heraus, ein Flüstern anfangs, das zu einem Schrei anschwoll. »Mama!«

Sie schüttelte Jollys tröstenden Arm ab und kämpfte sich in das schwelende Chaos aus Schutt und Asche. Hitze schwappte ihr entgegen, die Explosion konnte keine zehn Minuten her sein. An manchen Stellen leckten noch blaue Flammen an Holzbalken und Möbelteilen.

Sie kletterte über Betonblöcke und Ziegel, rückte Brocken zur Seite, deren Gewicht sie kaum stemmen konnte, wühlte unter Mauerresten im Dreck. Schrie in einem fort nach ihren Eltern und Liam. Sie mussten hier sein. Am Leben. Sie waren nicht tot.

Ihr Blut brodelte nach wie vor, genährt durch die Rückstände der Magie. Welcher Zauber war dermaßen stark, dass er ein Haus dem Erdboden gleichmachen konnte?

Irgendwann erklomm sie einen Teil des Dachs und blickte sich um. Jolly stand ein Stück unterhalb ihrer Position, keuchend, schwitzend, das Gesicht dreckverschmiert, weil sie ebenfalls nach einem Lebenszeichen gesucht hatte.

Es gab keins. Natalie schluchzte auf.

»Nat, das hat doch keinen Sinn. Hörst du die Sirenen? Lass das die Organisation machen. Die finden sie.«

»Sie sind noch am Leben!«

»Ja, aber …«

»Sie werden sterben!«

»Bestimmt sind sie …«

»Sie sind tot, Jolly, tot!«

Gemurmel wehte zu ihnen herüber. Am Gartenzaun hatten sich die Nachbarn versammelt. Und rührten keinen Finger! Zorn flammte in Natalie auf. Die sollten gefälligst ihren Hintern bewegen!

Sie stürzte über die Trümmer nach unten. Am Fuße des Schuttberges, der einmal ihr Haus gewesen war, blieb sie an einem verbogenen Stück Metall hängen. Schmerz jagte durch ihren Knöchel, helle Blitze tanzten ihr vor Augen. Noch in der Hocke und gegen den Schwindel ankämpfend, vernahm sie ein Stöhnen.

Ein Stöhnen! Leise zwar, aber ein Stöhnen! Sie humpelte in die Richtung, aus der es zu kommen schien, vorne, bei den Tannen. »Liam? Bist du das? Li?«

Das Stöhnen ging in Wehklagen über. »Oje, oje, ojemine …«

Jolly kam an ihre Seite. »Ist das …?«

Natalie blieb stehen, den Blick auf den Boden geheftet. Ernüchterung zog ihr die Magenwände zusammen. Vor ihr breitete sich bräunlicher Matsch aus, auf dem sich deutlich ein Schuhabdruck abzeichnete. »Nein. Nur die Pilze.«

Ein einziger der sprechenden Pilze stand noch, sein Hut hing schief über dem Stiel und er jammerte zum Herzerweichen. »Ojemine, verloren sind wir, verloren, ja …«

Natalie kauerte sich nieder. »Wer war das?«

»Verloren …«

»Raus mit der Sprache, oder ich zerquetsche dich auch zu Brei!« Sie erkannte sich nicht wieder, würde die Drohung wahrmachen, würde alles tun, alles, um ihre Familie zu finden.

»Da war eine Frau.«

»Eine Nachbarin?«

»Eine Hexe. Begleitet von einem Wolf. Könntest du mir den Hut eventuell … Er sitzt nicht richtig. Ach, wie das drückt!« Natalie schnaubte, rückte den Hut aber wie gewünscht gerade. Der Pilz schrie auf. »Vorsicht, meine Lamellen, oh weh, oh weh!«

»Weiter! Mach schon!«

»Ja, ja. Die Hexe hat sich Zutritt zum Haus verschafft. Der Wolf ist im Garten geblieben. Ekelhaftes Vieh, hat überall geschnüffelt.« Er schüttelte sich, die Lamellen raschelten. »Und einer der Männer kam hierher zu den Bäumen, um … na, du weißt schon …«, seine Stimme wurde zu einem beschämten Flüstern, »… um sich zu erleichtern.«

Natalie schnaufte auf. »Was für Männer?«

»Die aus dem Wagen …«

»Welcher Wagen?«

Der Pilz neigte seinen Hut. »Der da, am Ende der Straße.«

Sie riss den Kopf herum. Tatsächlich, da stand ein schwarzer Kleintransporter mit verdunkelten Scheiben, der jenen der Organisation zum Verwechseln ähnlich sah. Einzig das Emblem fehlte.

Ihren blutenden Knöchel ignorierend, rannte sie los.

»Nat! Nicht! Bleib hier!«

Sie hörte nicht auf Jolly. Diese Hexe hatte vielleicht ihre Eltern. Und Liam.

Als sie sich dem Auto näherte, wurde der Motor gestartet. Im Wageninneren konnte sie zwei Personen erkennen. Die Sirenen der Einsatzfahrzeuge klangen jetzt ganz nah. Sie musste die Typen aufhalten, nur so lange, bis Hilfe eintraf.

Sie wechselte vom Bürgersteig auf die Straße, war nun keine drei Meter vom Auto entfernt. Der Fahrer ließ den Motor aufheulen, dann fuhr er los, direkt auf Natalie zu. Es ging so schnell, dass sie gerade noch beiseitespringen konnte. Sie stolperte über den Bordstein, knickte um, im nächsten Moment wurde sie auch schon gepackt.

Die Seitentür des Transporters stand offen, gelbe Augen glommen im Dämmerlicht auf und ein intensiver Tiergeruch stieg ihr in die Nase. Kräftige Arme zogen sie ins Innere, während der Wagen weiterfuhr. Sie strampelte und wehrte sich verbissen, kam aber nicht gegen ihren Peiniger an.

»Nat!«, hörte sie Jolly kreischen, es gab ein dumpfes Geräusch und das Letzte, was sie sah, ehe die Tür zugeschoben wurde, war ihre Freundin, die mit dem Schädel auf den Bürgersteig knallte.

12

»Holla!« Ed legte eine Vollbremsung hin und schaffte es gerade so, die Kleine, die ihnen vors Auto getaumelt war, nicht zu überfahren. »Geht denn heute alles schief?«

Kilian sprang aus dem Wagen und das Mädchen stürzte sich förmlich in seine Arme. Er erkannte sie sofort: Jolly, Natalies Freundin. Blut strömte über ihre Wange und tropfte auf seine Jacke, ein Schwall zusammenhangloser Worte stürzte aus ihrem Mund. »Kilian … der Transporter … du musst … das Haus … die haben sie … und ihre Eltern …«

Er begriff nur eines: Sie stand unter Schock. Der Cut an ihrer Schläfe blutete heftig. »Ed!«, schrie er seinem Partner zu, der den Wagen inzwischen geparkt hatte und ausgestiegen war, »ruf einen Krankenwagen! Sie ist verletzt!«

»Der ist schon unterwegs.« Ed kam angelaufen, eine Decke in der Hand. »Hinlegen. Beine hochlagern …«

»Ich weiß, ich weiß.« Kilian bugsierte Jolly zur Wiese am Gartenzaun und half ihr, sich zu setzen.

»MT«, murmelte sie unentwegt, während er ihre Füße anhob und gegen die Holzlatten stellte. Ihren Kopf bettete er auf seine Jacke. Die Decke stopfte er an ihren Seiten fest. Sie zitterte.

»Schon gut. Hilfe ist unterwegs.«

Sie richtete sich wieder auf. »Du verstehst nicht … MT 6 … oder 9 … irgendwas. Es fällt mir wieder ein … gleich …«

Er drückte sie zurück, gab ihr ein Taschentuch und führte ihre Hand an die Schläfe. »Liegen bleiben und draufpressen.«

»Ihr müsst sie finden … bitte!«

»Das werden wir.«

Er hob den Blick. Noch vor zwei Tagen hatte er Natalie heimgebracht, in ein schmuckes Einfamilienhaus mit einem verwunschenen Garten, der voller Magie zu stecken schien. Jetzt war es nur noch eine Ruine.

»Wir finden sie«, versprach er noch einmal, krampfhaft bemüht, an nichts anderes zu denken als an seine Ausbildung. In Wahrheit wollte er schreien, wollte losrennen, jeden verdammten Stein nach Überlebenden umdrehen. Nach ihr. Doch er war darauf gedrillt worden zu funktionieren. Da hatten Gefühle keinen Platz, weder Zorn noch Angst. Angst, dass Natalie verletzt war. Oder gar tot.

Ed schüttelte unentwegt den Kopf. »War das nötig? Erst der Riese, jetzt auch noch ein magischer Anschlag?«

Dass Magie im Spiel war, musste selbst Uneingeweihten wie den Schaulustigen vor dem Gartenzaun klar sein. Nur zögerlich und unter Murren wichen sie zurück, als Ed die Absperrpylonen aufstellte.

»Jeder, der glaubt, etwas gesehen zu haben, das der Aufklärung des Verbrechens dienlich sein könnte, wird gebeten, sich bereitzuhalten«, erklärte er. »Ihre Aussagen werden in Kürze aufgenommen. Die anderen dürfen gehen. Es gibt nichts mehr zu sehen.«

Nichts als blaue Rauchschwaden, die zusammen mit dem beständigen Knistern und dem beißenden Geruch mehr als deutliche Anzeichen für den Einsatz von Magie darstellten. Kilian fiel ein, dass es Drohungen gegen die Familie Windersom gegeben hatte, Drohungen, die der Chef nicht hatte ernst nehmen wollen.

»Die könnten verschüttet sein«, sagte eine füllige Frau.

»Wer? Wie viele?«, fragte Ed.

Sie beäugte die Trümmer. »Die ganze Familie vielleicht. Bis auf das Mädchen, die hat vorhin nach ihnen gesucht.«

Kilian tauschte einen Blick mit Ed. »Drei Vermisste hier: die Eltern und der Bruder. Und Natalie, wo immer sie steckt.« Ein Kloß ballte sich in seiner Kehle, als er sich vorstellte, wie sie über die Trümmer kletterte, nach ihren Eltern rief, nach ihrem Bruder, entsetzt und verzweifelt. Er schluckte, atmete tief durch, funktionierte.

»Wo ist Natalie?«, fragte er Jolly.

Sie sprang auf und schüttelte die Decke ab. »Sie wurde gekidnappt!«

»Das weißt du sicher?«

»Ich war dabei! Die hätten mich fast überfahren!«

»Wann?«

»Vorhin! Bevor ihr gekommen seid. Wir müssen ihr nach!«

Der Schock war verflogen. Ihr Gesicht hatte wieder Farbe, die Kopfwunde hatte aufgehört zu bluten. Sie blickte ihn aus hellwachen Augen an.

»Wir? Bestimmt nicht. Du bist verletzt. Du rührst dich nicht von der Stelle, bis der Krankenwagen eintrifft.«

»Aber …«

»Ich kann die Fahndung einleiten lassen, wenn du weißt, wie der Wagen ausgesehen …«

»Das Kennzeichen lautet MT 64580. Es war ein schwarzer Transporter, die gleiche Bauart wie eurer.«

Kilian warf einen Blick über die Schulter. Ed koordinierte gerade den Aufmarsch der Einsatzkräfte. Der erste Suchtrupp der Feuerwehr zog los, die Polizei hatte Spürhunde dabei. Seine Anwesenheit am Tatort war nicht zwingend erforderlich. Seit ihrer Ankunft waren drei, vier Minuten vergangen. Und wenn Jolly recht hatte, gab es vielleicht eine Chance, Natalie aufzuspüren.

»Bitte!«, flehte sie erneut. »Die sind gerade erst weg. Du kannst sie einholen.«

Er warf sämtliche Bedenken über Bord, machte auf dem Absatz kehrt und rannte zum Auto. Mit Blaulicht und Sirene fuhr er los, blieb aber neben Ed noch einmal stehen. »Ed, wir haben einen Fluchtwagen. Ich nehme die Verfolgung auf.«

»Machst du Witze? Allein?« Ed stemmte die Arme in die

Seiten. Als einzig verbleibender OMB-Agent vor Ort konnte er unmöglich mitfahren, das war ihnen beiden klar. »Na schön …«

»Ich fordere Verstärkung an.« Kilian wollte starten, da wurde die Beifahrertür aufgerissen und Jolly warf sich auf den Sitz.

»Fahr los!«, schrie sie. »Fahr schon!«

Jede Diskussion hätte nur Zeit gekostet. Also fuhr er.

»Zentrale, hier Epsilon, ich habe eine dringende Fahndung nach einem Fluchtwagen, ein schwarzer Kleintransporter, Marke Arrow, Kennzeichen …«

»MT 64580«, half Jolly aus und Kilian gab es zusammen mit Natalies Personenbeschreibung durch.

»Die lässt aber auch nichts aus«, stellte Lydia fest.

Wie wahr. »Ich bin allein unterwegs, auf der Markanerstraße Richtung Zentrum.« Zu ihrem Glück eine Einbahnstraße. Die Entführer wollten schnell vorankommen. Sofern sich ihr Ziel nicht in unmittelbarer Nähe befand, wovon er ausging, würden sie auch weiterhin Durchzugsrouten wählen. Das Navigationsgerät zeigte die nächste Querstraße in gut einem Kilometer an. Bis dahin brauchte er eine Spur.

Lydia bestätigte. »Alles klar, Kilian. Ich hab dich auf dem Schirm. Gib mir zwei Minuten, um den Wagen zu finden.«

»Du hast eine. Und schick mir Verstärkung. Auch durch die Polizei.« Er warf einen Seitenblick auf Jolly. »Bist du total durchgeknallt? Du kannst doch nicht bei einem Einsatz mitfahren! Du brauchst einen Arzt!«

»Es geht mir gut. Bisschen schwindelig vielleicht. Ich sehe dich doppelt, kann das sein?«

Kilian schnaubte. Ihm war nicht nach Scherzen zumute, aber er rang sich ein Grinsen ab. »Klone. Ich bin Viele«, witzelte er, wurde aber gleich wieder ernst. »Bei der nächsten Gelegenheit steigst du aus, verstanden?«

Sie nickte unschuldig. »Sicher.«

»Kilian?«, meldete sich Lydia. »Ich habe den Wagen. Er fährt auf der Landauer Straße Richtung Osten. Die Polizei ist informiert, ein Einsatzfahrzeug befindet sich auf Abfangkurs, ein Aeromob, sie sollten ihn bald haben. Team Gamma ist ebenfalls unterwegs. Ich halte euch auf dem Laufenden.«

»Ein Aeromob.« Jolly klang ehrfürchtig. »Das wäre schneller als diese alte Kiste.«

»Wem sagst du das.« Während Polizei, Sanitäts- und Rettungsdienste bereits über eine kleine Flotte von Aeromobilen verfügten, musste die OMB darauf verzichten. Aus Kostengründen.

Kilian ließ die Sirene aufheulen, überholte einen Kleinwagen und drückte das Gaspedal durch, um sich noch vor einem Bus, der gerade aus der Haltestelle ausfuhr, einzureihen. Die Ampel an der Abbiegespur schaltete auf Rot, er nahm die Kurve trotzdem und viel zu schnell.

Wieder warf er einen Blick auf Jolly, die sich atemlos am Haltegriff festhielt. Blutkrusten klebten in ihren rotbraunen Locken und ihr Anblick rührte an einer seiner Erinnerungen. »Dein Name ist Jolly. Und wie noch?«

Sie räusperte sich. »Dibensky. Ich heiße Joleen Dibensky.«

Diese Erinnerung also. Er hätte es wissen müssen. »Dibensky. Super. Du bringst mich in Teufels Küche.«

»Mein Vater ist eigentlich ganz nett. Meistens.«

Klar doch. Bestimmt wäre er hellauf begeistert, wüsste er, dass seine Tochter im Wagen eines OMB-Agenten mit 120 Sachen durch die Stadt brauste.

»Kilian«, meldete sich Lydia, »das Aeromob verfolgt den Wagen jetzt unauffällig. Nimm die Abkürzung über die Thurgasse und weiter Richtung Osten bis zum Salacritplatz. Dort solltet ihr ihn gemeinsam stoppen können. Gamma kommt von der anderen Seite, sie sind fast da.«

»Verstanden.« Er wandte sich an Jolly: »Was auch geschieht, du bleibst im Wagen. Am besten rollst du dich im Fußraum zusammen.«

»Du hast gesagt, ich soll aussteigen …«

»Ich weiß, was ich gesagt habe. Jetzt ist alles anders, klar?«

»Aha.«

»MTPOL 89 an OMB. Kommen.« Das war die Polizei. Kilian meldete sich, ebenso wie Team Gamma. »Das Fahrzeug steht an der Ampel vor dem Salacritplatz. Zugriff?«

»Zugriff bei Einfahrt in die Nedauergasse«, bestätigte Sam vom Team Gamma, »wir sind vor Ort. Kilian?«

»Zugriff im Dreieck. Ich komme aus der Thurgasse, in etwa einer Minute. Team Gamma, schützt das Mädchen, ich wiederhole, schützt das Mädchen! Sie ist die Enkelin vom Chef«, fügte er hinzu, was Jolly mit einem erschrockenen »Auweia« kommentierte.

»Bestätigt«, gab die Polizei bekannt.

»Bestätigt«, sagte Sam und fügte hinzu: »Scheiße aber auch!«

»Da vorne sind sie!«, rief Jolly. »Wir kriegen sie!«

Hoffentlich. Kilian raste in einem Höllentempo über den Salacritplatz, schnitt einen Motorradfahrer, der in letzter Sekunde abbremsen konnte, und brachte den Wagen schlitternd zum Stehen, exakt in dem Moment, als die ersten Schüsse fielen.

»Runter!«, rief er und drückte Jolly in den Fußraum, selbst um Deckung bemüht. »Und bleib drinnen, hörst du?«

Mit gezücktem Lähmer schlüpfte er ins Freie, pirschte zum Heck und verschaffte sich einen Überblick. Das Aeromob der Polizei war gelandet und blockierte die Nedauergasse, Team Gamma hatte den schwarzen Transporter von der anderen Seite in die Zange genommen. Sein Wagen schloss das Dreieck, ganz wie geplant.

Kilian war zwar ebenfalls bewaffnet, hatte aber nicht vor, sich an dem Schusswechsel zu beteiligen. Die Entführer, zwei Schützen, die aus den Seitenfenstern feuerten, hatten ihn nicht bemerkt. Im Wagen, so schätzte er, befand sich mit Sicherheit noch mindestens eine weitere Person, die Natalie bewachte. Mit der würde er fertigwerden.

Über das Headset kontaktierte er die beiden Einsatzteams. »Beschäftigt sie weiter, ich hole das Mädchen raus.«

»Bestätigt«, kam es von der Polizei. »Verstärkung ist im Anmarsch.«

Die Einsatzteams nahmen den Transporter erneut unter Beschuss. Kilian machte sich bereit zum Sprint, doch plötzlich wurde die Hecktür des Fluchtautos aufgestoßen und Natalie sprang heraus, die Hände vor dem Körper gefesselt.

Seine Erleichterung, dass sie unverletzt schien, währte nur Sekunden. Jolly war ebenfalls ausgestiegen – *Der Himmel schicke uns Grips, nur ein bisschen!* – und winkte ihre Freundin zu sich, nicht ahnend, dass hinter der Hecktür eine Person lauerte, drauf und dran, Natalie als lebendigen Schutzschild einzusetzen. Ein Streifenwagen kam mit quietschenden Bremsen vor ihnen zum Stehen.

»Kidnapper und Opfer auf elf Uhr!«, rief Kilian dem Polizisten zu, der aus dem Wagen sprang. »Geben Sie mir Deckung!«

Er tat nichts dergleichen. *Dreck, verdammter!* Jolly oder Natalie? Er traf die Entscheidung schnell.

»Weg hier, Jolly! In Deckung!« Er stürmte auf sie zu, um sie aus der Schusslinie zu bringen, in der nächsten Sekunde aber verschwand sie wie durch Zauberhand vor seinen Augen. Plopp – und weg. Als hätte sich seine Empfehlung direkt an das Universum gerichtet.

»Achtung, Kilian!«

Natalies Warnung kam zu spät. Schon wurde er von hinten niedergestoßen. Mit dem Gesicht voran knallte er der Länge nach auf blanken Asphalt. Seine Nase schien zu explodieren, etwas Schweres, Pelziges drückte ihn zu Boden, heißer Atem strich ihm über den Nacken. Es stank nach Hund.

Er hustete, spuckte Blut, hustete erneut, versuchte herumzurollen, aber die Zähne, die sich in seine Haut gruben, ließen ihn innehalten. Der Hund auf seinem Rücken knurrte. Gleich würde er richtig zubeißen.

Er war tot. Wenn nicht ein Wunder geschah, war er tot.

Der Lähmer war ihm beim Aufprall aus der Hand gerutscht. Er zog die Pistole. Noch bevor er sie hochreißen konnte, stieg ihm jemand auf die Finger. Ein Stiefel, schwarz, klobig, eindeutig von einer Frau. Sie trat noch einmal zu, diesmal mit dem Absatz, ein Gefühl, als würden seine Knochen zu Brei zermalmt. Er schrie.

»Aufhören!«, rief Natalie. Kilian schielte nach oben und sah, dass sie verbissen gegen den Griff eines schwarz gekleideten Mannes ankämpfte.

Die Frau entwand ihm die Pistole. »Da musst du mir schon mehr bieten als dein Flehen«, sagte sie zu Natalie. »Er wird enden wie deine Freundin, ich will ja hier schließlich kein Blutbad anrichten.«

Kilian schaffte es, das Bein unbemerkt anzuziehen. Verzweifelt tastete er nach dem Messer.

»Also gut, gut!«, hörte er Natalie sagen. »Aber tun Sie ihm nichts!«

»Sehr vernünftig.« Nach einer kurzen Pause, in der Kilian angestrengt versuchte, sich so viel wie möglich einzuprägen – ihre Stimme, ihren Geruch, ihre Präsenz, die ihn ähnlich zu erdrücken schien wie das Vieh auf seinem Rücken –, befahl sie: »Bring sie zum Auto.«

Der Streifenwagen, natürlich, was war er nur für ein Idiot! Die Schießerei war ein Ablenkungsmanöver gewesen. Sie hatten von Anfang an vorgehabt umzusteigen, als sie von der Polizei angehalten wurden.

Die Frau beugte sich über ihn, ihr Parfüm ließ ihn würgen. »Das war eine lächerliche Vorstellung, mein Lieber. Ich hätte mehr erwartet. Vielleicht beim nächsten Mal?«

»Gern. Mit wem hatte ich das Vergnügen?«, presste er hervor.

Sie lachte nur. Als sie sich aufrichtete, erhaschte er erstmals einen Blick auf sie. Schlank, aber durchaus muskulös, mittelgroß, enge Jeans, knapp geschnittene Jacke im Militärstil. Bloß ihr Gesicht sah er nicht.

Er hatte verloren, das wusste er. Einen Abschiedsgruß wollte er ihr dennoch mitgeben.

Das Messer in der Rechten zog er den Arm nach hinten durch und stach zu, tief hinein in den weichen Pelz. Das Vieh jaulte auf und ließ von ihm ab, Kilian rollte herum und sah sich einem grauen Wolf gegenüber, aus dessen Augen blanke Mordlust sprach.

Er verpasste ihm einen Tritt, der ihn zurückschleuderte, doch der Wolf war zäh. Er sprang wieder auf, kam in einem riesigen Satz über ihn und versenkte die Zähne in seinem Oberschenkel. Er hätte ihn garantiert komplett zerfleischt, doch die Fremde rief ihn zurück.

»Genug, Florin!« Und an ihn gewandt: »*Das* werde ich mir merken. Beim nächsten Mal gibt es kein Pardon.«

Der Wolf hinkte mit eingezogenem Schwanz hinter ihr her, als sie zum Streifenwagen lief. Blut tropfte aus seinem Fell. Autotüren schlugen zu. Als Kilian sich keuchend auf die Knie kämpfte, jagten die Entführer durch eine der Seitengassen davon.

Ein frustrierter Schrei entstieg seiner Kehle. Er war so nah dran gewesen. So nah!

An den Fenstern der zivilen Wagen, die mitten auf dem Salacritplatz angehalten hatten, zeigten sich die ersten verschreckten Gesichter. Kilian wischte sich das Blut aus dem Nacken. Der Wolf hatte exakt zugebissen, nur ein wenig tiefer und er hätte ihm die Halswirbel zermalmt.

Vajos und Sam vom Team Gamma kamen angerannt.

»Eine der Arschgeigen ist erledigt, die andere im Gewahrsam der Polizei«, berichtete Sam. Sie war eine zarte Rothaarige mit hellem Teint und unzähligen Sommersprossen, die in Mitrans Slumbezirk aufgewachsen war. »Fuck, siehst du beschissen aus!«

So fühlte er sich auch. Als hätte diese Frau nicht seine Hand, sondern sein Herz zerquetscht. Natalie in ihrer Gewalt zu wissen, machte ihn schier wahnsinnig.

»Die Drahtzieherin ist geflohen«, erwiderte er grimmig und gab den zweien eine knappe Beschreibung. Praktisch in letzter Sekunde hatte er noch einen Blick auf ihr Gesicht erhascht, das unerwartet markant war. »Die hatten einen Streifenwagen, Kennzeichen MT PP 344. Gebt das mal weiter, womöglich liegen in irgendeiner dunklen Gasse zwei Leichen. Bereit für eine Verfolgungsjagd?«

Vajos tätschelte ihm milde lächelnd die Schulter und deutete auf die Blutlache, in der er stand. »Klar, Kilian. Lass uns noch schnell dein Bein amputieren. Dann kann's losgehen.«

II

Der *Abgrund*
war ein dunkles Nichts,
das Gedanken verschlang.
Hoffnungslichter auslöschte.
Ihr Herz in Stücke riss.
Aber sie gewöhnte
sich daran.

13

Das Irrlicht jammerte in einer Tour. Natalie hatte den bläulich durchscheinenden Ball reinster Energie, der um sie herumtanzte, schon mehrmals verscheucht. Wehklagend war das Irrlicht hinaus auf den Gang gehuscht, aber es kehrte immer wieder zurück, lästiger als jede Mücke.

Eine Tür aus rostigen Gitterstäben verschloss ihre Zelle, draußen spendete eine einzelne Lampe etwas Licht. Es gab einen Eimer, eine Wasserflasche und das Feldbett, auf dem sie hockte. Ringsherum erhob sich dunkles Gestein, unförmige Blöcke und kleinere Ziegel, die in bröckelndem Mörtel steckten. Ob das Gewölbe wohl einstürzte, wenn sie einen herauszog?

Vielleicht sollte sie das tun. Doch offenbar war noch nicht alles in ihr zerbrochen. Oder es lag an der Magie. Sie vibrierte auf ihrer Haut, fachte ihr Blut an, verhinderte, dass sie weinend zusammenbrach. Sie war überall, das gesamte Tunnelsystem schien von Magielinien durchwachsen zu sein.

Natalie zog die Kapuze über. Nicht die feuchte Kühle ließ sie zittern, sondern die Ausweglosigkeit. Selbst wenn sie ihrer Entführerin entkommen könnte, so wäre sie allein. Sie hatte alles verloren, was sie bisher für selbstverständlich erachtet hatte. Alles, was sie liebte.

Ein trockenes Schluchzen stieg in ihr auf. Sie kippte zur Seite, krümmte sich wimmernd zusammen und barg den Kopf in der Armbeuge. Wollte weinen, endlich weinen …

Da verspürte sie eine Bewegung an ihrem Hals. Etwas Glattes, Kühles und sehr Lebendiges kroch ihr über die Haut. In Panik fuhr sie hoch und schlug danach, immer wieder, bis es ihr auf den Schoß fiel.

Eine Schlange! Eine weiße Schlange, hellgrau gemustert und gut und gern einen Meter lang. Schon ergriff sie die Flucht und verschwand blitzschnell unter dem Feldbett. Natalie hatte mit Ratten gerechnet, mit Mäusen, Spinnen. Aber eine Schlange? Ob sie giftig war?

Zögernd sank sie auf die Knie. In Bodennähe schien die Intensität der Magie anzusteigen. Eine armdicke magische Ader zog sich silbrig flimmernd durch ihre Zelle und quer über das Bett. Großartig, sie badete in Magie. Sogar ihr Herzschlag schien sich dem fremden Rhythmus angepasst zu haben.

Die Schlange war ein weißer Schemen im hintersten Winkel. Die Farbe an sich war schon eine Seltenheit, dass sie auch noch hier im Untergrund leben sollte, hielt Natalie für undenkbar. Blieb nur eine Erklärung: Jemand hatte sie von draußen mitgebracht.

»Tja, das war dann wohl ich.« Sie rückte das Bett nach vorn, fluchte, als sie sich den verletzten Knöchel stieß, und wagte sich näher. Die Augen der Schlange glommen wie winzige Spiegel. »Na du? Wann bist du in meine Kapuze gekrochen? Zeit genug, mich zu beißen, hattest du ja. Also bleib schön friedlich.«

Sie tippte die Schlange mit der Schuhspitze an, woraufhin sie davonschoss und sich in der Ecke gegenüber zusammenrollte. Seufzend schob Natalie das Bett an seinen Platz zurück. Sie ekelte sich vor allem, was kroch und kein Fell hatte. Konnte das Vieh nicht einfach das Weite suchen?

»Hör mal, das ist meine Wellnessoase. Dort ist der Ausgang. Ich muss dir hoffentlich keinen Wegweiser aufstellen. Das Irrlicht schafft es auch …« Schritte auf dem Gang ließen sie aufhorchen. Zwei oder mehrere Personen. Außerdem hörte sie Krallen über den Stein scharren.

Sekunden später blieb die Hexe vor der Zellentür stehen. Sie war in Begleitung des schlaksigen Mannes, der Natalie in den Streifenwagen verfrachtet hatte, sowie zweier Wölfe, einem struppigen, dunklen und einem kleineren mit goldbrauner Zeichnung im grauen Fell. Also gab es drei. Einen hatte Kilian außer Gefecht gesetzt. Die Befriedigung brannte ihr ein Lächeln auf die Lippen.

»So fröhlich? Anscheinend gefällt es dir in den Klagenden Gängen.« Das Gesicht der Hexe blieb unbewegt. Sie hatte die schräg stehenden Augen einer Osteuropäerin, grün, aber viel heller als Kilians, dichte, gerade Brauen und war auf eine raue Art attraktiv. Der fransig geschnittene Bob schmeichelte ihren kantigen Zügen. Das Blond schien allerdings gefärbt zu sein.

»Ich kann nicht klagen«, sagte Natalie giftig. »Und wie geht es Ihnen? Ist der Wolf tot?« Sie bekam das Bild von Kilian, der unter dem Wolf zu Boden ging, nicht aus dem Kopf. Er hatte um sie gekämpft, hatte für sie geblutet … Sie hoffte inständig, dass ihm nicht mehr passiert war.

»Ich muss dich enttäuschen. Florin war nur leicht verletzt. Er befindet sich auf dem Weg der Besserung.«

Wer nannte einen Wolf denn Florin? Die anderen hießen dann wohl Kevin und Lukas. Der Struppige gab ein Jaulen von sich, während er um die Hexe herumstrich und sie mit der Schnauze anstupste. Der Goldbraune hingegen wirkte ruhiger; er saß vor dem Gitter und blickte Natalie aufmerksam an.

»Mein Name ist Raikun Comanescu, du darfst mich mit Raikun ansprechen. Wir gehören schließlich einer großen Familie an.«

Der Name kam Natalie bekannt vor. Möglich, dass sie aus Ungarn kam oder aus der Ukraine, ihr Akzent war aber dezent.

»Familie? Das soll wohl ein Witz sein!«

»Das hier«, Raikun wies auf den schwarz gekleideten Mann, »ist Brisko Ostani, mein Adjutant. Wenn du gehorchst, werden wir gut miteinander auskommen.«

Natalie wollte weder gehorchen noch mit ihren Entführern gut auskommen. Sie wollte hier raus. Wollte ihr Leben zurück, oder zumindest *ein* Leben. »Lass mich frei!«

»Erst wirst du einige Aufgaben erfüllen.«

»Was denn für Aufgaben?«, schrie sie und rüttelte am Gitter. »Ich werde gar nichts tun! Du hast meine Eltern und meinen Bruder ermordet!«

Der struppige Wolf gab ein Knurren von sich und Raikun legte ihm zur Beruhigung die Hand auf den Kopf. »Ein unangenehmer Zwischenfall. Es hätte nicht so weit kommen müssen, wären deine Eltern kooperativer gewesen.«

Sie hatten sich gewehrt? Die Kehle wurde ihr eng, als sie sich vorstellte, wie sich ihre Mutter, die keiner Fliege etwas zuleide tun konnte, der Hexe entgegengestellt hatte. Ihr Vater hatte vermutlich versucht, an die Pistole im Tresor zu gelangen.

Gebeutelt von Kummer krallte Natalie die Hände um die Gitterstäbe. »Du Bestie! Du hast sie umgebracht! Warum? Was haben sie getan?«

»Sie waren mir im Weg. Aber hier geht es um dich, Natalie. Deine Kräfte sind bemerkenswert. Du hast auf dem Chronistenplatz eine eindrucksvolle Vorstellung geliefert.«

Ihre Familie war ihretwegen gestorben. Erschüttert ließ Natalie die Stirn ans Gitter sinken.

»Bannmagie ist ausgesprochen selten. Kaum jemand beherrscht sie. Wer hat dir das alles beigebracht?«

»Niemand. Das Ganze war bloß Zufall, weiter nichts.«

»Sinnlos, so kommen wir nicht weiter«, raunte Brisko Raikun zu. »Die ist eine von der Sorte reich und verwöhnt.«

Raikun gab keine Antwort, sie war auf Natalie fokussiert. »Wie ich sehe, bist du nicht allein. Drollig, diese Anhänglichkeit.« Sie meinte die Schlange, die aus ihrer Ecke gekrochen war und Anstalten machte, sich um Natalies Beine zu schlingen. Angeekelt trat sie einen Schritt zur Seite. Raikuns Mundwinkel zuckten. »Scheint, als hätte eure Freundschaft gelitten.«

Ein Schauer raste ihr über den Rücken, die Härchen an ihren Unterarmen stellten sich auf. Nein, das durfte nicht wahr sein, das konnte sie ihr nicht angetan haben! »Jolly?«, flüsterte sie. »Das ist … Du hast sie … verwandelt?«

»Oh. Tut mir leid.« In einer gespielt erheiterten Geste legte Raikun die Hand an die Brust. »Und ich dachte, das hättest du bereits bei unserem unfreiwilligen Stopp durchschaut. Ich habe dich wohl überschätzt, mein Fehler.«

Die Schlange – Natalie weigerte sich, Jolly in ihr zu sehen – kroch über ihre Sneakers und wollte unter ihre Jeans schlüpfen, offenbar auf der Suche nach einem warmen Plätzchen. Hin- und hergerissen zwischen Bestürzung, Mitleid und Abscheu schüttelte Natalie sie ab und sie wich zischelnd zurück. Die Wölfe knurrten mit gespitzten Ohren.

Raikun neigte den Kopf. »Du scheinst dich vor Schlangen zu ekeln. Vielleicht wäre dir ein anderes Tier lieber? Etwas zum Kuscheln, hm? Ein Häschen oder ein Kätzchen?«

»Nein!«

»Nein? Dann sollten wir dafür sorgen, dass sie dich nicht länger belästigt. Brisko, sei doch so nett!«

Er holte einen Stab aus glattem, dunklem Holz aus seiner Jackentasche. Natalie kannte Zauberstäbe nur von Bildern, aus Videos oder Büchern, aber ihr war sofort klar, dass sie einen vor sich hatte. Brisko würde zweifellos gehorchen. Was im schlimmsten Fall bedeutete, dass er die Schlange tötete.

Ohne groß nachzudenken, beförderte Natalie sie mit einem Tritt außer Reichweite. Sie klatschte gegen die Mauer und rutschte wie ein nasser Sack zu Boden.

»Was?«, knurrte Brisko. »Denkst du wirklich, das könnte sie retten?«

Natalie atmete auf, als sie sah, dass sich die Schlange regte. Im Geiste bat sie Jolly – falls sie es tatsächlich war – um Entschuldigung.

Brisko hob den Zauberstab an. Und Natalie griff in die Magie. Es war reiner Reflex, verursacht durch die jäh aufflackernde Angst. Wenn die Schlange starb, wäre es auch um Jolly geschehen.

Dass sie der Magie schon die ganze Zeit ausgesetzt war,

entpuppte sich nun als Vorteil. Sie brauchte sich nicht auf die Schwingungen zu konzentrieren und die Melodie nachzuahmen, sie hatte sie längst verinnerlicht. Sie zweigte mehrere Teilstränge von der Hauptader ab, verdichtete sie und verwob sie zu einem Netz, das sie um die Schlange legte. Das alles binnen weniger Sekunden. Sie handelte rein instinktiv, für Überlegungen blieb keine Zeit.

Briskos Zauber prallte in einem Funkenschauer von der Schlange ab. Er versuchte es erneut, doch das Ergebnis blieb das Gleiche. Er konnte ihr nichts anhaben.

»Gut gemacht.« Natalie fuhr herum. Raikun nickte ihr anerkennend zu. »Genau wie ich vermutet hatte – du bist außerordentlich talentiert. Du hast eine magische Barriere erschaffen. Willst du mir etwa immer noch erzählen, das sei bloß Zufall?«

Ein ohrenbetäubender Knall ersparte ihr die Antwort. Sie zog den Kopf ein, doch Brisko schoss kein zweites Mal. Ungläubig zuckte sein Blick von der Pistole in seiner Hand auf die Schlange, die unbehelligt geblieben war. Die Kugel war knapp an Natalies Hüfte vorbeigeschossen und in die gegenüberliegende Mauer eingedrungen. Ihr wurde schlecht.

»Kugelsicher«, sagte Raikun ungerührt und setzte ein paar Worte in einer fremden Sprache hinzu, um die Wölfe zu beruhigen, die aufgeregt blafften.

»Mit dem Messer vielleicht?«, überlegte Brisko und zog auch schon eins hervor.

»Aufhören! Sie ist kein Versuchskaninchen!« Kurz entschlossen stellte sich Natalie vor die Schlange, die unter dem dicht gewebten Banngitter gefangen und zugleich geschützt war.

Sie hatte tatsächlich einen Schutzschild erzeugt, einen Schild aus reiner Magie, den nichts durchdringen konnte. Kein Zauber, keine Kugel und wohl auch kein Messer. Wie ihr das gelungen war, konnte sie sich nicht erklären. Die Einzelschritte, die sie sich als Kind spielerisch angeeignet und immer als notwendig erachtet hatte, waren anscheinend verschmolzen. Sie hatte bloß ihr Ziel vor Augen gehabt und die Magie hatte auf die kleinsten Impulse reagiert.

Kaum merklich schüttelte Raikun den Kopf. »Das genügt.«

»Wie du meinst.« Brisko steckte das Messer weg, sah aber nicht vollends überzeugt aus.

»Und jetzt lass die Schlange wieder frei«, forderte Raikun von Natalie. »Das kannst du doch auch, oder?«

»Was? Damit er«, sie wies auf Brisko, »sie töten kann? Sicher nicht!«

»Er wird ihr nichts tun. Du hast mein Wort.«

»Ich pfeif auf dein Wort.«

»Löse das Banngitter auf, Natalie! Sofort!«

»Nein. Du hast meine Familie vernichtet. Du hast meine Freundin verzaubert. Du hältst mich hier gefangen. Du kannst mich mal!«

Brisko schnaubte. In seinen blassblauen Augen glühte kalter Hass. »Wir sollten sie Respekt lehren.«

Ein feines Lächeln umspielte Raikuns Lippen, als sie zustimmend nickte. »Einverstanden. Wir hatten ja vermutet, dass bei ihr ein wenig Überzeugungsarbeit nötig sein würde.«

Natalie musste nicht lange rätseln, was damit gemeint war. Als sich Raikun, die Wölfe und Brisko wenig später erneut vor ihrer Zelle einfanden, kamen sie nicht allein. Zwei mit Gewehren bewaffnete Magische waren bei ihnen und sie schleppten einen Jungen mit sich.

»Liam! Li!« Sie streckte die Arme durchs Gitter. Berühren, sie musste ihn berühren, musste sich vergewissern, dass er echt war, lebendig, nicht tot!

Er hob den Kopf. Sein Gesicht war blass und dreckverschmiert, seine Miene eingeschüchtert, doch seine Augen leuchteten auf. »Nati!«

Es war Ewigkeiten her, dass er sie so genannt hatte. Ihr zerriss es fast das Herz, ihn so zu sehen. »Bist du okay?«

Er wollte nach ihren Händen greifen, aber die Wachen zerrten ihn zurück. »Nati, was ist mit Mama und Papa?«

»Es wird alles wieder gut, ich verspreche es.« Sie brachte es nicht über sich, ihm zu sagen, dass ihre Eltern höchstwahrscheinlich tot waren.

»Ich will nach Hause.«

Ihre Hände sanken herab. Es gab kein Zuhause mehr, es gab überhaupt nichts mehr für sie. Sie hatten nur noch einander. Sie bemühte sich, ihre Stimme fest klingen zu lassen, zuversichtlich. »Li, wir kommen hier raus. Ich lasse nicht zu, dass sie dir etwas antun. Alles wird gut, hörst du?«

Er nickte unter Tränen.

Raikun hob Liams Kinn an. »So ein hübscher Junge. Wäre schade um ihn.«

Unbändiger Zorn kochte in Natalie hoch, aber sie kämpfte ihn nieder. Sie würde nichts erreichen, wenn sie Raikun beschimpfte. »Das ist doch Wahnsinn! Er ist ein Kind. Lass ihn gehen, bitte!«

»Das Band zwischen Geschwistern ist unzerstörbar, sagt man. Doch wie mag es um jenes zwischen Freundinnen stehen?«

Die Drohung war unmissverständlich. Natalie blickte über die Schulter. Die Schlange verharrte unter dem Banngitter, sie konnte weder vor noch zurück.

Jolly oder Liam – wie sollte sie sich da entscheiden? Keinem der beiden durfte etwas geschehen. »Das ist nicht fair!«

Raikun lächelte mitleidig. Aus ihrer Jackentasche zog sie einen Schlüsselring, an dem ein halbes Dutzend verschiedene Glasphiolen hingen. Sie wählte eine aus, in der eine hellgrüne Flüssigkeit schimmerte, und schraubte den Deckel ab. »Eine Eigenkreation, ich nenne sie *Seelenqual.*«

Die Augen vor Angst geweitet, wich Liam vor ihr zurück, so

weit es der Griff der Wachen zuließ. »Nati«, flüsterte er. »Hilf mir …«

Natalie überlegte nicht länger. »Okay, ich löse das Banngitter. Tu ihm nichts, bitte.« Raikun schwieg abwartend, die Phiole erhoben wie ein Sektglas. »Tut mir leid, Jolly.«

Sie verließ sich darauf, dass sie auch diesmal ohne große Vorbereitung auf die Magie zugreifen konnte, und war dennoch verwundert, als es tatsächlich klappte. Das Banngitter erzitterte unter ihrer Berührung. Es zu zerstören, war keine Kunst. Sie brauchte nur an einem der Stränge zu zupfen, bis er riss. Kurz hielt das Gitter noch, dann begann es zu zerfallen und die Magie floss wieder in ihrem natürlichen Lauf dahin. Die Schlange bewegte sich zögerlich. »Erledigt.«

»Siehst du, so schwer war das nicht.«

Raikun nickte und als Natalie begriff, dass dieses Nicken nicht ihr galt, sondern Brisko, war es bereits zu spät – er hatte den Zauberstab schon gezückt. Ihr blieb keine Zeit, ein neues Banngitter zu errichten, sie schaffte es nur noch, sich über die Schlange zu werfen, um sie zu schützen.

Der Zauber traf sie an der Schulter, doch anstatt sie zu verletzen, wurde er zurückgeworfen. Mit Getöse schlug er ins Gitter ein. Alle sprangen zurück, einer der Wölfe jaulte auf, Brisko zischte vor Schmerz.

Und Raikun lachte. Sie schien sich gar nicht beruhigen zu können. »Ein Schutzzauber! Er hat sie mit einem Schutzzauber belegt!«

Noch Minuten später, als die Wachen Liam weggeschleppt und Raikun sich mit ihrem kleinen Trupp zurückgezogen hatte, hörte Natalie ihr Lachen geisterhaft durch die Tunnel hallen.

14

Die Hexe und Ärztin der Organisation, Dr. Gerlis Turnherr, hatte ihn wieder zusammengeflickt. Der Schmerz im Bein war auf ein erträgliches Maß geschrumpft. Trotzdem humpelte Kilian, als er am nächsten Tag auf das OMB-Hauptquartier zuging.

Die Fassade strotzte vor dekorativen Elementen wie magischen Pflanzen und Wesen, die aussahen, als wären sie organisch gewachsen und schließlich versteinert. Typisch Jugendstil, dabei war das Gebäude viel, viel älter.

Einst hatte es einem mächtigen Zauberer gehört, ehe Sebastiano Müller, ein einfacher Mann aus dem Volk, es mithilfe seines schlauen Katers eroberte und sich zum König krönte. Die List, durch die der Zauberer zum Opfer einer Katze wurde, war in eine Steintafel gemeißelt worden: *Sei gewarnt vor Eitelkeit*, stand da als Moral. *Sie schmeichelt deiner Größe nicht, sie macht dich mäuseklein, du Wicht!* Tja, die Nachfahren besagten Katers trieben noch heute ihr Unwesen auf den Straßen Mitrans.

Eine mehrere Meter hohe Rosenhecke, die das ganze Jahr über weiß blühte und Frost, Heckenscheren und Motorsägen trotzte, schützte das Hauptquartier vor dem Eindringen Unbefugter. Zutritt erlangte man durch ein riesiges steinernes Tor mit schmiedeeisernem Gitter. Ein mitunter recht eigenwilliges Tor.

»Halt, Fremder!«

Kilian blieb stehen. »Bob! Was soll das? Lass mich durch!«

Doch das Tor dachte nicht daran, seine Flügel zu öffnen. »Nenne meinen wahren Namen!«

»Bobandragiusodamnait.«

»Nenne eine magische Zahl!«

»Sieben.«

»Und was ist dein Begehr, Fremder?«

Kilian seufzte. »Ich bin Agent der OMB und muss zum Chef.«

»Nenne seinen wahren Namen!«

»Du gehst mir auf den Zeiger, Bob.«

»Dugehstmiraufdenzeigerbob ist falsch.«

»Alvis Connory Windersom.«

Endlich schwangen die Gitterflügel leise quietschend auf. Als Kilian unter dem Torbogen hindurchtrat, fiel ein Konfettiregen auf ihn herab.

»Bob! Findest du das etwa lustig?«, beschwerte er sich und schüttelte das Konfetti aus dem Haar.

Das Tor kicherte. Klar fand es das lustig. Es trieb seine Späße mit praktisch jedem. Konfetti-, Sand- oder Reisgüsse waren harmlos. Unangenehm wurde es, wenn das Tor einen nicht mochte. Dann konnte es gut sein, dass es Pech oder Öl regnen ließ. Einzig den Chef ließ es unbehelligt, ihn überschüttete es maximal mit Liebenswürdigkeiten.

Das Einhorn graste auf der Wiese unweit des Tors. Sein Fell glitzerte im Sonnenlicht. Der Zoo wollte es verständlicherweise zurück, doch der Transport musste warten, bis die Aufräumarbeiten abgeschlossen waren.

Das Innere des Hauptquartiers glich einer Festung. Hier befanden sich die Privaträume des Mächtigen sowie das Ausbildungszentrum der Organisation. Und das Gefängnis.

Die Haftanstalt für magische Kriminelle hatte nichts mit einem menschlichen Gefängnis gemein. Speisesaal, Werkstätten, Gemeinschafts- oder Fitnessräume suchte man hier vergebens. Die Insassen hockten Tag und Nacht in feuchtkalten Zellen, gebannt durch magische Gitter und umgeben von Mauern, in die sich der Wahnsinn gefressen hatte.

Kilian fand den Mächtigen vor einer leeren Zelle. Die Begrüßung blieb aus. »Was macht das Bein?«, fragte er nur.

»Geht schon, danke. Es war harmlos.«

»Wolfsbisse sind nie harmlos, von Nauders. Das soll Ihnen eine Lehre sein, niemals wieder allein auf Verbrecherjagd zu gehen.«

Also doch. Ed hatte ihm prophezeit, dass sein eigenmächtiges Handeln Konsequenzen nach sich ziehen würde.

»Ich war nicht allein, Team Gamma …«

»Ach, Sie gehören neuerdings zu Team Gamma?«

»Nein, aber …«

»Sie haben Ihren Partner zurückgelassen. Das gehört zu den schlimmsten Vergehen in der OMB. Kroll ist Ihr Mentor. Versetzen Sie sich in seine Lage – der ihm anvertraute Schützling macht sich auf und davon.«

»Ich weiß und es tut mir leid, wirklich. Doch die Lage erforderte …«

»Umsicht. Mehr nicht.« Der Mächtige hatte die Stimme erhoben, schneidend scharf hallte sie durch die Flure. Zorn verzerrte sein Gesicht. »Die Sicherheit unserer Agenten geht vor! Wir können es uns nicht leisten, auch nur einen zu verlieren! Haben Sie in der Ausbildung geschlafen?«

»Nein, Chef.«

»Nein. Denken Sie, weil Sie von Adel sind, gelten für Sie andere Regeln?«

»Nein, bestimmt nicht.«

»Nein. Dann liegt es wohl an Ihrer Jugend, dass Sie sich für unverwundbar halten?«

»Nein. Ich habe nur …«

»Sie haben Ihr Leben leichtfertig gefährdet, Ihres und das anderer! Keine Ahnung, wie wir das mit der kleinen Dibensky vertuschen sollen! Sie haben Mist gebaut, von Nauders, wir haben einen Haufen Scheiße am Hals, alles Ihretwegen! Einen solchen Agenten kann ich nicht brauchen!« Zur Bekräftigung stieß er die Faust gegen das Gitter, sodass es unter der jähen Gewalteinwirkung vibrierte. Der dumpfe Ton pflanzte sich echoartig fort, von Zelle zu Zelle, von Ebene zu Ebene, bis er endlich verhallte. Mit einiger Verzögerung löste sich die Metallklappe für die Essensversorgung aus der Halterung in der Mauer und krachte zu Boden.

Kilian schluckte. »Verstehe.«

Der Mächtige schnippte ihm Konfetti von der Schulter. Sein Zorn schien verraucht, etwas anderes war an seine Stelle getreten. An seiner Wange zuckte ein Muskel. *Schmerz*, erkannte Kilian. *Er trauert.*

»Mein Beileid zu Ihrem Verlust«, sagte er leise. »Ihr Sohn?« Die Leichen von Natalies Eltern waren unter den Trümmern gefunden worden, sie erwarteten die Ergebnisse der Obduktion in den Abendstunden. Fest stand aber bereits, dass sie nicht durch die magische Explosion umgekommen waren.

»Tochter. Viola war meine Tochter. Ihr Mann hatte den Namen Windersom übernommen.« Seine Züge glätteten sich und wurden überraschend milde. »Sie haben versucht, meine Enkelin zu befreien, von Nauders. Dafür bin ich Ihnen zutiefst dankbar.«

Das kam unerwartet. Kilian schwieg perplex. Unauffällig verlagerte er das Gewicht, um das schmerzende Bein zu entlasten. »Wie gehen die Ermittlungen voran?«

»Der Transporter war gestohlen. Der Streifenwagen ist im Slum aufgefunden worden, die Leichen der Polizisten in der Nähe ihres zuletzt gemeldeten Aufenthaltsortes. Von den Entführern, Natalie und Liam fehlt jede Spur. Ebenso von Jolly.«

»Hm.« Der Mächtige hielt den Blick auf das Innere der Zelle gerichtet. »Selbstmord«, sagte er und deutete auf das getrocknete Blut, das den Boden bedeckte. Eine Menge Blut. »Hat sich die Pulsadern mit einer Glasscherbe aufgeschlitzt.« Er wandte sich zum Gehen, das Gesicht wieder ausdruckslos. »Kommen Sie, von Nauders, begleiten Sie mich ein Stück.«

Offenbar musste er sich nicht sofort nach einem neuen Job umsehen. »Hier gehört dringend renoviert«, bemerkte er. »Die Zustände sind grausam.«

»Dringend ist ein Begriff, den ich aus meinem Sprachgebrauch gestrichen habe. Er war ein Zauberer, nicht unbegabt.« Kilian brauchte einen Moment, bis ihm klar wurde, dass der Mächtige von dem Selbstmordfall sprach. »Es hätte etwas aus ihm werden können, wäre er nicht mit dem Gesetz in Konflikt geraten.«

»Was hat er angestellt?« Die meisten Delikte waren Bagatellen. Doch die Magiegesetze waren gnadenlos effizient.

»Er hat einen Illusionszauber angewandt, um seinen Freund vor einer Bande Radikaler zu retten. Pro Mensch. Die werden zusehends aggressiver. Angeblich bekommen sie mittlerweile Unterstützung aus höchsten Kreisen. Parteipolitischen Kreisen.«

»Die *Nationalliberalen?*« Die Partei war für ihre rechtsradikale Gesinnung bekannt und hatte in den letzten Jahren deutlich an Wählerstimmen zugelegt.

»Nein. VPD. Erschreckend, nicht?«

Kilian nickte. Er hätte gern etwas Aufmunterndes gesagt, etwas wie »Das gibt sich wieder« oder »Noch ist nicht aller Tage Abend«, aber das Zusammentreffen mit Minister Mildenweith hatte ihn in seinen Grundfesten erschüttert. Dass die *Volkspartei Deutschlands,* die immerhin die Regierung stellte, eine Gruppierung wie Pro Mensch unterstützte, passte ins Bild.

Er erwog, den Mächtigen zu informieren, was sich über seinem Kopf zusammenbraute. Das wäre loyal und so sah er sich auch: loyal, korrekt, ehrlich. Doch was, wenn sein Chef dies als Einschleimerei auslegte, jetzt, da Kilians Posten wackelte? Und sollte er sich nicht vorrangig seiner Familie gegenüber loyal verhalten? Marik?

Ach verdammt, er beherrschte dieses Spiel nicht, er hatte es schon immer gehasst!

Die Insassen nahmen ihre Inspektion zumeist stumm zur Kenntnis. Nur zwei wagten es, ihnen Schadenszauber und Flüche an den Kopf zu werfen, die freilich aufgrund der Bannmagie keine Wirkung erzielten.

Bei den Zellen der weiblichen Magischen begann der Mächtige kurze Erklärungen abzugeben: »Seherin – Internetweissagungen. Hexe – Nutzung von Magie ohne Lizenz. Zwergin – Beteiligung an einem Raubüberfall mittels Magie. Fee – Hehlerei mit magischen Gegenständen …«

Kilian hörte nicht mehr zu. Er sah keine Feen oder Zwerginnen hinter den Gitterstäben kauern, er sah Natalie. Zelle für Zelle nur sie, das Gesicht bleich, die Augen hinter den langen Wimpern gerötet, bis auf die Knochen abgemagert.

Ein Funken Gewissheit verhakte sich zwischen den verqueren Gedankenkonstrukten, mit denen er versuchte, Pflicht und Gefühl in Einklang zu bringen: Natalie durfte nicht so enden, auf keinen Fall. Er würde alles tun, sie zu retten.

Kilian folgte dem Mächtigen in den Turm, wo zwei Riesen inhaftiert waren, und danach ins Untergeschoss. Hier, in den Tiefen des Gefängnisses, muteten die Zellen wie Verliese an, in die sich nie ein Funken Tageslicht verirrte. Sie passierten Trolle, einen Lindwurm und diverse sprechende Tiere, drei Zentauren, die der Mächtige als Exportware titulierte – »Wir hätten die Pferdemenschen niemals ins Land lassen dürfen, aber der Zoo wollte sie unbedingt haben.« –, bis sie schließlich vor einem Menschenfresser anhielten.

Nasses Stroh bedeckte den Boden und es stank bestialisch nach Exkrementen. In einer Ecke lag der zur Hälfte abgenagte Kadaver eines Kalbes. Der Menschenfresser saß an die Mauer gelehnt da. Schrunden, aus denen ein bräunliches Sekret austrat, überzogen seine nackten Füße. Sein Anblick machte Kilian ganz krank.

»Ich besuche die Zellentrakte täglich«, sagte der Mächtige, »um mich daran zu erinnern, wie wichtig unsere Arbeit ist. Stellen Sie sich vor, von Nauders, was geschähe, wenn wir diese Magischen auf die Menschheit losließen.«

»Das sind Kriminelle. Sie sind nicht ohne Grund hier, oder?«

»Nun, wie Sie wissen, übernehmen wir auch Kreaturen vom Zoo. Jene, die zu auffällig werden oder den gegebenen Rahmen sprengen.«

Daran hatte er nicht gedacht. Mitrans Zoo war viel zu klein und irgendwo mussten die magischen Wesen ja untergebracht werden.

»Bedeutet das, er ist inhaftiert, ohne je ein Verbrechen begangen zu haben?«

Der Menschenfresser robbte heran. Er drückte sein flaches Gesicht ans Gitter und klappte mit einem gutturalen Laut den Rachen auf. Hinter Lippen, die sich bis zu den Ohren zogen, blitzten doppelte Zahnreihen auf. Es mochte eine Drohgebärde sein, doch die Reaktion des Mächtigen fand Kilian übertrieben. Mit dem Zepter jagte er einen Magiestoß in die Zelle, der den Menschenfresser zurückkatapultierte. Stöhnend blieb er liegen.

»Auf gewisse Wesen können die Magiegesetze nun mal nicht angewandt werden. Ihnen fehlt es an Verstand.«

»Trotzdem sind sie unschuldig. Man sollte darüber nachdenken, die Magiegesetze zu überarbeiten. Sie sind über hundert Jahre alt. Zumindest eine Novelle wäre angebracht.«

Der Mächtige wischte Kilians Einwände mit einer Handbewegung beiseite. »Die Gesetze haben ihre Richtigkeit. Magie ist eine Ressource, die unbegrenzt zur Verfügung steht. Wir können nicht zulassen, dass sich kriminelles Gesindel daran bedient. Es gibt magisch Hochbegabte da draußen, die wir noch nicht gefasst haben. Auf sie müssen wir uns konzentrieren. Sie würden alles daransetzen, die Macht an sich zu reißen. Und eines dieser Subjekte … hat sich meine Enkelin geschnappt.« Er blickte Kilian durchdringend an. »Ich habe einen Auftrag für Sie: Ich will, dass Sie Liam und Natalie aufspüren, von Nauders.

Finden Sie heraus, wer sie gefangen hält und warum. Befreien Sie sie.«

»Ich dachte, Sie können mich nicht brauchen.«

»Sie hatten Kontakt mit Natalie. Das könnte von Nutzen sein. Doch gehen Sie mit Bedacht vor, handeln Sie um Himmels willen nicht vorschnell.«

»Ich allein?«

»Das dürfte Ihnen zwar liegen«, der Mächtige verzog die Lippen zu einem schalen Lächeln, »aber nein. Kroll wird Sie unterstützen, er ist informiert.«

»Unterstützen?«, fragte Kilian irritiert. »Und das Team?«

»Ihr Auftrag, Ihr Kommando – Sie werden sich beweisen müssen. Team Epsilon ist mit sofortiger Wirkung aufgelöst. Kroll hat sein Rücktrittsgesuch eingereicht. Er verlässt die OMB, sobald der Fall abgeschlossen ist. In gewisser Weise arbeiten Sie also beide inoffiziell. So lange, bis ich Ihnen einen neuen Partner zur Seite stellen kann.«

Kilian nickte stumm. Ed wollte aussteigen? Warum so plötzlich? Und ohne mit ihm Rücksprache zu halten?

»Ich brauche Ihnen hoffentlich nicht zu sagen, wie wichtig mir meine Enkel sind. Sie sind meine Familie.«

15

Nervosität kribbelte in ihrem Magen. Sie hatte Melindas Schlüsselkarte heute Vormittag mitgehen lassen, als die Assistentin ihres Chefs durch eintreffende Konferenzteilnehmer abgelenkt war. Jetzt herrschte Stille in der Chefetage, Paige war allein.

Die Tür sprang auf, und nach einem letzten Blick über die Schulter betrat sie Justus Bahkles Büro. Nie zuvor hatte sie etwas Verbotenes gewagt. Sollte man sie erwischen, wäre sie ihren Job los. Doch sie musste sich Gewissheit verschaffen.

Rotgolden senkte sich der Abend über die Stadt. Das Licht schwand zusehends. Melindas Schreibtisch war penibel aufgeräumt. Ein Foto vom Freund, eines vom Hund, eines von der Familie, mehr Persönlichkeit strahlte der Arbeitsplatz nicht aus. Paige hatte darauf gehofft, in der Ablage oder im Papierkorb auf Unterlagen oder auch nur Notizen zum Projekt Purgatio zu stoßen, aber beide waren leer, genau wie die Mappe mit der Aufschrift »Aktuelles«, die sie in einer Schublade fand.

»Vorbildliches Arbeitsverhalten«, brummte sie. Aber es war sowieso illusorisch gewesen, auf Unterlagen in Papierform zu hoffen. Korrespondenz, Verträge, Rechnungen – in der Geschäftswelt wurde alles auf elektronischem Weg erledigt. Brisantes Material wurde außerdem bestimmt unter Verschluss gehalten, eventuell sogar in einem Tresor.

Inzwischen zweifelte sie, dass ihre Kollegen vom Wunderteam, allen voran Rotlieb, in die Einzelheiten eingeweiht waren. Sie taten zwar, als ob, aber das womöglich nur, weil sie nicht anders konnten, als ihre himmelschreiende Arroganz auszuleben.

Sie musste an das Passwort von Melindas Computer rankommen, oder noch besser, an Bahkles. Es musste Verträge geben, Belege über finanzielle Zuschüsse, ein Angebot, eine Kostenaufstellung. Ein Projekt wie dieses wurde nicht per Handschlag verkauft. Schon gar nicht, wenn der Auftrag tatsächlich vom Innenministerium kam, wie Rotlieb behauptete. Sie konnte und wollte nicht glauben, dass Deutschlands Regierung mit drinsteckte, unmöglich, nein, denn falls das publik würde, wäre weltweit der Teufel los.

Die Tür zu Bahkles Zimmer war geschlossen. Sie lauschte und als sie keinen Laut wahrnahm, öffnete sie vorsichtig.

Ihr klappte der Mund auf.

Laute Musik schallte aus einem Laptop, und davor, mitten auf dem Schreibtisch, die violett gefärbten Haare zu einem unordentlichen Dutt gesteckt, in der Hand einen zum Mikrofon umfunktionierten Besen, tanzte ein zierliches Mädchen und sang. Eine Horde Pixies, bewaffnet mit Putztüchern und Staubwedeln in winziger Ausführung, fegte durch den Raum und mimte den Chor.

Paige zog die Tür wieder zu und sofort kehrte Stille im Büro ein. So weit war es also mit ihr gekommen – sie halluzinierte. Sie schüttelte den Kopf, blinzelte, atmete tief durch und wagte Versuch Nummer zwei.

Das gleiche Bild.

»Und wenn du mich kühühühühüsst«, johlte das Mädchen und wackelte mit dem Popo, »und nie vergihihihihisst« – Einsatz der Pixies: »Yeah, yeah!« – »dann reiten wir … auf dem Einhorn durch die Nahahacht …« – »Yeahaha!«

Ein Magic-Country-Song von den »Heulenden Eulen«, einer von Jollys Lieblingsbands. Der Laptop gehörte ihrem Chef. Offenbar hatte es die Kleine, wer auch immer sie war, irgendwie geschafft, das Passwort zu knacken. *Danke, Schicksal!*

Paige wählte einen strategisch günstigen Moment, kurz vor dem Gitarrensolo, um sich zu räuspern. Das Mädchen fuhr herum, die himmelblauen Augen weit aufgerissen. Ein silberner

Ring funkelte um ihre Iriden, der typische Feenglanz. Jetzt war ihr alles klar.

»Oh«, sagte die Fee.

»Oh, oh, oh!«, echoten die Pixies.

Paige visierte ihr Ziel an. »Mein Laptop! Da ist er ja!« Sie stürzte zum Schreibtisch, riss ihn an sich und schaltete den Ton aus. »Ich hatte ihn vergessen. Und wer bist du, wenn ich fragen darf?«

»Ich? Äh, Pennyfee. Von der Firma *Blitzo Feenblank*. Tut mir leid, wir wollten nicht stören. Normalerweise ist um die Zeit keiner hier.«

Die Pixies wuselten diensteifrig durch das Zimmer, fegten die Regale, polierten die Fensterscheiben und den Spiegel und kicherten schamlos, als Paige den Laptop unter einem Ministaubwedel wegzog. »Den nicht«, fauchte sie.

Pennyfee legte den Kopf schief und blinzelte neugierig. »Du siehst aber nicht aus wie Justus Bahkle.«

»Nein, ich bin seine Assistentin.«

»Du siehst auch nicht aus wie Melinda.«

»Nein, ich bin … na ja …«

»Die Aushilfe«, bot Pennyfee an.

»Ja. Ja, genau.« *Gerissenes Biest! Kehr mal vor deiner eigenen Tür!* »Knackst du eigentlich immer fremde Computer?«

»Das war nur ein klitzekleiner Feenzauber. Mit Musik macht die Arbeit mehr Spaß. Und manchmal«, sie blickte Paige bedeutungsvoll an, »haben auch andere was davon. Aber gut, wir kommen am besten später wieder – wenn du fertig ausgeholfen hast.« Pfeifend zog sich Pennyfee zurück, die Pixies schwirrten wie ein Kometenschweif hinterher. Ein Nachzügler drehte einen Looping um Paiges Kopf, dann waren sie verschwunden.

»Himmel noch mal!« Aufatmend sank sie auf den Drehstuhl hinter dem Schreibtisch und nahm sich den Laptop vor. Im Posteingang fand sie eine Mail von einem gewissen Dr. Michaelis Rokh, Innenministerium. *Betreff: Vertrag P.* Na toll, das zog sich bis in höchste Kreise. Der Vertrag befand sich nicht im Anhang, was ärgerlich war, doch der Inhalt der Mail war aufschlussreich genug.

… und noch eine gute Nachricht. Wir konnten weitere Sponsoren für das Projekt gewinnen, unter anderem hat uns die Plattform Pro Mensch einen Zuschuss von 1,5 Millionen Euro zugesichert.

1,5 Millionen? Woher hatte Pro Mensch so viel Geld? Paige hatte die Gruppierung als unbedeutend in Erinnerung. Einige Verbotsanträge vor rund zehn Jahren waren abgeschmettert worden. Danach hatte man in den Medien nicht mehr allzu viel von ihnen gehört.

Womöglich wäre aber noch mehr rauszuholen. Wenden Sie sich doch bitte direkt an unseren Freund. ☺

Die Telefonnummer darunter lachte Paige geradezu an. Kurzerhand griff sie nach dem Telefon auf dem Schreibtisch und wählte. Ewig lang hob niemand ab, nur das Freizeichen tutete in ihrem Ohr. Sie wollte schon auflegen, da knackte es in der Leitung.

»Dibensky«, meldete sich die Stimme ihres Vaters.

Fein. Jetzt fühlte sie sich doppelt schuldig. Nicht nur, dass sie an dem verdammten Purgatio-Serum mitarbeitete, war sie auch noch die Tochter des Mannes, der diese Säuberung mitfinanzierte. Paige war zum Heulen.

Was sollte sie nur tun? Den Job könnte sie notgedrungen wechseln. Aber sich von ihrem Vater zu distanzieren, mehr als ohnehin schon, würde ihr das Herz brechen.

Reiß dich zusammen, ermahnte sie sich, als sie die Villa ihrer Eltern betrat. Vielleicht handelte es sich um einen Irrtum. *Richtig, vielleicht stellt er auch gar kein Nervengas oder dergleichen her, vielleicht ist es nur Feenstaub.*

»Paige!« Ihre Stiefmutter eilte herbei, kaum dass sie die Schuhe abgestreift hatte. »Oh, Paige, gut, dass du kommst!«

»Ach ja?« Louisas Enthusiasmus kam überraschend. Sie hatten nicht das beste Verhältnis. »Was ist los?«

Das Erdgeschoss war hell erleuchtet, ihr Vater lief telefonierend auf und ab, entdeckte sie und drückte ihr einen Kuss auf die Stirn, ohne sich bei seinem Gespräch stören zu lassen.

»Deine Schwester ist verschwunden«, erklärte Louisa. Ihre Augen waren vom Weinen verquollen.

»Verschwunden? Wohin? Wann?«

»Heute Nachmittag.«

»Also erst ein paar Stunden. Keine Panik, sie kommt sicher gleich heim. Nur weil sie das Abendessen verpasst, muss man doch nicht das Schlimmste befürchten.«

»Wir können sie nicht erreichen …«

Paige musste lachen. »Louisa, sie ist siebzehn! Da schlägt man schon mal über die Stränge. Bestimmt ist sie mit ihrer Freundin unterwegs – Natalie. Habt ihr bei ihr nachgefragt?

Louisa blinzelte. »Hörst du keine Nachrichten?«

»Heute noch nicht, nein.«

»Natalies Eltern sind bei einem magischen Anschlag ums Leben gekommen. Ihr Haus ist völlig zerstört. Natalie wurde entführt, von ihrem Bruder fehlt jede Spur.«

»Du meine Güte …« Paige sank im Wohnzimmer auf die Couch. Sie war gekommen, um ihren Vater zur Rede zu stellen, nachdem sie vorhin geistesgegenwärtig aufgelegt hatte. Angesichts solcher Neuigkeiten verpuffte ihr Ärger in Bedeutungslosigkeit.

»Und Jolly?«, fragte sie, um Louisa, die leicht apathisch vor sich hin starrte, zum Weitersprechen zu bewegen.

Da rauschte ihr Vater zur Tür herein und warf sein Handy in hohem Bogen von sich. Unter Gepolter landete es hinter der Couch. »Ich werde der Organisation das Licht ausknipsen und den Magischen gleich dazu, ein für alle Mal, die werden sich noch wundern!«

Also doch. Paige hätte nie vermutet, dass seine Antipathie

solche Ausmaße annehmen könnte. Ihr schien, als hätte er jeglichen Anstand abgelegt. Sie kroch unter die Couch, holte das Handy hervor und scrollte durch die Anrufliste, während sie vorgab, die Funktion zu prüfen. Die Nummer von MitranBiotec war nicht darunter, er musste ein zweites Handy besitzen.

Sie reichte es ihm. »Glück gehabt, nichts kaputt.«

»Mit wem hast du gesprochen, Marcus?«, fragte Louisa. »Das war die OMB, oder? Wissen sie was von Joleen?«

»Und ob! Aber sie wollen nicht damit rausrücken. Noch könne man nichts dazu sagen, man müsse das erst prüfen, die Operation sei geheim – bla, bla, bla. Man wollte mich noch nicht einmal mit dem Mächtigen verbinden. Ich durfte Namen und Nummer hinterlassen wie ein dahergelaufener Bittsteller!« Er schnaubte. »Ich wusste, dass diese Magische kein Umgang für Joleen ist, ich wusste es von Anfang an. Aber auf mich hört ja keiner. Nun bekommen wir die Rechnung präsentiert.«

Paige versuchte, sich nichts anmerken zu lassen. Sie hasste Aussagen wie diese. Ihr Vater war ein Mann der Extreme. Verbissen. Hartherzig. Sie kannte den Grund dafür, natürlich, doch sie hielt sich an den unausgesprochenen Befehl, das Thema totzuschweigen.

Tief in ihrem Inneren hütete sie Erinnerungen an eine Zeit, in der er glücklich gewesen war, voller Lachen, Wärme, Liebe. Sie erinnerte sich auch an seinen Schrei, einen unmenschlichen Laut, bei dem Paige sich vor lauter Furcht im Schrank verkrochen hatte, als er erfuhr, dass ihre Mutter Greta an Krebs litt. Unheilbar, Endstadium. Sie hatte es ihm verschwiegen, weil sie wusste, dass er sie zu einem Kampf nötigen würde. Er hätte zu retten versucht, was nicht mehr zu retten war. Greta aber hatte nicht kämpfen wollen, sondern leben, bis zum letzten Atemzug.

Danach hatte sich alles verändert. Selbst als sie in das neue Haus im Grünen übersiedelten und mit Louisa und Jolly wieder Glück in ihre Familie Einzug hielt, war ihr Vater stets irgendwie verhalten geblieben. Als hätte er sein Vertrauen ins Leben verloren. Der Schrei hatte einen anderen Mann aus ihm gemacht.

Und ihr Leben? Es war von Verlusten geprägt. Erst ihre Mutter, dann Valeriu, und nun sollte sie auch Jolly verlieren?

Die Zusammenhänge waren ihr nicht klar und sie ließ sich die Geschichte noch einmal erzählen.

»Der Befreiungsversuch ging also in die Hose«, fasste sie zusammen. »Gibt es Videos von der Schießerei? Aufzeichnungen der Sicherheitskameras? Der Salacritplatz ist ein Verkehrsknotenpunkt.«

Ihr Vater nickte. »Sicher. War ja in den Medien.«

»Dort würde ich ansetzen.«

»Du meinst, Jolly könnte dabei gewesen sein?«, fragte Louisa und tupfte sich mit einem zusammengeknüllten Taschentuch Tränen aus den Augenwinkeln. Die Ähnlichkeit zu Jolly war frappierend. Sie anzusehen und zu wissen, dass ihre kleine Schwester in Gefahr war, tat weh.

Paige hob die Schultern. »Vielleicht. Jolly würde Natalie nie im Stich lassen, die zwei halten zusammen wie Pech und Schwefel. Sie könnte ihr doch gefolgt sein.«

Ihr Vater runzelte die Stirn. »Und wie?«

Das war die Frage.

Sie kam spät, ausgelaugt und obendrein hungrig nach Hause. Ihr Kühlschrank gab nicht viel her: Joghurt, drei überreife Tomaten, Saft und eine angebrochene Flasche Weißwein. Sie überlegte gerade, eine Pizza und eine doppelte Portion Tiramisu beim Italiener zu bestellen, um damit ihr Seelengewitter aufzuarbeiten, als es klingelte. Überrascht linste sie durch den Türspion. Anstelle der Nachbarin, die sich des Öfteren Bücher von ihr lieh, stand Valeriu draußen. Als Mensch.

Sie öffnete. »Interessant«, sagte sie zur Begrüßung. Vor ein paar Tagen noch hatte er sie abblitzen lassen – und jetzt kam er angekrochen?

»Paige.« Sein Blick verfing sich in ihrem Dekolleté und ihr wurde bewusst, dass sie nur Slip und BH trug. Großartig. Das Licht im Gang setzte sie perfekt in Szene. Er spähte an ihr vorbei. »Bist du … allein?«

Sie hatte sich Sorgen um ihn gemacht, aber jetzt jagte Wut in ihr hoch. Wollte er etwa abchecken, ob sie einen Freund hatte? War das irgendein Wolfsgen, das ihn dazu trieb? *Wie du es geschafft hast, dir einen Pelz zuzulegen, weiß ich nicht, ich will es auch gar nicht wissen. Wir sind fertig.*

»Ja, bin ich. Ich esse allein, schlafe allein, lebe allein. Es geht mir bestens ohne dich. Sonst noch was?«

»Lass mich rein. Bitte.«

Demonstrativ stellte sie sich ihm in den Weg. »Wozu?«

»Weil …« Er strich sich durchs Haar. »Ich muss dauernd an dich denken.«

»Und?«

»Bitte. Mir bleibt nicht viel Zeit.«

Ein Schauer überlief sie. Nicht viel Zeit bis … er sich verwandelte? Wortlos wich sie zur Seite.

Auf dem Weg ins Wohnzimmer stieg Valeriu über den Kleiderhaufen, den sie im Vorraum hinterlassen hatte. Sie konnte sein verstohlenes Lächeln beinahe sehen. Er kannte ihre Angewohnheit, alles von sich zu werfen, sobald sie nach Hause kam. Ihre Welt aus Petrischalen, Kolben und Spateln erforderte Sorgfalt und Genauigkeit, privat hingegen lebte sie ihren Hang zum Chaos mit großer Befriedigung aus.

Sie angelte nach ihrer Bluse und streifte sie über, verzichtete aber auf Licht im Wohnzimmer. Er musste nicht von ihrem Gesicht ablesen können, wie durcheinander sie war. »Was willst du?«

»Ich bin dir eine Erklärung schuldig.«

»Nicht nötig. Du hast dich mehr als deutlich ausgedrückt.«

»Ich will, dass du verstehst, was ich bin.«

Ein Wolf. Sie sprach es nicht aus.

»Du … hast mich gesehen.«

Sie wandte sich ab. Ihr Magen rebellierte, wenn sie auch nur daran dachte.

»Es gibt ein Gegenmittel«, sagte er und lenkte damit ihren Blick wieder auf sich. »Wenn ich es anwende, bleibt mir eine Stunde. Eine Stunde als Mensch.« Er schaute auf die Uhr an seinem Handgelenk und grinste schwach. »Noch fünfzehn Minuten. Die Zeit vergeht so rasend schnell.«

»Wer hat dir das angetan?«

»Das spielt keine Rolle.«

»Und ob. Derjenige muss es wieder rückgängig machen.«

»Das ist nicht möglich. Meine Verwandlung ist an ein Versprechen gebunden …« Er trat auf Paige zu. Kam ihr viel zu nah. »Bitte, lass uns über wichtigere Dinge reden.«

Seine Nähe kribbelte auf ihrer Haut, lockte sie, verführte sie. »Was könnte wichtiger sein als dein Leben?«

»Ich habe keine Wahl.«

»Schön. Und wozu erzählst du mir das alles?«

»Damit du begreifst. Ich wollte dich nie verletzen, das musst du mir glauben.«

»Das hast du aber! Weißt du eigentlich, wie sehr? Hast du eine Vorstellung davon, wie ich gelitten habe?«

»Denkst du, ich nicht? Ich musste alles aufgeben, meinen Job, meine Freunde, mein Leben, dich. Vor allem dich, Paige. Es hat mir das Herz zerrissen.«

Tränen schossen ihr in die Augen, dumme, nutzlose Tränen, die sie unglaublich wütend machten. Sie wollte nicht an den alten Wunden rühren, aber er stocherte fleißig darin herum. »Geh jetzt, bitte. Ehe du zum Bettvorleger wirst.«

»Ich wäre auch als Wärmeflasche praktisch«, flüsterte er und küsste eine Träne von ihrer Wange. Sie war so perplex, dass sie nicht zurückwich. Ihr Herzschlag pochte wild. Berauschend. »In deinem Bett. Du hättest nie mehr kalte Füße.«

»Dafür Wolfshaare auf dem Laken. Danke, verzichte.«

Sie hielt ganz still, bis seine Lippen ihre fanden. Der Kuss katapultierte sie aus dem Dunkel ans Licht. Sie spürte, wie sich etwas in ihr löste, eine über Jahre aufgebaute Starre, Schmerz, den sie längst verinnerlicht hatte. Er schlang die Arme um sie, seine Bartstoppeln rieben an ihrer Haut, ein leiser Laut des Verlangens löste sich aus seiner Kehle. Sie schmiegte sich an ihn, verloren im Moment.

Bis er zerbrach.

Valeriu keuchte auf und schob sie von sich. Zeitgleich piepte seine Uhr. »Timer abgelaufen«, sagte er gepresst und nestelte an seiner Kleidung. »Das war's.«

Paige schlug die Hände vors Gesicht. Sie wollte nicht zusehen, wie er ihr wieder entglitt. Sie konnte den Prozess der Verwandlung nicht ertragen, die Verformung seines Körpers, das Knirschen der Knochen, das Rascheln, mit dem sich das Fell entfaltete. Etwas wie das sollte es nicht geben dürfen.

Doch als er ihren Namen sagte, rau und voller Verzweiflung, sah sie doch hin. Und sie stützte ihn, bis er auf allen vieren landete, ein Wolf, gefährlich und … magisch.

16

Im Traum raubten ihr sturmtosende Wellen jeden Überlebenswillen. Sie versank. Arme und Beine schwer wie Blei, die Brust eng vor Luftmangel, driftete sie durch zähe Schwärze und wartete auf ein Ende, das nicht kommen wollte.

Das Erwachen fühlte sich an, als müsste sie sich durch eine zentimeterdicke Eisschicht zurück an die Oberfläche kämpfen. Jede Bewegung schmerzte, ihre Zähne klapperten und ihr erschloss sich nicht, wieso sie auf dem Boden einer Gefängniszelle lag – eine weiße Schlange an sich gepresst.

Mit einem Aufschrei fuhr Natalie hoch und schüttelte das Reptil ab. Schlagartig kehrte ihre Erinnerung zurück. Bilder und Gesprächsfetzen verflochten sich zu einem Horrorszenario. Die Entführung. Kilian, attackiert von dem Wolf. Raikun mit ihren Drohungen. Briskos Zauberstab. Liam. Die Schlange.

»Auweia.«

Natalie sog scharf die Luft ein. Die Schlange schien genauso steif wie sie, steif vor Kälte, steif in ihrem neuen, ungewohnten Körper. Nur ihr Kopf bewegte sich ein wenig und sie züngelte irritiert.

»J-Jolly? Bist du das?«

»Nein. Bin ich nicht. Oder doch?« Die Stimme war dünn, irgendwie verzerrt und durchzogen von Zischlauten.

»Du kannst sprechen.«

»Das bildest du dir ein. Vielleicht führst du ja Selbstgespräche. Darf ich unter deine Jacke?«

»Auf keinen Fall.«

Die Schlange – Jolly – rollte sich zusammen und stieß ein bedrücktes Seufzen aus. »Nicht nett.«

»Äh, na ja, aber du … Du bist …«

»Ein widerliches Reptil. Ich weiß. Danke, dass du mir das Leben gerettet hast.« Ihr Tonfall verhieß alles andere als Dankbarkeit.

»Ich weiß nicht, was ich sagen soll …«

Die Stille danach machte Natalie die Klagelaute der Irrlichter bewusst, hauchdünne Stimmen, die wie Wind durch die Gänge strichen. Wann hatte sie begonnen, sie auszublenden? Wie lang hatte sie geschlafen? Was war mit Liam geschehen? Hatte Raikun ihn … Nein. Sie würde ihn nicht töten. Ein besseres Druckmittel konnte sie sich nicht wünschen.

Die Schlange glitt zum Gitter. »Ich nehme dir nicht übel, dass du dich für Liam entschieden hast. Das nicht.«

Natalie blickte nach draußen, ins ewig gleiche Licht der Lampe. Sie wusste nicht mal, ob es Tag oder Nacht war. »Du hast alles gehört? Und nichts gesagt?«

Die Schlange wand sich um einen der daumendicken Stäbe spiralartig nach oben, bis sie auf Augenhöhe mit Natalie war. »Bist du eigentlich noch ganz dicht, das Häschen auszuschlagen? Ich wäre auch gern zum Kätzchen geworden. Ein Hund wäre mehr als okay gewesen, ein Hamster, sogar eine Maus. Aber eine Schlange? Ausgerechnet?«

Hilflos hob Natalie die Hände. »Ich hatte Angst, sie würde dich töten.«

Die Schlange ließ ein Zischeln hören und sperrte das Maul auf, sodass zwei gebogene Giftzähne sichtbar wurden. »Siehst du das?«, fragte sie mit schmeichelnder Stimme. »Wonach sieht das für dich aus?«

Natalie streckte ihr den Arm hin. »Beiß zu! Mach schon! Ich wäre dir dankbar, wenn du mich erlöst! Dann müsste sich diese kranke Hexe ein neues Opfer suchen!«

Die Schlange zog sich zurück. »Nat …«

Natalie schluchzte auf. »Es tut mir leid, so, so leid. Glaubst du, ich wollte das?«

»Nat …«

»Ich wünschte, ich könnte es ungeschehen machen, alles, von Anfang an. Dann wären meine Eltern noch am Leben und Liam in Sicherheit und du …«

»Ich bin eine gottverdammte Schlange, Nat!« Sie baumelte jetzt kopfüber vom Gitter, das Schwanzende um einen der Stäbe geschlungen. »Aber ich bin immer noch Jolly. Gib mir Zeit.« Sie schoss hinaus auf den Gang. Sekunden später war sie in der Dunkelheit verschwunden.

Ein Junge – er stellte sich als »Cronis, der Jäger« vor – brachte ihr eine Art Frühstück. Er war jünger als sie, fünfzehn vielleicht, dunkelhaarig und mit einem spitzen Gesicht. Begleitet von den üblichen Wachen, die ihre Gewehre auf Natalie richteten, überreichte er ihr eine Schüssel und eine Schale Schwarztee und sie bemerkte, dass ihm am linken Ringfinger ein Fingerglied fehlte.

Misstrauisch tauchte sie den Löffel in den dampfenden Brei. »Was ist das?«

»Porridge mit Rosinen.« Er lispelte ein wenig.

Sie ließ den Löffel in die Schüssel plumpsen. »Kein trockenes Brot? Enttäuschend.«

»Wir sind kein Vier-Sterne-Hotel.« Er grinste, wobei eine Zahnlücke zum Vorschein kam. »Dort bekämst du sogar Butter auf dein Brot.«

»Ich will mit Raikun sprechen. Richte ihr das aus.«

Er fiel in eine Verbeugung und blickte zu ihr auf. »Sehr wohl, Prinzessin. Kann ich sonst noch etwas für Euch tun?«

Sie wedelte mit der Hand »Das wäre alles.«

Katzbuckelnd und bis über beide Ohren grinsend zog er sich zurück, gefolgt von den Wachen, die für ihre Witzelei nur starre Mienen übrig hatten.

Kaum war sie allein, schaufelte Natalie den Brei in sich hinein. Er war geschmacklos und pampig, aber immerhin warm. Sie musste essen, wenn sie bei Kräften bleiben wollte.

Wenig später marschierte Raikun vor ihrer Zelle auf. Heute trug sie die Haare zu einem Knoten gewunden, ihre Augen waren dunkel geschminkt. Sie hatte ebenfalls Wachen dabei, außerdem ihre Wölfe, die sie, wieder zu dritt, ruhelos umkreisten.

»Kühl hier«, sagte sie zur Begrüßung und schlug den Jackenkragen hoch. Ihr Blick glitt durch die Zelle. »Wo ist deine Freundin, die Schlange?«

»Auf und davon.«

Raikun legte den Kopf schief. »Wirst du kooperieren?«

»Wenn du Liam freilässt – ja.«

»Weißt du, Seelenqual hat den Vorteil, keine körperlichen Schäden am Gefolterten anzurichten. Allerdings sollte ich erwähnen, dass das Gehirn mit dem extremen Stress auf Dauer nicht gut zurechtkommt. Es schrumpft. Nervenzellen sterben ab, was sich ungünstig auf die Gedächtnisleistung auswirkt. In anderen Teilen des Gehirns wiederum ist die Aktivität erhöht. Negative Emotionen wie Angst oder Aggression verstärken sich. Hast du seine Schreie heute Nacht gehört?«

Jäh stieg Übelkeit in Natalie auf. »Nein …«

»Er hat nach dir gerufen, stundenlang: ›Nati! Hilf mir!‹«

»Du lügst.«

»Hat sich auf dem Boden gewälzt, mit den Fäusten auf den Stein gehämmert, immer wieder, bis sie blutig waren …«

Der Brei kam ihr hoch und sie übergab sich direkt vor Raikun.

»Jetzt habe ich dich erschreckt.«

Diese sanfte, aalglatte Stimme! Natalie spuckte die letzten Reste aus und spülte ein paar Schlucke Tee nach. »Warum?«, krächzte sie. »Warum tust du uns das an?«

Raikun gab den Wachen einen Wink. Einer sperrte die Zelle auf, der zweite hielt sein Gewehr im Anschlag. »Komm, begleite mich ein Stück. Ich zeige dir unsere Welt. Inzwischen macht Cronis deine Zelle sauber. Er mag dich.«

Sie behielt für sich, dass ihr das herzlich egal war. Der Gang erstreckte sich in beide Richtungen, schmaler und niedriger als erwartet. Alle paar Meter spendete eine Deckenlampe Licht. Natalie konnte nicht erkennen, ob es noch andere Zellen gab. Wo war Liam untergebracht?

Sie verschränkte die Arme. »Ich möchte meinen Bruder sehen.«

»Ach. Du willst, dass ich ihm noch mehr Leid zufüge?«

»Wer sagt mir, dass du ihn nicht längst umgebracht hast?«

»Das wäre reichlich dumm von mir, nicht wahr?«

Touché. Natalie schwieg. Vielleicht sollte sie vorerst gehorchen, die fügsame Gefangene mimen, auf den richtigen Moment warten …

»Da lang, bitte.« Raikun wies nach links, wo sich Licht und Schatten zu diffusem Schimmern vereinten. Zwei der Wölfe knurrten Natalie an, der dritte lief voraus, als wüsste er, wohin es ging.

»Muss Cronis nicht zur Schule?«, erkundigte sie sich. Sie musste so viel wie möglich in Erfahrung bringen. Informationen waren der Schlüssel zur Flucht.

Wasser tropfte vom Gewölbe und sie stieg über eine ölig glänzende Pfütze hinweg. Es roch nach Kanal, von fern rauschte es. Ab und zu zweigten Seitentunnel ab, alle dunkel, alle bis oben hin verschüttet.

Raikun warf ihr einen Seitenblick zu. »Welche Schule würde ihn schon nehmen? Er ist ein D.«

Ein gesuchter Krimineller also. »Was hat er angestellt?«

»Das, was alle anstellen. Er hat ohne Lizenz gezaubert.«

»Ein Kavaliersdelikt also.«

»An dir hat das System ganze Arbeit geleistet. Trotzdem spüre ich das Feuer in dir. Du hast ein starkes Gerechtigkeitsempfinden.«

»Du kennst mich doch gar nicht. Du weißt nichts von mir.«

Sie bogen in einen anderen Tunnel ab, wesentlich breiter als der vorige, eine Röhre, durch die ein Zug fahren könnte. Und tatsächlich entdeckte sie Reste von Schienen, an denen der Rost fraß. Irrlichter huschten davon, Dutzende bläuliche Bälle, die wimmernd im Dunkel verglühten.

»Ich weiß genug«, sagte Raikun. »Ich weiß, dass dir die Gleichstellung der Magischen ein Anliegen ist. Du hast es aller Welt mitgeteilt.«

Der Blogartikel. Wie sie sich dafür verwünschte! Durch ihn war Raikun also auf sie aufmerksam geworden.

»Du bist eine Bannmagierin, Natalie. Dein Erbe liegt dir im Blut. Ich frage mich, ob Liam ähnlich talentiert ist.«

»Hast du ihn deshalb entführt?«

»Vermag er Bannmagie zu wirken?«

Sie wollte schon mit Nein antworten, aber ihre Intuition hielt sie davon ab. »Er ist jung. Er hat keine Erfahrung.«

»Hm. Du aber schon.«

Sie zuckte mit den Schultern. Sie würde Raikun nicht auf die Nase binden, wie sie ihre Fähigkeiten entdeckt hatte.

Sie bogen in einen schmalen Zubringer ab, in dem sie nur hintereinander gehen konnten und der wiederum in einen neuen Gang mündete. Tunnel folgte auf Tunnel, längst hatte Natalie die Orientierung verloren. Mal hallten ihre Schritte, mal schluckte sie die Enge des Gesteins. Die Krallen der Wölfe klackerten in gleichbleibendem Rhythmus. Und die Irrlichter klagten.

Die Magie war allgegenwärtig. Sie bildete Knotenpunkte und Verzweigungen, sickerte aus Ritzen, mündete in dickere Stränge. Mittlerweile hatte sich Natalie an ihren Einfluss gewöhnt, ihre Sinne waren geschärft, ihr Blut summte. Es fühlte sich an, als müsste sie nur an Bannmagie denken, um sie wirken zu können.

»Ich hatte keine Ahnung, dass es unter der Stadt so viele Tunnel gibt«, meinte sie.

»Die Stadtplaner hatten einst ambitionierte Pläne für Mitran. Das U-Bahn-Netz sollte das weitläufigste in Europa werden. Wir befinden uns hier im ursprünglichen Tunnelsystem. Siehst du, wie schwarz das Gestein ist? Das kommt vom Ruß. Es hat gebrannt.«

»Ich kenne die Geschichte vom *Schreckensmontag.*«

»Jeder kennt sie. Die erste öffentliche Fahrt der U-Bahn endete im größten Inferno, das Mitran je erlebt hat. Seither streifen die Seelen der Toten durch die Gänge und erfüllen sie mit ihrem Klagen.«

»Die Irrlichter? Das ist doch nur ein Ammenmärchen.«

»Sagen die Menschen. Seelen, die den Übergang nicht schaffen, bleiben in unserer Welt verhaftet und irren umher, das ist eine Tatsache. Wusstest du, dass beim Bau der U-Bahn-Strecken Magie eingesetzt wurde?«

Natalie konnte sich nicht erinnern, je davon gehört zu haben. »Warum?«

»Um Geld zu sparen und den Bau voranzutreiben. Die Tunnel wurden in Rekordtempo fertiggestellt. Eineinhalb Jahre Bauzeit für insgesamt fünf U-Bahn-Strecken, das war eine Sensation, erst recht für die damalige Zeit. Aber nach dem Brand wurden die Tunnel verschlossen, man investierte in den Ausbau der Schwebebahn und suchte nach den Verantwortlichen. Die rasch gefunden waren …«

»Die Magischen.«

Raikun nickte. »Die Magie wurde von den Menschen schon immer mit Skepsis betrachtet. Nun war sie endgültig in Verruf geraten. Der damalige Bürgermeister von Mitran fand für seinen Gesetzesentwurf zur ›Beschränkung von Zauberei und Hexenwesen‹ viele Befürworter. Immer mehr Länder reglementierten das Anwenden von Magie und schließlich …«

»… wurden die Magiegesetze erlassen«, vollendete Natalie den Satz.

»Und wir Magischen verloren unsere Freiheit.«

Sie waren vor einer metallenen Tür stehen geblieben. Spiegelglatt und mit einem Identifikationsterminal versehen, mutete sie in der archaischen Umgebung an wie ein Zeitreiseportal.

»Handabdruckscanner, Iriserkennung, Bluttest«, informierte Raikun Natalie, während ihre Identität bestätigt wurde. »Wir sind Marktführer in der Herstellung von Sicherheitsgeräten.«

Ein Summen, und die Tür sprang auf. »Wir?«, fragte Natalie.

»*RaicoTec.* Willkommen!«

17

Hinter der Tür öffnete sich ein gigantisches Gewölbe, in dem eine modern ausgestattete technische Werkhalle untergebracht war. Maschinen blitzten im Neonlicht und an allen arbeiteten Magische – Zwerge, Gnome, Feen und menschliche Magische, alles Hexen und Zauberer.

Natalie kannte RaicoTec natürlich. Der Konzern mit Firmenhauptsitz in Mitran war Marktführer im Bereich der Unterhaltungselektronik. Tablets, Handys, Smartwatches, Drohnen und Roboter der Marke *Raico* waren weit über die Grenzen Europas hinaus bekannt.

Trotz des Lärmpegels konnte Natalie das unterschwellige Summen der Magie vernehmen, deren Adern sich über ihrem Kopf zu mehreren dicken Strängen vereinten.

»Hier befand sich die U-Bahn-Garage«, erklärte Raikun. Ein Gewirr aus Schienen überspannte den Boden, sodass man achtgeben musste, wo man hintrat. »Heute dient uns die Halle als Entwicklungslabor. Wir sind im Bereich der Magotechnik tätig.«

Natalie hatte gehört, dass es früher Bestrebungen gab, die Grenzen der Technik mithilfe von Magie zu überwinden. Nicht nur der Zauberer und Physiker Nikola Tesla hatte diesbezüglich hochtrabende Pläne gehabt, doch die Magiegesetze hatten ihnen die Grundlage entzogen.

»Wir experimentieren mit magisch angereicherten Rohstoffen«, fügte Raikun hinzu.

Holz, Kohle, Erdöl, Quarz und Salz waren durch Magie angereichert, wenn sie in unmittelbarer Nähe zu den Hauptmagielinien vorkamen. Die *Knüppel-aus-dem-Sack*-Waffen etwa, kurz

KADS, waren aus magischem Holz hergestellt, genau wie die Tische der TDD-Kette. Zauberschwerter wurden auf diese Weise gefertigt, Spiegel, Wunschringe, Wunderlampen. Doch das magische Material allein genügte nicht – nach der Herstellung musste die Magie aktiviert werden, damit der Zauber seine Wirkung entfalten konnte. Einige dieser Zaubergegenstände waren noch im Umlauf, antike Stücke, die sich in Familienbesitz befanden. Die Neuentwicklung hingegen war streng verboten.

Natalie konnte auf einen Blick gut ein Dutzend Gesetzesübertretungen erkennen. Ein Zwerg malträtierte einen Dummie mit einem Schlagring, der unabhängig vom Willen des Benutzers agierte. Eine Fee testete auf einem Laufband Sportschuhe nach dem Konzept der »Siebenmeilenstiefel«, die ihrem Träger die Fähigkeit verliehen, uneingeschränkt zu laufen.

Raikun machte eine ausschweifende Geste. »Unsere Forschung verschafft den Magischen, die hier unten leben, eine Beschäftigung.«

Wie viele mochten es sein? Wie viele versteckten sich vor der OMB? Dreißig? Fünfzig? Mehr? Offenbar hausten sie in den restaurierten Waggons, die an den Seiten des Gewölbes abgestellt waren. Sie winkten Raikun zu oder verbeugten sich mit einem »Guten Morgen, Meisterin« vor ihr.

In einem Nebenraum stapelten sich reihenweise Kisten bis an die Decke. Raikun schob einen der Deckel beiseite. »Unser eigentlicher Fokus liegt hier.«

»Waffen?«, fragte Natalie schockiert. Schwarzglänzend und futuristisch, zu groß für eine Pistole, zu klein für ein Gewehr. Anders als alles, was sie je gesehen hatte.

»Laserwaffen.«

Genug, um ein Regiment auszustatten. Raikun war völlig irre! Wo war sie da bloß reingeraten? »Ich wusste nicht, dass es die schon gibt.«

»Brisko hat das Energieproblem gelöst. Unsere Tests mit Teslas Vakuumenergie brachten nicht die gewünschten Ergebnisse.

Daher verwenden wir nun auf Irrlichtenergie basierende Akkus, eine Erfindung, auf die wir sehr stolz sind.«

»Ihr sperrt die Irrlichter in Akkus?« Wenn es sich tatsächlich um die Seelen von Verstorbenen handelte, war das reine Folter!

»Ihre Energie ist unerschöpflich und lässt sich leicht in Elektrizität umwandeln. Sie sind in großer Zahl vorhanden. Cronis fängt sie für uns ein, er ist extrem schnell.«

Cronis, der Jäger.

Raikun deutete auf die Kisten. »Diese Waffen funktionieren allerdings noch nicht.«

Nebenan beaufsichtigte Brisko einige Magische. Raikun wurde nicht müde, Natalie jeden Arbeitsschritt zu erklären. Ein Mann befestigte kleine Griffstücke, sodass die Waffen auch Frauen und Zwergen gut in der Hand lagen. In einer Koje modifizierte ein Zwerg einen Laserstrahl. Hinter einer Glasfront testeten zwei Männer und eine Frau an einem Schießstand Laserwaffen, die sehr wohl funktionierten.

»Unsere Testwaffen sind natürlich einsatzbereit«, meinte Raikun angesichts Natalies Bestürzung. Das Abfeuern geschah lautlos, unmittelbar darauf hörte man das Zischen beim Verdampfen von Metall, als der rote Strahl faustgroße Löcher in die Mannscheiben am anderen Ende fräste. »Was die anderen betrifft, so verfügen wir noch nicht über die entsprechenden Ressourcen. Aber mit deiner Hilfe wird sich das schnell ändern.«

Natalie schüttelte den Kopf. »Wie könnte ich euch helfen? Ich bin nur ein Mädchen.«

»Ein Mädchen mit ungewöhnlichen Fähigkeiten. Gemeinsam werden wir Großes vollbringen.«

»Das ist doch Blödsinn! Ich habe keine Ahnung von Technik, noch weniger von Waffen.«

»Wir benötigen lediglich deine Bannmagie.«

Sie hörte nicht zu. Es war, als würde sie gegen eine Wand

reden. »Ich mach da nicht mit. Du kannst mich nicht zwingen.«

Raikun klimperte mit ihren Glasphiolen. »Ach wirklich?«

Raikun hatte sie in Briskos Obhut zurückgelassen und war gegangen, um sich um ihre Geschäfte zu kümmern. Der goldbraune Wolf, der zu Natalies Bewachung zurückgeblieben war, wich nicht von ihrer Seite.

Cronis, der gerade unzählige Waffen mit Akkus bestückte, zwinkerte ihr zu. »Genug gekotzt?«

»Im Gegenteil«, erwiderte sie grimmig. »Es steht mir bis oben hin. Ich hoffe, mein Gemach wird ordentlich gereinigt.«

»Das ist bereits geschehen, Prinzessin.«

Kopfschüttelnd wandte sie sich ab. In seinem Alter sollte er in der Schule sitzen oder eine Ausbildung machen, stattdessen fing er Irrlichter und hantierte mit Waffen. Irgendwann würde er sie wohl auch abfeuern.

»Natalie.« Brisko breitete eine Landkarte vor ihr aus. Sie erkannte Mitran und weite Teile des Umlands im Nordwesten. Auch die Linien des Erdmagienetzes waren eingezeichnet. »Das hier ist die Narsh.« Er tippte auf die Karte. »Ein an sich unbedeutender Fluss, dessen Aulandschaft eine vielfältige Tier- und Pflanzenwelt aufweist. Uns interessiert die Blutlilie, eine magische Wasserlilienart, aus der wir unsere Laserkristalle gewinnen. Die Blutkristalle fallen für gewöhnlich während der Blütezeit aus den Kelchen. Leider blüht die Lilie nur selten. Um den Ertrag an Kristallen zu erhöhen, musst du diesen Hauptstrang des Erdmagienetzes«, er fuhr den Verlauf der Linie mit dem Finger nach, »in den Fluss umleiten.«

Natalie traute ihren Ohren kaum. »Ich soll eine *Erdmagielinie umleiten?*«, wiederholte sie entgeistert. »Das ist der größte Schwachsinn, den ich je gehört habe. Ich kann das nicht. Ich bin völlig ungeübt …«

»Das lässt sich ändern.«

»Nein, eben nicht! Niemand könnte das schaffen!« Der Wolf knurrte verhalten und sie mäßigte ihren Ton. »Außerdem helfe ich dieser Verrückten keinesfalls bei ihrer Waffenproduktion.«

Ärger braute sich in Briskos Gesicht zusammen. »Sie ist nicht verrückt. Sie ist eine Visionärin.«

»Ich weiß nicht, was sie mit den Waffen vorhat, verkaufen vermutlich. Sie wird Millionen scheffeln und irgendwo auf der Welt werden Hunderte Zivilisten bei Attentaten von gestörten Fanatikern sterben. Wenn das visionär sein soll, na danke. Für mich ist sie eine brutale, gewissenlose Geschäftsfrau. Und ihr seid genauso schlimm! Ihr unterstützt sie und macht den ganzen Mist erst möglich! Kein Wunder, dass die Menschen Angst vor uns haben. Magische wie ihr sind dafür verantwortlich, dass wir alle unter den Magiegesetzen leiden!« Die letzten Worte hatte sie voller Abscheu ausgestoßen, mitgerissen von ihrem eigenen Ausbruch.

Es war still geworden, alle hatten innegehalten und starrten sie an. Cronis kaute nervös an seiner Unterlippe. Der Wolf knurrte. Brisko war die Röte ins Gesicht gestiegen.

»Was bildest du dir ein, so über uns zu urteilen! Du hast keine Ahnung, was es bedeutet, als C oder D aufzuwachsen! In eine Welt hineingeboren zu werden, die dir keine Rechte zugesteht, keinen Zugang zu Wissenschaft und Forschung, nicht einmal eine normale Schulbildung! Nein, du bist eine A, eine von den privilegierten Verrätern. Aber eines Tages werdet ihr angekrochen kommen und um eure Freiheit betteln.«

»Man wächst doch nicht als C oder D auf – dafür muss man schon das Gesetz übertreten«, hielt sie dagegen.

»Wir werden in verdammte Klassen eingeteilt! Die Menschheit hat Kriege geführt, um klarzustellen, dass es unrecht ist, andere aufgrund ihrer Hautfarbe oder Religion zu benachteiligen! Und wenn es um Magische geht, ist das plötzlich irrelevant?« Er war aufgestanden und kam jetzt direkt auf sie zu. Hass blitzte in seinen Augen. »Sag mir, was mit dir passiert wäre, wenn wir dich nicht vor der Organisation gerettet hätten?«

»Gerettet?« Jetzt schrie auch Natalie. »Ihr habt meine Eltern umgebracht! Ihr sperrt mich in eine Zelle! Ihr droht damit, meinen Bruder zu foltern …«

»Du bist jetzt eine D, genau wie wir! Sollte man dich aufgreifen, wanderst du ins Gefängnis! Niemand, nicht mal dein elender Großvater könnte dich davor bewahren!«

»Mein … Großvater? Ich habe keinen …« Die Worte blieben ihr im Hals stecken. Erkenntnis keimte in ihr auf.

Ihr Erbe liege ihr im Blut, hatte Raikun gesagt. Dann das Verhalten ihrer Eltern, die Aussagen des Mächtigen … All die Informationssplitter, mit denen sie nichts hatte anfangen können, fügten sich zusammen: Der Mächtige war ihr Großvater. Von ihm hatte sie ihre Gabe geerbt.

Sie presste die Handballen an die Stirn. Zu viel, es war zu viel. Ihre Eltern waren tot und ihre einzigen lebenden Verwandten waren Liam und der Chef der OMB.

Brisko lachte auf. »Du hattest keine Ahnung! Ist ja kurios!«

Natalie blieb stumm. Ihre Gedanken waren ein zäher Strom, sie konnte keinen herausfischen.

»Du wirst sofort mit dem Training beginnen.« Er wies auf die Tür zur Waffenkammer. »Verschließe sie mit Bannmagie, so wie bei der Schlange.«

Er war verrückt, genauso verrückt wie Raikun. Das hier war das unterirdische Zentrum an Größenwahn erkrankter Magischer. Sie musste hier raus. Flucht war ihre einzige Chance.

»Los! Fang an!«

Er wollte, dass sie einen magischen Schild erstellte? Konnte er haben. Sie schenkte ihm ein süffisantes Lächeln. »Ich probier's mal.«

Sie ließ sich in die Melodie fallen, beschwor die Magie mit beiden Händen herauf, und die Stränge schnellten auf sie zu, als hätten sie nur darauf gewartet. Nun hieß es schnell sein, sie musste eine dichte Wand weben, breit genug, um Brisko und die anderen dahinter einzusperren …

Sie war zu langsam.

Der Wolf schlüpfte unter dem Banngitter durch und stürzte sich auf sie, sodass ihr die Magie im Zurücktaumeln entglitt. Sie krachte gegen den Tisch, fegte ihn im Fallen leer und ging unter auf sie einprasselnden Waffen und Werkzeug zu Boden.

Brisko beugte sich über sie, den Wolf hatte er im Nacken gepackt. »Denkst du, damit hätten wir nicht gerechnet? Denkst du wirklich, wir hätten keine Vorsorge getroffen?«

Natalie krallte sich eine Waffe und zog sie Brisko mit aller Kraft über den Schädel. Er sackte auf die Knie. Sie sprang auf. Adrenalin peitschte durch ihre Adern und reduzierte alles auf einen einzigen Gedanken: *Weg hier!*

Brisko ließ den Wolf auf sie los, doch sie entging ihm um Haaresbreite und er schnappte ins Leere. Natalie konnte seine Zähne klacken hören, scharfe, spitze Zähne, die sie zerfetzen würden. Sie warf einen Stuhl nach ihm und preschte nach nebenan ins große Gewölbe. Über die Schienen springend, steuerte sie auf die Stahltür zu. Sie konnte nur beten, dass sie sich von innen öffnen ließ. Da waren zwei Tasten, erkannte sie im Näherkommen. Rot. Und Grün.

»Haltet sie auf!«

Briskos Schrei mobilisierte die Magischen. Plötzlich war sie umringt. Zauberer, Hexen und Zwerge starrten sie feindselig an, sogar die Fee war von ihrem Laufband gesprungen. Zehn Meter bis zur Tür, zehn unüberwindbare Meter. Was jetzt? Noch einmal Bannmagie zu wirken, schied aus – zu langwierig, zu unsicher. Der Wolf schlich sich an, geduckt, die Zähne gefletscht.

»Keine Zauber, sie ist geschützt!« Brisko näherte sich von links, das Gesicht blutverschmiert.

Der Kreis um sie zog sich enger. Auf der Suche nach einem Ausweg fiel ihr Blick auf den Tisch zu ihrer Rechten. Aus einem schwarzen Stoffbeutel lugte ein Holzgriff hervor. Ein KADS! Sie riss ihn hoch und aktivierte ihn: »Knüppel aus dem Sack!«

Während der Beutel zu Boden sank, fiel der Knüppel über seine Opfer her. Als Erstes erwischte es den Wolf, der mitten im Sprung von einem Schlag in die Seite niedergestreckt wurde. Blitze flirrten auf, als der nächste Hieb folgte, und Natalie begriff, dass es sich um einen mit Magotechnik aufgemotzten KADS handelte. Stromschläge!

Der Knüppel räumte unter den Magischen auf. Die einen suchten das Weite, wer ihm nicht entrinnen konnte, wurde k.o. geschlagen oder durch die Elektroschocks außer Gefecht gesetzt. Plötzlich war der Weg frei. Sie stob davon, erreichte die Stahltür und hieb mit der Faust auf die grüne Taste. »Geh auf, bitte geh auf!«

Die Tür glitt zur Seite. Vor ihr stand Raikun.

Sie neigte in mildem Interesse den Kopf. »Natalie. Deine Initiative in allen Ehren, aber genug ist genug. Knüppel in den Sack, Autorisierung RC33.«

Der Knüppel, der eben auf Raikun herunterdonnern wollte, hielt im Schwung inne. Für Sekunden hing er in der Luft, dann sauste er zurück in die Halle, zurück in seinen Beutel. Blöde Magotechnik! Die konnte ihr gestohlen bleiben.

Zwei Wachen packten Natalie und zerrten ihr die Arme auf den Rücken. Der kühle Stahl von Handschellen schloss sich um ihre Gelenke.

Raikun zwang mit eisernem Griff ihr Kinn nach oben, sodass ihr Blick unweigerlich folgte. Über der Tür war eine Kamera angebracht. Mit Sicherheit nicht die einzige. »Hier wird nach unseren Regeln gespielt, Natalie. Wir überlassen nichts dem Zufall.«

Grobe Hände zerrten Natalie vorwärts. Der Sack, den sie ihr über den Kopf gestülpt hatten, hüllte sie in Dunkelheit. Er stank abartig und sie hatte Mühe, das Würgen zu unterdrücken. In regelmäßigen Abständen sickerten Lichtfäden durch den Stoff, wenn sie eine Lampe passierten. Die dünne Stimme eines Irrlichts begleitete sie und sie fragte sich, ob es womöglich das war, das ständig ihre Nähe suchte.

Als könnte man Irrlichter unterscheiden. Natalie fiel fast über die Schienen, doch das kümmerte weder die Wachen noch Raikun. Sie war fuchsteufelswild, weil der KADS den Wolf ernsthaft verletzt hatte.

Als sie ihr den Sack abnahmen und Natalie ins Licht blinzelte, zeichneten sich Gitterstäbe vor ihren Augen ab.

»Liam!« Er schien unverletzt, aber seine Haut wirkte wächsern, als ob er fieberte. »Ist alles okay mit dir?«

Der Ausdruck in seinem Gesicht wechselte zwischen Hoffnung und Angst. »Nati! Ich will hier weg!«

»Wir schaffen es, versprochen. Bald sind wir frei, halte durch, bitte!«

»Entzückend«, kommentierte Raikun. »Deine Schwester, Liam, weiß genau, wie sie dich retten kann. Sie müsste lediglich mit uns kooperieren und alles wäre gut.«

»Das stimmt nicht, Li, glaub ihr nicht! Sie verlangt Unmögliches von mir. Ich würde es tun, würde alles für dich tun, aber ich kann es einfach nicht!«

Die Wachen stießen Natalie an die Wand und hakten die Handschellen in einen dort angebrachten Karabiner ein. Sie ruckte, zerrte, schrie. »Nein! Was soll das?«

Raikun trat dicht an sie heran. Ihr Parfüm roch nach Sommer, nach Sonnenglitzern und eisgekühlten Drinks. Sie schwenkte den Bund Glasphiolen vor Natalie. Da war sie, die eine mit der grün schimmernden Essenz. Seelenqual. So schön, so grausam. »Weißt du, was ich denke, Natalie? Ich denke, du brauchst eine Lektion.«

»Ich bin geschützt …« Raikun schlug zu. Natalies Schädel knallte gegen die Wand, in ihren Ohren klingelte es. Sie begriff nicht, woher sie die Härte nahm, noch einmal zu widersprechen. »Du weißt von dem Schutzzauber. Der Mächtige hat ihn …« Die nächste Ohrfeige traf sie. Blut sickerte über ihre Lippe, doch sie zwang sich, den Blick nicht zu senken.

»Sprich. Nicht. Von ihm. Nie wieder!« Wut verzerrte Raikuns Gesicht. Sekunden später hatte sie sich wieder im Griff. Gemächlich öffnete sie die Phiole. »Dein Schutzzauber wird dir nicht helfen. Du wirst Liam trotzdem schreien hören. Du wirst miterleben, was ich ihm antue. Ich kann deinen Bruder zerstören, weißt du? Kann sein kleines Gehirn zerquetschen, bis nichts von ihm übrig ist als eine wimmernde, sabbernde Hülle.«

Natalie schüttelte den Kopf, mehr als ein Keuchen brachte sie nicht hervor. Das Irrlicht gab ein lang gezogenes Klagen von sich.

»Das willst du nicht? Dann frage ich mich, warum du mich ständig enttäuschst.«

Raikun gab den Wachen einen Wink. Sie ergriffen Liam an den Schultern und pressten ihn ans Gitter.

»Nein!«, rief er verzweifelt. »Nati!«

Natalie schluchzte auf. Hilflosigkeit ballte sich in ihrer Brust zusammen. Nahm ihr den Atem, jede Kraft. »Bitte … ich … ich werde gehorchen … ich … aber bitte …«

»Spar dir dein Gejammer, du hattest Zeit genug.«

Raikun wandte sich Liam zu, wobei sie darauf achtete, dass Natalie auch ja alles sehen konnte. Ein Tropfen Seelenqual landete auf seiner Stirn und er zuckte zusammen. Mehr geschah nicht, und in Natalie keimte die Hoffnung, dass der Mächtige auch ihn mit einem Schutzzauber versehen hatte.

Dann begann der Tropfen zu rauchen, sich zu verfestigen und in etwas Lebendiges zu zerfallen: winzige grüne Raupen. Zehn oder mehr krochen über seine Schläfen und Wangen und suchten sich ihren Weg. Er stand da wie versteinert, die Augen aufgerissen, während die Raupen durch seine Ohren und Nase verschwanden. In seinen Schädel eindrangen, in sein Gehirn.

Raikun warf einen Blick auf Natalie. »Natürlich sind sie nicht echt, nur Auswüchse der Magie. Ein Transportmittel meines Zaubers, wenn du so willst. Es sind auch nicht immer Raupen. Die Magie kann ganz unterschiedliche Formen annehmen. Sie ist ziemlich sprunghaft.«

Gepeinigt schloss Natalie die Augen, nur um sie wieder aufzureißen, als sie Raikun einen Hexenspruch murmeln hörte. Die Wirkung setzte unmittelbar ein. Liam begann zu schreien. Halb blind um sich schlagend, taumelte er durch die Zelle, sein Gesicht ein Ausdruck unerträglicher Qualen.

»Nein, nein, nein … Liam!« Natalie wollte weg hier, weg, nur weg, doch sie konnte nicht entkommen. Musste mit ansehen, was er durchmachte.

Die Hölle.

»Ich wünsche dir eine angenehme Nacht, Natalie.« Raikun entfernte sich, gefolgt von den Wachen.

»Bestie! Du abartige, kranke Bestie!« Die Schritte verklangen und ihr zorniges Geschrei erstarb in ihrer Kehle, so sehr nahm ihr das Entsetzen die Luft.

Liam aber schrie die ganze Nacht.

18

Fassungslos starrte Kilian auf das Handy, das Dibensky ihm unter die Nase hielt. Ganze zwei Minuten Videomaterial von seinem Scheitern am Salacritplatz. Er sah es sich bis zum bitteren Ende an, während er versuchte, die richtigen Schlüsse zu ziehen.

»Nun, kommt Ihnen das bekannt vor, verehrter Prinz?«

Dibenskys herablassendes Lächeln verbarg nicht, wie aufgebracht er war. Sie hatten die Dibenskys so lange wie möglich hingehalten. Erst in der Krisensitzung heute Morgen hatte der Mächtige entschieden, dass ihnen die Wahrheit über den Verbleib ihrer Tochter mitgeteilt werden sollte. Diese undankbare Aufgabe war Kilian zugefallen.

Überraschenderweise hatte Dibensky ihn auf einen Schießplatz im Grüngürtel Mitrans beordert, wo er anschließend ein Geschäftsmeeting hatte. Und das, obwohl seine Tochter verschwunden war. Marcus Dibensky war offenbar ein Mensch, der sich problemlos mehreren Aufgaben widmen konnte.

»Wo haben Sie das her?« Kilian musste fast schreien, um eine Salve Gewehrschüsse zu übertönen.

Sie saßen auf der Galerie, einer überdachten Holzterrasse des an den Schießplatz angeschlossenen Cafés, und hatten freien Blick auf die hundert Meter entfernten Zielscheiben. Rings um die akkurat getrimmte Wiese wucherten Gras und Buschwerk und die alten Bäume beheimateten wohl ganze Kolonien von Pixies.

»Woher? Das tut nichts zur Sache.« Dibensky blickte durch sein Fernglas. »Miserable Schützen. Wo trainieren die Agenten der OMB noch gleich?«

»Im Ausbildungszentrum, OMB-Hauptquartier. Hören Sie,

Herr Dibensky, wir sind mitten in der Untersuchung und dieses Videomaterial ist noch nicht freigegeben. Wer hat es Ihnen zugespielt?« Er hatte einen Verdacht, der, sollte er sich bewahrheiten, seine Welt zum Kippen bringen würde.

Dibensky legte das Fernglas auf den Tisch. »Ich halte Ihnen Ihre Ehrlichkeit zugute. Ihr Bericht deckt sich mit diesem Video und die Vorgeschichte will ich Ihnen glauben; ich kenne meine Tochter. Aber«, seine Stimme wurde gefährlich leise, »wollen Sie mir eventuell verraten, weshalb Sie uns eine Nacht im Ungewissen gelassen haben? Können Sie sich die Angst, die meine Frau gerade ausstehen muss, auch nur ansatzweise vorstellen?«

»Die Entscheidung lag nicht bei mir«, wich Kilian aus. »Ich versichere Ihnen, dass wir rund um die Uhr daran arbeiten, Ihre Tochter wiederzufinden.«

»Tatsächlich. Wie, wenn ich fragen darf?«

»Die Ermittlungen sind geheim …«

»Schieben Sie sich Ihre Geheimhaltung sonst wohin! Es geht um *meine* Tochter. Ich habe ein Recht zu erfahren, ob es Fortschritte gibt, vor allem nach dieser Schlamperei gestern.«

Einen Brocken würde er ihm hinwerfen müssen. »Einer der Täter wurde verhaftet. Zurzeit wird er verhört.«

»Sie meinen den, der sich heute Nacht in seiner Zelle erhängt hat?«

»Was?«

Dibensky lächelte verschlagen. »Ich habe meine Quellen. Und was haben Sie?«

»Noch nichts Konkretes«, musste Kilian zugeben. »Die Analyse des Videos ist noch nicht abgeschlossen.« Das war sie sehr wohl, aber er konnte Dibensky schlecht sagen, dass sie nach wie vor im Dunkeln tappten.

Das Video dokumentierte den Ablauf der Ereignisse minutiös und stimmte mit Kilians Erinnerung überein – in einem Moment war Jolly noch da, im nächsten fort. Leider war der Kamerawinkel ungünstig. Die offene Beifahrertür des Transporters verdeckte Jolly, als sie von der Bildfläche verschwand.

»Diese Frau auf dem Video ist eine Magische, eine Hexe?«, meinte Dibensky und Kilian nickte. »Sie könnte also weiß der Himmel was mit meiner Tochter angestellt haben. Warum mit ihr? Warum nicht mit der kleinen Windersom?«

An Natalie zu denken war, als ob etwas an ihm ziepte. Der stechende Schmerz war immer da, und alles, was er dagegen tun konnte, war, ihn auszublenden, so gut es eben ging.

»Jolly war zur falschen Zeit am falschen Ort.«

Dibensky lehnte sich vor. »Eines sage ich Ihnen, von Nauders: Sollte ich herausfinden, dass die OMB und Sie im Speziellen mir weiterhin Informationen vorenthalten, werde ich das Video an die Medien weiterleiten. Ich werde Ihren Namen durch den Schmutz ziehen, jeden Pups in Ihrem Lebenslauf aufdecken, jede noch so kleine Entgleisung. Haben Sie mich verstanden?«

Kilian musste die Drohung unkommentiert lassen. Zwei Männer traten an ihren Tisch. »Ah, mein Elf-Uhr-Termin«, sagte Dibensky. »Darf ich vorstellen, Merten Salmwender und Rouven Ekert. Prinz Kilian, der vielversprechende Thronfolger der Familie von Nauders.«

Die beiden nickten ihm zu. Ekert setzte sich, drückte seine Zigarette aus und steckte sich eine neue an.

»Kilian von Nauders – ist mir ein Vergnügen«, sagte Salmwender mit gespielter Ehrfurcht. Sein Händedruck war so lasch wie seine Gesichtszüge.

»Merten ist Vorsitzender von Pro Mensch«, ergänzte Dibensky.

Kilian lächelte gezwungen und schob seinen Stuhl zurück. »Nun, ich will Sie nicht weiter stören, ich muss ohnehin los. Guten Tag, die Herren.«

Dibensky strafte ihn mit Missachtung. Er ignorierte Kilians ausgestreckte Hand und griff stattdessen zum Fernglas. »Ich erwarte Ergebnisse. Am besten heute Abend.«

Weil ich ja dein persönliches Auskunftsbüro bin. »Selbstverständlich. Am besten … rufen Sie in der OMB an.«

Ein paar Schmierfinken hatten sich mit weißer Farbe am Transporter ausgetobt. *IDIOTENVEREIN*, prangte in riesigen Lettern quer über der Heckscheibe, *TOD DEN MAGISCHEN*, auf der Windschutzscheibe.

Die Farbe war leicht angetrocknet. Kilian zerrieb sie zwischen den Fingern. Zahnpasta. Kichern ertönte. Doch es waren nur die Pixies, die im Geäst der alten Kastanien hockten und sich von der Maisonne wärmen ließen.

Um sich Luft zu verschaffen, erledigte er das Telefonat, das ihm im Magen lag. Ed hob nach dem dritten Klingeln ab. »Kilian. Was gibt's?«

»Hast du Dibensky das Video geschickt?«

Schweigen. Kilian konnte Eds Atemzüge hören. Er hatte auf eine Antwort gehofft, die sein Misstrauen zerstreuen würde. Stattdessen bekam er eine unausgesprochene Bestätigung.

»Scheiße, warum? Du weißt genau, dass ich mich darin zum Affen mache. Dibensky setzt mich unter Druck.«

Die Frage war, was er alles ans Licht zerren würde. »In jedem Keller ist eine Leiche versteckt«, hatte ihn seine Mutter immer gewarnt, »man braucht nur tief genug zu graben. Sieh zu, dass du den Leuten keinen Grund lieferst, deine Kellertür eintreten zu wollen, hörst du, Kilian? Niemals!« Tja, dafür war es nun zu spät.

Ed schnaubte. »Ich weiß zwar nicht, wovon du redest, aber du kannst locker bleiben. Er kann dir mit nichts kommen, du bist die personifizierte Mustergültigkeit.«

Was das Leben vereinfachte. Er hatte einige Tiefs durchlaufen müssen, um zu dieser Erkenntnis zu gelangen. Drogenexperimente, eine Affäre mit einem Zirkusmädchen, ein Selbstfindungstrip in die USA. Er hatte ausbrechen wollen, aber jedes seiner Abenteuer war gescheitert. Seine Mutter hatte ihm dazwischengefunkt. Hatte ihn stets zurückgepfiffen, bevor er die Freiheit auch nur kosten konnte. Manchmal hatte er den Eindruck, dass sie ihn beschatten ließ – wie sonst konnte sie über jeden seiner Schritte informiert sein?

»Darum geht es nicht«, sagte er und kramte im Transporter nach dem Eiskratzer, um ein Sichtfenster freizuschaben. »Du hast mich hintergangen und ich will wissen, wofür. Was hat dir Dibensky geboten? Geld?« Im Geiste spielte er das Video noch einmal ab. »Ist es die Hexe? Kennst du sie?«

»Du bist auf dem Holzweg …«

»Hat es was mit deiner Schwester zu tun?« Ein Schuss ins Blaue, dem ein neuerliches Schnauben folgte. »Das ist es also. Dibensky hat Informationen für dich, stimmt's?« Er war überzeugt davon, auf der richtigen Spur zu sein. Viel wusste er nicht über den Tod von Eds Schwester, nur, dass sich ihr Mörder nach wie vor auf freiem Fuß befand.

»Ich kann dir helfen«, sagte Kilian eindringlich. »Gemeinsam könnten wir …«

»Es gibt kein Wir mehr. Ich schließe den Fall Windersom mit dir ab und dann bin ich raus.«

Richtig, die Kündigung. Genauso untypisch für Ed. Kilian hatte ihn als anständig kennengelernt, als jemanden, auf den man sich bedingungslos verlassen konnte.

»Du hast kein Sterbenswort gesagt. Ich musste es vom Chef erfahren. Wir waren ein Team!«

»Und jetzt nicht mehr. Finde dich damit ab.«

Kilian blieb die Spucke weg. »Ich könnte melden, dass du mir in den Rücken fällst.«

»Mach dich nicht lächerlich, Kilian.« Gleichbedeutend mit: *Das bringst du ja doch nicht.* »Was immer du dir zusammengereimt hast – du liegst falsch.« Ehe er etwas erwidern konnte, fuhr Ed fort: »Ich schicke dir die Kontaktdaten eines Informanten. Eventuell weiß er ja etwas über die Hexe.«

»Und du?«

»Ich werde den Kollegen von der Polizei mal zeigen, wie man einen Magischen verhört.«

»Viel Vergnügen. Er hat Selbstmord …« Zack. Aufgelegt. Konsterniert starrte Kilian auf das Display, da traf auch schon die Nachricht ein: *Sly Taps, Zum blauen Licht.* Kontaktdaten? Dürftiger ging es schon nicht mehr.

Um die Zahnpasta-Erfahrung reicher stellte Kilian den Wagen auf einem überwachten Parkplatz ab und machte sich auf den Weg durch Mitrans Slum. Mit Unbehagen dachte er an seinen ersten Arbeitstag im Team Epsilon zurück, als sie zu einer Streiterei zwischen Magischen gerufen worden waren, keine zwei Häuserblocks entfernt, die in einem Blutbad geendet hatte.

Der Slum hatte sich aus einem gescheiterten Großbauprojekt entwickelt. Die Fassaden der kastenförmigen Rohbauten waren beschmiert und mit Graffiti besprüht, die Fensteröffnungen mit Teppichen, Pappe und Folien verhüllt. Etwa neuntausend Leute lebten hier ohne Strom, ohne Wasser, ohne Infrastruktur. Ohne Zukunft.

»Yo«, sprach ihn ein blonder Junge an. Er konnte nicht viel älter sein als Stefo. »Willste Zigaretten? 'n Handy? Oder Stoff? *Magischen* Stoff, Alter, nicht das gewöhnliche Zeug. Talpin oder Creature Night …«

Kilian winkte ab. Ausgetretene Pfade führten durch das Labyrinth, alle matschig vom Regen und voller Unrat. Zwischen den Häusern wucherten Wellblech- und Kartonagenhütten wie Schimmelpilze.

An der nächsten Ecke versprach ihm eine Möchtegern-Seherin mit einem Handspiegel einen Blick in die Zukunft. Neben ihr stand ein Schlägertyp, über und über tätowiert, der ihn finster musterte. Hier hatte niemand eine Lizenz. Würden sie ihn als Agent der OMB enttarnen, konnte er nur zusehen, dass er die Beine in die Hand nahm. »Zeig niemals Unsicherheit«, hatte Ed ihm eingebläut. »Sie würden sich darauf stürzen wie die Schmeißfliegen auf Kuhfladen.« Kilian bemühte sich, den Rat zu beherzigen, trotzdem war er heilfroh, als er wieder Asphalt unter den Füßen spürte.

Der Schriftzug der Bar *Zum blauen Licht* flimmerte. Blau natürlich. Eine Treppe führte ins Kellergeschoss, wo ihm der Geruch nach Rauch und altem Bratenfett entgegenschlug. Die spindeldürre Barfrau hinter dem Tresen nickte ihm beiläufig zu. Ihre Gesichtsfarbe ließ ihn an Tofu denken.

Im Schankraum waren drei Tische belegt. Vier Arbeiter der Müllabfuhr, ein Stockbetrunkener mit glasigem Blick, ein Rentner, der in einer Zeitung blätterte. Niemand nahm Notiz von ihm. In der Ecke links ging es zu den Toiletten – und höchstwahrscheinlich zu den Hinterzimmern. Der Besitzer betrieb laut Lydias Recherche eine illegale Spielhölle.

Über Sly Taps wusste Kilian nichts, nur, dass er ein Magischer war. Die Barfrau verzog keine Miene, als er nach ihm fragte. »Nie gehört.«

Er legte einen Schein auf den Tresen. Einen zweiten. Den dritten. 90 Euro, jetzt musste sie reden.

Sie zog ein geblümtes Kosmetiktäschchen hervor, puderte sich die Nase und schob Geld und Puderdose hinein. »Ist hinten. Dritte Tür.«

Als er dort klopfte, verlangte die Stimme auf der anderen Seite ein Codewort. Zurück bei der Barfrau kostete ihn die Auskunft weitere zwanzig Euro, und der Türsteher, mit der Parole »Fundevogel« versorgt, verlangte fünfzig Euro »Sicherheitsabgabe«. Langsam hatte Kilian die Nase voll.

»Ich will nicht spielen. Ich will nur mit jemandem reden.« Er blickte dem Türsteher über die Schulter. Zwei Räume, gedämpftes Licht, gedämpfte Gespräche. Etwa dreißig Gäste an sechs Tischen, Menschen und Magische bunt gemischt. Gespielt wurde hauptsächlich Poker, nebenan auch Roulette.

»Wer reinwill, muss zahlen.« Genüsslich biss der Türsteher

in sein Sandwich, Tomatenkerne und Mayonnaise tropften ihm in den Bart. »Jeder zahlt.«

Kilian riss der Geduldsfaden. Der Kerl war ein Muskelberg auf zwei Beinen, aber er wollte sich nicht länger ausnehmen lassen. Er setzte ihm den Lähmer an die Brust, drängte ihn gegen die Wand und hielt ihm seinen Ausweis vor die Nase. »Genug mit den Spielchen. Ich will zu Sly Taps. Wo ist er?«

»Immer langsam mit den jungen Pferden. Der Chef verlangt den Eintritt. Der wird sauer, wenn die Kasse nicht stimmt.«

»Was glaubst du, wie sauer er erst sein wird, wenn wir seinen Laden auseinandernehmen. Wo finde ich Sly Taps?«

Missmutig deutete der Türsteher auf ein rotes Plüschsofa hinter den Spieltischen. »Da drüben. Nicht zu übersehen.«

Kilian brauchte ein paar Sekunden, bis er begriff. Ein gemustertes Fellbündel, das er bei einem flüchtigen Blick als Kissen eingestuft hatte, war sein Informant. »Na toll.«

Zähneknirschend ließ Kilian vom Türsteher ab. Sly Taps lag auf dem Sofa, die Beine lässig übereinandergeschlagen und wippte mit dem Stiefel. In der rechten Pfote ein Uralthandy, in der linken ein Jo-Jo, mit dem er beachtliche Tricks hinlegte, war er in sein Telefongespräch vertieft.

Ein Kater. Sein Informant war ein verdammter Kater! Genau genommen einer der *Gestiefelten,* einer kriminellen Bande sprechender Katzen, die sich auf Raub und Hehlerei spezialisiert hatten. Das hatte Ed wohl vergessen zu erwähnen.

Kilian bestellte bei einem Serviermädchen Leops, einen schwach alkoholischen Drink auf Milchbasis, sowie kross gebratenen Speck und stellte beides vor Sly Taps auf den Beistelltisch. Ungefragt nahm er auf dem Sofa Platz.

Fauchend fuhr der Kater aus seiner entspannten Haltung auf. Sein Schwanz, bis auf die schwarze Spitze seidig weiß, peitschte warnend. Im nächsten Moment schielte er bereits auf den Teller, von dem ein verführerischer Duft aufstieg. So war das bei Katzen, man durfte ihnen nicht zu nahe treten und wenn doch, sollte man tunlichst etwas dabeihaben, um sie zu besänftigen.

Sly Taps besann sich seiner Umgangsformen, setzte sich aufrecht hin und glättete sein geflecktes Fell. Dreifarbige Kater waren eine Seltenheit, ein Umstand, der ihm in Katzenkreisen bestimmt hohes Ansehen verlieh. Wie alle *Gestiefelten* trug er einen bestickten Bolero zu den Stiefeln, aber keine Hose. Seine Schnurrhaare zitterten, als er am Speck schnupperte.

»Greif zu.« Kilian nahm einen Schluck Leops, um den Kater nicht in Verlegenheit zu bringen, und beobachtete, wie dieser den Speck ruck zuck verputzte – in Katzenmanier. So kultiviert war er dann doch wieder nicht.

»Du willst mich bestechen.« Sly Taps leckte ein wenig vom Leops. Seine Stimme war kehlig, doch er sprach gut verständlich. Am Telefon hätte man ihn niemals als Tier identifiziert.

»Ich habe ein paar Fragen.« Kilian schob ein Foto der Hexe über den Tisch. »Kennst du diese Frau?«

Umständlich rollte der Kater das Jo-Jo neu auf. »Bist ein Agent, hab ich recht? Bisschen jung für den Job.«

Und das von einer Katze. Bravo. »Die Hexe, Sly.«

»Geht mir tierisch auf den Sack, die Organisation.«

»Auch wenn sie in nächster Zeit ein Auge zudrücken würde? Sagen wir für zwei Wochen?«

»Vier.«

»Drei. Ed schickt mich.«

»Ed, der alte Haudegen ...« Sly Taps ließ das Jo-Jo auf Kilian zuschnalzen. Er musterte das Foto erneut. »Im Schatten ist was im Gange. Unter den Magischen herrscht Aufbruchsstimmung. Angeblich führt sie jemand an.«

»Mit welchem Ziel?«

»Weltherrschaft?« Das Jo-Jo kreiste über ihren Köpfen. »Es könnte gut sein, dass sie«, er bohrte eine Kralle in das Foto, »etwas damit zu tun hat.«

»Wer ist sie?«

»Eine Hexe aus Rumänien, ziemlich mächtig. Sie eint sie, das hat noch keiner geschafft.«

Der Schatten. So nannten die Kriminellen Mitrans die Unterwelt, die durch unzählige rivalisierende Banden geprägt war, wie eben die Gestiefelten oder die *Geckos* – Fassadenkletterer, die selbst vor Einbrüchen in Mitrans Wolkenkratzern nicht zurückschreckten. Oder die *Weißen Damen,* ein Hexenzirkel, der Handel mit magischen Drogen betrieb. Bündnisse wurden keine eingegangen, im Gegenteil, man bekämpfte sich bis aufs Blut. Falls es stimmte, was Sly Taps da andeutete, war dies eine besorgniserregende Wende.

Kilian legte Sly ein weiteres Standbild aus dem Video vor. Es zeigte den schwarz Gekleideten des zweiten Fluchtwagens. »Und der hier? Was weißt du über den?«

»Nichts. Aber ich weiß jemanden, der dir eventuell weiterhelfen kann.«

»Ja?«

Der Kater fing das Jo-Jo ein, dann schleckte er seinen Leops aus. »Sechs Wochen.«

Kilian erhob sich. »Unter diesen Umständen wird unsere Vereinbarung hinfällig.«

»Fünf.« Sein Schwanz zuckte warnend.

»Vier Wochen Schonfrist für die Gestiefelten, Sly. Keinen Tag mehr.«

Ein Fauchen. Kilian gab Gelassenheit vor, obwohl er den Kater am liebsten kräftig durchgeschüttelt hätte.

»Also gut«, lenkte Sly Taps ein. »Du bist eine harte Nuss. Er heißt Wim vom Geschlecht der Oppenstedts.«

»Ein Zwerg?«

»Der Anführer der Oppenstedts, ihr König.«

»Und wo finde ich diesen Zwergenkönig?«

»Das ist einfach.« Der Kater grinste schäbig, sodass seine kleinen spitzen Zähne im schwachen Licht funkelten. »Ihr habt ihn eingebuchtet.«

19

Das Wimmern des Irrlichts erstarb. Jemand hob Natalies Kinn an. Ein Becher wurde an ihre Lippen gesetzt und sie spürte kühles, frisches Wasser, das den Schmerz in ihrer ausgedörrten Kehle linderte. Sie trank gierig und verschluckte sich prompt, hustend schnappte sie nach Luft.

»Langsam«, murmelte eine Stimme an ihrem Ohr und als sie blinzelte, erkannte sie Cronis. »Alles okay?«

»Bestens.« Sie bewegte die Arme. Die Handschellen schlugen klimpernd gegen die Mauer. »Ich kann euer Hotel nur weiterempfehlen. Der Service ist exzellent.«

Erneut flößte er ihr ein paar Schlucke Wasser ein. »Du solltest gehorchen. Das hilft, glaub mir.«

Zu diesem Schluss war sie auch gekommen. Nicht sofort, nicht, als sie zusehen musste, wie sich Liam am Boden wälzte, schreiend, weinend, zuckend. So voller Angst, als würde etwas ihn traktieren, etwas, das nur er wahrnehmen konnte. Erst Stunden später war der Zauber erloschen. Seither fraß sich die Schuld durch Natalies Innerstes. Sie hatte Liams Leiden zu verantworten, sie hatte *alles* zu verantworten, was geschehen war.

»Es reicht!« Ehrerbietig wich Cronis vor Raikun zurück. Sie trug ein elegantes Kostüm, High Heels und dezenten Lippenstift. Ein Aufputz für ein Geschäftsmeeting. Jetzt, in der Nacht? Es war doch Nacht, oder? »Hattest du Zeit zum Nachdenken, Natalie? Möchtest du vielleicht doch mit uns zusammenarbeiten?«

Natalie senkte den Blick, aber sie nickte.

»Sag es. Sag, dass du kooperieren wirst.« Raikuns Stimme war seidig glatt.

»Ich werde … alles tun, was du verlangst.«

»Gut.«

»Aber bitte«, jetzt blickte sie doch auf, »bitte lass Liam frei!«

Sinnend wandte sich Raikun zu ihm um. »Nein. Er gefällt mir. Ich behalte ihn noch ein Weilchen, bis mir einfällt, was ich mit ihm anfange.«

Da war sie wieder, die Wut, die jede Einsicht hinwegfegte. Natalie bäumte sich gegen die Handschellen auf. »Grausame Bestie!«

Raikuns Lippen wurden schmal. »Müssen wir das Thema Kooperation noch einmal erörtern?«

»Nein.« Natalie sackte wieder in sich zusammen. »Lass mich wenigstens zu ihm, kurz nur. Ich muss wissen, ob es ihm …«

Ob es ihm gut geht? Das tut es nicht, du dumme Kuh! Er hatte sich noch nicht gerührt. Lag nur da, die Augen weit aufgerissen, und starrte ins Leere. Sie hatte gerufen, gebettelt, ihn beschworen, sie anzusehen, mit ihr zu reden, aber er hatte nicht reagiert.

»Erst wirst du mir beweisen, dass du es ehrlich meinst.«

Die Wachen nahmen ihr die Handschellen ab. Sengender Schmerz fuhr ihr durch die Schultern. Raikun stöckelte zielstrebig durch die Klagenden Gänge, die Wachen schleiften Natalie hinterher, und das Irrlicht – *ihr* Irrlicht, sie war kurz davor, ihm einen Namen zu geben – tanzte aufgeregt um sie herum.

Bei einer Abzweigung, einem dunklen Gang, in dem sich Mauerbrocken türmten, blieb Raikun stehen. »Brisko hat mir berichtet, du seist der Meinung, deine Fähigkeiten nicht gut genug zu beherrschen. Deshalb darfst du ein wenig üben.«

Verständnislos runzelte Natalie die Stirn. »Hier?«

»Verschließe den Tunnel mit Bannmagie.«

»Aber er ist verschüttet.«

»Steine kann man beiseiteräumen, Bannmagie nicht. Meine Männer werden testen, ob du deine Aufgabe erfüllt hast. Solltest du die Arbeit zu ihrer Zufriedenheit erledigt haben, werden sie dir weitere Tunnelzugänge zum Absperren zeigen. Ich sehe dann in zwei Stunden nach dir.«

Fein. Da hatte sie etwas, worauf sie sich freuen konnte.

Die Magie gehorchte, als hätte Natalie sich ihr Leben lang darin geübt, ihr ihren Willen aufzuzwingen. Sie zupfte an der schimmernden Ader am Tunneleingang, bis sie ihrem Ruf folgte, sonderte mehrere Stränge ab und begann mit dem Gewebe.

Dem Gedanken an Flucht hatte sie nur sekundenlang Raum gegeben. Das Grauen der vergangenen Stunden war noch frisch. Sie würde Liam keiner Gefahr mehr aussetzen. Oder maximal, wenn die Chance, dass sie gemeinsam entkommen konnten, wirklich greifbar war.

Das Irrlicht schwirrte um ihren Kopf, manchmal streifte es wimmernd ihr Haar oder ihre Schulter und sie bekam jedes Mal Gänsehaut. Die Bewegung unter ihrer Jacke bemerkte sie anfangs gar nicht, und das, obwohl sich die Schlange bereits um ihren Hals schlang.

Natalie stieß einen spitzen Schrei aus. Das Irrlicht stob davon.

»Was ist los?« Ihre Wachen waren auf Zack. Einer der Männer, ein Glatzkopf mit Vollbart, kam zu ihr herüber. Blitzschnell tauchte die Schlange unter Natalies Jacke ab.

»Nichts. Ich dachte nur«, mit zusammengekniffenen Augen gab sie vor, den Boden abzusuchen, »da wäre eine Ratte. Aber jetzt ist sie weg.«

Er musterte sie scharf. »Gut. Kommst du voran?«

»Ich denke schon. Ich melde mich, wenn ich fertig bin.«

Mit einem zustimmenden Knurren wandte er sich ab und schlenderte zu seinem Kollegen zurück, der rauchend an der Tunnelwand lehnte. Sofort hob ihr Gespräch wieder an.

Natalie atmete auf. Die Schlange schmiegte ihren Kopf an ihre Halsbeuge und zischelte. Sie fühlte sich kühl und samtig an, überhaupt nicht so ekelig wie erwartet. Mit etwas Fantasie konnte sie sich einreden, es wäre ein Seidentuch, das sie umgelegt hatte, ein schweres allerdings.

Ein Wispern, dicht an ihrem Ohr. »Ich an deiner Stelle würde zumindest so tun, als würdest du das tun, was auch immer du da tun sollst. Nicht, dass sie darauf aufmerksam werden, dass du eigentlich nichts tust.«

»Jolly!« Das war so typisch! Ein Lächeln stahl sich auf ihre Lippen.

»Ja, scheint, als müssten wir es akzeptieren. So ein Schlangenkörper ist extrem irritierend, aber langsam krieg ich den Dreh raus. Er hat echt Vorteile. Ich passe durch die kleinsten Ritzen, kannst du dir das vorstellen?«

Natalie griff wieder in die Magie und arbeitete weiter. Der Schlangenleib war nicht länger kühl, er schien sich ihrer Körpertemperatur anzupassen. Sie war unendlich froh, nicht mehr allein zu sein. »Du bist zurückgekommen«, flüsterte sie. »Wir zwei gegen den Rest der Welt?«

»Gegen den Rest der Welt. Du bist meine beste Freundin. Ich würde dich nie im Stich lassen.«

Natalies Augen füllten sich mit Tränen. Das hier war Jolly. Die Hexe mochte ihr ihren menschlichen Körper geraubt haben, ihr Wesen aber, alles, was sie ausmachte, war immer noch da. Zum ersten Mal spürte sie ein wenig Zuversicht in sich aufkeimen. Sie konnten Fluchtpläne schmieden, einen riesigen Schokoflash verdrücken, auch wenn er nur in ihrer Vorstellung existierte, einander aufmuntern. Nichts brauchte sie momentan dringender als Trost.

Natalie linste über die Schulter. Die Wachen unterhielten sich. »Hast du etwas herausgefunden?«

»Die Stadt ist riesig, die Autos monströse Dinger, die einen platt walzen können, und die Leute quietschen, wenn sie mich sehen. Ach ja, und ich habe eine Maus gefressen. Nie wieder, sag ich dir. Ich musste sie als Ganzes runterwürgen und jetzt liegt sie mir wie ein Stein im Magen.«

»Du warst draußen? So richtig draußen?«

»So richtig. Aber bevor du dir Hoffnungen machst – kein Loch ist groß genug, dass du durchkriechen könntest. Ich schon. Ich bin jetzt schlank. Schlahank!«

»Die kleinen Freuden, was?« Jolly züngelte ihr frech ins Ohr und Natalie schüttelte sich. »Uäh, das ist jetzt wirklich widerlich! Es muss einen Ausgang geben, wie sonst kämen all die Magischen rein und raus? Außerdem müssen sie Lebensmittel und Ausrüstung hereinschaffen.«

»Es gibt unendlich viele Tunnel, ich muss sie erst alle inspizieren. Oh, und da ist ein Aufzug.«

»Führt er nach oben?«

»Würde ich meinen. Ich glaube kaum, dass Raikun auf Jules Vernes Spuren wandelt.« Jolly ignorierte Natalies tadelndes Schnalzen. »Aber ohne Zugangsberechtigung kannst du den vergessen. Und selbst wenn du die hättest – wie willst du Liam befreien? Die Hexe vernichten?«

»Das … kann ich nicht.« Resigniert hielt sie inne, die Magiestränge um die Hände geschlungen. Wenn sie Raikun entkommen wollte, würde sie Hilfe brauchen, professionelle Hilfe. »Du musst versuchen, die OMB zu kontaktieren. Sie können uns da rausholen und gegen Raikun vorgehen. Der Mächtige kann dich erlösen, bestimmt.«

»Was meinst du, wie ich das anstellen soll? Soll ich vielleicht durch den Kanal schwimmen und hoffen, dass mich die stinkende Brühe in sein Klo trägt?«

»Wir schreiben eine Nachricht. Besorg Papier und einen Stift. Den Brief kannst du leicht nach draußen bringen. Du musst nicht zum Hauptquartier der Organisation, du musst nur jemanden finden, der ihn verschickt.«

»Klar. Ich halte einfach den Erstbesten, der mir begegnet, auf. Ich könnte mich um seine Beine schlingen und ihn zu Fall bringen. Oder ich mach einen auf Würgeschlange.« Sie wand sich eng um Natalies Hals, dann erhob sie sich in sanftem Wiegen, bis sie einander in die Augen sehen konnten. Jollys waren bläulich, fast silbern, und ihr hypnotischer Blick fixierte Natalie, bis sie es nicht mehr aushielt. Sie musste wegschauen. »Ätsch, gewonnen!«

»Natalie.« Raikuns Stimme ließ Natalie herumfahren, während Jolly eiligst das Weite suchte. »Die zwei Stunden sind um und du bist noch hier. Gibt es einen Grund für deinen mangelnden Eifer?«

»Ich mach ja, so schnell ich kann. Die Magie zu bannen ist keine Kleinigkeit. Ich bin das nicht gewohnt, mir tut alles weh.« Ihre Muskeln krampften durch die Überbeanspruchung. Kühle Luft strich um ihren Nacken. Wo auch immer Jolly hin verschwunden war, Natalie betete, dass sie sich ein gutes Versteck gesucht hatte.

Raikun warf einen beiläufigen Blick in den Tunnel. Dann huschten ihre kühlen Finger ganz unerwartet über Natalies Wange. »Mein armes Kind. Möchtest du eine Pause einlegen?«

Die falsche Freundlichkeit war kaum zu ertragen. Natürlich war das kein Angebot, sondern eine Warnung. Trotzdem konnte Natalie nicht anders, als die Hexe zu provozieren. »Gern, eine Tasse Tee wäre fein. Und über Kuchen würde ich mich freuen. Vielleicht eine Zeitung dazu? Ich weiß schon gar nicht mehr, welcher Tag heute ist.«

Raikun bohrte ihr die Fingernägel ins Kinn. »Ich frage mich, was dir das Mundwerk stopft. Ich hätte mich gnädig gezeigt und dich in deine Zelle geschickt, mit einer Suppe und Brot. Aber du möchtest es wohl so richtig auskosten.«

»Unbedingt. Das Üben macht ja so viel Spaß.«

»Dann wirst du hoffentlich bald Fortschritte machen. In ein paar Tagen fahren wir an die Narsh.«

»Was das betrifft, so könnte es eventuell genügen, einen Magiestrang in den Fluss umzuleiten. Nicht gleich die ganze Erdmagielinie.«

Für einen schier endlosen Moment starrte Raikun sie an,

dann ließ sie endlich von ihr ab. Natalie bewegte den Kiefer, ihre Wangen fühlten sich an wie gepierct.

»Du hast dir also Gedanken darüber gemacht, anstatt zu arbeiten.«

Das war eine Falle, todsicher. »Ähm … ja?«

»Das ist erfreulich. Die verlorene Zeit wirst du dennoch aufholen.« Sie wandte sich an die Wachen. »Sie wird die Nacht durcharbeiten. Die Ablöse kommt in ein paar Stunden.«

Die Magie brodelte wild in ihr und sie malte sich aus, wie es wäre, Raikun eine Ladung ins Gesicht zu schleudern. Als sie sich entfernte, sank Natalie in sich zusammen, die bebenden Hände nach wie vor an ihrem Banngitter. Die ganze Nacht? Wie sollte sie das durchstehen?

»Das Netz sieht übrigens gut aus!«, rief Raikun über die Schulter zurück. »Sehr ordentlich gewebt!«

Die Bedeutung des Gesagten tröpfelte unendlich langsam in Natalies Bewusstsein: Raikun konnte Bannmagie sehen!

20

Der Anruf erreichte sie beim Training. MitranBiotec verfügte über ein hauseigenes Fitnessstudio und Paige benutzte es in letzter Zeit andauernd. Nicht der Fitness wegen. Auch nicht zum Abnehmen, denn sie hatte die Figur ihrer Mutter Greta geerbt, schlank und hochgewachsen. Sie kam her, um sich abzureagieren. Auf dem Laufband konnte sie ihren angestauten Frust über das Wunderteam loswerden. Die drei besserwisserischen, arroganten, selbstgerechten Affen trieben sie regelmäßig in den Wahnsinn.

Auf dem Display ihrer Smartwatch schien eine unbekannte Nummer auf. »Ja?«, meldete sie sich, ohne ihr Tempo zu reduzieren.

»Paige Dibensky?«

»Wer spricht da?«

»Kilian von Nauders. Ich bin Agent der OMB und würde Sie gern zum Verschwinden Ihrer Schwester Joleen befragen.«

»In einer Stunde etwa habe ich Zeit.«

»Perfekt. Dann bis später.«

Aufgelegt. Er hatte nicht nach ihrer Adresse gefragt. Was er sich auch von ihrem Gespräch versprach – allzu viel würde sie ihm nicht erzählen können.

Eine Baustelle, die über Nacht aus dem Boden gewachsen war, sorgte dafür, dass sie mit zwanzigminütiger Verspätung und ziemlich entnervt zu Hause eintraf. Sie verzichtete darauf, nach der Post zu sehen, und nickte dem Hausmeister zu, der rauchend und auf seinen Besen gestützt dastand und vielsagend nach oben deutete. Ein durchdringendes Jaulen verriet, dass im Dachgeschoss etwas vor sich ging.

Ein Königreich für einen Aufzug. Im Laufschritt machte sie sich an den Aufstieg. Mit jedem Stockwerk wurden die Kampfgeräusche deutlicher. Knurren, Gepolter, dumpfe Schläge und unterdrückte Laute. Keuchend bewältigte sie die letzten Stufen, die vom fünften Stock ins Dachgeschoss führten. Da rutschte plötzlich ein Fellbündel über den Treppenabsatz und auf sie zu. Valeriu – in seiner Wolfsgestalt.

Sie presste sich in dem engen Treppenhaus an die Wand und er fegte an ihr vorbei, halb fallend, halb springend und zweifellos auf der Flucht. Ein paar Stufen unter ihr kam er zum Liegen. Winselnd hob er den Kopf und schoss ihr einen wilden Blick zu. Dann rappelte er sich auf und hinkte mit eingekniffenem Schwanz die Treppen hinunter.

Sie wollte hinterher, doch eine Stimme hielt sie auf.

»Paige Dibensky?« Ein Mann erschien über ihr auf dem Treppenabsatz, jung, maximal zwanzig. Das musste der Agent sein.

Sie hastete zu ihm hinauf. »Was haben Sie getan?«, herrschte sie ihn an. Jetzt, da der erste Schreck wich, hämmerte ihr Herz wie verrückt.

Beschwichtigend hob er die Hände. »Nichts. Er hat *mich* angegriffen.«

»Sie haben ihn verletzt!«

»Er *war* bereits verletzt. Er kam schon auf drei Beinen aus Ihrer Wohnung gehumpelt, als ich klingelte, und ist einfach auf mich losgegangen. Ich habe mich lediglich verteidigt.«

Es gab nur zwei Wohnungen im Dachgeschoss, die Tür zu ihrer stand offen. Valeriu wusste, dass sie den Ersatzschlüssel hinter einer losen Wandfliese aufbewahrte. Er musste sich als Mensch Zutritt verschafft und auf sie gewartet haben. Und dann war seine Zeit abgelaufen.

Der Agent sah ein wenig mitgenommen aus, seine Kleidung war zerrissen und blutbefleckt. »Und ehrlich gesagt frage ich mich, was Sie mit diesem Vieh zu schaffen haben.«

»Ich?«

»Der Wolf gehört zu der Gruppe von Magischen, die wir für das Verschwinden Ihrer Schwester verantwortlich machen.«

»Auf keinen Fall!« Nicht Valeriu. Der Agent musste sich irren. Wer war er denn schon? Allzu viel Erfahrung gestand sie ihm nicht zu. »Valeriu … ich meine, der Wolf, würde Jolly nie auch nur ein Haar krümmen.«

Seine Augen verengten sich. »Und Sie?«

»Was?«, rief sie erbost, als ihr dämmerte, worauf er anspielte. »Ich liebe meine Schwester, ich habe ihr bestimmt nichts angetan!«

Er erhob ebenfalls die Stimme. »Sie geben zu, den Wolf zu kennen! Das macht Sie für mich zur Mitwisserin!«

»Sie spinnen doch!«

Unvermittelt verhärtete sich seine Miene. Er schlug einen kühlen Ton an, völlig emotionslos: »Ich muss Sie bitten, mich ins OMB-Hauptquartier zu begleiten.«

»Sie nehmen mich fest? Ich bin ein Mensch!«

»Ich kann auch die Polizei rufen, falls Ihnen das lieber ist.«

Paige biss die Zähne zusammen. Nein, sich von der Polizei abführen lassen, wollte sie noch weniger, und letztlich würde sie der Vernehmung nicht entkommen.

»Also gut«, stieß sie hervor. »Ich sehe nur kurz in der Wohnung nach dem Rechten.«

Valerius Kleidungsstücke lagen im Vorraum verstreut. Auf der Ablage fand sie ihren Zweitschlüssel sowie eine hastig hingekritzelte Nachricht: *Wollte mit dir reden, habe dich aber nicht angetroffen. Va-* Ein Strich verlief quer über das Blatt. Hatte in dem Moment die Wandlung eingesetzt?

»Beeilen Sie sich bitte.« Der Agent stand in der Tür, leichenblass und mit erhobener Hand, die aussah, als wäre er damit in einen Mixer geraten.

Übelkeit wallte in Paige auf – da hatte Valeriu wirklich ganze Arbeit geleistet.

Paige saß wie auf glühenden Kohlen. Der Agent – sie hatte seinen Namen vergessen – hatte sie in einen Vernehmungsraum gebracht und war gegangen, um sich verarzten zu lassen. Im Auto schon, als das Blut auf den Sitz getropft war, hatte sie ihm empfohlen, in ein Krankenhaus zu fahren. Er aber hatte nur den Kopf geschüttelt, und sie waren in beharrliches Schweigen verfallen.

Endlich ging die Tür auf, doch herein kam nicht wie erwartet der Agent, sondern ein Zwerg, eine Schnapsflasche in der Hand.

»Heida, was für eine hübsche Maid! Wie ist Euer Name?«

Sie konnte ihn nur anstarren. Stiefel, ein Wams in Zwergentracht, rotes, lockiges Haar, der Vollbart verfilzt – er erfüllte alle Klischees eines in den Magischen Chroniken beschriebenen Kleinwüchsigen. Zudem stank er, als ob er in der Gosse hauste. Sollte er sie etwa verhören?

Er kletterte auf den Tisch und platzierte sich so, dass er ihr direkt in die Augen schauen konnte. Seine waren dunkel und glänzten wie Knöpfe. Paige rutschte mit dem Stuhl zurück.

»Auch einen Schluck?«, bot er ihr an. »Um die Zunge zu lösen?«

Er hatte bereits eine ordentliche Fahne. »Nein! Wer sind Sie überhaupt?«

»Ich habe Euch zuerst gefragt, Schönste. Aber ich will nicht so sein – ich bin Wim.« Er trank, rülpste lautstark und stellte die Flasche weg. »Ihr seid zwar ein wenig dürr, ansonsten aber ganz nach meinem Geschmack. Entledigt Euch Eurer Kleider, mein Zipfel glüht bereits vor Lust.«

»Wie bitte?!« Dieses Bild würde sie nie wieder aus dem Kopf bekommen. »Lass deinen Zipfel ja stecken, sonst schneide ich ihn dir ab.«

»Heida, eine Widerspenstige! Ich will Euch schon zähmen!«

Nein, so nicht. Niemand konnte von ihr verlangen, dass sie mit diesem Wicht auch nur eine Minute länger in einem Raum zubrachte.

Als sie aufspringen wollte, fing er ihr Handgelenk, zerrte sie mit einem Ruck zu sich an den Tisch und drückte ihr einen schmierigen Kuss auf die Wange. Ekel stieg in Paige auf. Sie krallte die Finger in seinen Bart und riss kräftig daran, doch er war hart im Nehmen.

»Kommt, wir treiben es gleich hier!«

Das war zu viel. Sie schnappte sich die Schnapsflasche und zog sie ihm über den Schädel. Der Alkohol spritzte, doch das Glas blieb heil. Verdammt, sie hätte fester zuschlagen sollen!

Er grölte vor Vergnügen und Paige holte noch einmal aus.

»Schluss jetzt! Loslassen, Wim!«

Der Agent! Unbemerkt von ihnen war er hereingekommen, jetzt packte er den Zwerg am Schlafittchen, hob ihn kurzerhand hoch, sodass er mit den Beinen strampelte, und setzte ihn unsanft am anderen Tischende ab.

»Ach Hühnerkacke! Ihr seid mir vielleicht ein Spielverderber!«, maulte der, nicht ohne Paige einen Luftkuss zu schicken.

Angewidert wich sie einen Schritt zurück. Sie fühlte sich seltsam beschmutzt, alles an ihr roch nach dem Zwerg. Ihre Wangen pochten, wahrscheinlich waren sie knallrot. Der Agent nahm ihr die Flasche aus den zittrigen Händen.

»Tut mir leid. Er ist total verroht.«

»Es tut Ihnen leid?« Paige merkte, dass ihre Stimme kippte. »Sie machen sich vom Acker und lassen mich mit diesem … diesem primitiven Widerling allein? Er wollte sich an mir vergreifen!«

»Das war nicht vorgesehen. Er ist ausgebüxt …«

Der Zwerg kicherte und schwenkte eine Gabel, deren Zinken seltsam verbogen waren. Paige meinte, sich dunkel, sehr dunkel, erinnern zu können, dass Zwerge einen starken Hang zu Metallen hatten. Kreativ war Wim in jedem Fall.

Zeit zu verschwinden. Unauffällig wich sie zurück.

»Welcher Idiot hat dir Besteck gegeben?«, brauste der Agent auf.

»Der Koch.« Der Zwerg blickte scheinheilig zur Decke. »Schließlich bin ich jetzt frei. Da habe ich ein Recht auf anständige Bewirtung.«

»Du bist *nicht* frei! Nicht mal annähernd …« Der Agent fuhr herum, als Paige die Tür erreichte. »Wo wollen Sie hin?«

Verdammt. »Mir reicht's!«, zischte sie. »Vernehmen Sie gefälligst jemand anderen!« Damit marschierte sie hinaus, in der Hoffnung, die beiden auf immer los zu sein.

»Paige! Warten Sie!« Der Agent ließ sie bis zur Treppe laufen, dann sagte er: »Sie kommen maximal bis zum Tor. Es kennt Sie nicht und wird Sie daher nicht rauslassen.«

Paige drehte sich um. »Es?«

Sie waren mit dem Auto auf das Gelände gefahren, das unerwartet weitläufig war. Ihr fiel ein, dass der Agent am Tor einen kurzen Wortwechsel mit jemandem namens Bob geführt hatte, ehe die Gitter aufschwangen.

»Es ist ein magisches Tor.«

Was selbstverständlich alles erklärt, dachte sie zynisch. Mit einem Seufzen blickte sie in die Halle hinunter. Säulen säumten ein Bodenmosaik aus verschiedenfarbigen Steinplatten, und sie erkannte erst nach einigem Blinzeln, dass es einen Drachen darstellte, der den Schuppenkopf vor einer zart gebauten Frau gesenkt hielt. Etwas an dem Bildnis brachte tief in Paiges Innerem eine unbekannte Saite zum Klingen, doch sie wusste nichts damit anzufangen.

»Schön, nicht?« Der Agent war neben sie getreten. »Hören Sie, Paige: Wir hatten keinen guten Start und für Wims Verhalten kann ich mich nur tausendmal entschuldigen. Er ist ein Soziopath, ich habe ihn erst kürzlich aus dem Gefängnis geholt. Leider ist er unser einziger Informant …«

»Sie ist es übrigens!«, ertönte die schnarrende Stimme des Zwerges. »Habt Ihr gehört? Die Maid, sie ist die, von der ich Euch erzählt habe.«

Paige starrte den Agenten fassungslos an. »Das war eine

Gegenüberstellung? Sie haben ihn absichtlich zu mir reingeschickt?«

»Nein, er hat die Tür zu seinem Zimmer aufgebrochen. Mit der Gabel. Da hat er ausnahmsweise die Wahrheit gesagt.«

»Und *wer* bin ich nun?«

»Die Freundin des Wolfs ...?«, fragte er, ein wenig verunsichert, wie ihr schien. Er hob seine Hand, die nun fachmännisch verbunden war. »Der von vorhin. Wie schon erwähnt gehört er zu jener Hexe, derentwegen Ihre Schwester vermisst wird. Wim hat mir das verraten. Er kennt sie und die Wölfe. Und er wusste von Ihnen, Paige.«

»Wie schön.« Sie wollte gar nicht wissen, woher. »Deshalb wollten Sie also mit mir reden. Sie wollten rausfinden, ob ich in die Sache verwickelt bin.«

Er nickte schwach.

»Tja, da muss ich Sie enttäuschen. Ich habe weder etwas mit dieser Hexe zu tun noch habe ich Kontakt zu Valeriu ... also dem Wolf. Wir sind seit Jahren getrennt.«

»Warum sucht er Sie dann auf?«

»Da bin ich überfragt.«

»Ist die Maid noch hier?« Wieder der Zwerg. »Oder habt Ihr sie vergrault, edler Prinz?«

Paige hob die Augenbrauen. »Prinz?«

»Hatte ich mich nicht vorgestellt? Kilian von Nauders. Aber Kilian genügt. Bitte, Paige, können wir noch mal in Ruhe miteinander reden? Ich will Ihre Schwester finden. Und Natalie und ihren Bruder. Das hängt alles zusammen und ...« Er biss sich auf die Lippen. »Mir läuft die Zeit davon. Bitte.«

Sie musterte ihn mit neu erwachtem Interesse. Er war attraktiv, dieser Agent. Dunkles, leicht zerzaustes Haar, flussgrüne Augen, schön definierte Lippen. Sie mochte den melancholischen Ausdruck in seinem schmalen Gesicht. Er wirkte wie jemand, der Ehrlichkeit schätzte und stets überlegt handelte. Er wirkte ganz anders als zuvor.

»Meine Eltern und ich machen uns große Sorgen um Jolly«, sagte sie. »Sie bedeutet uns alles. Ich stecke da nicht mit drin, ich schwöre es.«

Kilian nickte. »Ich glaube Ihnen. Jetzt ja.«

»Dann wüsste ich nicht, inwiefern ich Ihnen weiterhelfen kann.«

»Wim weiß mehr, als er zugibt, doch er wirft mir bei jedem Verhör nur winzige Brocken hin. Für die er natürlich schamlos Gegenleistungen verlangt. Ich muss diese Hexe aufspüren, bevor es zu spät ist … bevor sie Natalie und Jolly noch mehr antut …« Er atmete tief durch. »Und Wim, nun ja, er findet Sie offenbar anziehend, Paige. Vielleicht wird er gesprächiger, wenn Sie dabei sind.«

»Sie erwarten ernsthaft von mir, dass ich mich noch einmal mit diesem ungehobelten Wicht abgebe?«

Ein winziges Schulterzucken, dazu sein flehender Blick. Sie seufzte. Ihr blieb wirklich nichts erspart.

Sie waren zum Du übergewechselt. Kilian hatte den Zwerg mit Kabelbindern an den Stuhl gefesselt und hielt seine Waffe griffbereit. »Jetzt spuck endlich aus, was du über diese Hexe weißt. Ich will einen Namen!«

Wim wippte mit den Füßen und warf Paige höchst anzügliche Blicke zu. Kilian ließ die Faust herabdonnern.

»Raus mit der Sprache! Wir haben eine Abmachung!«

»Pff, Abmachung! Ich will eine Garantie!« Wim beugte sich vor, soweit es seine gefesselten Arme zuließen. »Eine Begnadigung, unterschrieben vom Mächtigen höchstpersönlich.«

»Kriegst du«, versicherte Kilian, wenngleich seine verkniffenen Züge verrieten, wie viel Überwindung ihn das kostete, »unter der Voraussetzung, dass du mir brauchbare Informationen lieferst und dich nicht länger aufführst wie ein ungezogenes Kleinkind.«

In Wims faltenumkränzten Augen blitzte Wut auf. »Ich bin Wim vom Geschlecht der Oppenstedts und der gewählte Anführer meiner Sippe! Ich bin der König! Ich bin hundertsechzig Jahre alt und benehme mich, wie es meinem Recht entspricht!«

»Tja, und ich bin dein Kerkermeister. Blöd gelaufen.«

Wim brummte etwas in sich hinein. »Na schön. Fragt!«

Kilian schob ihm ein Foto hinüber. »Wer ist das? Und ich will mehr hören als ›Eine mächtige Hexe‹.«

»Ach«, er blinzelte listig, »jetzt sagt bloß, der Mächtige hat Euch das nicht verraten?«

Bestimmt log der Zwerg wie gedruckt. Paige konnte sehen, wie es hinter Kilians Stirn arbeitete, doch er ließ sich nicht aus dem Konzept bringen. »Ihr Name!«

»Raikun Comanescu. Ihr gehört RaicoTec.«

Das Hightech-Unternehmen? Paige blickte von dem schönen und zugleich harten Gesicht der blonden Frau auf.

»Wie das?«, fragte Kilian weiter. »Nur Magische mit A-Klassifikation dürfen Großunternehmen führen.«

»Ihr seid mir vielleicht ein Hornochse! Glaubt Ihr wirklich, dass sich das Gesetz nicht umgehen lässt? Sie hat natürlich einen Scheineigentümer angestellt.«

»Woher kennst du sie?«

Wim verzog das Gesicht. »Alte Geschichte. Nichts, was für Euch von Bedeutung wäre.«

»Das würde ich lieber selbst beurteilen.«

»Sie hat mir ein Geschäft vermasselt. Da habe ich sie ein bisschen belästigt. Hat ihr nicht gefallen. Sie hat mich an die Organisation verpfiffen. Das war alles.«

»Wim hat wegen unerlaubten Handels mit magischen Artefakten eingesessen«, erklärte Kilian Paige. »Bei seiner Inhaftierung hat er einen Agenten schwer verletzt und einen Polizisten getötet. Daher gab es lebenslänglich.«

Wim spuckte in hohem Bogen auf den Tisch. »Bei Euch gibt es immer lebenslänglich! Wen habt Ihr denn je wieder auf freien

Fuß gesetzt? Gelobt seien die Tage, in denen sich die OMB noch für das Wohl der Magischen starkgemacht hat!«

Ob das eventuell noch zu Gründungszeiten der Organisation der Fall gewesen war? Paige hatte noch nie davon gehört.

»Meinesgleichen wird gejagt und eingekerkert, nur weil wir unseren Bedürfnissen gemäß leben wollen. Kein Wunder, dass all die Unzufriedenen nach einer Alternative suchen! Ich bin der Letzte, der Raikun die Füße küsst, doch sie bietet den Magischen Hoffnung auf Veränderung, Freiheit, Gleichberechtigung.«

Paige fand Wim zutiefst abstoßend und der Speichelbatzen auf der Tischplatte ließ sie würgen. Doch seine Worte hatten etwas in ihr berührt. Und plötzlich schämte sie sich. Schlimm genug, dass sie sich für das Projekt Purgatio hergab. Wie verwerflich aber war es erst, dieses Wissen für sich zu behalten? Sie musste damit an die Öffentlichkeit gehen, publik machen, was die Regierung plante.

»Wie kommt es, dass du über die Entwicklungen in der Magischenszene informiert bist?«, erkundigte sich Kilian.

Wim wandte den Blick zu Paige. »Können wir uns nachher noch mal unterhalten, schöne Maid? Nur wir zwei, Ihr wisst schon …« Er leckte sich über die Lippen.

Sie lächelte liebenswürdig. »*Unterhalten?* Klar doch.«

»Rattenpost«, beantwortete Wim Kilians Frage.

»Ratten*was?*«

»Post. Das Nachrichtensystem im Schatten. Ihr wisst aber auch wirklich gar nichts. Haben Sie Euch direkt von der Schule wegrekrutiert, ja?«

»Was hat es mit den Wölfen auf sich?«

»Raikun hat drei Brüder …« Wim grinste verschlagen. »Junge Kerle, einer schmucker als der andere – wenn man Männer mag. Ich bin ja kein Kostverächter, meinem Zipfel ist es gleich, wer ihn verwöhnt …«

Kilian schnaubte. »Lenk nicht vom Thema ab.«

»Die Brüder wurden in Wölfe verwandelt, verdammt dazu, im Schatten zu leben und Raikun zu dienen, was ihnen vortrefflich gelingt. Und jetzt würde ich zu gern wissen, wer der holden Maid in die Suppe gespuckt hat!«

Paige spürte, wie ihr das Blut aus dem Gesicht wich. Ihre Welt war schon einmal zusammengebrochen. Jetzt fühlte es sich an, als würde ihr kleines Hoffnungslicht mit der Asche genau dieser Welt ausgelöscht.

»Warum wurden die Brüder verwandelt?«, fragte Kilian.

»Wie gesagt, mein Lieber, fragt besser mal den Mächtigen danach. Der könnte Euch weit mehr erzählen als ich.«

»Du lügst doch!«

»Na wenn Ihr meint …«

21

Jolly hing an ihrem gewohnten Platz um Natalies Hals, verborgen durch den Kapuzenkragen der Jacke. Das Irrlicht – sie hatte es Blaubart getauft –, das leise wimmernd an der Decke schwebte, leistete Natalie ebenfalls Gesellschaft. Und natürlich die Wachen, ein Blonder mit monströsem Bauch namens Xaver und Cronis. Sein erster Wachdienst überhaupt, wie er stolz verkündet hatte.

»Du bist zu langsam!«

Erschrocken zuckte Natalie zusammen und der Kontakt zur Magie riss ab. Wieder einmal. Mit Tränen in den Augen musste sie zusehen, wie ihr mühsam erstelltes Banngitter zerfiel.

Raikun zerrte sie am Oberarm herum. »Sechs Stunden, und du hast nichts weitergebracht. Jedes Mal wenn ich nach dir sehe, stehst du an derselben Stelle.«

Da hatte sie nicht ganz unrecht. Der Tunnel, an dem Natalie arbeitete, war fünfmal so breit wie die anderen, ein riesiges schwarzes Loch, ohne Verbindung zum Erdmagienetz. Sie musste sich mit einer hauchfeinen Ader behelfen. Und das brachte sie an ihre Grenzen.

»Ich bemühe mich doch. Aber da sind keine Magiestränge, auf die ich zugreifen kann. Und … ich bin so müde.«

Müde traf es nicht ganz. Wie erschlagen. Kaputt. Tödlich erschöpft – genau genommen gab es keinen Ausdruck für ihren Zustand, eine Mischung aus Mutlosigkeit und Schwäche. Sie fühlte sich wie in einem Hamsterrad: einen Tunnel verschließen, wieder öffnen. Verschließen. Öffnen … Stunde um Stunde, Tunnel um Tunnel, tagelang, nächtelang.

Natalie begriff den Sinn dahinter nicht. Wenn Raikun so

erpicht darauf war, die Klagenden Gänge abzuriegeln, warum verlangte sie von ihr, dass sie die Banngitter hinterher wieder zerstörte? Lediglich zu Übungszwecken? Immerhin, sie hatte sich verbessert. In die Magie zu greifen, war zur Routine geworden.

Ihre Gefangenschaft jedoch zehrte sie auf. Ihre Fingernägel waren mittlerweile komplett abgebissen, die Nagelbette entzündet. Sie hatte nach einer Duschmöglichkeit gefragt, nach Seife, einer Zahnbürste. Aber alles, was Raikun ihr zugestanden hatte, war ein zweiter Eimer voll eiskaltem Wasser.

Aller Müdigkeit zum Trotz kam ihr Geist nicht zur Ruhe, sie fand kaum Schlaf. Und fielen ihr doch einmal die Augen zu, dann flackerten Bilder auf, bruchstückhaft und unmöglich zuzuordnen: ihre Mutter bei der Arbeit an einem filigranen Schmuckstück, ihr Vater, der sie auf den Knien schaukelte, Liams winzige Nase als Baby …

Sie tat alles, um die Gedanken an ihre Familie zu verscheuchen. Eine Tortur, denn sie schienen sich wie mit Widerhaken in ihre Seele gekrallt zu haben. Sie zuzulassen andererseits fühlte sich an, als ob jemand ihr Herz auswringen würde, und das ertrug sie noch weniger.

Die einzige Möglichkeit, ihr Gehirn zu überlisten, war, Luftschlösser zu bauen: Kilian. An ihn zu denken, war ihr Rettungsanker. Sie malte sich aus, wie ihre Verabredung hätte verlaufen können. Wie es wäre, mit ihm zusammen zu sein, mit ihm zu lachen, ihn zu küssen, zu halten und mehr. Dass all dies niemals eintreten würde, nahm sie in Kauf. So funktionierten Luftschlösser nun mal. Selbst fabriziertes unerschöpfliches Glück, der tiefe Fall danach inkludiert.

»Wenn du fertig bist, wirst du deine Pause bekommen«, verkündete Raikun.

Klar doch. Sie würde sie nie zufriedenstellen können. Natalie würgte die aufsteigenden Tränen hinunter und startete einen weiteren Versuch.

»Dann wirst du auf deine Banngitter verzichten müssen«, sagte sie in möglichst schnippischem Tonfall. »Ich schaffe das nicht allein, ich brauche Hilfe. Schick Liam her!« Seit Tagen hatte sie nichts von ihm gehört. Sie musste ihn sehen, mit ihm reden, sich davon überzeugen, dass er am Leben war.

»Er hat die gleiche Gabe. Ich könnte ihn anlernen.«

Raikun schien den Vorschlag abzuwägen. »Nein«, entschied sie dann. »Los, an die Arbeit. Ich will Ergebnisse sehen.«

Sie schritt davon, vermutlich zum Aufzug. Natalie hatte ihn auf dem Herweg zum ersten Mal zu Gesicht bekommen und seither schmiedete sie Fluchtpläne. Das größte Hindernis zwischen ihr und der Freiheit: ein Identifikationsterminal wie jenes an der Technikhalle. Immerhin hatte sie aus Cronis herauskitzeln können, dass er auch eine Befugnis für den Aufzug hatte.

»Und was machst du an der Narsh?«, rief sie Raikun nach. »Wer wird dir die Magie umleiten, wenn ich am Ende bin?«

Raikun winkte ab.

»Ich werde Stunden brauchen, Tage vielleicht, wenn du mich jetzt so schindest. Und dann wird die OMB dort aufkreuzen.« Es war ihr letzter Trumpf.

Raikun machte kehrt. »Ach ja? Warum?«

»Das sage ich dir, wenn Liam hier ist.«

Raikun packte sie am Kragen und drängte sie gegen die Mauer. Ihr Hinterkopf schrammte über die scharfkantigen Ziegel. »Du glaubst, du kannst hier Forderungen stellen? Mich erpressen? Ich werde dir zeigen, wozu ich fähig bin …«

»Tu's doch! Na los! Aber dann wirst du keinen Arbeitssklaven mehr haben.«

Die Antwort auf ihre Unverfrorenheit kam postwendend. Raikun schlug ihr ins Gesicht. »Denkst du etwa, Seelenqual ist mein einziges Folterinstrument? Ich vermag dich auch ohne Zauber leiden zu lassen.«

»Ich kann es kaum erwarten …« Die nächste Ohrfeige traf

sie. Und wieder eine. Blut schoss ihr aus der Nase, ihre Sicht verschwamm. Sie ging unter Raikuns Griff in die Knie, blinzelte aber beharrlich zu ihr auf. Egal, was sie ihr antat, sie würde nicht einknicken.

»Mit Liams Hilfe … wäre ich doppelt so schnell«, keuchte sie, gegen Schmerz und Schwindel ankämpfend.

»Dein Bruder hat keinerlei Begabung. Sein Blutwert ist lachhaft.«

Sie hatte ihn getestet. Von diesem ominösen MQ-Wert hatte der Mächtige auch gesprochen. »Dann kontrollier doch mal meinen. Der ist noch niedriger … und dennoch baue ich dir hier eine Festung.«

Raikuns Blick wurde gläsern, ihre Züge hart. Mit einem kehligen Knurren ließ sie von ihr ab und lief davon, diesmal in die andere Richtung.

Mühsam hielt sich Natalie aufrecht, den Kopf in den Nacken gelegt, den Unterarm an die Nase gepresst, um die Blutung zu stoppen. Sie hatte alles auf eine Karte gesetzt, ohne konkreten Plan. Auch jetzt strudelten nur nutzlose Gedankenfetzen durch ihren Verstand.

Cronis hob eine Augenbraue, als sie ihn flüchtig ansah, Xaver schnaubte leise. Sie stöberte einen letzten Rest Kraft in sich auf und hob die Hände, um die Magie herbeizurufen.

»Nati!«

Raikun hatte Liam wirklich herbringen lassen! Auf ihren knappen Befehl hin stießen ihn die Wachen in Natalies Arme.

»Liam!« Er war hier, war wirklich hier, lebendig und offenbar unverletzt! Das Gesicht an ihrer Schulter geborgen, presste er sich an sie. Seine Tränen liefen ihr in den Kragen, sein schmaler Körper zuckte unter dem Weinkrampf. »Schon gut, alles wird gut«, flüsterte sie, froh, dass er wieder mit ihr sprach, dass er zu ihr hielt.

»Ich warte«, verkündete Raikun.

»Die Drohnen. Je länger ich für die Banngitter brauche, desto eher ist mit einem Drohnenalarm zu rechnen.«

Raikun stieß ein knappes Lachen aus. Nickte sachte. »Nicht schlecht, Natalie.« Für einen schier endlosen Moment maßen sie einander wortlos. »Fangt an«, forderte sie schließlich. »Ich will dabei sein, wenn du ihn schulst. Falls du mich belügst, blüht ihm die nächste Dosis.«

Liam wimmerte und Natalie schob ihn schützend hinter sich. Sie musste Raikun loswerden, sonst würden sie auffliegen. »Er hat Angst. Er wird nichts zustande bringen, solange du ihm auf die Finger schaust.«

Wut kräuselte sich um Raikuns Lippen, doch da, wie von Schutzengeln gelenkt, klingelte ihr Handy. Nach einem letzten vernichtenden Blick auf Natalie ging sie ran. »Florin? Warte, die Verbindung ist schlecht. Wird Zeit, dass Brisko weitere Antennenkabel verlegt.« Sie lief ein paar Schritte. »So, besser. … Aha. Wieso, wo war er denn?«

Himmel, danke! »Mach mir alles nach«, flüsterte Natalie und drehte Liam zum Tunnel, »exakt wie ich, verstanden?«

»Aber …«

»Tu's einfach.«

Er nickte und hob gehorsam die Arme.

Raikuns Stimme hatte einen scharfen Beiklang angenommen. »Woher weißt du das? … Von welchem Zwerg? … Wim, dieser miese … Ach, will er das? Da muss er mir schon mehr bieten. … Aha. Und Valeriu hat noch Kontakt zu ihr? … Eine Biologin? Das trifft sich ja perfekt. Verpass ihm die doppelte Dosis und schick ihn rüber. … Die Nebenwirkungen interessieren mich nicht, er wird es überleben. … Ja, bis gleich.«

»Nein, nicht so! Sanfter. Mit Gefühl.« Natalie führte Liams Hände höher, ohne sich um seinen verwirrten Gesichtsausdruck zu kümmern. Solange sie ihre Hände auf seinen behielt, konnte Raikun nicht erkennen, wer von ihnen nun Magie wirkte. Und wieder war das Glück auf ihrer Seite, die Hexe warf ihnen bloß einen flüchtigen Blick zu.

»Ich warne euch, ihr zwei«, rief sie im Davoneilen über ihre Schulter, »wenn ich wiederkomme und ihr seid nicht fertig, könnt ihr euch auf etwas gefasst machen.«

22

Eins war klar: Wenn sie die Flucht vergeigten, waren sie geliefert. Raikun würde sie beide foltern, jeweils vor den Augen des anderen. Natalie fürchtete sich nicht vor den Schmerzen – davon hatte sie keinerlei Vorstellungen –, sondern davor, endgültig zu zerbrechen.

Was würde dann aus Liam werden? Er brauchte sie doch.

Dass er hier war, an ihrer Seite, hatte ihre Lebensgeister aktiviert. Adrenalin verscheuchte die Müdigkeit, ihr Gehirn arbeitete auf Hochtouren. Sie kümmerte sich nicht länger um das Banngitter am Tunneleingang. Jetzt hieß es alles oder nichts. Was sie vorhatte, war mehr als riskant, aber mit Jollys Hilfe und viel, viel Glück könnten sie es schaffen zu entkommen.

Liam hielt sich gut. Unter dem Vorwand, ihn einzuweisen, hatte sie ihm alles so gut wie möglich erklärt. Was Bannmagie war, was er tun musste, um den Schein zu wahren, wie der Fluchtplan aussah. Ihre Sorge, ihn zu überfordern, hatte sich als unbegründet erwiesen. Tapfer befolgte er jede ihrer Anweisungen.

»Was haben wir denn da?«, murmelte Cronis hinter ihr und Natalie rutschte fast das Herz in die Hose. »Irrlichter. Zu dumm, dass ich keine Fallen dabeihabe.«

Sie atmete auf. »Lass ja die Finger von Blaubart. Das ist *mein* Irrlicht.«

»Ach, und welches meinst du jetzt genau?«

Sie folgte Cronis' Blick zur Decke. Nicht *ein* blau glühender Ball tanzte umher, sondern Dutzende, ihr Wimmern ein einziger Ton. »Wo kommen die so plötzlich her?«

»Das Banngitter hat sie wohl angelockt. Sie tummeln sich

gern in der Nähe von Magieknotenpunkten. Dort lassen sie sich auch am leichtesten fangen.«

»Ihr quält sie, indem ihr sie in diese Akkus sperrt.«

»Das sind keine Wesen, bloß Energie.«

»Warum jammern sie dann?«

Er zuckte mit den Schultern, machte jedoch keine Anstalten zu gehen. Das traf sich gut. »Hör mal, das Banngitter ist fast fertig, aber ich muss da drüben eine zweite Ader anzapfen.« Sie deutete zu Xaver, der ein paar Schritte weiter an der Wand lehnte.

Cronis schluckte ihre Lüge anstandslos. »Okay.«

»Dazu muss ich hin und her laufen.«

»Auch gut. Ich bleibe bei Liam. Nicht, dass ihm etwas Dummes einfällt.«

Natalie rollte mit den Augen, insgeheim aber frohlockte sie. *Perfekter geht es nicht.*

Sie wies Liam an, allein weiterzuarbeiten, und erklärte Xaver, warum sie von nun an ständig an ihm vorbeigehen würde. Er nickte nur, ohne den Blick von seinem Handy zu lösen. Während sie vorgab, es wäre extrem kompliziert, die Magie zum Tunnelzugang zu leiten, baute sie ein engmaschiges Gitter in Hüfthöhe um Xaver auf.

»Jetzt, Jolly«, raunte sie, als sie fertig war, und die Schlange zischte los. Sie war unwahrscheinlich schnell, Natalie konnte ihren Bewegungen kaum folgen.

»Au!«, rief Xaver. »Was zum Henker …? Etwas hat mich gebissen!«

Jolly war bereits zu Cronis unterwegs, der zwar den Kopf herumgerissen hatte, aber noch unschlüssig schien, wie er reagieren sollte. Als die Schlange ihre Giftzähne in sein Bein schlug, schrie auch er. Jolly ließ nicht locker, wieder und wieder biss sie zu und er tanzte auf einem Bein herum, bemüht, sie abzuschütteln. Xaver wiederum untersuchte die Bisswunde an seinem Knöchel. Diesen Moment nutzte Natalie. Sie zerrte ihm das

Gewehr von der Schulter und ehe er es packen konnte, hatte sie es bereits auf seine Brust gerichtet. Seine Augen wurden groß.

»Liam?«

»Alles klar, Nati.«

Ihr Blick huschte hinüber. Er hatte es geschafft! Er hatte Cronis das Gewehr abgenommen und hielt ihn damit in Schach. Seine Ohren glühten, für seinen Mut hätte sie ihn am liebsten geküsst. Xaver wollte sich auf sie stürzen, doch die Magiestränge umschlossen ihn wie unsichtbare Seile. Sie nahm ihm das Handy ab. Bildschirmsperre, Mist!

»Ihr seid ja verrückt«, keuchte Cronis. »Ihr kommt hier niemals raus.«

Auf Xavers Stirn sammelte sich Schweiß, ein Zeichen, dass das Schlangengift in seinen Blutkreislauf eingetreten war. Doch hätte er nicht längst zusammenbrechen müssen?

»Wieso wirkt das Gift nicht, Jolly?«, fragte Natalie.

»Woher soll ich das wissen? Ich bin nur die Schlange, kein wandelndes Lexikon.«

Natalie stupste Cronis mit dem Gewehrlauf an. »Vorwärts. Zum Aufzug.«

»Das ist Irrsinn. Raikun wird euch erwischen.«

»Vorwärts!«

Xavers wütender Schrei hob hinter ihnen an, als sie durch den Tunnel hasteten. Jolly sauste wie ein weißer Blitz voraus, die Irrlichter folgten ihnen klagend. Cronis schleppte sich dahin, strauchelte immer wieder, aber Natalie zwang ihn weiter. Die Zeit dehnte sich, jeder Schritt fühlte sich an, als stiefelten sie durch Treibsand, dann tauchte endlich schimmerndes Metall aus dem Dunkel auf.

»Ich mach das nicht«, nuschelte Cronis, als Natalie ihm befahl, sich am Identifikationsterminal anzumelden.

Sie stieß ihm den Gewehrlauf in den Rücken. »Ruf den verdammten Aufzug!«

»Du wirst nicht abdrücken …«

»Willst du es darauf ankommen lassen?« Sie wusste nicht, ob sie dazu fähig wäre, aber sie durfte ihn jetzt keine Unsicherheit spüren lassen.

Liam blickte hektisch über die Schulter. Immer noch dröhnte Xavers Gebrüll durch die Gänge. »Nati, der schreit alles zusammen …«

Jolly rettete die Situation. Sie glitt an Cronis hoch und schlang sich um seinen Hals, enger und immer enger. Er zerrte an ihrem Schlangenleib, doch seine Kräfte schwanden zusehends.

»Hol den Aufzug!«, zischte sie, das aufgerissene Maul dicht vor seinem Kopf. Im blauen Irrlichtschein sah Natalie Gift von ihren Zähnen tropfen. »Los, sonst beiße ich dich in die Nase, die Augen, die Lippen, überallhin. Dein Gesicht wird anschwellen und dann kannst du ja sehen, wie es mit dem Atmen noch so klappt.«

Keuchend ließ er die Hände sinken. »Schon gut.«

Er stützte sich an der Mauer ab und sie beobachteten, wie er die Identifikation durchlief. Sekunden später öffneten sich die Türen mit einem Klingeln. Natalie sprang hinter Liam in die Kabine. Ein kurzer Blick genügte – und das Blut gefror in ihren Adern. Kein Bedienfeld, nur ein roter Alarmknopf, der vermutlich Raikun und ihre Leute auf den Plan rufen würde, sofern sie nicht ohnehin schon unterwegs waren, aufgescheucht durch Xavers Schreie.

Das erste Mal im Zuge der tollkühnen Aktion bekam Natalie es mit der Angst zu tun. »Hölle, wie fährt das Ding?«

Cronis stellte den Fuß in die Tür und drängte sich herein. Beförderte Jolly, die von ihm abgelassen hatte und ebenfalls in die Kabine gekrochen war, mit einem Fußtritt hinaus auf den Gang und schnappte sich Liams Gewehr. »Penthouse! Tür schließen!«

Das System reagierte prompt auf seinen Sprachbefehl. Der Aufzug schoss aufwärts.

Sekundenlang waren nur ihre keuchenden Atemzüge zu hören, während sie sich alle drei anstarrten, Natalie und Cronis mit angelegter Waffe.

Sie hatte keinen Schimmer, was sie jetzt tun sollte, ihr Hirn war vollkommen leer. Die Panik, dass Raikun sie oben erwarten würde, hatte sie fest im Griff. Beim Penthouse konnte es sich nur um ihre Wohnung handeln. Sie hauste wohl kaum mit den anderen in den abgestellten U-Bahn-Waggons.

»Anscheinend ist das Schlangengift nicht tödlich«, stellte Cronis lallend fest. Sein Gesicht war schweißbedeckt und er schwankte, aber er hielt sich weiterhin auf den Beinen, das Gewehr fest umklammert.

Natalie fing Liams Blick auf. Die Hände zu Fäusten geballt, das Gesicht hochrot, visierte er Cronis an. Im nächsten Moment rammte er ihm den Kopf in die Nieren.

Cronis gab ein verblüfftes Ächzen von sich, riss das Gewehr herum und schickte Liam mit einem Schlag auf die Schulter zu Boden. Der rappelte sich sofort wieder auf, auch Natalie stürzte sich auf Cronis, und so rangen sie alle drei miteinander, als der Aufzug anhielt.

Die Türen glitten auf, Cronis drängte Natalie ins Penthouse, ein Fausthieb erwischte sie an der Schläfe und sie fiel hin. Schon war er über ihr, sein Atem heiß an ihrem Hals, sein Blick fiebrig. Sie biss und kratzte, er packte sie an den Haaren und donnerte ihren Kopf auf den Steinboden. In ihren Ohren dröhnte es, Lichtspiralen kräuselten sich am Rande ihres Sichtfelds, da fuhr plötzlich ein Schatten auf Cronis herab. Ächzend verdrehte er die Augen und sackte auf ihr zusammen.

Ein Schrei löste sich aus Natalies Kehle, als sie Cronis abschüttelte. Liam stand vor ihr, das Gewehr in Händen.

»Ist er tot, Nati?«, fragte er mit bebenden Lippen.

Sie wälzte Cronis herum. Blut sickerte aus einer Wunde am Kopf, dort, wo ihn der Gewehrkolben getroffen hatte.

Entschieden schüttelte sie den Kopf, Schuldgefühle konnten sie sich nicht erlauben. »Er atmet. Siehst du? Danke, Li, du hast uns gerettet! Jetzt aber schnell …« Ein schleifendes Geräusch ließ sie herumfahren. Die Aufzugtüren hatten sich geschlossen.

Liams Gesicht war aschfahl. »Was jetzt?«

Natalie eilte zu den Fenstern. Die Stadt breitete sich zu ihren Füßen aus, gerade stieg die Sonne über den Dächern auf. Sie befanden sich in einem Wolkenkratzer, Hunderte Meter über der Erde.

Da draußen lief das Leben weiter, Kinder wurden geboren, Ehen geschieden, Geschäfte geschlossen. Ein Gleichklang, in dem Glück und Albtraum nah beieinanderlagen, oft nur durch eine Tür getrennt. Natalie war nie bewusst gewesen, wie schnell man von einem ins andere rutschen konnte.

Es muss eine Fluchttreppe geben. Aber wo? Danach zu suchen, würde sie viel Zeit kosten. Schon auf den ersten Blick wirkte das Penthouse riesig. Wie schlau von Cronis, sie heraufzubringen! Jetzt saßen sie hier fest. Wie viele Minuten waren vergangen, seit sie aus den Klagenden Gängen geflohen waren? Drei? Fünf? Wie lange würde es dauern, bis Raikuns Lakaien hier auftauchten?

»Nati!« Liam hatte den Kopf in den Nacken gelegt und wies zur Decke. »Ist das ein Feuermelder?«

»Ja.« Grübelnd betrachtete sie den Alarmknopf am Identifikationsterminal des Aufzugs. »Such Streichhölzer!«

Die Küche war so groß wie ein Restaurant und verfügte über einen verglasten Garten, in dem Raikun Pflanzen zog. Hexenkräuter, vermutete Natalie angesichts des wuchernden Grünzeugs. Der Reihe nach rissen sie alle Schränke und Schubladen auf, wurden aber nicht fündig. Auch im Wohnzimmer stöberten sie weder Streichhölzer noch Feuerzeug auf. Überhaupt verriet das Penthouse so gut wie nichts über Raikun. Keine gerahmten Fotografien, kein Krimskrams, keine herumliegende Kleidung. Lediglich ein paar Dekostücke schufen ein Mindestmaß an Atmosphäre.

»Im Bad vielleicht?«, überlegte Liam.

Natalie nickte. Einige Türen später stieß sie auf eine Toilette. Auf der Ablage über dem Klo stand eine Holzschatulle. *Bitte, bitte, bitte!*

»Ja!« Mit bebenden Fingern fischte sie die Streichholzschachtel heraus, die zwischen Tampons und einigen Räucherkugeln steckte. Gewissen Haushaltstipps konnte sich nicht einmal eine Hexe verschließen.

Zurück beim Feuermelder hob sie Liam hoch und er zündete ein paar Streichhölzer an. Einen Augenblick später erschallte das auf- und abschwellende Heulen einer Sirene. Natalie drückte mehrmals auf den Alarmknopf am Identifikationsterminal. Unmittelbar darauf aktivierte sich die Sprechverbindung.

»Frau Comanescu? Wir haben eine Brandmeldung für Ihr Appartement …«

»Mach Lärm, Geräusche, irgendwas«, flüsterte Natalie Liam zu und er imitierte eine Art Brausen, das sich anhörte, als stünden sie in einem tosenden Sturm. Sie presste sich das T-Shirt vor den Mund. »Den Aufzug, schnell!«, rief sie bemüht panisch. »Es brennt! Hilfe!«

»Nehmen Sie die Feuertreppe aufs Dach.«

Welche Feuertreppe? »Ich … kann nicht.« Sie hustete angestrengt. »Ich bin verletzt.«

»Dann bitte ich um Ihren Identifizierungscode.«

»Jetzt schicken Sie schon den verdammten Aufzug hoch!«

»Aber der Code …«

Natalie stieß ein schrilles Kreischen aus. »Hilfe!«

»Ist unterwegs.«

Als sich die Aufzugtüren wenig später öffneten, schöpfte Natalie erstmals wieder Hoffnung. Im Inneren der Kabine war der Sirenenlärm erträglich. Kurzerhand wählte sie per Sprachsteuerung die vierzigste Etage. Mit Bangen erwartete sie, dass ihr Befehl womöglich nicht anerkannt wurde, doch der Aufzug sauste los. Sie hatte das Gefühl, ihr Magen würde umgestülpt, so schnell ging es abwärts.

»Wieso nicht ganz runter?«, fragte Liam.

»Raikun ist uns sicher schon auf der Spur. Im Erdgeschoss wird sie uns am ehesten vermuten.«

»Und warum die vierzigste? Was ist dort?«

Die goldene Mitte, grob geschätzt. Sie hatte keinen Schimmer, wie viele Etagen es gab und eine war so gut wie die andere. »Hoffentlich ein Telefon«, sagte sie. »Notfalls können wir uns da verstecken, bis …« Ihre Fahrt verlangsamte sich, es gab einen Ruck, dann hielten sie sanft an. Natalie drängte Liam an die Wand, doch ihre Sorge war unbegründet.

Niemand erwartete sie.

Vor ihnen öffnete sich ein Großraumbüro mit unzähligen Kojen, die alle unbesetzt schienen. Die Uhr an der Wand zeigte kurz vor sieben. Kaffeeduft kitzelte in der Nase. Ein paar Angestellte hatten den Dienst wohl schon angetreten.

Das Lärmen des Alarms wurde durch eine Durchsage unterbrochen: »Achtung, Feueralarm. Das ist keine Übung. Bitte begeben Sie sich zu den Aufzügen und verlassen Sie schnellstmöglich das Gebäude. Ich wiederhole …«

Zwei Frauen kamen angelaufen und stiegen in einen Aufzug zu ihrer Linken, ein Mann quetschte sich dazu, ehe sich die Türen schlossen. Danach war die Luft rein. Sie huschten an einen Schreibtisch in einer abgelegenen Koje und sanken nebeneinander auf den Bürostuhl.

In einem jähen Impuls drückte Natalie Liam an sich und erschrak über seinen knochigen Körper. Sie vergrub ihre Nase in seinem Haar, wollte ihn nie wieder loslassen.

»Nati.« Er nickte zum Telefon.

Mit zitternden Fingern griff sie nach dem Hörer und wählte den Notruf.

»111, guten Tag. Um welchen Notfall handelt es sich?«

»Mein Bruder und ich … wir wurden entführt.«

»Wie ist Ihr Name?«

»Natalie Windersom. Wir sind«, ihr Blick fiel auf eine Mappe mit einem blau-schwarzen Logo, »im RaicoTec-Büroturm.« Dem höchsten Gebäude Mitrans.

Ein scharfes Atemholen. »Moment. Ich verbinde.«

»Nein! Nein, bitte – holen Sie uns hier raus!« Das Tuten des Freizeichens antwortete ihr. »Scheiße!«

»OMB Notrufzentrale«, meldete sich eine weibliche Stimme. »Wie kann ich helfen?« Natalie wiederholte ihren Namen und wollte zu einer Erklärung ansetzen, da wurde sie mit einem »Augenblick bitte« erneut weiterverbunden. *Nein!*

In der Leitung knackte es. Noch ehe sich jemand meldete, ratterte Natalie ihren Satz herunter: »Natalie Windersom hier. Mein Bruder und ich sind im RaicoTec-Turm, vierzigster Stock. Helfen Sie uns, bitte!«

»Natalie!« Die Mischung aus Besorgnis und Erleichterung, die Natalie sogar durch das Telefon wahrnehmen konnte, ließ ihr Herz flattern.

»Bleibt, wo ihr seid«, sagte Kilian. »Wir kommen sofort.«

23

»He! Was fällt Ihnen ein!«

Eben hatte der rotgesichtige Anzugträger noch lautstark mit dem Feuerwehrkommandanten diskutiert. Jetzt eilte er herbei, just in dem Moment, als Lydia sich daranmachte, die Kontrolle über die Aufzugterminals zu übernehmen.

»Wer ist der Herzinfarktkandidat?«, fragte Kilian.

Ed wusste sofort, wer gemeint war. »Hendrik Strebert, der Firmenboss.«

»Wer's glaubt«, meinte Wim. »Der ist doch nur die Marionette der Hexe.«

Kilian schoss ihm einen warnenden Blick zu. *Mach ja keinen Ärger!*

Er hatte es so satt, auf den Zwerg angewiesen zu sein. Wim war unglaublich raffiniert, wenn es darum ging, seine Forderungen durchzusetzen. »Eventuell fällt mir ja noch ein, wo Raikun sich momentan aufhält – allerdings nur, wenn Ihr mich beim Einsatz mitnehmt«, hatte er erklärt und Kilian hatte zähneknirschend zugestimmt. Er fasste nach jedem Strohhalm.

»Ich muss doch sehr bitten! Sie haben kein Recht, hier einzudringen!« Strebert verströmte säuerlichen Schweißgeruch. »Ohne Durchsuchungsbeschluss …«

»Den brauche ich nicht«, fiel ihm Kilian ins Wort. »Hier ist Gefahr im Verzug.«

»Im Übrigen ist es gesetzeswidrig, den Überbrückungscode der Einsatzkräfte zu manipulieren«, fügte Theo Solkan, der Leiter des Spezialeinsatzkommandos der Polizei hinzu.

Genau das war geschehen, genau deshalb standen sie hier wie vor der Räuberhöhle aus Ali Baba, mit Solkans Sturmtrupp von sechzig Mann im Rücken und der Sorge, sie könnten zu spät kommen.

»Ich verbitte mir diesen Ton! Wer sind Sie überhaupt?«

»Kilian von Nauders, OMB. Sie behindern unseren Einsatz.«

»Das war nur ein Fehlalarm. Wir haben alles im Griff.«

»Vor allem die Aufzüge«, murmelte Lydia, die nach wie vor auf das Nummernfeld starrte, das sich beim Drücken der Notfalltaste am Terminal aufgetan hatte.

Lydia war ein technisches Genie. Aber langsam fragte sich Kilian, ob sie auf eine himmlische Eingebung wartete. Hätte sie nicht eher ihren Laptop auspacken und sich in das Sicherheitssystem hacken sollen?

»Sie macht das schon«, meinte Ed angesichts seiner Unruhe. »Gib ihr noch etwas Zeit.«

Die hatten sie nicht. Etwa eine halbe Stunde war es nun her, dass Kilian mit Natalie telefoniert hatte. »Beeil dich, Kilian, um Himmels willen beeil dich!«, hatte sie gefleht. Danach war die Verbindung abgerissen, aus Gründen, die er sich lieber nicht ausmalen wollte.

»Wo ist die Treppe?«, erkundigte er sich bei Strebert.

»Links hinten. Aber dafür brauchen Sie ebenfalls eine Sicherheitsfreigabe.«

Solkan schnaubte. »Die wollen uns nur hinhalten.«

Kilian wurde es zu bunt, er packte Strebert am Kragen. »Geben Sie uns sofort den Code!«

»Ich bin nicht befugt …«

Ed tippte Kilian auf die Schulter. »Sie hat ihn.«

Tatsächlich gab Lydia gerade eine Zahlenfolge ein, zehn- oder zwölfstellig mindestens. Das Terminal bestätigte mit einem Piepen. In den Aufzugschächten rumorte es. Wim pfiff leise durch die Zähne.

Kilian ließ von Strebert ab und warf der stämmigen Technikerin mit den Dreadlocks einen irritierten Blick zu, den sie mit einem Zwinkern erwiderte. In ihren silberhellen Augen schienen Funken zu tanzen. Sie legte den Finger in einer verschwörerischen Geste an die Lippen.

»Jetzt bist du ein Eingeweihter«, raunte sie Kilian zu.

Eingeweiht in was? »Nehmt Lydia mit«, hatte der Mächtige angeordnet, der auf einem Auslandseinsatz war. »Sie wird von Nutzen sein.« Eine Untertreibung sondergleichen.

Die fünf Aufzüge trafen einer nach dem anderen ein. Strebert beäugte sie, als hätten sie ein heimliches Eigenleben. »Das … das ist …«

»Danke für Ihre Kooperation«, sagte Kilian grimmig und stieg hinter Ed und Wim ein, während Lydia zur Treppe eilte. Solkan quetschte sich mit zehn seiner Männer dazu, der Rest des Sturmtrupps teilte sich auf die anderen Aufzüge auf. Strebert blieb fluchend zurück.

»Vierzig.« Das System akzeptierte Eds Sprachbefehl anstandslos. Sie schossen aufwärts.

»Wie hat Lydia das gemacht?«, erkundigte sich Kilian.

Ed zog ein unschuldiges Gesicht. »Sie hat sich ins System gehackt, was sonst?«

»Ist sie eine Magische?«, fragte Solkan.

»Eine Seherin. Merkt man doch«, sagte Wim großspurig.

Verwirrt schüttelte Kilian den Kopf. »Ohne Magieüberträger? Kein Spiegel? Keine Glaskugel? Nichts, worin sie lesen kann?«

»Sie ist eine Geblendete«, sagte Ed und bleckte die Zähne. »Auf beiden Augen blind. Merkt man doch.«

Solkans Männer bewegten sich schattengleich zwischen den Kojen der drei Großraumbüros, die Schritte ihrer schweren Stiefel ein sanftes Trommeln auf dem Laminat. Auch Toiletten, Abstellkammern und Teeküchen wurden kontrolliert.

Das Ergebnis war ernüchternd: nichts.

Zu spät, rauschte es durch Kilians Gedanken. Raikun war ihnen zuvorgekommen, sie hatte sich Natalie und Liam erneut gekrallt und der Himmel wusste, was sie nach diesem Fluchtversuch mit ihnen anstellen würde. Der Schmerz drohte alles in ihm lahmzulegen, doch er zwang ihn nieder. *Nein! Noch nicht.* Noch konnte er nicht akzeptieren, dass sie gescheitert waren.

»Wir warten auf die Ergebnisse der Rastersuche«, erklärte er Solkan, als alle Mann sich wieder bei den Aufzügen einfanden. Ed hatte eine Drohne programmiert, die die gesamte Etage nach Spuren von Magie absuchte. Ein Tropfen auf den heißen Stein, doch Kilian wollte jede Eventualität in Betracht ziehen.

Solkan schlug vor, die Suche inzwischen auf die anderen Etagen auszuweiten und als Kilian zustimmte, insturierte er seine Leute, die auch gleich aufbrachen.

»Hühnerkacke«, knurrte Wim in einiger Entfernung. »Vergesst Eure Drohne, kommt lieber hierher.«

»Was ist denn jetzt schon wieder?« Fluchend lief Kilian zu ihm. »Was soll das? Hatten wir nicht ausgemacht, dass du in meiner Nähe …«

Wim schnitt ihm mit einer Geste das Wort ab. »Ich spüre Magie.« Die Augen halb geschlossen, legte er die Hand an die Wand. »Genau hier.«

»Du spürst also Magie? Ist ja ganz was Neues …« Skeptisch warf Kilian einen Blick auf den Detektor. Tatsächlich, das Display zeigte ein Banngitter an. Gespeist wurde es von einer zarten Magielinie, die sich von den Fenstern her durch den Raum spannte. Hitze stieg in ihm auf.

»Sag ich doch«, feixte Wim, aber Kilian schob ihn beiseite.

»Halt die Klappe.«

Die Räumlichkeiten des Büros waren durch flexible Stellwände gegliedert, im Bereich von Treppenhaus und Aufzügen jedoch waren die Mauern massiv. Nicht so an dieser Stelle, hier befand sich eine Wandabdeckung, hinter der vermutlich Strom- und Netzwerkkabel verliefen. Das Banngitter umschloss die Abdeckung und hatte eine komplexe Struktur, sehr dicht gewebt und zugleich ein wenig verspielt. Er kannte diese Handschrift.

»Natalie?« Sachte klopfte er. Es klang weniger hohl als erwartet. Etwas oder jemand schien sich dahinter zu verbergen.

Die Drohne sauste heran, blinkend und piepend. Ed, der sie überwachte, runzelte die Stirn, als er die Daten ablas. »Spinne ich jetzt schon total oder haben wir hier ein …«

»Ich weiß«, unterbrach ihn Kilian. »Das Banngitter versiegelt die Abdeckung.« Er versuchte sie zu lösen, aber seine Finger glitten von der Kante ab, als ob keinerlei Kraft in ihnen wäre. »Natalie?«

»Ich empfehle Euch Werkzeug«, meinte Wim.

Ed zog sein Messer. Doch auch dieser Versuch schlug fehl. Die Messerspitze ließ sich noch nicht einmal in den Spalt bohren. Selbst mit Gewalt hatte er keine Chance – die Klinge verbog sich bloß. »Verdammt! Ist denn das zu glauben?«

Kilian hämmerte mit der Faust gegen die Abdeckung. »Natalie? Bist du da drin? Ich bin's, Kilian.«

Etwas raschelte, dann hörten sie eine erstickte Stimme. »Beweise es.«

Sie war es! »Wir … haben Kinderfotos ausgetauscht«, fiel es ihm ein. »Du hast eines von mir, wo ich auf einem Elefanten reite. In indischer Tracht.« Ed hob eine Augenbraue. »Mach auf, Nat! Es ist alles in Ordnung. Wir sind mit der Polizei hier.«

Am Detektor konnte er beobachten, wie sich das Banngitter auflöste. Die Abdeckung fiel ihm entgegen.

»Scheiße«, entfuhr es ihm und auch Ed sog scharf den Atem ein.

Natalie und Liam steckten in einem Schacht, der gerade mal schulterbreit war. Eingepfercht zwischen dicken Kabelsträngen, die Zehenspitzen auf einer Mauerleiste abgestellt, hielten sie einander umschlungen. Ein einzelner Mann hätte sich hier niemals hineinquetschen können – unvorstellbar, dass sie zu zweit darin ausharrten, wie lange schon? Eine gute Stunde? Es brach ihm fast das Herz.

Liam schien eingeschlafen zu sein, allein die Enge und der

eiserne Wille seiner Schwester bewahrten ihn davor, in die Tiefe zu rutschen. Natalies Gesicht war bleich vor Anstrengung, blaue Flecken, Blut- und Schmutzkrusten hoben sich geisterhaft davon ab. In ihren Augen stand ein Ausdruck, der in Kilian ein nicht gekanntes Gefühl wachrief: den Wunsch nach Rache. Dafür würde er Raikun büßen lassen.

Ed hob Liam heraus, der erwachte und panisch um sich schlug. »Sch, sch, alles ist gut. Komm her. Ihr seid in Sicherheit.« Er setzte ihn ab. »Kannst du stehen? Ja? Gut.«

Von Kilian gestützt kletterte Natalie heraus. »Du bist da«, sagte sie rau. »Du bist gekommen.«

Er fand keine Antwort. Sprachlos vor Entsetzen zog er sie an sich. Spürte ihr Zittern, als ihr Kopf an seine Brust sank. Er wagte kaum, sie festzuhalten, so zerbrechlich fühlte sie sich an.

Unvermutet ertönte Applaus, ein einzelnes deutliches Klatschen. Sie fuhren herum. Kilian spürte, wie Natalie sich verkrampfte. Was er sah, ließ ihn an einen schlechten Film denken.

Raikun stand hinter ihnen, in Begleitung von vier Männern des RaicoTec-Sicherheitsteams. An ihrer Seite der schwarz gekleidete Typ vom Salacritplatz. Er hatte Solkan vor sich auf die Knie gezwungen und bohrte ihm einen Waffenlauf in den Nacken. In der anderen Hand hielt er einen Zauberstab.

»Herzlichen Dank«, sagte Raikun. »Auf die OMB ist eben Verlass.«

Natalie drückte Liam an sich. An Kilian gewandt murmelte sie: »Ich wusste, dass sie hier ist, ich wusste es. Sie hat nur darauf gewartet, dass ich das Banngitter löse.«

Sie waren in die Falle getappt, auch wenn Kilian nicht begriff, wie die Hexe es fertiggebracht hatte, sie zu täuschen. Sie hatten doch jeden Winkel abgesucht – er hatte noch das vielstimmige »Gesichert!« der Männer in den Ohren. Trotzdem war Raikun wie aus dem Nichts aufgetaucht.

Er hätte sich gern bei Natalie entschuldigt. Aber die Wut überrollte ihn und alles, was ihm über die Lippen kommen wollte, waren Flüche. Er biss die Zähne zusammen und zog seine Waffe.

»Sehr amüsant«, bemerkte Raikun in gelangweiltem Tonfall. »Aber genug der Späße. Schickt sie zu uns, alle beide. Dann wird ihm«, sie nickte zu Solkan, »nichts geschehen.«

Stumm schüttelte Natalie den Kopf, Liam wich mit geweiteten Augen zurück. Ihre offenkundige Angst machte Kilian fuchsteufelswild. Entsichern, zielen, abdrücken – er war kein Anfänger, er hatte drei Jahre Ausbildung hinter sich, er würde schießen, sollten sie sich den Geschwistern nähern. Aus den Augenwinkeln sah er, dass auch Ed zum Angriff bereit war.

»Brisko«, sagte Raikun unbeeindruckt, »bitte erkläre den Herrschaften, was Sache ist.«

Der Zauberer zog Solkan den Lauf der Waffe über den Schädel. Blut spritzte, der Polizist schwankte stöhnend, nahe daran, das Bewusstsein zu verlieren. Aus seinem Headset drang ein ersterbender Hilferuf, der in ein Ächzen überging. Raikun zupfte es Solkan aus dem Ohr und zertrümmerte es unter ihrem Stiefel.

»Was … haben Sie mit meinen Männern gemacht?«, keuchte Solkan.

»Sie werden bald wieder aufwachen, keine Sorge.«

Also sind wir auf uns allein gestellt, dachte Kilian. Sechs Gegner, zwei davon Magische. Ob das zu schaffen war?

Die Anspannung kribbelte in seinen Muskeln. Ein Schweißtropfen rann ihm über den Rücken. Sein Blick huschte von einem zum anderen: zum Zwerg – nein, mit Wim sollte er besser nicht rechnen. Zu Natalie – sie atmete schwer, aber nickte unmerklich. Zuletzt zu Ed, dessen Gesicht vor Hass verzerrt war.

Er bekam einen unverhofften Schubs. Wim drängte sich nach vorn und pflanzte sich vor Raikun auf.

»Hier sind sie«, er fuchtelte zu Natalie und Liam hinüber und verbeugte sich, als wäre ihre Anwesenheit sein Verdienst. »Wie versprochen. Jetzt gebt mir das Amulett zurück!«

Kilian fluchte. Dieser gewiefte Fuchs! Gleich nach der Unterredung mit Paige war Wim getürmt. Auf der Stoßstange eines Transporters hockend, hatte er es doch tatsächlich durch das Tor geschafft, und Kilian hatte Stunden damit zugebracht, ihn wieder einzufangen. Und jetzt wusste er auch, was der Zwerg in der Zwischenzeit getan hatte: Er hatte sich mit Raikun verbündet.

»Du verdammte kleine Ratte!«, rief er. Sollten sie das heil überstehen, würde er ihn vierteilen, mindestens.

Wim winkte lässig mit der Hand. »Ach ja – und hier ist die Hexe, werter Prinz. Auch wie versprochen.«

Raikun lachte auf. »Du hast deine Loyalität bewiesen, Zwerg. Bedauerlicherweise kann ich auf das Amulett nicht verzichten. Soeben hat es mir gute Dienste geleistet.«

»Ihr wagt es, unseren Pakt zu brechen?«

»Ihr Zwerge mit eurer Theatralik! Ja, ich wage es!« Abfällig verzog sie die Mundwinkel. »Scher dich zum Teufel.«

»Es gehört mir! *Ulans Vlies* gehört mir!«

»Täusche ich mich, oder gehörte es nicht etwa Ulan?«

»Ulan war ein Oppenstedt!«

»Ach ja, einer deiner Sippschaft.«

»Ihr habt ihn ermordet! Ihr habt das Amulett gestohlen! Gebt es mir zurück!«

Mit einem wütenden Aufschrei stürmte Wim auf sie los. Ed gab einen gezielten Schuss auf Briskos Unterarm ab. Er heulte auf, die Waffe entglitt ihm. Solkan robbte außer Reichweite, torkelnd kam er auf die Beine. Natalie befahl Liam, sich zu verstecken, und er rannte los.

»Hinterher!«, lautete Raikuns Befehl an das RaicoTec-Personal, während sie den Zwerg mit einem Fußtritt zu Boden beförderte. »Fangt ihn ein!«

Kilian zog den Lähmer und feuerte mit der Linken. Beidhändig zu schießen hatte er bis zum Erbrechen trainiert und der Lähmer war eine dankbare Waffe, die kleine Unsicherheiten verzieh. Die Elektroden bohrten sich in die Schultern zweier

Männer, zuckend gingen sie unter dem Stromstoß zu Boden. Ehe er nachladen konnte, verschwanden die anderen um die Ecke. Solkan hatte sich auf Raikun gestürzt, während Wim sich gerade aufrappelte.

Kilian blickte sich nach Natalie um und fand sie am selben Fleck vor, die Hände unschlüssig erhoben. Was zum Teufel wollte sie noch hier?

»Lauf!«, schrie er ihr zu. »Hilf Liam!«

Ein gequälter Schrei durchschnitt die Kampfgeräusche. Er kam von Solkan, der mit beiden Fäusten an seine Schläfen trommelte und auf Kilian einen völlig irren Eindruck machte. Ein siegessicheres Lächeln auf den Lippen, trat Raikun von ihm zurück, hatte aber nicht mit Wim gerechnet, der sie mit einem Messer attackierte. Sie fauchte.

Raikun war abgelenkt. Jetzt war die beste und vermutlich einzige Gelegenheit zu verschwinden. Kilian sah sich nach Natalie um, die sich nur zögernd entfernte. Ed wiederum schien völlig in Rage. Wie besessen drosch er auf Brisko ein, der sich unter ihm krümmte und bereits stark blutete. Sein Zauberstab lag zerbrochen daneben.

»Ed! Weg hier!«

Kilians Schreie verhallten ungehört. Ed, das wurde ihm jäh bewusst, war auf seinem ganz persönlichen Rachefeldzug.

»Achtung, Kilian!«

Natalies Warnung kam zu spät. Eine Art Kugel traf ihn an der Schulter, rosa schillernd und weich wie Glibber, die sofort aufplatzte. Sie verströmte einen intensiven Geruch, Kräuter vielleicht, nur herber. Der abartige Gedanke an Badeperlen kam ihm in den Sinn. Womit schoss Raikun da? Ruckartig hob er den Kopf, da bekam er die nächste Kugel mitten ins Gesicht.

»Nein!«, schrie Natalie. »Wisch es weg, Kilian! Wisch es weg!«

Er versuchte es, erwischte aber längst nicht alles. Seine Haut kribbelte wie von unzähligen Ameisen. Nein, es waren Würmer, bemerkte er, klebrige, haarige Würmer. Sie waren überall, in seinem Nacken, in seinem Haar, unter seiner Kleidung. Raikun kam langsam und leise murmelnd auf ihn zu. Wim hingegen wälzte sich auf dem Boden. Schreiend.

Ein Hexenzauber, na toll! Es gab nur eine Möglichkeit, einem Zauber zu entgehen, nämlich schneller zu sein. Deshalb die Magiegesetze, deshalb die Bemühungen der Organisation, die Magischen unter Kontrolle zu halten, deshalb der Drill während der Ausbildung. Und er hatte es vermasselt. Er hatte sich für einen Agenten gehalten. Das war er nicht. Er war ein Stümper.

Das Kribbeln war verebbt. Ohnmächtig vor Zorn zielte er auf Raikun, bereit, sie zu erschießen. Er kam nicht dazu. Ein Tentakel entwuchs seiner Schulter, rosa und glitschig, und er erstarrte, unfähig zu reagieren. Dann ein zweiter, der aus seinem Nacken hervorschoss, und ein dritter. Sie umschlangen ihn, seine Hüften, seine Beine, seinen Hals, zogen sich enger und enger, schnitten ihm die Luft ab. Er ließ die Waffen fallen. Zerrte an den schleimigen Dingern, wandte all seine Kraft auf – und sackte zu Boden, völlig hilflos. Der Hexe ausgeliefert.

»Da ist nichts, Kilian!«, hörte er Natalie schreien. »Es ist Einbildung, hörst du? Eine Halluzination!«

Von wegen Einbildung! Er bekam keine Luft mehr! Er würde sterben! Sterben …

»Ed!«, krächzte er. »Ed! Hilf mir!«

Ed erübrigte gerade mal einen kurzen Blick. Schon wandte er sich wieder seinem Opfer zu. Kilian stieß einen Fluch aus. *Es gibt kein Wir mehr – schon klar, aber wie wär's mit einer klitzekleinen Ausnahme?*

Einer der Tentakel ließ plötzlich von ihm ab und bewegte sich auf Natalie zu, rasch, zielstrebig. Es würde sie schnappen, töten, zerquetschen, zerfetzen, wenn er es nicht verhinderte. Er musste zu ihr, musste sie retten! Halb kriechend, halb fühlte er sich gezogen, erreichte er sie, just in dem Augenblick, da sich der Tentakel um ihren Knöchel schlang. Er packte ebenfalls zu, bemüht, sie zu befreien. Sie kam zu Fall. Schrie.

»Nein, Kilian! Nein! Das ist nicht echt! Lass mich los!«

Nicht echt? Er begriff nicht. Der Schweiß rann ihm in Bächen über das Gesicht, sein Atem kam nur noch als Röcheln, sein Brustkorb schmerzte – wie konnte das nicht echt sein?

»Ich … helfe dir«, brachte er hervor und riss am Tentakel, um es von ihrem Bein zu lösen. Blut sickerte durch ihr Hosenbein, als sich seine Finger um ihren Fuß krallten, während er mit der anderen Hand zog. Sie schluchzte auf.

»Kilian! Lass mich los! Lass los, bitte!« Tränen kullerten über ihre erhitzten Wangen. »Es ist nicht real! Glaub mir! Nicht real …«

»Ergreift sie.« Raikuns Stimme, beinahe teilnahmslos. Die beiden Typen von der RaicoTec-Security, die er außer Gefecht gesetzt hatte, waren wieder auf den Beinen und beeilten sich, den Befehl der Hexe auszuführen. Kilian kam nicht gegen sie an.

Natalie wurde ihm entrissen. Schon wieder. Fast hätte er sie gehabt, fast, fast …

Er hörte sie aufheulen, als Liam herbeigeschleift wurde, hörte, wie Raikun sie ohrfeigte, hörte Handschellen klicken. Als er den Kopf hob, schwindelig vor Luftmangel, sah er, dass sich die Hexe Ed zuwandte.

Einer der Tentakel erhob sich über Kilian und entblößte eine dolchartige Kralle an der Spitze. Ihn streifte die Erkenntnis, dass Natalie recht hatte. Das waren bloß Wahnvorstellungen, erzeugt durch Hexenmagie.

Das Letzte, was er vernahm, waren Natalies Schreie: »Such unten, Kilian, in den Tunneln!«

Dann stieß der Tentakel auf ihn herab. Und durchbohrte sein Herz.

III

Sie war

verwunschen.

Verdammt dazu, auf ewig im
Dunkel zu sitzen.
Kein Prinz konnte sie befreien.
Es lag an ihr, den Zauber
zu durchbrechen.

24

Der Gedanke an ihren funkelnagelneuen Elektroflitzer auf dem Parkplatz, an Autopilot, Klimaanlage und Soundsystem, löste sich angesichts der Person am Schalter des Empfangsbereiches in Luft auf – Valeriu.

»Zum Teufel mit dir!«, grummelte Paige. Ein Anfall von Wutsehnsuchtsherzflimmern sorgte dafür, dass sie mit den Zähnen knirschte. Irgendjemand schien darüber zu wachen, dass sie auch ja ihre tägliche Dosis Schmerz abbekam.

Sie näherte sich unauffällig und erhaschte einen Blick auf das Formular, das er Thea vom Empfang überreichte.

MitranBiotec – Studie 61A, stand da in der Kopfzeile.

Nie gehört. Andererseits gab es etliche klinische Forschungsstudien, über die sie nicht informiert war. Viele liefen mehrere Jahre lang, bis ein Medikament für den Markt zugelassen werden konnte. Was hatte Valeriu damit zu tun?

Es kann dir egal sein, Paige, ermahnte sie sich. Sie hatte andere Probleme. Manchmal, wenn ihr vom Grübeln der Kopf schwirrte und der Kummer überhandnahm, krampfte sich ihr Herz vor Furcht zusammen. Womöglich war Jolly ja tot.

Ohne Kilian hätte Paige längst den Mut verloren. Beinahe täglich rief er sie an, um ihr zu versichern, dass er nicht aufgeben würde. Einmal, als sie am Telefon in Tränen ausgebrochen war, war er sogar persönlich bei ihr vorbeigekommen und sie hatten lange geredet. Am weichen Klang seiner Stimme, der Sehnsucht, der Hoffnung, die darin mitschwangen, wenn er von Natalie sprach, hatte Paige erkannt, dass er in sie verliebt war.

Sie wusste, welche Vorwürfe er sich wegen der fehlgeschlagenen Befreiungsaktion machte. Und sie wusste nur zu gut, wie es sich anfühlte, wenn einem das Herz aus der Brust gerissen wurde. Die Angst um ihre Liebsten machte sie zu Verbündeten, ihre Gespräche gaben ihnen Halt.

Praktisch Tag und Nacht durchforsteten die OMB-Agenten das Kanalnetz nach einem Zugang zu den Tunneln, bei denen es sich zwangsläufig um die stillgelegten U-Bahn-Schächte handeln musste. Eine Suche nach der Nadel im Heuhaufen, da sie keinerlei Kartenmaterial zurate ziehen konnten. Vermutlich war es dem Feuer zum Opfer gefallen, damals am Schreckensmontag, der verheerendsten Katastrophe der Stadtgeschichte.

Das einzig Befriedigende an der vertrackten Situation war, dass der Zwerg wieder hinter Gittern saß. Und wenn es nach Paige ging, durfte er dort gern die nächsten fünfzig Jahre verrotten, langsam und qualvoll. Sie wollte ihn nie wiedersehen.

Valeriu schien ihre Nähe zu spüren und fuhr herum. »Paige, ach, hier bist du«, sagte er. »Ich habe gerade nach dir gefragt.« Lüge. Sie schnaubte sacht, hakte aber nicht nach. Er sah sie eindringlich an. »Ich wollte mit dir sprechen.«

»Du könntest das Telefon benutzen und einen Termin vereinbaren. Das wäre höflicher, als ständig unangemeldet in mein Leben zu schneien.« *Und meine Gefühle durcheinanderzuwirbeln.* Sie seufzte. »Was willst du?«

Er schob sie ein Stück vom Empfang weg und senkte die Stimme. »Wir brauchen eine Biologin.«

Sie überhörte das ›Wir‹ absichtlich. »Und da dachtest du sofort an mich. Wie schmeichelhaft.« Er konnte mit ihrem Zynismus nichts anfangen, das war unübersehbar. Wie sollte er auch? Diese Neigung hatte sie erst nach der Trennung entwickelt. »Also gut. Reden wir draußen weiter.«

Sie führte ihn zu ihrem Auto. Grinsend strich er über die Lackierung, als er einstieg. »Grün.«

»Eine dankbare Farbe.« Paige stellte die Sitze so, dass sie einander gegenübersaßen. Dunkle Schatten nisteten unter seinen Augen, er wirkte ausgelaugt. »Geht es dir besser?«

»Nur angeknackste Rippen. Bin verprügelt worden.«

Sie schloss sekundenlang die Augen. Seine Welt war ihr fremd, *er* war ihr fremd, er war ein anderer geworden. Halt. Korrektur: Sie hatte ihn nie gekannt, nicht wirklich. Alles Illusion, ein perfekt inszeniertes Lügengebilde, eigens für sie erdacht. *Akzeptiere es, Paige*, beschwor sie sich. *Vergiss, was du hattest. Vergiss ihn.* Unweigerlich blieb ihr Blick an seinen Lippen hängen. Der Kuss neulich hatte sich wie die lang ersehnte Erlösung angefühlt. Wie sollte sie das denn bitte schön vergessen?

Er räusperte sich. »Es geht um eine Lilienart, die Magische Blutlilie, um genau zu sein, die sogenannte Blutkristalle ausbildet. Was müsste man tun, um sie zum Blühen zu bringen?«

Es hörte sich an, als bäte er um Gartentipps. *Paige, mein Oleander will nicht blühen. Muss ich ihn mehr oder weniger gießen?* Fassungslos blickte sie ihn an. »Wofür das denn?«

»Um die Ausbeute an Kristallen zu erhöhen. Du wirst natürlich bezahlt, wenn du uns hilfst.«

Uns. Wir. Sie konnte das nicht länger ignorieren. »*Sie* hat dich geschickt, stimmt's? Raikun, diese Hexe, die Natalie und Liam entführt hat. Die ihr Haus in die Luft gejagt und ihre Eltern ermordet hat. Die an Jollys Verschwinden schuld ist. Sie ist deine Schwester! Und du arbeitest für sie!«

»Paige …« Er wollte nach ihrer Hand greifen, aber sie entzog sich ihm. Öffnete das Dachfenster, krallte die Finger um die Armlehnen. »Bitte«, sagte er beschwörend. »Ich tue das für dich …«

»Du Arsch«, flüsterte sie, weil Wut und Bestürzung jede sinnvolle Erwiderung davonspülten. Er tat das für sie? Er schlug ihr dieses abartige Geschäft vor, weil er ihr etwas Gutes tun wollte? Per Knopfdruck öffnete sie die Beifahrertür. »Raus.«

Er schloss sie wieder, ebenfalls per Knopfdruck. Er lernte schnell. »Hör mir zu, bevor du über mich urteilst: Ich bin dazu verdammt, Raikun zu dienen, genau wie meine Brüder. Wir haben Schreckliches getan. Auf das bin ich nicht stolz. Aber wir wollten … ein Zeichen setzen.«

Ein Zittern überlief sie und sie spannte die Muskeln an, um es unter Kontrolle zu zwingen. Das wurde also ein Geständnis, na schön. Sie atmete tief durch. Schön.

»Mit einem magischen Anschlag, ja?«, wandte sie ein. Kilian hatte diese Information aus Wim herausgequetscht und sie hatte so sehr gehofft, dass es geflunkert war. »Ihr habt Unschuldige getötet!«

»Sie haben zwei Hexen umgebracht, die Schweine von Pro Mensch! Vergewaltigt und geschändet und anschließend auf offener Straße liegen gelassen, sodass sie verbluteten! Eine war die Frau meines Bruders Catalin. Sie war schwanger, Paige. Das wurde vertuscht. Die halbe Regierung, die Medien, die Organisation, alle waren daran beteiligt. Jemand musste Vergeltung üben – wir, wir mussten einfach. Und seither büßen wir dafür.«

»Als Wölfe.«

»Raikun hat diese Strafe für uns ausgehandelt. Der Mächtige hat sie vor die Wahl gestellt: lebenslange Inhaftierung oder unsere Verwandlung. So oder so mussten wir verschwinden.«

Also hatte der Zwerg die Wahrheit gesagt. »Und jetzt übt sie Rache?«

»Sie will etwas bewegen.«

»Mit Mord und Totschlag? Oh, verdammt, Valeriu! Ihr seid doch alle gleich!«

Valeriu schwieg. Paige versuchte, ihre Gedanken zu sortieren. Er hatte sie angelogen, jahrelang, hatte verschwiegen, wer und was er war. Wieso redete sie überhaupt mit ihm?

»Jolly ist da irgendwie reingeraten«, sagte Valeriu nach einer Weile, »und das tut mir unsagbar leid. Ich wusste nichts davon. Manche Dinge durchschaut man nicht so schnell, wenn man durch Wolfsaugen sieht.«

»Und trotzdem besitzt du den Nerv, mich um Hilfe zu bitten?«

»Raikun setzt mich unter Druck. Sie hat erfahren, dass ich wieder Kontakt zu dir habe. Dass du Biologin bist. Als ich sagte, ich würde das für dich tun, war das nicht gelogen. Sie hätte andere Mittel eingesetzt, dich dazu zu bringen.«

Paige lachte freudlos auf. »Dann weiß ich ja, was mich erwartet, wenn ich ablehne. Was ist mit Natalie? Und Liam?«

Valeriu wich ihrem Blick aus. »Ich kann nichts für sie tun.«

Er nicht, aber vielleicht die Organisation. Wenn sie es schaffte, Raikun aus ihrem Versteck zu locken, könnten Kilian und seine Leute zuschlagen.

»Okay«, sagte sie langsam und bemüht, ihre konfusen Überlegungen zu einem Vorschlag zu formulieren. »Ich helfe euch. Unter einer Bedingung: Ich will kein Geld – ich will meine Schwester zurück. Meine Fachkenntnisse im Austausch für Jolly, das ist mein Angebot.«

»Gut.« Valeriu zog ein Tablet unter der Jacke hervor. »Wir haben bereits alle Informationen zusammengestellt. Es eilt, Paige. Können wir zu dir nach Hause fahren?«

Sie drückte den Startknopf und der Motor begann zu summen. »Brauche ich eine Leine für dich? Hundefutter?«

Valeriu grinste schwach. »Nein. Wir haben die Dosis erhöht. Ich werde mich erst morgen früh zurückverwandeln.«

Valeriu beendete das Telefongespräch mit Raikun. »Sie sagt, dass dich ihre Geschäftspartnerin anrufen wird.«

Sie saßen auf dem Bett in Paiges Schlafzimmer, Notizen, Bücher, Valerius Tablet und den Laptop auf der Decke ausgebreitet.

»Wer ist sie?«, fragte Paige. Wer würde eine kriminelle Magische unterstützen und welche Vorteile könnte diese Person daraus ziehen?

»Keine Ahnung, ehrlich.«

Nein, gerade das bist du nicht, widersprach Paige in Gedanken.

Doch das musste sie wohl hinnehmen. »Keine Namen«, hatte er gesagt. »Das bringt dich nur in Gefahr.«

»Ich weiß nur«, fügte er hinzu, »dass sie Kontakte zu dem Chemiekonzern hat, der uns beliefern soll.«

Die Liste der Hersteller für Düngemittel war überschaubar. Sie könnte es herausfinden, wenn sie es darauf anlegte. Aber Jollys Rettung war wichtiger.

Wohl zum hundertsten Mal überflog Paige den Zettel mit ihren Berechnungen und verglich die Daten mit jenen vom Tablet und mit der Bestellliste auf ihrem Laptop. »Ich hoffe, dass ich mich nicht geirrt habe.«

Die Regulierung der Narsh und die damit verbundene Verlegung des Flussbettes in den späten Fünfzigerjahren des vorigen Jahrhunderts sowie die hohe Schadstoffkonzentration durch damals noch ungeklärte Abwässer hatten den natürlichen Lebensraum der Blutlilien empfindlich gestört. Mittlerweile war der Fluss revitalisiert und die Aulandschaft unter Naturschutz gestellt worden, doch die Pflanze zeigte nach wie vor nur wenig Blühbereitschaft.

Paige hatte Telefonate mit einem Chemiker geführt und etliche Fachartikel durchgearbeitet und schließlich einen hochkonzentrierten Düngermix aus Stickstoff, Kalium, Phosphor und diversen Mikronährstoffen wie etwa Bor und Zink zusammengestellt. Raikun würde Aufnahme und Wachstum mittels Hexenzauber beschleunigen und so alles klappte, sollte die Blutlilie binnen weniger Tage blühen und Kristalle ausbilden. Kein Wunder, sondern Magie. Sie musste ständig daran denken, welche Möglichkeiten sich damit böten. *Wie dumm von uns Menschen! Gemeinsam mit den Magischen könnten wir Nutzen aus der Magie schlagen.*

»Auf ein paar Kilogramm mehr oder weniger kommt es nicht an«, meinte Valeriu.

Richtig. Sie würde das Ökosystem der Narsh zum Kippen bringen. Wen kümmerten da schon Details?

Plötzlich beugte er sich vor und vergrub das Gesicht in den Händen.

»Geht es dir nicht gut?« Als er wortlos den Kopf schüttelte, strich sie ihm über den Rücken. Feuchtigkeit kroch durch sein Hemd, er schwitzte. »Ist dir schlecht?«

»Das sind nur die Auswirkungen des Gegenmittels. Es greift die Zellen an.«

Och, na dann. Alles fein. »Es schädigt den Körper«, stellte sie erschüttert fest. »Aber warum nimmst du es denn überhaupt in dieser Menge?«

Aufgebracht hob er den Blick. »Darum, Paige! Um alles in die Wege zu leiten, was Raikun sich vorstellt!«

»Sie benutzt dich.«

»Uns drei. Sie meint, wir seien ihr das schuldig.« Er richtete sich auf. »Aber das ertrage ich schon. Und nur so kann ich dir nahe sein. Als Mensch.« Er senkte die Stimme. Hob die Hand an ihre Schläfe. »Nichts anderes will ich.«

Paige atmete scharf ein. Sein Blick war so voller Zärtlichkeit, und sie spürte, wie er ihr direkt ins Herz fuhr, an all die Narben.

»Ich wollte dich niemals verlassen …«, murmelte er und ließ den Daumen über ihre Lippen wandern.

Sie schlug die Augen nieder. »Mach das nicht. Bitte.«

Natürlich tat er es doch. Als sich sein Mund auf ihren senkte, war es um sie geschehen. Sie fiel in den Kuss, fiel in seine Arme, wider alle Vernunft. Sie brauchte das hier, brauchte Valeriu, wollte nicht auf die Stimme hören, die in ihr tobte: *Nein, Paige! Du bist durch die Hölle gegangen – und jetzt willst du einen Nachschlag? Hast du denn nichts gelernt?*

»Paige«, flüsterte er, »ich liebe dich noch immer, du ahnst nicht, wie sehr. Du bist …«

»Nein.« Sie machte sich von ihm los. »Hör auf.«

Schwer atmend und mit einem Hunger in den Augen, der ihr fremd war, hielt er inne. Etwas Animalisches hatte von ihm Besitz ergriffen, als würde der Wolf in ihm hervorbrechen.

Sie fand das ziemlich sexy und musste die Lust, die in ihr hochjagte, mit aller Macht niederringen. Wenn sie zuließ, dass er sie verführte, wenn sie ihm noch einmal verfiel, wäre alles umsonst gewesen. Alles, was sie durchgemacht hatte, all die Tränen, der sengende Schmerz, die Monate der Verlorenheit – umsonst.

»Nein, Valeriu«, wiederholte sie fest. »Ich kann nicht. Ich würde daran zerbrechen, endgültig.«

Erkenntnis regte sich in seiner Miene, dann Bedauern. Reue. Er nickte sachte. »Okay. Verzeih …«

Fast war sie dankbar, dass ihre Smartwatch piepte. Sie nahm den Anruf entgegen. »Ja?«

»Können Sie mir die Daten per Mail übermitteln?« Ihre Gesprächspartnerin hatte eine weiche, kultivierte Sprechweise, doch nicht ohne Nachdruck. Befehlsgewohnt.

»Ja. Gut«, sagte Paige. Im Hintergrund hörte sie Vogelgezwitscher. Ein sachtes Säuseln – Wind, der durch Baumkronen strich.

»Ich schicke Ihnen die Mailadresse an diese Nummer.«

»Die Lieferung muss am Mittwoch zur vereinbarten Uhrzeit erfolgen«, flüsterte Valeriu und Paige wiederholte es.

»Muss sie das?« Porzellan klirrte, als eine Tasse auf die Untertasse gestellt wurde, Paige konnte es förmlich sehen. Sie schloss die Augen, etwas in ihr rebellierte.

»Wie bitte?«, erwiderte sie betont freundlich. »Ich glaube, ich habe Sie nicht verstanden. Mittwoch, wenn ich bitten darf. Auf Wiederhören.« Sie drückte das Gespräch weg.

Valeriu lachte leise. »So kenne ich dich gar nicht.«

Tja, mein Lieber, du weißt vieles nicht. Unmittelbar darauf traf die Nachricht mit der Mailadresse ein und Paige schickte die Bestellung sofort ab. »Erledigt.«

Valeriu stieß den Atem sachte aus. »Danke.«

»Du solltest gehen. Ich bin müde.« Außerdem musste sie Kilian informieren, damit die OMB zur Stelle war, wenn sie

Raikun an der Narsh traf. Das hatte sie unter dem Vorwand, die Wasserqualität vor der Düngerbeigabe testen zu müssen, bereits ausgehandelt. »Du holst mich ab? Ach, und Valeriu: Solltest du auch nur ein Wort ernst gemeint haben, dann lass dir gesagt sein: Ich bin nicht mehr dieselbe.«

»Es tut mir leid, Paige …«

Er hielt auf einmal eine flache Dose in der Hand, in der ein weißes Pulver schimmerte. Ehe sie reagieren konnte, blies er es ihr ins Gesicht und sie atmete es ein. Etwas Bitteres legte sich auf ihre Zunge. Hustend wich sie zurück, da begann ihr bereits zu schwindeln. Schwärze kroch in ihr Bewusstsein, sie spürte, wie sie an Valerius Brust sank.

»Du hattest recht. Mir kann man nicht trauen …« Seine Stimme verlor sich, Stille schlug über ihr zusammen.

Grübelnd strich Paige über das seidig kühle Rot. Die Blüte war die einzige in einem Meer dolchartiger Blätter, die einzige, die sie nach einem ganzen Tag Arbeit hier am Narshufer entdeckt hatte. Sie stand in Gummistiefeln im knöcheltiefen Wasser, immer noch leicht benebelt von dem Betäubungsmittel, das Valeriu ihr verabreicht hatte.

»Wunderschön, nicht wahr?«

Raikuns Stimme zeugte von einer eigenartigen Gemütskälte. Sie sah aus wie auf dem Foto, die Gesichtszüge kantig, ihr Körper drahtig und muskulös, was durch ihren Hosenanzug und die Stiefel noch betont wurde. Sie strahlte eine Dominanz aus, die sich wie ein Korsett um Paige legte. Sofort fühlte sie sich in die Defensive gedrängt.

»Sie haben mich entführt!«, platzte es aus ihr heraus. »Betäubt. Für wie lange, zum Teufel?«

»Zwei Tage. Brisko erzählte bereits, wie echauffiert Sie darüber seien.«

Ihr Adjutant, wie er sich Paige vorgestellt hatte. Ein hagerer menschlicher Magischer Mitte vierzig, dessen Blässe genauso ungesund wirkte wie seine farbenfrohen Blutergüsse. Er hatte sich ihren Wutausbruch mit stoischer Ruhe angehört und anschließend dafür gesorgt, dass das Düngemittel exakt nach ihren Anweisungen in den Altarm der Narsh geschüttet wurde. Gerade verteilten Raikuns Leute unzählige Ampullen einer glasklaren Essenz zwischen den Blutlilien.

Die Konzentration an Phosphor- und Stickstoffverbindungen war jetzt so hoch, dass sich unter dem Hexenzauber auch Algen und Wasserpflanzen explosionsartig vermehren würden. Da in der Au kaum Wasseraustausch stattfand, würde der Sauerstoffgehalt sinken und sich Unmengen an Faulschlamm bilden. Das Gewässer würde kippen, ein Fischsterben war unvermeidlich.

»Keine Sorge«, sagte Raikun, »Ihr Job ist nicht in Gefahr. Ich habe Sie krankmelden lassen.«

»Sehr umsichtig.«

Raikun stiefelte ins Wasser und riss die Blüte ab. »Die Menschen haben vergessen, welch kostbaren Schatz die Blutlilie in sich birgt. Zu Grimms Zeiten hieß es, die Blume weine aus jeder Blüte blutige Tränen.« Sie pflückte ein klumpiges Etwas aus dem Blütenkelch, das Paige an einen hässlichen Kiesel von der Farbe geronnenen Bluts erinnerte. »Früher hat man den Blutkristall auf offene Wunden gelegt, um Blutungen zu stillen.« Raikun schüttelte bedauernd den Kopf. »So viel magisches Wissen, das verloren gegangen ist.«

»Traurig, wirklich. Wo ist meine Schwester?«

»Treten Sie zurück.« Raikun wartete ab, bis sie dem Befehl Folge geleistet hatte, dann tauchte sie die Hand ins Wasser und sprach einen Zauber, von dem Paige nicht ein Wort verstehen konnte. Ein Beben breitete sich wellenartig auf der Wasseroberfläche aus. Im nächsten Moment flirrte grellweißes Licht auf, für Sekunden nur, doch so hell, dass sie die Augen zukneifen musste. Danach war alles wie vorher.

»Das sollte reichen«, sagte Raikun. »Kommen Sie, Paige. Sie warten schon.«

Sie? Am Ufer entdeckte sie Valeriu, ausgerechnet! Und einen zweiten Mann, etwas älter als er und der Ähnlichkeit zufolge sein Bruder. Zu ihren Füßen hatte es sich der dritte Bruder in seiner Wolfsgestalt bequem gemacht. Neben ihnen stand ein Mädchen, das Paige anfangs gar nicht erkannte. Keine Regung huschte über das von Schlägen verunstaltete Gesicht. Erst als sich ihre Blicke kreuzten, wurde ihr bewusst, wen sie vor sich hatte.

Natalie!, dachte sie erschüttert. Eine Welle von Mitleid stieg in ihr auf. Sie hatte Jollys beste Freundin als lebenslustigen Teenager kennengelernt. Jetzt hatte sie ein klapperdürres Gespenst vor sich, die grauen Augen leer. *Sie haben sie gebrochen.*

Das Mitleid wurde von Zorn abgelöst, der ihr Innerstes schier zerreißen wollte. Sie hätte es in der Hand gehabt, Natalie zu retten, wäre Valeriu nicht gewesen. Sie baute sich vor ihm auf und verpasste ihm eine Ohrfeige.

»Du! Du Monster! Du hast mich getäuscht! Du sagst, du liebst mich, und dann tust du mir so was an? So was?«

In seinen Augen lag ein fiebriger Glanz. »Schlag zu. Ich habe es verdient. Ändern wird es freilich nichts.«

Sie fuhr zu Raikun herum. Er hatte recht. Es war zu spät, sie würde Natalie nicht helfen können. Nur eines konnte sie tun. »Ich will meine Schwester zurück! Wo ist sie?«

»Florin.« Raikun nickte Valerius Bruder zu. Er überreichte Paige einen Käfig und lüftete das schwarze Tuch, das ihn bedeckte. Sie stieß ein Keuchen aus.

»Eine Schlange? Was soll ich mit einer Schlange?«

»Das ist Jolly«, sagte Raikun gleichmütig. »Wir haben sie eingefangen, als sie Natalie zu Hilfe kommen wollte, ein sinnloser Versuch, nicht wahr, Natalie?«

Natalie presste die Lippen zu einem Strich zusammen und wandte sich ab.

»Das ist Betrug!«, rief Paige. »Ich wollte meine Schwester, kein … kein Tier!«

»Sie wollten Jolly, hier ist Jolly. Sollen wir sie etwa wieder mitnehmen? Nein? Gut.« Raikun lächelte schal. »Habt ihr Drohnen gesichtet?«, fragte sie Valeriu.

Er verneinte. »Das Überwachungssystem ist komplett lahmgelegt.«

Paiges Herz setzte einen Schlag aus. Durch Valerius Verrat hatte sie die OMB nicht kontaktieren können. Dass der Hexenzauber womöglich Drohnen auf den Plan rief, die Meldung erstatteten, war ihre letzte Hoffnung gewesen.

Raikun schlug einen Ton an, der keine Widerrede duldete. »Natalie, löse die Banngitter – wir brechen auf.«

Augenblicke später wirbelten Natalies Hände durch die Luft. Paige hatte schon von Bannmagie gehört, nicht zuletzt im Zusammenhang mit dem Ausbruch des Riesen. Jetzt schwappten eine Reihe von Schlussfolgerungen durch ihren Verstand: Raikun hatte die Au mithilfe von Bannmagie abriegeln lassen, um ungestört zu sein. Deshalb also war den lieben langen Tag keine Menschenseele aufgetaucht. Deshalb hatten alle so leise gesprochen und waren wie Schatten umhergehuscht. Und aus genau diesem Grund war Natalie entführt worden.

Die Magischen packten unter Briskos wachsamem Blick zusammen. Raikun gesellte sich zu Valeriu und Florin, der den Wolf kraulte. Keiner kümmerte sich um Paige. Was würde mit ihr geschehen? Sie hob den Blick zum Funkmast, der über dem lichten Auwald aufragte und wie eine Aussichtsplattform gestaltet war. Hätte sie bloß ihre Smartwatch bei sich gehabt!

Stück für Stück bewegte sich Natalie vorwärts. Plötzlich hielt sie inne, suchte Paiges Blick und nickte in Richtung Wald, als wollte sie auf etwas hinweisen.

Und tatsächlich, dort im Unterholz bewegte sich etwas.

Der hereinbrechende Abend schluckte bereits das Licht. Paige konnte nicht viel ausmachen, nur Zweige, die sich bogen,

Blätter, die trotz Windstille schaukelten. Aufregung machte sich in ihr breit. Schlichen da etwa Männer herum? Hatte die Organisation sie aufgespürt?

In diesem Moment trat eine hoch aufgerichtete Gestalt aus dem Dickicht, in einen dunklen Mantel gekleidet, ein Zepter in der Rechten. Der Mächtige. Wortlos deutete Valeriu auf ihn. Alle wandten sich um.

Ein leises Lachen perlte über Raikuns Lippen. »Siehe da.«

Paige hielt den Atem an. Die Anspannung am Narshufer war beinahe greifbar, sogar das Zwitschern der Vögel war verstummt. Natalies brüchige Stimme tönte unüberhörbar durch die Stille: »Großvater.«

25

Ihr Kopf war wie mit Watte gefüllt. Es lag am Schlafmangel, an Raikuns Foltermethoden, an der ständigen Angst, die an ihr fraß. Der Wille zu kämpfen war noch da – Natalie spürte das Pochen tief im Herzen, aber es war schwach und manchmal verstummte es ganz.

Nicht jetzt. Jetzt war es eine heiße Flamme, die sie aus ihrer Lethargie holte.

Großvater. Es war ihr einfach herausgerutscht. Vielleicht, weil sie Liams Reaktion noch vor Augen hatte, das flüchtige Lächeln, den Seufzer der Erleichterung. Eingepfercht in den Elektronikschacht hatte sie miterleben müssen, wie es ihn vor Verzweiflung über den Tod ihrer Eltern schüttelte. Sie hatte sich nicht anders zu helfen gewusst, als ihn mit einer positiven Nachricht zu beruhigen: »Alvis Windersom ist unser Großvater, Liam. Er wird uns retten. Wir sind nicht allein. Wir haben noch Familie.«

Ob der Mächtige das auch so sah? Was bedeuteten ihm seine Enkel?

Zweifellos hatte er Natalie gehört, aber sehen konnte er weder sie noch Raikun und ihre Lakaien, die ein gutes Stück entfernt standen. Keiner der Agenten, die durch den Auwald schlichen, konnte das. Das Tarnamulett, Ulans Vlies, wie dieser Zwerg es bezeichnet hatte, wirkte. Magotechnik wieder einmal. Brisko hatte eine Art Magieverstärker entwickelt – eine schwarze Box, in die das Amulett geschoben wurde – und ihn an die Basisstation des Funkmasts angeschlossen, sodass die Tarnmagie großräumig gestreut wurde. Durch die ausgesandten Magiewellen wurde in den Augen eines Außenstehenden eine Art blinder Fleck erzeugt und das Gehirn, das damit nichts anzufangen wusste, ergänzte Fehlendes durch Dahinterliegendes oder durch Fantasie.

Natalie hörte Raikun mit den anderen reden, doch die Stimmen trugen nicht weit genug, um sie zu verstehen. Sie hätten hier sang- und klanglos verschwinden können, es war möglich, die Banngitter vom Aeromob aus zu öffnen. Aber das war nicht Raikuns Stil. Sie liebte Inszenierungen wie diese und würde sie so lange wie möglich auskosten, jetzt, da ihr Publikum endlich eingetroffen war.

Ungläubig ließ der Mächtige den Blick wandern. »Diese Banngitter …«, murmelte er anerkennend. »Sehr gut, Natalie.«

Sie schämte sich fast, dass Stolz in ihr aufglühte – für eine Arbeit, mit der sie eine Verbrecherin unterstützte, toll. Der Tarnkreis verbarg die Magiestränge demnach nicht, also musste der Mächtige erkennen, dass sie im Begriff war, sie zu öffnen.

»Was ist los?«, rief ein Agent, der gerade angelaufen kam. Natalies Herz machte einen kleinen Sprung. Kilian. In seiner Kampfausrüstung sah er hochprofessionell aus. Sie war froh, dass er Raikuns Angriff im RaicoTec-Turm offenbar unbeschadet überstanden hatte.

Er betrachtete die Anzeige seines Detektors. »Natalie …«, sagte er und blickte sie direkt an, ohne sie wahrzunehmen. »Sie ist hier. Aber wieso … Ich verstehe nicht …«

Natalie verfluchte Raikun, die ihr befohlen hatte, die Banngitter so komplex wie möglich zu flechten. Es dauerte, die Stränge zu entwirren, und erst dann konnten die zwei in den Tarnkreis treten und sehen, was sich am Ufer abspielte.

Der Mächtige durchschaute das Problem und ging ihr zur Hand. »Ich weiß, dass du hier bist, Raikun!«, rief er. »Ich weiß, dass du nicht allein bist und dass du Ulans Vlies zur Tarnung benutzt!«

Raikun reagierte nicht. Welchen heimtückischen Streich ersann sie gerade?

Natalie wechselte einen Blick mit Paige. Dass sie hier war –

Hölle, wieso hängt sie da überhaupt mit drin? –, verkomplizierte die Angelegenheit. Ihr durfte nichts geschehen, dieses Versprechen hatte ihr Valeriu im Aeromob abgerungen, als sie für eine Minute allein waren: »Was heute auch passiert, Natalie – bring Paige in Sicherheit. Bitte.« Sie hatte nur genickt, viel zu überrascht, um nachzubohren. Jetzt fragte sie sich, ob womöglich er die OMB kontaktiert hatte. Sie konnte nicht einschätzen, auf welcher Seite er stand. Er liebte Paige offenbar, doch Raikun war er hörig.

Paige setzte ihren Überlegungen ein Ende. Den Käfig mit Jolly in der Linken rannte sie auf Natalie zu. »Lauf!«

Zu früh, Paige, viel zu früh!

»Töte sie, Valeriu!«, knurrte Raikun.

Mist, verdammter! Natalie ließ die Bannmagie fahren und rannte Paige entgegen. Sie sah das Entsetzen in ihren Augen aufflackern, als Valeriu tatsächlich seine Waffe zog, sah, wie die Angst von ihr Besitz ergriff, sie lähmte. Paige stolperte. Die Knie brachen ihr weg und sie fiel der Länge nach hin. Der Käfig kullerte davon.

»Los, töte sie!«, rief Raikun erbost und ungeachtet der Lautstärke. Der Mächtige und Kilian hoben alarmiert die Köpfe.

Natalie erreichte Paige, die zwar herumgerollt war, aber wie paralysiert auf Valeriu starrte, der nach wie vor auf sie zielte. Ihre rotblonden Haare umkränzten ihr verzerrtes Gesicht, ihr Atem kam stoßweise, sie schien nicht fähig aufzustehen. Würde Valeriu schießen? Würde er?

Mit Mühe zog Natalie Paige auf die Beine und da, endlich, ertönte die erlösende Antwort.

»Nein!«, erwiderte Valeriu kalt. »Töte sie doch selbst.«

Ein Blick über die Schulter zeigte Natalie, dass Kilian seine Männer sammelte, während der Mächtige die Banngitter fast aufgelöst hatte.

Raikun stieß ein Zischen aus. »Florin, mach du es!«

Paige hing wie ein Sack in Natalies Armen. Sie schüttelte sie und als das nichts bewirkte, schlug sie ihr ins Gesicht. »Paige! Ich kann dich nicht tragen! Beweg dich, los, los!«

Das half. Leben kam in Paige, sie bückte sich nach dem Käfig mit der nach wie vor betäubten Jolly, dann glitt ihre Hand in Natalies. Valeriu stürzte sich auf Florin, die Brüder rangen erbittert miteinander. Raikun hingegen nestelte an ihren Taschen.

»Alles muss man selber machen.«

Die Banngitter waren gefallen. Kilian und der Mächtige überschritten die Grenze der Tarnmagie, das machte das Begreifen in ihren Gesichtern deutlich.

»Angriff! Mir nach!«, brüllte Kilian. Und: »Lauft, Natalie!«

Sie kamen nicht weit. Buchstäblich aus dem Nichts wucherte die Wiese als grüne Wand vor ihnen empor, so rasend schnell, dass sie im Laufen dagegenprallten. Dornen bohrten sich in Natalies Haut. Sie sprang zurück. Disteln! Stachelige, meterhohe Disteln, dicht wie eine Hecke, die sich quer durch die Au erstreckte. Es gab kein Durchkommen, weder für sie noch für die OMB.

Befriedigt senkte Brisko seinen Zauberstab und strich zärtlich über das Holz. »Alt, aber gut.«

Natalie hörte den Mächtigen auf der anderen Seite fluchen. »Raikun!«, schrie er. »Gib auf!«

Raikun lachte, sie amüsierte sich prächtig. »Du solltest mich gut genug kennen, Alvis, um zu wissen, dass Aufgeben keine Option ist!«

»Er wird einen Gegenzauber wirken«, sagte Brisko, »allzu viel Zeit bleibt uns nicht.«

»Die brauchen wir nicht. Halte du den Mächtigen in Schach, ich kümmere mich um den Rest.«

Raikun holte zum Wurf aus und Natalie sah eine Zauberkugel in ihrer Hand schimmern, weiß diesmal. Ihre Instinkte schlugen Alarm, sie gab Paige einen kräftigen Stoß. »Runter!«

Ihr Schrei ertönte zeitgleich mit einem anderen: »Nein!« Valeriu hatte Florin mit einem Faustschlag zu Boden geschickt und stürzte sich auf Raikun. »Du wirst sie nicht anrühren!«

Ein Dolch blitzte auf, geführt von Raikun, und sie rammte ihn Valeriu in den Hals. Er gab einen erstickten Laut von sich. Wie in Zeitlupe drehte er den Kopf, grenzenloses Erstaunen im Blick. Seine Hand tastete nach dem Einstich, als wollte er ein Insekt verscheuchen. Dann schoss Blut aus der Wunde und er brach zusammen.

»Valeriu!« Paige stürzte zu ihm und sank neben ihm auf die Knie. Auch Florin hatte sich aufgerappelt und beugte sich über seinen Bruder, während Raikun den Dolch in aller Ruhe an der Hose abwischte.

»Kennst du kein Erbarmen?«, stieß Natalie hervor. »Nicht mal vor deinen Leuten machst du halt?!«

»Familienbande werden überschätzt.«

»Er ist ihr Bruder«, wimmerte Paige, als Natalies Blick sie traf. Ruhelos strich ihre Hand über Valerius schweißnasse Stirn. Florin zog sein T-Shirt aus und presste es auf die Wunde. »Alle sind sie ihre Brüder, alle Wölfe.«

Das auch? Das hast du auch getan, du krankes Miststück? Natalie schauderte. Konnte man noch mehr Abscheu für jemanden empfinden, mehr Hass?

Hinter ihnen loderten Flammen auf, als der Mächtige einen Zauber wirkte. Brisko ließ zwar neue Disteln wachsen, aber das magische Feuer griff rasend schnell um sich. Beißender Rauch quoll über der Au und kratzte in Natalies Kehle.

Valeriu ächzte, ein Zucken überlief ihn.

»Er stirbt!«, rief Paige und blickte anklagend zu Raikun auf. »Tun Sie doch was!«

»Er verwandelt sich«, sagte Florin.

So war es. Der Wolf brach durch, trotz des Zauberserums, das sich die Brüder regelmäßig spritzten. Ein Schutzmechanismus des Körpers, schätzte Natalie. Und doch reichte seine Kraft nicht, die Verwandlung abzuschließen. Er verblieb in einem

Zwischenstadium, mit Fellflaum auf der Haut und grässlich verbogenen Knochen, halb Mensch, halb Tier.

»Raikun«, warnte Brisko, »der Mächtige kommt durch.«

»Lass dir was einfallen. Du bist der Zauberer.«

Brisko grunzte in sich hinein und zückte den Zauberstab. Erdhaufen bildeten sich zu seinen Füßen, einer neben dem anderen und unschuldig klein, wie eine Kette von Maulwurfshügeln. Er hob die Hände, skandierte einen fremdsprachigen Zauberspruch und die Erde türmte sich zu einem Wall auf, gute vier Meter hoch und massiv wie eine Festungsmauer. »Daran wird er eine Weile zu knabbern haben. Trotzdem sollten wir schleunigst abhauen.«

»Gut«, sagte Raikun. »Wie lassen wir diese unschöne Szene denn nun am besten enden, Natalie?«

»Das fragst du ausgerechnet mich?«

»Du weißt so gut wie ich, dass alles in deiner Hand liegt. Du bist die Herrin über die Bannmagie.«

Die Banngitter im Wald, dort, wo die Fahrzeuge abgestellt waren. Sie waren noch intakt. Ohne Natalie konnten Raikun und ihre Leute nicht entkommen, so einfach war das.

»Brisko wird die OMB nicht ewig aufhalten können. Der Kampf ist unvermeidlich. Viele werden sterben.« Raikun senkte den Blick auf Valeriu. »*Er* wird sterben.«

»Nein«, rief Paige. »Nein, bitte, helft ihm!«

Valeriu stöhnte. Sein Mund war entstellt, Blut schäumte zwischen seinen Reißzähnen. Dennoch versuchte er, Worte zu formen: »P-Paige … lauf … weg …«

Voller Grauen schüttelte Natalie den Kopf. »Dumm nur, dass ich mir nichts aus ihm mache. Soll er ruhig verrecken, mir doch egal.« Sie wandte sich an Florin. »Erschieß ihn endlich, damit er nicht länger leiden muss.«

»Natalie …«, flüsterte Paige tränenerstickt.

Über kurz oder lang würden die Agenten das Ufer überschwemmen, schwer bewaffnet und voller Entschlossenheit, den

Kampf zu gewinnen. Ihre geballte Energie auf der einen Seite, Raikuns Hexendrogen und Briskos Zauber auf der anderen. Ja, es würde Tote geben, doch es könnte gelingen, diesmal könnte es gelingen. Sie wäre frei.

Und Liam?, schrie ihre innere Stimme. Raikun hatte ihn absichtlich nicht an die Narsh mitgenommen. Sie wusste, wie sehr Natalie an ihrem Bruder hing, wahrscheinlich ging sie davon aus, dass sie niemals ohne ihn fliehen würde.

Tja, diesmal würde sie die Hexe eines Besseren belehren …

»*Sie* wird sterben.«

Bestürzt stellte Natalie fest, dass Raikun eine Pistole gezogen hatte und sie Paige an die Schläfe hielt. Ihr Magen krampfte sich zusammen. *Nein, nein, nein …*

»Natalie …«, krächzte Valeriu.

»Natalie …«, wimmerte Paige.

Natalie atmete tief durch – und nickte. »Also gut.«

»Dumm nur«, sagte Raikun sanft und zerrte Paige auf die Füße, »dass du zu weich bist, Natalie. Dein Altruismus ist dir nur hinderlich. Wenn du etwas erreichen willst, musst du lernen, über Leichen zu gehen.«

»So wie du, meinst du?«

Donnern erschallte. Der Mächtige ging mit Magiestößen gegen den Wall an. Ein Spalt entstand, Erdbrocken lösten sich, Sand und Steinchen rieselten. Behandschuhte Hände erweiterten das Loch, ein Waffenlauf wurde durchgeschoben. Und schon schlug die Magie an anderer Stelle Furchen, und wieder an anderer. Ganze Erdschollen brachen weg und hinterließen grobe Riffe, hinter denen sich die Agenten verschanzen konnten. Waffe um Waffe richtete sich auf sie.

»Gib auf, Raikun!«, schrie der Mächtige.

Kilians Kopf erschien über einer der Klippen. Er war so nah, dass Natalie die flammende Wut in seinen Augen wahrnehmen konnte. Er war bereit zu kämpfen, er würde alles geben, alles riskieren.

Es ist nicht deine Schuld, dachte sie und würgte ihren Schmerz hinunter. Es war nicht sein Versagen, sondern ihres. Sie war nicht abgebrüht genug, da konnte sie Raikun nicht widersprechen.

Die Waffe weiter auf Paige gerichtet, gab Raikun ihr einen Schubs. »Auf Wiedersehen, Paige!«

Tränen hingen an Paiges Wimpern, als ihr Blick zwischen Natalie und Valeriu hin- und herhuschte. »Aber …«

»Geh«, sagte Natalie. »Und richte Kilian aus, dass ich durchhalte. Irgendwie.« Das letzte Wort flüsterte sie nur.

»Ja, gehen Sie, Paige«, sagte Raikun liebenswürdig. »Und träumen Sie was Schönes.«

Eine Zauberkugel zischte haarscharf an Natalie vorbei und traf Paige mit voller Wucht an der Stirn. Zäher weißer Schleim rann an ihr herab, sie tastete verwirrt danach, doch schon verwandelte er sich in Schaumwölkchen, die sich knisternd verflüchtigten. Brisko musste geworfen haben, aber Raikun sprach den Zauber. Er bestand aus einem einzigen Wort: *»Dormi.«*

Fassungslos musste Natalie mit ansehen, wie Paiges Augen nach hinten rollten und sie einfach umkippte.

»Geh aus der Schusslinie, Nat!«, brüllte Kilian. »Lauf!«

Dafür war es zu spät. Raikun packte Natalie von hinten, das kalte Metall der Pistole bohrte sich in ihren Hals. Florin und Brisko nahmen das sterbende Wolfsding zwischen sich und liefen voraus. Der dritte Wolf trabte schwanzwedelnd und blaffend nebenher und hielt wohl alles für ein großartiges Spiel.

Als die OMB das Feuer eröffnete, stolperte Natalie in Raikuns eisernem Griff über die Wiese. Eine glühende Drahtschlinge versengte ihr Herz, jeder Atemzug war pure Qual. Sie würde der Hexe niemals beikommen, sie besaß nicht die nötige Härte. Ihr Mitgefühl ließ sie falsche Entscheidungen treffen, ihr Anstand andere beschützen.

Zumindest war Paige nicht tot – sie hatte ihr Versprechen

halten können. Und Jolly war bei ihr, das eröffnete neue Möglichkeiten. Daran würde sie sich klammern.

Im Aeromob kämpften Brisko und Florin um Valerius Leben. Die Luft war getränkt vom Geruch nach Blut, Schweiß und den Wolfsausdünstungen. Natalie kletterte ins Cockpit. Gerade hatte sie vor Kilians Augen ein Banngitter erstellt, das die OMB eine Zeit lang aufhalten würde, zumindest, bis der Mächtige es wieder löste, jetzt öffnete sie jenes, das die Au an dieser Stelle noch abschottete. Als das geschehen war, nickte sie Xaver am Steuer zu, und sie jagten davon, gefolgt von den anderen Fahrzeugen des kleinen Trupps.

Zurück im Frachtraum ließ sich Natalie auf ihren Platz am Boden sinken, doch keiner kam, um sie anzuketten. Auch gut, sie würde nicht darum betteln. Schweigend beobachtete sie, wie Raikun einen Heilzauber anwandte. Die Blutung war inzwischen gestoppt. Valeriu, nun wieder ganz Wolf, lag winselnd auf der Seite.

Raikun hob den Blick nicht. »Du fragst dich sicher, warum ich ihn rette, obwohl er mir in den Rücken gefallen ist.«

»Nein, ich frage mich, ob es mir gelingt, dir deinen eigenen Dolch ins Herz zu rammen, bevor Brisko mich k.o. schlägt.«

Raikun lachte leise, als Brisko Natalie Handschellen anlegte. »Ich töte nie leichtfertig. Es gilt immer abzuwägen, wer noch von Nutzen sein könnte.«

»Bei dir geht wohl nie was ohne Berechnung.«

»Doch. Die Liebe.« Sanft strich sie über den Wolfsschädel. »Die Liebe ist unberechenbar. Sie lässt uns Dinge tun, die jeder Logik entbehren.« Und zu Florin sagte sie: »Er wird wieder.«

Natalie blickte aus dem kleinen Fenster. Die Nacht senkte sich herab. Erste Lichter flammten hinter den Fenstern der Häuser auf. Sie ließen die Dörfer und Kleinstädte hinter sich und flogen auf Mitran zu. Sie würden am Stadtrand in die Tunnel einsteigen, aber wo genau, wusste sie nicht.

Als eine Zwergin ihr nach der Landung den Sack überzog, ertappte Natalie sich dabei, wie sie sich vorbeugte, um ihr die Arbeit zu erleichtern. Es war grotesk, beinahe fühlte sie sich wie ein Teil der Bande.

Der Fluss rauschte, sie mussten sich direkt an der Jesar befinden. Es ging durch einen Gang, in dem ein Rinnsal plätscherte, danach durch einen steilen Zustieg nach unten, wo sie kurz anhielten. Raikun fragte nach einem Schlüssel, jemand stöhnte, Stein schabte auf Stein, und kurz darauf zerrten die Wachen Natalie durch die Tunnel.

Den ganzen Weg über dachte sie darüber nach, ob sie richtig gehandelt hatte. Hätte sie sich wehren können? Fliehen? *Und Paige opfern? Niemals!*

Sie wollte nicht wie Raikun werden. Wenn Freiheit bedeutete, skrupellos und brutal zu sein, dann wollte sie nicht frei sein. Nicht auf diese Weise.

Nach zwei Tagen an der Sonne legte sich die Luft in den Klagenden Gängen wie feuchte Asche um ihre Atemwege. Das Jammern der Irrlichter war ein vertrauter Gruß. Als sie merkte, wohin man sie brachte, begann ihr Herz in Todesangst zu rasen. Von fern war wieder Wasserrauschen zu vernehmen. Sie lauschte und musste feststellen, dass sie nur noch von vier Personen begleitet wurde. Raikun, deren Schritt sie zur Genüge kannte, die schweren von zwei Wachen, und ein federnder: Cronis.

Sie stemmte sich gegen die Hände, die sie hielten. »Nein! Nicht dahin!« *Alles, nur das nicht! Bitte, bitte nicht!*

»Hast du etwa Besseres verdient?«, erwiderte Raikun.

»Ich habe alles getan, was du wolltest! Ich habe dir die Banngitter erstellt, die Magie umgeleitet …«

»Leider hast du auch Schlechtpunkte kassiert. Du wolltest flüchten. Das kann ich nicht ungeahndet lassen.«

Die Wachen schleiften sie weiter. Am Becken angekommen nahmen sie ihr den Sack vom Kopf. Natalie blinzelte auf die schäumende Wasseroberfläche, dann zu dem Schlitz an der Wand, durch den die Wassermassen unablässig herabfielen. Der Behälter war halb voll.

Das Wasser kam von der Jesar, die quer durch die Stadt floss. Es wurde in sogenannte Spülbehälter geleitet, um damit die Rohre der Kanalisation zu reinigen, deren Durchmesser zu gering für die Arbeit per Hand war. War der Behälter voll, öffnete sich am Grund des Beckens eine Schleuse und das Wasser strömte mit großem Druck davon und riss Fäkalien und Ablagerungen mit sich.

Raikun hatte ihr alles genau erklärt und Natalie war lange genug hier angekettet gewesen, um den Vorgang in der ewig gleichen Abfolge mitzuerleben. Unzählige Male war das Wasser bis an die Decke gestiegen, unzählige Male wäre sie beinahe ertrunken. Waterboarding der etwas anderen Art.

Die Wachen stießen sie zu der rostigen Leiter und sie kletterte unbeholfen hinunter, bis sie gerade noch in den Tunnel blicken konnte.

»Weiter«, forderte Raikun.

»Bitte!«, flehte Natalie und musste dabei gegen das Rauschen des Wassers anschreien. Kurz streifte sie Cronis mit einem Blick, doch er schaute sofort weg. »Bitte nicht noch einmal!«

»Du brauchst ein Bad, Natalie, du stinkst nach Angst.«

Die Zwergin versetzte ihr einen Tritt an die Schulter und sie wäre fast gefallen. Keuchend klammerte sie sich an die Holme. Stieg eine weitere Stufe hinunter. Und noch zwei. Dann erst gab sich Raikun zufrieden. Die Zwergin kletterte zu ihr auf die Leiter und kettete ihre Hände fest. Jetzt konnte sie weder hinauf noch hinunter.

Die Schritte verhallten. Natalie war mit Cronis allein. Es war seine Strafe, weil er sich von ihr hatte austricksen lassen, und er ertrug sie stumm. Kein Wort sprach er mehr mit ihr, nicht eines.

Er musste so lange im Tunnel ausharren, bis man Natalie wieder holen kam. Stunden. Tage.

Aber vielleicht hatte seine Anwesenheit noch einen anderen Grund. Vielleicht hatte Raikun ihm die Schlüssel für ihre Handschellen dagelassen, mit dem Auftrag, dafür zu sorgen, dass Natalie nicht doch versehentlich ertrank. Sollte sie darauf setzen?

Verzweifelt blickte sie in die Tiefe. Das Wasser stieg. Nicht mehr lange, und es würde ihre Knöchel umspülen.

Sie hatte Angst. Angst vor der Kälte, den Stunden in der nassen Einsamkeit, vor dem Moment, da das Wasser über ihrem Kopf zusammenschlug, Angst, dass die Schleuse zu spät oder womöglich gar nicht aufging.

Angst, dass sie doch nicht durchhalten würde.

Aber Aufgeben war keine Option, das hatte sie heute von der Meisterin gelernt.

Als das Wasser ihr Kinn erreichte, begann sie um Hilfe zu rufen. »Cronis … bitte … mir ist schlecht … alles dreht sich!« Sie ließ sich ins Wasser sacken und strampelte, keuchte, spuckte, hustete. Mimte die Ertrinkende. Und schrie weiter. Endlich erschien sein Kopf an der Kante.

»Ich glaube dir nicht.«

»Cronis … bitte!«

Okay, alles oder nichts. Sie schnappte ein letztes Mal nach Luft, verdrehte die Augen und sackte zurück. Wasser überspülte sie, stieg ihr in die Nase und rann ihr in den Rachen. Noch konnte sie ihre Atemwege verschließen, noch füllte genügend Luft ihre Lungen. Noch.

Bitte, Cronis!, flehte sie in Gedanken. *Du wirst mich hier nicht sterben lassen, das kannst du dir nicht leisten.*

»Natalie?« Wasser füllte ihre Ohren, seine Stimme klang gedämpft. Sie rührte sich nicht. *Nun komm schon runter! Rette mich!* »Scheiße.«

Der Druck auf ihren Brustkorb war unerträglich. Sie brauchte Luft. Musste atmen, sie musste … *Komm. Her!*

Endlich spürte sie Bewegungen neben sich. Cronis packte sie um die Hüfte und stemmte sie hoch, sodass ihre Nase aus dem Wasser ragte. Ihre Lunge brannte wie Feuer, das Bedürfnis zu atmen wurde unerträglich, aber sie zwang sich, reglos zu verharren. Ohnehin driftete sie langsam davon. Graue Blasen platzten am Rande ihres Bewusstseins, alles erschien ihr seltsam fern.

Cronis ließ sie los und griff an ihre Hände, an die Handschellen. Dann war er weg.

Eine eigenartige Schwere machte sich in Natalie breit. Hatte sie Sekunden vorher noch gekämpft, so erfüllte sie nun Gleichgültigkeit. Starb sie eben, es war egal, alles egal. Wasser sickerte in ihre Luftröhre und das Brennen in ihrer Brust erreichte einen ungeahnten Höhepunkt. Sie hätte geschrien vor Schmerz, hätte gehustet, das Wasser aus ihren Lungen gepresst, doch dazu fehlte ihr die Kraft. Und der Wille.

Auf einmal war Cronis wieder neben ihr. Sekunden später war sie frei und er zog sie nach oben. Als kühle Luft ihr Gesicht streichelte, erwachte ihr Überlebensdrang. Hustend spuckte sie einen Schwall Wasser aus und strampelte wild. Cronis schwamm ihr nach.

»Natalie!«

Sie verlor keine Zeit. Holte tief Luft und tauchte ab.

Die Schleuse musste sich bereits geöffnet haben. Natalie wusste ungefähr, wo sie sich befand, und die Strömung, die an ihr zerrte, wies ihr die Richtung. Trotzdem stieß sie in der Dunkelheit lediglich auf nackte Mauer. Sie tastete umher. Tiefer? Höher? Weiter links? Wo war das blöde Ding, wo?

Der Spülbehälter war schätzungsweise sieben, acht Meter tief, in Kürze würde das Wasser abgeflossen sein. Danach würde sich die Schleuse automatisch schließen. Sie musste sie vorher finden, sonst war alles aus.

Die Luft wurde ihr knapp. Von ihrem eben ausgefochtenen Kampf noch beleidigt, drohten ihre Lungen vor Schmerz zu bersten.

Da! Eine Kante. Der Sog hatte sich verringert, der Druck war gesunken, es konnte nur noch wenig Wasser im Becken sein. Sie griff mit beiden Händen links und rechts an die Metallschiene und wollte sich durchschieben. Aber Cronis packte sie am Knöchel.

Sie strampelte und wand sich, kämpfte sich vor – und wurde doch wieder aus der Schleuse gezogen. Keine Luft mehr, keine Kraft. Ihre klammen Finger lösten sich.

Der letzte Rest Wasser schoss durch die Schleuse, dann sauste die metallene Sperre wie ein Fallbeil herab und Natalie fand sich keuchend im knietiefen Wasser wieder.

Cronis ließ sie los. »Guter Versuch«, sagte er japsend. »Sehr guter Versuch.«

Sie schlug die Hände vors Gesicht. Heiße Tränen stiegen in ihr auf und sie ließ ihnen freien Lauf.

Sie konnte nicht mehr. Sie wollte auch nicht mehr. Sie war am Ende.

26

In seinem Schädel hämmerte eine einzige Frage: *Warum? Warum, warum, warum …* Seine Faust schloss und öffnete sich im Takt und der Wunsch, etwas zu zerstören, war kaum zu bändigen. Wäre er allein gewesen, hätte er auf etwas eingeschlagen, doch dummerweise befand sich der Mächtige mit ihm im Lkw.

»Sie sollten sich allmählich wieder einkriegen, von Nauders«, murmelte er, ohne aufzusehen. »Ich brauche Sie bei klarem Verstand.«

Kilian stieß ein freudloses Lachen aus. »Wir waren kurz vor dem Sieg! Sie hat …«

»Sie hat Paiges Leben gerettet. Wollen Sie ihr das etwa vorhalten?«

Er seufzte tief. »Nein, natürlich nicht.« *Falls sie überhaupt zurück ins Leben findet.*

Starr wie eine Wachsfigur lag Paige auf der Bahre. Das gleichmäßige Heben und Senken ihres Brustkorbs war das einzige Lebenszeichen. Sie sei von einem Schlafzauber befallen, hatte der Mächtige noch am Ufer mit Kennermiene erklärt. Die Frage war, für wie lange? Denn wenn Paige nicht bald aufwachte, hatte sich ihr Dibensky-Problem verdoppelt.

Eine Weile schon brütete der Chef auf der Suche nach einer Lösung über seinem Tablet, las halblaut vor sich hin oder starrte in die Luft. Kilian wäre weit weniger besorgt gewesen, hätte er in einem Zauberbuch geblättert, einem uralten Wälzer, von Spinnweben und Staub überzogen und nur mittels magischem Schloss zu öffnen. Das moderne Pendant legte den Verdacht nahe, er würde seine Zaubersprüche aus dem Internet ziehen.

»Ich kenne meine Enkelin nicht. Aber das Bild, das ich mir inzwischen von ihr gemacht habe, ist das eines mutigen, selbstlosen Mädchens. Das macht mich stolz.«

»Stolz?«, brauste Kilian auf. »Haben Sie sie gesehen? Sie ist nur noch ein Schatten ihrer selbst! Raikun foltert sie, lässt sie hungern, quält sie rund um die Uhr – und Sie sind stolz, dass sie das erträgt?«

Der Mächtige blickte auf. »Ich bin stolz auf ihre innere Stärke, jawohl. Raikun sucht immer nach ihresgleichen. Oder nach mehr.«

»Wofür braucht sie Natalie? Was hat sie vor?«

Schritte polterten die Laderampe herauf und Marik steckte den Kopf herein. »Klopf, klopf, darf ich stören?«

Tust du doch schon, dachte Kilian grimmig.

Es war Mariks erster Einsatz. Kilian hätte ihn nie und nimmer mitgenommen, keinen aus dem ersten Ausbildungsjahr, doch der Aufsichtsrat hatte dem Mächtigen die Verpflichtung auferlegt, den Unterricht praxisnaher zu gestalten. Woraufhin er entschieden hatte, all jene einmal im Monat zum Außeneinsatz einzuteilen, die durch besondere Begabung hervorstachen. Und Hervorstechen war Mariks Spezialität.

Der Mächtige erhob sich. »Was gibt's, von Nauders?«

»Wir haben das komplette Narshufer abgesucht.« Marik machte eine Kunstpause, in der der Mächtige auffordernd die Augenbrauen hob. »Mit den Scheinwerfern. Und ich … habe das hier gefunden.« Auf seiner Handfläche lag ein unansehnlicher Klumpen, tiefrot und von der Größe eines Kiesels. »Sie wissen, was das ist?«

»Hm«, machte der Mächtige. »Sie werden es mir gleich sagen, nehme ich an.«

Marik setzte ein triumphierendes Lächeln auf. »Das ist ein Blutkristall. Er bildet sich in den magischen Blutlilien heran, die im Uferbereich wachsen. Sie wissen, wozu er dient?«

»Hm. Sie werden mir vermutlich auch das sagen.«

»Zur Blutstillung. Wir glauben, dass Raikun die Kristalle züchten will. Sie scheint Düngemittel ins Wasser gekippt zu haben. Und mittlerweile stinkt es wie eine Kloake.«

Paige! Kilian wechselte einen Blick mit seinem Chef. *Deshalb also war sie vor Ort.*

»Wir?«, hakte der Mächtige ein.

»Na, die Agenten von Team Delta und Team Beta und ich. Die anderen sind ja immer noch auf Verfolgungsjagd …«

»Das ist mir bewusst, von Nauders.« Der Mächtige drehte den Blutkristall zwischen den Fingern. »Gut gemacht.«

Marik warf sich in die Brust. »Danke sehr. Sollen wir die Blutlilien roden?«

»Roden?«

»Mähen. Abschneiden. Vernichten.«

Der Mächtige stieß ein Glucksen aus. »Ich weiß, was roden bedeutet, Kind.« Marik lief rot an und blickte betreten zur Seite. Er, der es gewohnt war, mit »Euer Hoheit« angesprochen zu werden und dem jeder Wunsch von den Augen abgelesen wurde, hatte nie gelernt, mit Tadel umzugehen. Kilian gestattete sich ein winziges Lächeln, was dem Mächtigen natürlich nicht entging.

»Was denken Sie, von Naud… äh, Kilian?«

Oh. Aufgestiegen. Dieses Gespräch war äußerst befriedigend, und er beschloss, sich daran zu erfreuen. Marik gegenüber brauchte er keine Gewissensbisse zu haben.

»Ich kann mir nicht vorstellen, weshalb Raikun Interesse an diesen Kristallen haben sollte. Ich traue ihr alles zu – aber Wundversorgung? Nein. Zurzeit blühen die Lilien noch nicht. Was bedeutet, dass sie zur Ernte wiederkommen muss. Und dann sollten wir zur Stelle sein.«

Sein Chef nickte. »Gut. Von Nauders«, er blickte Marik an, »kontaktieren Sie die anderen Teams. Sie sollen sich mit einem Lagebericht bei mir melden. Dann rufen Sie das Umweltministerium an …«

»Das Umweltministerium?«

»Oder den Naturschutzbund. Hängen Sie sich an die Strippe und kriegen Sie raus, wer für das Gebiet an der Narsh zuständig ist. Ich will jemanden, der das Sagen hat. Aber erwähnen Sie nur, dass es um einen möglichen Umweltskandal geht, dann verbinden Sie an mich weiter. Das Gleiche melden Sie dem Bürgermeister. Und betonen Sie die Geheimhaltung. Ein Medienrummel ist das Letzte, was wir brauchen.«

»Ich soll telefonieren?«

Der Mächtige verzog keine Miene. »Das würde ich empfehlen, es sei denn, Sie hätten telepathische Fähigkeiten.«

Marik öffnete den Mund. Und klappte ihn wieder zu. Mit hochrotem Kopf zog er von dannen. Kilian grinste breit und sein Chef zwinkerte ihm zu.

»Dein Bruder ist wohl bei der Gehirnvergabe benachteiligt worden«, vermeldete eine zischelnde Stimme.

Sie fuhren beide herum. Der Käfig, den Kilian achtlos auf dem Tisch abgestellt hatte, kippte um, als sich die Schlange darin bewegte. Er rollte über die Kante und schlug polternd auf dem Boden auf.

»Ich bin's, Jolly. Lässt mich mal einer raus? Diese Konservenbüchse ist total ungeeignet für Bungee-Jumping. Ich glaube, ich habe mir einen Wirbel gebrochen. Oder zwei. Mindestens.«

Der nächste Tag brach an und Kilian hatte keine Stunde geschlafen. Er fühlte sich rastlos. Dunkle Gedanken quälten ihn, fast schon Vorahnungen. Momentan war Natalie der Schlüssel zu Raikuns Macht. Doch sie würde sich ihrer ohne Zögern entledigen, sobald sie ihre Ziele erreicht hatte.

Spät abends, als sich die Teams im Organisationsgebäude sammelten, erstattete er dem Mächtigen Bericht. Kilian betrat zum ersten Mal sein Arbeitszimmer, vielmehr seine Gemächer, denn es handelte sich um eine Flucht von Räumen, in denen er lebte und arbeitete.

Hier steckt also deine geballte Zauberkraft. Buchstäblich. Umgeben von alten Teppichen, Stichen und gerahmten Weissagungen an den Wänden, von Büchern und Schriften, an deren Umschlägen die Zeit gefressen hatte, und angesichts der magischen Artefakte in den deckenhohen Regalen meinte er fast, die Magie erstmals wahrnehmen zu können. Sie umschwirrte ihn wie ein Schwarm winziger Mücken, unaufhörlich und gleichermaßen lästig wie faszinierend.

Ein im Regal ausgebreiteter Mantel aus unzähligen Tierfellen stach ihm ins Auge. Prinzessin Wilea hatte ihn einst getragen, als sie vor der Hochzeit mit ihrem eigenen Vater floh – nur um sich, geblendet durch einen Zauber, erst recht in ihn zu verlieben und ihn zu heiraten. Jeder kannte die tragische Geschichte, die unter dem Titel »Allerleirauh« in den Magischen Chroniken festgehalten war.

Der Drang, den Mantel zu berühren, wurde übermächtig. Er hob die Hand – und stieß gegen eine unsichtbare Barriere, flexibel wie eine Membran, aber unmöglich zu durchdringen.

»Bannmagie.«

Ertappt fuhr Kilian herum. *Logisch. Er lässt doch diese Kostbarkeiten nicht ungeschützt.*

So wie er auch das Gefängnis immer im Blick behielt. Ein elektronisches Überwachungssystem nahm die gesamte Wandbreite neben dem Schreibtisch ein. Hunderte Lichtpunkte glommen auf der mattschwarzen Tafel, einer für jede Zelle, und alle rot. Der Schreibtisch selbst war ein Monstrum aus wurmstichigem Holz, übersät von eingeschnitzten Zeichen. Sein Chef wirkte fast ein wenig schmächtig dahinter.

»Nun?«

Die Holzdielen knarrten, als Kilian näher trat. Er ballte die Fäuste, um sich die nötige Selbstbeherrschung aufzuzwingen. Die vielen Sackgassen, mit denen er sich konfrontiert sah, zerrten an seinen Nerven. Paige, die wie aufgebahrt auf dem Sofa unter dem Fenster lag, gehörte dazu. Jolly, die Schlange, auch. Und in erster Linie Natalie. Bilder, Gedanken, Gefühle, die mit ihr zu tun hatten, hämmerten pausenlos auf sein Herz ein. Falls weiterhin alles schiefging, falls er sie nicht retten konnte, falls sie … so würde es in unzählige Splitter zerbersten, auf immer verloren. »Nichts. Wir suchen und suchen, aber nichts!«

Der Mächtige bedeutete ihm mit einer Geste fortzufahren. Er wirkte gelassen. Ließ es ihn völlig kalt, dass sie Natalie trotz aller Hinweise von Jolly nicht fanden? Wims Andeutungen gingen Kilian durch den Kopf, nicht zum ersten Mal. Andererseits sah er keinen Grund, dem Zwerg zu trauen.

»Das Aeromob wurde vom Mitraner Rettungsdienst als gestohlen gemeldet, es ist unauffindbar. Die Drohnen sind von einem Virus befallen. Lydia hat ihn eliminiert, aber sie müssen neu aufgesetzt werden und das dauert. Die Düngemittel kamen von *ZitChem*, einem Hersteller für Stickstoff- und Phosphatdünger. Ich habe mir die Bestellliste schicken lassen, der Absender hat eine Wegwerf-Mailadresse benutzt, unmöglich zurückzuverfolgen. Den Aufzug im RaicoTec-Tower, von dem du gesprochen hast, Jolly«, er warf einen kurzen Blick auf die Schlange, die sich auf Paiges Bauch zusammengerollt hatte und neugierig den Kopf reckte, »gibt es. Leider fährt er lediglich in die Tiefgarage. Wir vermuten, dass man einen Berechtigungscode braucht, um bis in die Tunnel zu gelangen, doch Lydia kann ihn nicht sehen.«

»Die Sprachsteuerung.« Der Mächtige nickte wissend.

»Lydia?«, hakte Jolly ein.

»Unsere Seherin.« Kilian hätte selbst gern mehr über sie erfahren – wie war es dazu gekommen, dass man Lydia geblendet hatte? Eine Prozedur, die seit Ende des Zweiten Weltkriegs verboten war. Und wie war es möglich, dass sie gewisse Dinge dennoch sah? Oder überhaupt sah?

»Wir könnten das Sicherheitssystem ausbauen und untersuchen lassen«, fuhr er fort, »aber dafür brauchen wir eine richterliche Verfügung.«

Der Mächtige machte sich eine Notiz. »Bürgermeister Engels ist mir noch einen Gefallen schuldig. Ich werde ihn bitten zu intervenieren.«

»Auf die Rückmeldung der Stadtentwässerung warten wir noch. Momentan konzentrieren wir uns auf zwei mögliche Zugänge zu den alten U-Bahn-Schächten, aber das sind meterweise Gestein, das wir abgraben müssen. Das war's, mehr haben wir nicht. Und wie geht es hier voran?«

Er musterte Paige. Abgesehen von ihrer Porzellanhaut wirkte sie weder krank noch als ob sie im Koma läge. Der Mächtige hatte sie von der OMB-Ärztin Dr. Turnherr untersuchen lassen. Sie hatte versichert, dass bei Paige keine Überwachung der Körperfunktionen oder künstliche Ernährung nötig sei. Ein Zauberschlaf sei keine lebensbedrohliche Situation. Sie werde aber an einem Aufwachzauber forschen.

Jolly wechselte auf Kilians Arm und glitt in seine Halsbeuge, was ihn auf seltsame Weise besänftigte. Sie hatte erzählt, dass sie oft Stunden an Natalies warme Haut geschmiegt zugebracht hatte, dicht an ihrem Pulsschlag.

»Wann wird sie wieder aufwachen?«, fragte sie und züngelte hektisch. »Sie wird doch wieder aufwachen? Sie kann nicht auf ewig Dornröschen bleiben. Und ich eine Schlange.«

Der Mächtige bedachte sie mit einem nachsichtigen Lächeln. »Also, was dich angeht, kleine Schlange, so musst du dich gedulden. Ein Verwandlungszauber kann nicht mit einem beliebigen Spruch aufgehoben werden. Jeder Zauberer verwendet individuelle Zaubersprüche, sie sind sein ganzer Stolz und kaum zu kopieren. Man kann sich das wie Schlüssel und Schloss vorstellen. Es gäbe Hunderte Möglichkeiten, eine Person in eine Schlange zu verwandeln. Es könnte sich um einen Reim handeln. Oder der Spruch könnte Zauberformeln enthalten wie etwa *Abrakadabra.* Er könnte zum Beispiel ›Verwandle dich in eine Schlange‹ lauten oder auch ›Sei eine gespaltene Zunge‹ oder ›Friss nur noch Ratten‹.«

»Ich hasse Ratten«, verkündete Jolly. »Die sind so was von biestig und beißen zu, wenn man nicht aufpasst.«

»Bei einer Verwandlung wie deiner ist immer ein Fluch eingebaut, quasi ein Hintertürchen, ein Notausgang, mit dem man den Zauber umkehren kann. Welcher das ist, weiß ich nicht, da käme so gut wie alles infrage.«

»Zum Beispiel?«, erkundigte sich Kilian.

»Kennen Sie die Lebensgeschichte von Prinz Ulheim von Gautberg, Kilian? Sie ist unter dem Titel ›Der goldene Vogel‹ in den Magischen Chroniken festgehalten. Er traf unter anderem auf einen Fuchs, der von ihm forderte, ihm Kopf und Pfoten abzuhacken. Als er es endlich fertigbrachte, stellte sich heraus, dass er damit Prinz Emmerich von Sellingen von einem Fluch befreit hatte.«

»Auweia«, murmelte Jolly.

»Könnte man den Zauberspruch oder den Fluch nicht herausfinden?«, fragte Kilian.

»Nur einer kennt ihn – Brisko. Und der wird ihn kaum freiwillig rausrücken.«

»Wieso Brisko? Ich dachte, Raikun …«

Der Mächtige runzelte die Stirn. »Raikun ist eine Hexe. Sie vermag keinen Verwandlungszauber zu wirken, das können nur Zauberer. Das war Briskos Werk, man sieht ihn auf dem Video.«

Kilian konnte sich den Seitenhieb nicht verkneifen: »Dann wäre eventuell Ed der richtige Ansprechpartner.«

»Ich hatte heute Morgen eine Unterredung mit ihm und er hat mir erlaubt, Sie über seine Lage in Kenntnis zu setzen. Eds Schwester Yvonne war Studentin der Physik, eine überaus begabte junge Frau. Haben Sie von den Studentenunruhen 2007 gehört? Damals hielt eine Gruppe von jungen Magischen einen Hörsaal zwei Tage lang besetzt, inklusive Geiselnahme. Sie forderten die Abschaffung der Auswahlverfahren für Magische und die generelle Zulassung zu allen Studiengängen. Leider wurde die Zusammenarbeit von OMB und Polizei von der damaligen Stadtregierung untersagt, obwohl wir unsere Hilfe mehrmals angeboten hatten. Die Polizei stürmte den Hörsaal, der Einsatz endete blutig. Sieben Tote – drei Menschen, vier Magische. Ed war damals noch Polizist, er hatte das Kommando. Yvonne starb in seinen Armen. Der Anführer der Magischen konnte flüchten. Er wurde nie gefasst.«

»Brisko.«

»Ja. Seit damals ist Ed hinter ihm her. Seinetwegen quittierte er den Dienst bei der Polizei und trat der OMB bei. Er hoffte, Brisko auf die Spur zu kommen, doch all die Jahre war er wie vom Erdboden verschluckt. Als er ihm im RaicoTec-Gebäude gegenüberstand, hat er rotgesehen.«

Bei allem Verständnis war Kilian trotzdem wütend auf Ed. Wäre ihm ein Zacken aus der Krone gebrochen, wenn er ihn eingeweiht hätte? Und was hatte Ed zu dem Deal mit Dibensky bewogen?

»Nun«, sagte der Mächtige mit schmalen Augen, »Sie können Ihren Disput beim nächsten Einsatz bereden. Da ist Ed wieder mit von der Partie.« Er wehrte Kilians Protest mit einer entschiedenen Geste ab. »Das Risiko ist mir bewusst. Aber wir brauchen jeden Mann, das wissen Sie so gut wie ich.«

Jolly schlängelte sich über Kilians Arm auf den Schreibtisch und richtete sich vor dem Mächtigen auf. »Ich glaube, wir sind eine Winzigkeit vom Thema abgekommen.«

»Im Grunde ist alles gesagt. Ohne Brisko keine Rückverwandlung. Du wirst vorerst so bleiben müssen.«

»Oh.« Deprimiert rollte sie sich zusammen und legte den Kopf auf ihre Schwanzspitze. »Was sagen wir meinen Eltern?«

»Vorerst nichts.« Kilian bemühte sich um Optimismus, obwohl er ihn selbst bitter nötig gehabt hätte. »Bestimmt dauert es nicht mehr lange. Wenn wir Natalie befreien, erwischen wir auch Brisko.«

»Und wir wissen ja, wie phänomenal eure bisherigen Versuche gelaufen sind – Sarkasmus Ende. Wo soll ich wohnen? Wo kann ich jagen? Wo …?«

»Du musst bei deiner Schwester bleiben, kleine Schlange«, sagte der Mächtige. »Wenn sie aufwacht, wird sie jemanden brauchen, der ihre Fragen beantwortet. Jagen kannst du im Gefängnis, da gibt es Ratten und Mäuse zur Genüge.«

»Was, wenn sie erst in hundert Jahren aufwacht? Oder wenn ein Prinz sie wach küssen muss … Oh! Aber klar doch!« Flugs schoss sie Kilians Arm hoch. »*Du* könntest sie küssen!«

»Wie bitte?«

»Bist du etwa kein Prinz?«

»Schon, aber …«

»Einen Versuch wäre es wert«, stimmte der Mächtige zu. »Raikun hat einen perfiden Humor.«

»Paige ist keine Prinzessin.« Kilians Einwand blieb unerwidert. Ergeben trat er ans Sofa. »Na schön, und wie mache ich das jetzt?«

»Brauchst du eine Anleitung?« Jolly baumelte kopfüber und in formvollendeter Zickzackpose von seiner Schulter.

»Nein, aber … was für ein Kuss soll es denn sein? Ein flüchtiger? Langer? Zärtlicher?«

»Mach kein Projekt daraus! Jetzt küss sie schon!«

»Entschuldige, Paige«, murmelte Kilian, »aber das soll dich bloß wecken.« Er drückte ihr einen Kuss auf die kühlen Lippen. Irritierenderweise spürte er ein Prickeln wie von einer elektrischen Entladung. Bildete er sich das nur ein, oder hatte sie kurz gezuckt? »War da was?«, flüsterte er.

Jolly zischelte enttäuscht. »Nein. Da war nichts. Vielleicht muss es ja die wahre Liebe sein …«

Das Klingeln des Telefons erschallte wie aus weiter Ferne. Schwoll an. Als hätte sich um sie ein magischer Schleier gebildet, der nun zerfiel. Benommen richtete sich Kilian auf.

»*Was?*« Der Mächtige hielt den Hörer krampfhaft ans Ohr

gepresst. Die Falten in seinem Gesicht hoben sich dunkel von seiner bleichen Haut ab, wie aufgemalt. »Danke, Lydia. Ja, gib sofort Alarmstufe Rot aus.« Er legte auf und hob den Blick. »Alarm im Zoo, beim Drachengehege. Die Banngitter wurden zerstört. Die Drachen – sie brechen aus.«

27

»Drachenfluglotse«, sagte Vajos und lud das Betäubungsgewehr. »Hätte das Zeug zum Wort des Jahres.«

»Fast so gut wie Riesendebakel«, meinte Sam, die ebenfalls ihr Gewehr anlegte.

Kilian unterdrückte ein Stöhnen. Die zwei taten geradeso, als wäre das nur eine Simulation und der Drache ein vom Computer generiertes Pixelungetüm. Aber er war real. Und dabei, alles niederzubrennen.

Der Himmel über dem Zoo glühte orangerot, meterhohe Flammen schlugen in die Nacht und der Wind fachte sie weiter an. Nicht nur Bäume und Buschwerk waren in Brand geraten, auch Teile des Affenparks und das Gorillahaus. Die Tierpfleger waren in aller Hektik dabei, die Tiere umzusiedeln. Soeben traf die Feuerwehr ein.

Bis vor Kurzem war die Szenerie durch die Bässe der Rockband *The Black Tubes* untermalt worden, die in der Mitran-Arena ein Konzert vor rund 40 000 Zuschauern gaben. Inzwischen hatte der Veranstalter endlich abbrechen lassen und die Evakuierung veranlasst.

»Findet ihr das etwa lustig?«, fragte Lydia an Kilians Stelle. »Nehmt euch ein Beispiel an Team Alpha.«

Sam warf einen Blick hinüber. Ishi und Tristan, beide erfahrene Agenten, hatten in ruhiger Konzentration die Gewehre angelegt. »Streber.«

»Still jetzt«, sagte Kilian. »Diesmal müssen wir ihn erwischen.«

Das Riesendebakel, wie der Vorfall von den Medien so kreativ betitelt wurde, hatte sie gelehrt, Betäubungsmunition im großen

Stil auf Lager zu haben, doch ihr Kartuschenvorrat war nicht unerschöpflich. Zweimal hatte der Drache bereits angegriffen, zweimal hatten sie ihn verfehlt. Er war unerwartet wendig.

Dass er überhaupt in den Zoo zurückkehrte, hatte nur einen Grund: Die »Drachenhöhle«, ein massiver Bau aus Fels und Beton, hatte dem Wüten der Wesen beim Ausbruch nicht standgehalten und war eingestürzt. Allein der Publikumsbereich glich einer Schutthalde. Der zweite Drache aber war noch immer unter den Trümmern gefangen – nur deshalb hatten sie ihn rechtzeitig betäuben können. Seither arbeitete der Mächtige an einem Bannnetz, koordinierte Ed die Überprüfung der restlichen Gitter durch die anderen Teams, versuchten sie mit fünf lächerlichen Betäubungsgewehren das Unmögliche.

Zwar hatte die Bundeswehr inzwischen ebenfalls im Zoo Posten bezogen, mit Flugabwehrraketen auf gepanzerten Kettenfahrzeugen und tragbaren Raketenwaffen, doch einsatzbereit waren die Soldaten nicht. Die Zielerfassung des Radarsystems erkannte den Drachen nicht als feindliche Bedrohung, schließlich war er ein Wesen aus Fleisch und Blut und kein Flugzeug.

Während also die Militärtechniker an der Modifizierung arbeiteten, hatten sie mit Lydia ihr eigenes lebendiges Radar, ihren Drachenfluglotsen. »Er kommt. Zwei Uhr.«

Kilian konnte den Drachen mit bloßen Auge erkennen, seinen gewaltigen Kopf, den Leib von der Größe eines Hubschraubers, den gezackten Kamm. Seine Schwingen schimmerten rötlich im Schein der Flammen.

»Feuer!«, brüllte er und drückte den Abzug.

Er traf den Drachen am Flügelansatz, Ishi erwischte ihn an der Brust, auch Sams Schuss saß. Triumphierend riss sie das Gewehr hoch. »Treffer!«

»Bestätigt«, kam es von Lydia. »Drei Treffer. Vajos' und Tristans Schüsse gingen daneben.«

Der Drache kreischte gequält. Er geriet ins Trudeln, fing sich aber wieder und steuerte auf sie zu.

»In Deckung!«

Sie stoben auseinander, Lydia riss noch ihre Ausrüstung mit sich. Keine Sekunde zu spät. Ein Feuerstrahl jagte vom Himmel herab und versengte den Boden, auf dem sie eben noch gestanden hatten.

»Scheiße, Sam!«, keuchte Vajos, als er sich nach seiner Partnerin umdrehte. Sie war auf die Knie gefallen, ihr Haar brannte.

Lydia, die als Einzige nicht im Kampfanzug steckte, schlüpfte aus ihrer Jacke und warf sie Sam über den Kopf. Mit vereinten Kräften erstickten sie die Flammen, da begann Sam plötzlich um sich zu schlagen.

»Sam!«, rief Vajos. »Ruhig, ganz ruhig!«

»Ich krieg keine Luft, du bescheuerter Volltrottel!«

Er zog die Jacke weg. Sams linke Kopfseite war komplett verkohlt, ihre schönen roten Locken nur noch ein krauser Flaum. Sie zupfte daran herum und bekam einen hysterischen Lachanfall. Vajos nahm sie in die Arme, bis sie sich beruhigte.

»Ishi? Tristan?«, rief Kilian. »Alles klar bei euch?«

Tristan streckte den Daumen hoch. »Nichts passiert.«

Lydia trat Glutnester aus. »Zum Glück ist hier alles gepflastert, sonst hätte er uns abgefackelt.«

»Wo ist er hin?« Kilian suchte den Himmel ab. Mitrans Lichter strahlten hell, doch der Wind trieb Rauchschwaden durch die Nacht, sodass die Sicht eingeschränkt war.

Lydia starrte ebenfalls nach oben. »Hm, momentan sehe ich ihn nicht.«

»Ich begreife nicht, wie du ihn überhaupt sehen kannst. Ich dachte, du bist … irgendwie blind.«

Sie lachte herzlich und schüttelte ihre Dreadlocks. »Nicht irgendwie – komplett. Ich bin eine Geblendete.«

»Wer hat das verbrochen?«

»Meine Eltern. Sie hatten sich einer Sekte angeschlossen, die Magische nur in ihrer Mitte duldet, wenn sie der Zauberei abschwören. Meine Mutter trägt die Sehergabe in sich, wenngleich nicht sonderlich ausgeprägt. Sie fand es nur gerecht, dass man auch ihre Tochter vorsorglich blendete. Ich war zwei.«

Er schwieg erschüttert.

»Mit zwölf bin ich abgehauen, zusammen mit einem Freund. Wir haben auf der Straße gelebt, bis der Mächtige mich fand. Er gab mir mein Sehvermögen zurück.«

»Mit Magie?«

»Magische Okularimplantate«, sagte der Mächtige hinter ihnen. Er keuchte ein wenig vom Laufen. »Aber behalten Sie das um Himmels willen für sich.«

Verbotene Magotechnik? Das war es doch, woran Raikun forschte. Jolly hatte es ihnen berichtet: mit Magie modifizierte oder aus magischen Rohstoffen hergestellte Geräte. Angeblich sogar Waffen. *Jede Menge Laserwaffen*, erinnerte sich Kilian. Er hatte gelacht, denn das war Zukunftsmusik. Doch was wäre, wenn man Magie zur Herstellung nutzen könnte?

Der Mächtige blickte in die Runde. »Alles in Ordnung? Ich habe den Flammenstoß gesehen.«

»Ich brauche einen Friseurtermin«, jammerte Sam.

»Drei Treffer«, klärte Vajos den Mächtigen auf. »Aber das Betäubungsmittel wirkt noch nicht.«

Beim anderen Drachen hatten sie insgesamt sechs Kartuschen benötigt, um ihn ruhigzustellen. Sam verzog das Gesicht. »Dann müssen wir eben noch mal ran …«

»Da!« Lydia zeigte nach Osten, wo sich der Himmel feurig gelb färbte. Die Silhouette des Drachen trat wie aus der Nacht gestanzt hervor. »Die Arena, er greift die Arena an! Oh mein Gott, all die Leute!«

Sam schlug die Hand vor den Mund und Vajos sprach aus, was ihnen wohl allen durch den Kopf ging: »Das Betäubungsmittel. Es macht ihn rebellisch.«

»Verdammt, was soll das?«, brach es aus Kilian heraus. »Was hat Raikun im Sinn? Warum dafür sorgen, dass die Drachen ausbrechen? Um der Öffentlichkeit einmal mehr zu demonstrieren, wie unfähig die OMB ist?« So hoch der Unterhaltungswert dieser Show auch war – Raikun tat nichts ohne Hintergedanken. Niemand antwortete ihm, der Mächtige telefonierte, doch Kilian wusste, dass er mithörte. »Da muss was anderes dahinterstecken.«

»Ein Angriff?«, schlug Vajos vor. »Aber wenn es auf einen Kampf hinauslaufen soll, wäre sie dann nicht längst hier?«

»Ein Ablenkungsmanöver …«, sagte Kilian langsam.

Der Mächtige merkte auf und nahm das Handy vom Ohr. »Wo sind die anderen Teams?«

»Noch mit Ed unterwegs. Bisher kein neuer Alarm, sämtliche Banngitter sind intakt.«

»Hm. Und wer überwacht das Narshufer?«

»Die Jungagenten«, erwiderte Lydia. »Sie haben sie doch selbst dorthin beordert, als der Alarm ausgegeben wurde.«

»Kilian«, wandte sich der Mächtige erneut an ihn, »kontaktieren Sie Ihren Bruder. Wir brauchen einen Lagebericht.«

Marik meldete sich sofort und er war in bester Stimmung. Kilian stellte das Gespräch laut. »Hier ist alles ruhig, richtig langweilig«, berichtete er. »Keine Spur von der Hexe. Und bei euch? Spielst du schön mit den Drachen, Kil?«

Er ignorierte die Provokation. »Blühen die Blutlilien?«

»Ja, zum Glück. Ihr Geruch mildert den faulen Mief.«

Der Mächtige mischte sich ein. »Von Nauders, *jetzt* dürfen Sie die Lilien roden.«

»Und das Umweltministerium? Haben die ihr Okay gegeben?«

»Roden Sie die Lilien und laden Sie sie in den Lkw, verstanden? Lassen Sie nichts liegen, keinen Halm und keine Kristalle. Dann kehren Sie zum Hauptgebäude zurück.«

»Verstanden, wird erledigt. Hey, Jungs! Packt mal die Sensen aus …« Kilian legte auf und tauschte zweifelnde Blicke mit den anderen.

»Die Bundeswehr hat mich informiert, dass die Waffen einsatzbereit sind«, sagte der Mächtige schließlich.

»Das heißt, sie werden ihn töten«, meinte Ishi, die herangekommen war. Sie faltete die Hände. »Das ist nicht richtig. Drachen sind heilige Wesen.«

Der Mächtige seufzte. »Ja, Ishi, mir ist klar, dass sie in Ihrer Kultur verehrt werden. Doch ich fürchte, mit dem Angriff auf die Mitran-Arena schwinden meine Argumente. Sowohl der Innen- als auch der Verteidigungsminister setzen mir zu, wir haben nur den Zoodirektor auf unserer Seite. Ich kann nichts versprechen, aber wir werden unser Möglichstes tun, den Abschuss abzuwenden.«

»Fahren Sie mit Team Alpha und Gamma zur Arena«, wandte er sich an Kilian, »und versuchen Sie, der Bundeswehr zuvorzukommen. Ich werde Ed an die Narsh schicken. Jemand muss die *Jungs* überwachen. Ich habe da ein ganz mieses Gefühl.« Das hatte Kilian auch. »Anschließend muss ich zur Pressekonferenz. Halten Sie mich auf dem Laufenden.« Damit eilte der Mächtige davon.

»Die werden ihm die Haut abziehen«, sagte Vajos düster.

Kilian musste an Dothias Mildenweiths Pläne denken. »Gut möglich. Also, ihr habt es gehört: Packt zusammen!«

»Kilian«, Lydia wedelte mit ihrem Handy, »ich habe Jolly in der Leitung. Sie ist auf Lautsprecher.«

Das Adrenalin schoss wie ein heißer Blitz durch seine Adern. »Jolly? Wie um alles in der Welt hast du es geschafft, das Telefon zu bedienen?«

»Mit einem Bleistift.« Sie klang angespannt. »Kilian, hier stimmt was nicht, ihr müsst herkommen.«

»Was ist los? Ist Paige aufgewacht?«

»Nein. Diese Überwachungsanlage vom Gefängnis spinnt. Oder welchen Grund könnte es sonst geben, dass die Lichter der Reihe nach von rot auf grün schalten?«

28

Die Banngitter im Gefängnis waren nicht miteinander verwoben wie jene im Zoo. Es wäre ein Leichtes gewesen, hätte Natalie nur einige Magiestränge kappen müssen, um einen Zellenkomplex zu öffnen, aber jedes Gitter war ein in sich geschlossenes System und keines ähnelte dem anderen.

»Schneller!«, fauchte Raikun.

Schneller geht es nicht. Natalie schwieg. Sie hatten die männlichen Inhaftierten bereits befreit und waren jetzt im Frauentrakt am Werk. Mit dem Ziel, alle zu befreien, alle vierhundert.

Natalie hatte mit Jubel gerechnet, mit Triumphgeschrei, Beifallsstürmen, doch alles lief ruhig und gesittet ab. Fast so, als hätte man sie erwartet.

Als sie sich die nächste Zelle vornahm, schlurfte eine Fee herbei, eine von der groß gewachsenen Gattung, die man nur selten sah. Ihre graue Sträflingskleidung war zerschlissen. Sie konnte kaum einen Schritt vor den anderen setzen und doch fiel sie vor Raikun auf die Knie.

»Meisterin! Du bist gekommen! Die Ratten haben es berichtet, seit Wochen sprechen sie von nichts anderem, aber ich wollte es nicht glauben. Mein Volk und ich schulden dir Dank. Was du auch begehrst, ich werde es dir ermöglichen.«

»Adalea, du Gute«, sagte Raikun. »Dein Angebot weiß ich zu schätzen, aber ich brauche nichts. Nur deine Treue.«

»Die hast du, Meisterin. Mein Leben gehört dir.«

Natalie musste schlucken. Die Zustände im Gefängnis drückten ihr auf die Seele. Sie hatte davon gewusst, so wie man weiß, dass in anderen Ländern der Erde Krieg oder Hunger herrscht oder Mädchen als Prostituierte verkauft werden.

Jetzt, nach tagelanger Tortur, nach etlichen Momenten, in denen sie, überrollt von Dunkelheit, Erlösung herbeigesehnt hatte, bekam sie erstmals einen Begriff davon, was die Gefangenen der OMB wirklich durchmachten, über Jahre hinweg, Jahrzehnte, manche lebenslang. Fast wäre sie hier gelandet.

Auch das Banngitter an Adaleas Zelle war nicht an das Erdmagiesystem gekoppelt. Es schwebte aus eigener Kraft, gespeist durch einen Magieknotenpunkt im Zentrum. Natalie kam einfach nicht dahinter, was die Magie im Zaum hielt. War es ein Zauber des Mächtigen? Eine besondere Flechtweise?

Seufzend entwirrte sie das Knäuel und noch während sich die Magie verflüchtigte, rückten Raikuns Leute nach – der dünne Zwerg, der eine Werkzeugkiste schleppte, und die zwei Männer, deren Aufgabe es war, das Schloss aufzubrechen.

Nächste Zelle. Eine Zwergin. Grauhaarig. Einäugig.

»Wie lange bist du schon hier?«, fragte Raikun.

»Siebenundreißigeinhalb Jahre, zwei Monate, einen Tag.«

»Gleich bist du frei. Wenn du dich uns anschließt, wird es dir an nichts fehlen.«

»Ich folge dir überallhin, Meisterin.«

So oder so ähnlich lief es bei jeder Zelle ab. Sie würden ihr alle folgen.

Brisko gesellte sich zu ihnen und Raikun blieb mit ihm ein Stück zurück, ohne Natalie aus den Augen zu lassen.

»Alles läuft wie geplant«, berichtete er mit leiser Stimme. »Sie hält ihr Wort. Sie ist sogar persönlich angereist, um nach dem Rechten zu sehen.«

»Ich traue ihr nicht.«

»Wir brauchen dieses Bündnis.«

Raikun nickte. »Ja. Ich stelle es auch nicht infrage, ich bin nur vorsichtig.«

»Was gut und richtig ist«, antwortete Brisko. »Der Drache hat die Mitran-Arena in Brand gesteckt. Man spricht von Hunderten Verletzten. Sie haben ihn mittlerweile abgeschossen, es gibt also Entwarnung für die Stadt. Aber sie werden noch eine Weile mit den Aufräumarbeiten beschäftigt sein. Gerade findet eine Pressekonferenz statt.«

»Lass mich raten: Die Organisation steht nicht gut da.«

»So ist es. Die Schlinge zieht sich zu.«

Natalie fühlte sich wie kurz vor einem Zusammenbruch, aber Raikun scheuchte sie eine schmale Wendeltreppe hinunter. Ein Luftzug trug Gestank herauf, der sich mit jedem Schritt verstärkte. Moder. Exkremente. Verwesung?

»Was ist da unten?«, fragte sie. »Ich dachte, wir wären fertig.«

»Nicht ganz. Jetzt kommt der hässliche Teil.«

Wie hässlich konnte es noch werden?

Sie liefen durch verwinkelte Gänge. Feuchtigkeit ließ die Mauern glänzen, Moose und Flechten wucherten ungehemmt. Die Beleuchtung war schlecht und Natalie kam auf dem feuchten Stein immer wieder ins Rutschen. Raikun aber stolzierte mit gerecktem Kinn voraus, als wäre sie dabei, ein Königreich zu erobern.

»Du kennst dich gut aus«, stellte Natalie fest.

»Nun tu nicht so! Dir muss doch inzwischen klar sein, dass ich nicht zum ersten Mal hier bin.«

Natürlich. Raikun fand sich im gesamten Gebäudekomplex der OMB mühelos zurecht, sogar das magische Tor in der Rosenhecke hatte sie dazu gebracht, sie einzulassen.

Sie bogen um eine Ecke und standen vor einem weiteren Zellentrakt. Sofort begannen die Gefangenen zu rumoren. Klagen, Heulen, Krächzen drang aus den Mäulern der magischen Wesen, und jene, die der Sprache mächtig waren, riefen nach der Meisterin. Natalie sah einen Zentauren, einen Troll, etliche sprechende Tiere und ein Geschöpf, bei dem es sich nur um einen Menschenfresser handeln konnte. In der Zelle zu ihrer

Linken saß bloß ein Zwerg. Sie erkannte ihn sofort. Er war Kilians Begleiter im RaicoTec-Gebäude gewesen.

Natalie schloss zu Raikun auf. »Du hast hier gearbeitet. Als Agentin?«

»Ich war die rechte Hand des Mächtigen. Ich hätte seine Nachfolge antreten sollen.«

»Warst du nicht gut genug?«

Raikuns Maske fiel. Erstmals nach all der Zeit verlor sie die Beherrschung. Natalie fand sich an die Wand gepresst wieder, ihre Kehle schmerzhaft zusammengequetscht. Ein fremdartiger Wortschwall prasselte auf sie ein, bis die Hexe sich besann und die Sprache wechselte: »Maße dir nie wieder eine solche Unverschämtheit an! Alles, was du bist, ist mein Werk!«

Natalie röchelte, kalter Schweiß brach ihr aus. Raikun würde sie gewiss nicht umbringen, nicht so kurz vor dem Ziel. Dessen ungeachtet schüttete ihr Körper in Todesangst jede Menge Adrenalin aus. Ihre Hand tauchte wie von selbst in das nächstgelegene Banngitter.

Der Lärm ringsum schwoll ins Unerträgliche an. Raikun stieß einen Pfiff aus und die Magischen verstummten. Jetzt hallte nur noch ihre Stimme von den Wänden wider.

»Ich habe dich geformt. Mit jeder einzelnen Aufgabe, jeder Strafe, habe ich dafür gesorgt, dass du deine Grenzen überschreitest! Ohne mich wärst du immer noch ein ahnungsloses, schwächliches Ding!«

Raikun hatte sie abgerichtet wie einen Hund. Und sie hatte schön brav nach ihrer Pfeife getanzt. Voller Wut über diese Schmach riss Natalie die Magie grob an sich. Genoss es, wie sie sich um ihre Hand ballte, pulsierend, zerstörerisch. Und schleuderte sie Raikun an den Kopf.

Wie unter einem Hammerschlag taumelte diese zurück und sackte in die Knie. »Ja!« Sie lachte hell. »Das ist es! Das will ich von dir sehen, diese Macht! Sag, dass du sie auch spürst, sag, dass du mir auf ewig dankbar bist!«

Rasselnd holte Natalie Luft. »Dankbar? Nach allem, was du mir angetan hast?«

Raikun rappelte sich auf. »Ich habe dich vor dem Mächtigen bewahrt. Du hättest seine Ausbildung niemals durchgestanden, verweichlicht wie du warst.«

»Welche Ausbildung?«, bohrte sie nach, immer noch um Atem ringend. »Er wollte mich ins Gefängnis stecken!«

»Unsinn. Er hatte dein Potenzial erkannt, so wie ich. Als ich dich im Fernsehen das erste Mal sah, wurde mir sofort klar, dass er alles daransetzen würde, dich in die Finger zu kriegen.«

War das sein Vorschlag an ihre Eltern gewesen? Hatte er ihnen zugesichert, dass sie die A-Klassifikation behielten, sollte er Natalie zur Bannmagierin ausbilden dürfen? Ihr wurde übel, als ihr einfiel, dass sie sich an jenem Abend geweigert hatte, darüber zu reden.

In Raikuns Stimme schwang Verbitterung mit. »Er ist gnadenlos. Er hätte dich gebrochen. Wie Hanjo.«

Sie erinnerte sich, diesen Namen schon aus dem Mund ihrer Mutter gehört zu haben. »Wer ist Hanjo?«

»Dein Onkel. Einer seiner unehelichen Söhne. Unsere Gabe wird in direkter Linie vererbt, meistens jedenfalls. Deine Mutter hatte sie nicht, deshalb musste er für Ersatz sorgen.«

Natalie kniff die Augen zusammen. Sie wollte das nicht hören, aber ein winziger Teil von ihr schrie nach mehr. *»Unsere* Gabe?«, flüsterte sie.

»Er hat drei Söhne gezeugt. Hanjo, Melvin – er verstarb kurz nach der Geburt – und Zamfir, meinen Vater, ein Unfall, als der Mächtige noch fast ein Junge war.«

Natalie ließ die Hände sinken. »Wir sind verwandt?«

»Halbcousinen. Dein Großvater weiß nichts davon, er hat nie von Zamfir gehört.«

»Aber du … kannst keine Bannmagie wirken! Du hast nie zustande gebracht, was er verlangte. Deshalb also hat er dich fallen gelassen …«

»Du weißt nichts, gar nichts«, zischte Raikun. »Und es geht dich auch nichts an.« Sie glättete ihre Kleidung und nickte den Männern und dem Zwerg mit der Werkzeugkiste zu, als sie um die Ecke bogen, nun wieder ganz die Meisterin. »Genug der Familiengeschichte, wir haben zu tun. Hier warten jede Menge Magische auf ihre Befreiung.«

Trolle, Zentauren, Menschenfresser – was hatte sie mit ihnen vor? Etwa auf die Stadt loslassen? Wie die Drachen?

»Ihn nicht«, befahl Raikun mit einer Geste zum Zwerg, der ans Gitter getreten war. »Er soll hier verfaulen.«

»Elende!«, zischte er. »Ich werde mir holen, was mir gehört, und dann werdet Ihr bezahlen.«

Raikun winkte ab. Im Vorbeigehen bemerkte Natalie, dass das Banngitter des Zwerges bereits beschädigt war, offenbar durch ihren ungezügelten Griff in die Magie. Es würde sich mit der Zeit auflösen, und Raikun hatte das übersehen. Blieb noch das Schloss, aber damit konnte sie nicht dienen. Er würde selbst zusehen müssen, wie er rauskam.

Natalie fielen ständig die Augen zu, so müde war sie. An das Eingangstor des OMB-Hauptgebäudes gelehnt und von Catalin, dem dritten der Wolfsbrüder, bewacht, lauschte sie Raikuns flammender Rede an das »Volk der Magischen«, wie sie den zusammengewürfelten Haufen am Fuße der Freitreppe nannte.

»… Neue Zeiten brechen an, meine Brüder und Schwestern! Euer Leiden ist vorbei, heute Nacht führe ich euch in die Freiheit! Jedem von euch steht frei zu gehen, ich werde euch nicht zwingen, mir zu folgen. Doch wenn ihr es tut, so versichere ich euch, werden wir gemeinsam über die Menschen siegen. Schwört mir die Treue, jetzt und hier, und seid dabei, wenn wir uns die Macht zurückholen!«

Natürlich schworen sie alle. Ob Riesen, Trolle, Zentauren oder sprechende Tiere, sie fielen vor ihr auf die Knie, selbst die zwei Menschenfresser, die Raikuns Leute an Ketten mit sich führten, warfen sich in den Sand. Natalie hatte noch nie so viele verschiedene Wesen der Kategorie E auf so engem Raum und aus direkter Nähe gesehen. Im Zoo waren sie durch Gehege getrennt, zudem dominierten friedliche Kreaturen. Diese hier wirkten alles andere als friedlich, eher wie ein brodelndes Fass kurz vor dem Überlaufen.

Und Raikun heizte sie auch noch an: »So lasst uns aufbrechen, meine Brüder und Schwestern vom Volk der Magischen, fort aus Mitran, aus dieser Stadt, die uns nur Unglück gebracht hat. Fort von den Menschen und ihren Gesetzen. Fort von diesem Ort der Schande, geführt von der OMB, die unsere Interessen mit Füßen tritt. Ich schenke euch ein neues Zuhause, dort werden wir die Zukunft der Magischen planen, *unsere* Zukunft. Hell und mächtig möge sie alles überstrahlen. Seid ihr bereit?«

Das waren sie zweifellos. Sie brüllten ihre Zustimmung, schüttelten die Fäuste, stampften mit den Hufen.

»Dann folgt mir! Folgt mir in neue Zeiten!«

Wieder antwortete ihr Gebrüll.

»Auweia, das nenn ich mal einen Massenausbruch«, hörte Natalie ein Zischeln an ihrem Ohr. Sie schrak auf, fast hätte sie den Kopf hochgerissen.

»Jolly?« Ungläubig schielte sie nach oben.

»Direkt über dir.« Die Schlange hing völlig reglos am Schwanz eines steinernen Basilisken, der die Fassade neben dem Tor zierte. »Sie will die Meute doch nicht wirklich quer durch die Stadt schicken? Die werden randalieren, so aufgeputscht, wie die sind. Das gibt eine Katastrophe.«

Fackeln wurden ausgeteilt. Im flackernden Lichtschein offenbarte sich Natalie ein wahres Schreckensbild. Das Meer an grauen Sträflingsgewändern war endlos und in den Gesichtern spiegelte sich Erregung, beinahe Ekstase. So ausgezehrt und erschöpft sie auch sein mochten, die Aussicht auf Freiheit versetzte sie in einen Rausch. Sie würden für Raikun auch in den Tod gehen.

»Oh, da ist Valeriu«, wisperte Jolly. »Der kommt mir gerade recht. Du entschuldigst mich mal eben, ja?«

Der Wolf strich unruhig um Catalins Beine. Er hatte sich ausnehmend schnell von seiner Stichverletzung erholt, wenngleich sein Reaktionsvermögen noch nicht das alte war. Als Jolly sich auf Natalies Schulter fallen ließ und danach weiter auf seinen Rücken glitt, entlockte ihm ihr gewagtes Kunststück anfangs nur ein irritiertes Knurren. Zeitverzögert wandte er den Kopf, seine Zähne schnappten nach ihr, doch sie wand sich bereits um seinen Hals und drückte ihm die Luft ab. Er winselte.

»Jolly, was wird das?« Besorgt blickte sich Natalie um. Den Wolf hier und jetzt zu töten, wäre ein Fehler. Raikun würde sofort zurückschlagen. Valeriu jaulte und versuchte, die Schlange mit den Pfoten abzustreifen, doch sie zog sich nur enger. »Bring ihn ja nicht um.«

»Hab ich nicht vor.« Das Maul dicht am Wolfsohr wisperte Jolly ihm etwas zu. Die Wölfe konnten zwar nicht sprechen, doch sie verstanden jedes Wort. Sofort gab er den Kampf auf und lauschte dem Zischeln.

»Was willst du denn von ihm?«, fragte Natalie leise.

Unten kam Bewegung in die Magischen, sie strömten zum Tor in der Hecke, zu diesem monströsen Ding aus schwarzem Metall und Stein, breit und hoch genug, dass ein Lkw durchfahren konnte, aber so eigensinnig wie ein Dreijähriger. Raikun stieg die Treppe hinab. Es ging los.

»Er muss Paige aufwecken«, sagte Jolly. »Du weißt schon, Prinz küsst Prinzessin wach, Happy End und so. Wir sehen uns später, viel Glück. Und vermassle es nicht, Nat. Sonst kannst du deinen Schokoflash in Zukunft allein futtern.« Unbemerkt verschwand der Wolf mit seiner Schlangenreiterin im Gebäude und Natalie blickte dem ungleichen Paar verwirrt nach. Was sollte sie davon halten? Und was nicht vermasseln?

Catalin stieß sie in die Rippen. »Los, geh schon!«

Wohin?, wollte sie fragen, als sie über die Freitreppe nach unten stolperte, denn vor ihr wogten die Massen, aber der Anblick der Gestalt rechts vor ihr verschlug ihr die Sprache.

Er hatte sich einen grauen Umhang übergeworfen und die Kapuze tief ins Gesicht gezogen. Man hätte meinen können, er wäre ein Sträfling. Ein Magischer. Aber er war ein Prinz.

Kilian. Während sich alle auf das Tor zubewegten, stand er wie ein Fels in der Brandung und blickte sie an.

Natalies Herz begann zu trommeln. Sachte schüttelte sie den Kopf. *Nicht. Nicht jetzt. Überhaupt nicht.* Er war verrückt. Völlig irre. Was wollte er hier? Noch dazu allein? Sie würden ihn umbringen, sollten sie ihn als Menschen oder gar als Agenten enttarnen.

Seine Mundwinkel verzogen sich zu einem – völlig unangebrachten – ironischen Lächeln. Mit einer kleinen Kopfbewegung bedeutete er ihr, zu ihm zu kommen.

Wollte er denn mir nichts, dir nichts mit ihr davonspazieren?

Die Gelegenheit war günstig. Raikun redete mit Brisko, Catalin mit Florin, keiner beachtete sie. Magische drängten heran und plötzlich war Kilian verschwunden. Die Verzweiflung über die vertane Chance wollte ihr die Tränen in die Augen treiben. Da sah sie ihn erneut. Er nickte ihr mit grimmiger Entschlossenheit zu.

Noch einmal schwenkte ihr Blick zu Raikun, die sich in ihrem Triumph sonnte. Die Magischen umringten sie, riefen ihren Namen, wollten ihr persönlich danken. Catalin und Florin hatten alle Mühe, sie abzuschirmen. Brisko war nirgends zu sehen. Es konnte klappen.

Komm!, formte Kilian mit den Lippen. *Bitte, Nat!*

Sie drehte sich nicht noch einmal um, sondern kratzte allen Mut, alle Zuversicht zusammen. Und lief los.

Zwei, drei Schritte, dann wurde sie von der Menge verschluckt. Zwei weitere Schritte, und sie war bei ihm. Er warf ihr einen grauen Kapuzenumhang über und schob sie weiter, tiefer hinein ins Gewühl.

Sie konnte es nicht glauben. Das war's? So einfach?

»Geh«, sagte er und seine Hand, seine warme, feste Hand in ihrem Rücken dirigierte sie in die gewünschte Richtung, auf das Tor zu. »Geh immer weiter.«

Die nächsten Minuten wandelte sie wie durch einen Traum, die Gestalten ringsherum verschwammen, die Geräusche fielen wie Regen an ihr herab, und da war nichts als Kilians Atem in ihrem Nacken. Er war ihr Schutzschild. Nichts konnte ihnen etwas anhaben.

Natürlich war das ein Irrtum.

Das Tor in der Rosenhecke war verschlossen.

29

»Bob! Mach auf!«, schrie Kilian schon von Weitem. Die Zeit lief ihnen davon und Natalie wirkte völlig weggetreten auf ihn. Die Schatten unter ihren Augen waren vor Erschöpfung tiefviolett, ihr Blick irrte umher, ohne zu fokussieren. Wer wusste schon, wie lange sie sich noch auf den Beinen halten konnte?

Das Tor schaltete auf stur. »Auf keinen Fall. Die Meisterin hat befohlen, niemanden rein- oder rauszulassen.«

»Und wer hat mir vorhin aufgemacht? Du!«

»Vorhin war vorhin, jetzt ist jetzt.«

Das Wort zum Tag. Er verfluchte den Idioten, der dem Tor einst ein Bewusstsein eingehaucht hatte, und probierte es noch einmal: »Bobandragiusodamnait, im Namen von Alvis Connory Windersom, dem Mächtigen – mach sofort auf!«

»Bei Raikun haben nur Drohungen was genutzt«, warf Natalie ein.

»Womit soll ich ihm denn drohen? Bin ich etwa ein Zaub…«

»Scht! Still!« Sie presste ihm die Fäuste an den Mund. Er schwor sich, ihr als Erstes die Handschellen abzunehmen, sobald sie in Sicherheit waren. »Wir fallen auf.«

Das taten sie längst. »Holt Raikun!«, rief ein Zwerg. Und eine Fee: »Nur sie kann das Tor öffnen!« Andere Magische fielen ein, bald schrien sie im Chor nach der Hexe.

»Und wenn wir drüberklettern?«, meinte Natalie.

Die Rosenhecke war nicht bloß hoch, sie war unbezwingbar. »Unmöglich. Die Hecke beginnt ins Unendliche zu wachsen oder wickelt ihre Ranken um dich. Da drin sind bereits Leute gestorben. Früher«, setzte er hinzu, als er Natalies scharfes Einatmen hörte. Misstrauisch schweifte ihr Blick über die duftenden Rosen. »Keine Sorge, da hängen keine verwesenden Leichenteile drin.«

Das entlockte ihr immerhin ein Lächeln. »Skelette?«

»Nicht, dass ich wüsste.«

»Natalie! Komm zurück!«, erklang es auf einmal hinter ihnen und Natalies Miene gefror. Raikuns Stimme, kühl und überlegen wie stets, wirkte wie ein Trigger auf sie und sie begann merklich zu zittern. Unglaublich, welche Macht diese Frau über sie hatte.

Kilian fasste sie an den Schultern und schüttelte sie. »Sie kann uns nicht sehen, sie sieht nur graue Gestalten. Wir sind Sträflinge, wie die anderen auch. Wir schaffen das. Nicht aufgeben, klar?!«

Sie nickte heftig. Und überraschte ihn. Zwischen klappernden Zähnen stieß sie hervor: »Bobandragiusodamnait, ich bin Natalie Amalia Windersom, die Enkelin des Mächtigen, eine Hexe und Bannmagierin. Wenn du uns durchlässt, schenke ich dir eine magische Ader, die dich stärkt.«

Das schmiedeeiserne Gitter erbebte, die Angeln knirschten. »Magie?«, flüsterte das Tor andächtig.

»Ja. Ich leite sie, wohin du willst.«

»In meine Gitterstäbe?«

»Kein Problem.«

»In den Torbogen?«

»Egal, wohin. Aber das wird nur passieren, wenn du uns aufmachst. Ansonsten …«

Sterben wir vielleicht, vollendete Kilian in Gedanken. Er war im Alleingang und ohne konkreten Rettungsplan aufgebrochen, wieder einmal. Die Befehlsverweigerung juckte ihn nicht. Der Gefängnisausbruch war ein absolutes Albtraumszenario, ein Sonderfall, der die Vorschriften außer Kraft setzte. Sollten alle Stricke reißen, konnte er nur hoffen, dass die Teams rechtzeitig eintrafen.

Das Tor besann sich. »Also gut, Natalie Amalia Windersom, des Mächtigen Großtochter, Hexe und Bannmagierin …«

»Ja, ja, mach endlich auf!« Kilian rüttelte am Gitter, den heißen Atem eines Trolls im Nacken.

»Immer diese Hektik«, sagte Bob leicht verschnupft, aber er öffnete die Torflügel und sie stürzten hindurch, von einem Regen aus weißen Zuckerröschen überschüttet.

»Und jetzt schließen!«, rief Natalie, als mit ihnen auch einige Magische auf die Straße drängten.

»Davon war nicht die Rede.«

»Natalie!«, rief Raikun hinter ihnen, nah schon, viel zu nah. »Bleib stehen!«

»Zumachen, sofort!«, befahl Kilian und sie beschworen Bob abwechselnd, schon halb im Weglaufen. Ein Hubschrauber knatterte über ihren Köpfen, Scheinwerfer zeichneten Lichtspiralen in die Nacht. *Gott sei Dank!*

»Ich kann nicht. Es sind zu viele«, ächzte das Tor. Unter dem Ansturm der Magischen, an vorderster Front die Trolle, schwang das Gitter auf. Wie eine Sturmflut ergossen sie sich auf die Straße, wild, ungezähmt, zu allem bereit.

Der Jubel und das Geschrei waren unbeschreiblich. Kilian wurde ein Stoß versetzt, der ihn fast von den Füßen riss, als die Zentauren an ihm vorbeigaloppierten. Der Schmerz raubte ihm für einen Atemzug die Orientierung, taumelnd blinzelte er. Natalie war nicht länger neben ihm, stattdessen liefen da Füchse, Wölfe, sogar Bären zwischen menschlichen Magischen. Ein Lindwurm flatterte ungelenk neben den Trollen her. Einer der Riesen brach mit ihm ureigener Kraft durch die magische Rosenhecke, als wäre sie ein simpler Lattenzaun. Bob heulte auf.

Unbeeindruckt von dem Tumult erhob Raikun abermals die Stimme: »Natalie! Du entkommst mir nicht, das weißt du!«

Kilian richtete sich auf. Wo war Natalie hin? Doch hoffentlich nicht niedergerissen worden?

Mittlerweile kreisten fünf Hubschrauber am Himmel. Mehr und mehr Scheinwerfer flammten auf, die Nacht war taghell.

Eine Lautsprecherstimme forderte die Häftlinge auf, sich zu ergeben: »Kehren Sie um, sonst eröffnen wir das Feuer!«

»Das ist nur Säbelrasseln!«, rief Raikun an die Magischen gerichtet. »Lasst euch nicht beirren, haltet euch an den Plan! Heute Nacht holen wir uns die Freiheit!«

»Freiheit! Freiheit für die Magischen!«, skandierten Hunderte Stimmen und schon setzten sie sich in Marsch. Die reinste Stampede.

Die Reihen vor dem Tor lichteten sich ein wenig und Kilian entdeckte Raikun im Kreise ihrer Getreuen. Und da war auch Natalie, nur ein paar Schritte von ihr entfernt. Die beiden taxierten einander mit Blicken – zwei Klingen, die sich kreuzten, eingefroren im Moment.

Er musste sie da wegholen, bevor Raikun zuschlug. Kaum war er losgestürmt, überwand der zweite Riese die Hecke, die Rosenranken hingen wie Lametta an seinem massigen Leib.

Raikun deutete auf die Hubschrauber. »Hol sie herunter!«

Der Riese grunzte zustimmend. Er stapfte los, beide Pranken erhoben, als wollte er nach Schmetterlingen haschen. Die Hubschrauber drehten ab, alle, bis auf einen. Schüsse peitschten auf und fanden ihr Ziel. Unwillig schüttelte der Riese den Kopf – und fegte den Hubschrauber mit einem einzigen Schlag vom Himmel. Er explodierte in einem Feuerball mitten unter den Magischen.

Der Knall dröhnte in Kilians Ohren, er hechtete auf Natalie zu und riss sie zu Boden. Schützte sie mit seinem Körper vor den Trümmerteilen, die wie Geschosse umherflogen. Etwas traf ihn an der Schulter, keine Handbreit neben der unter dem Umhang verborgenen Schutzweste. *Dreck, verdammter!* Blut sickerte über seinen Arm. Mit zusammengebissenen Zähnen bezwang er den feurigen Schmerzpfeil, der ihn durchfuhr.

»Kilian«, keuchte Natalie, als er sie hochzog. Ein winziges Leuchten huschte über ihre Züge. »Ich dachte schon …«

»Ich dachte auch.« Sie blutete aus einem Cut am Jochbein,

doch sonst schien sie unverletzt. Er drückte sie an sich und wünschte sich sehnlichst fort von hier, nur fort.

Rauch qualmte über den Wrackteilen, von überallher tönten die Schreie der Verletzten, während diejenigen, die verschont geblieben waren, die Flucht ergriffen. Der Riese wankte hinterher, anscheinend ebenfalls verletzt.

Raikun hatte für ihr Volk nur ein bedauerndes Kopfschütteln übrig. Sie wandte sich ihnen zu. »Natalie. Schau, wen ich dir mitgebracht habe.«

Vor ihr kniete jetzt unter vorgehaltener Waffe ein schmächtiger Zwerg. Sie brauchten nicht lange zu rätseln. Sein Aussehen veränderte sich. Der struppige Bart bildete sich zurück, das rote Haar färbte sich blond und in seinen Gesichtszügen erkannte Kilian mit einem Mal Natalies Bruder.

»Liam«, flüsterte sie. »Ein Verwandlungszauber. Er war den ganzen Tag hinter mir und ich habe nichts gemerkt …«

Kilian schnaubte. »Ein Illusionszauber maximal. Hexen können nichts und niemanden verwandeln, nur verändern.«

»Hexenstyling.« Sie verzog die Lippen zu einem geringschätzigen Lächeln. »Dann war es eben Brisko. Egal. Er ist ihr Trumpf.«

Die Spinne hatte ihr Netz ausgelegt. Wieder einmal.

»Catalin.« Auf Raikuns Wink führte der dritte der Wolfsbrüder – Kilian hatte ihn schon an der Freitreppe gesehen – einen der Menschenfresser herbei, der durch die geblähten Nasenflügel witterte und in Richtung Unglücksstelle drängte. Er roch das Blut. Den Tod.

Natalie wollte sich losmachen, doch Kilian packte sie um die Mitte. »Nicht! Merkst du nicht, was sie hier abzieht?«

Raikun war in ihrem Element, sie schien jeden Augenblick zu genießen. Wie beiläufig zog sie ihren Dolch über Liams Unterarm, ein oberflächlicher Schnitt, der dem Jungen nicht mal einen Schrei entlockte, aus dem aber sofort Blut austrat. Der Menschenfresser fuhr herum. Er stieß einen gutturalen Laut aus, dann öffnete er seinen breiten Mund zu einem Brüllen. Die spitzen Zahnreihen funkelten auf. Catalin konnte ihn nur mit Mühe bändigen.

»Du solltest rasch herkommen, Natalie«, empfahl Raikun. »Sonst kann ich für nichts garantieren.«

Natalie kämpfte gegen Kilian an. »Lass mich gehen!«

»Nein! Kapier doch, sie benutzt ihn nur! Sie will dich zum Aufgeben zwingen. Das ist ihre Masche, so manipuliert sie dich. Du musst das endlich durchbrechen.«

»Nicht auf Liams Kosten. Sie werden ihm wehtun.«

»Dann mach ich es.«

Seine Finger schlossen sich um seine Pistole. Diesmal gab es kein Zögern, diesmal nicht. Der Schuss dröhnte, Natalie schrie, Raikun duckte sich hinter Liam. Und die Kugel fand ihr Ziel. Der Menschenfresser sackte getroffen zusammen.

Sekundenlang schienen alle wie paralysiert zu sein. Dann brach ein Sturm los.

Zwei Hubschrauber kehrten zurück und übergossen alles mit gleißendem Licht. Per Lautsprecher kündigte man Waffengewalt an. Kilians Blick huschte nach vorn. Eine gedrungene Gestalt sprang auf Raikun zu und krallte sich an ihren Rücken. Noch ein Zwerg? Schon wühlte er in ihren Taschen.

»Her mit dem Amulett!«

Der Zwerg! Wim pfuschte ihm wieder mal dazwischen, er hätte es wissen müssen.

Ein kreisförmiges, von Edelsteinen besetztes Schmuckstück flog davon, aber Wim kam nicht dazu, es sich zu holen. Catalin und sein Bruder – Florin, wie Kilian inzwischen wusste – zerrten ihn von Raikuns Rücken und schleuderten ihn in die Hecke.

Brisko hob das Amulett auf und zückte seinen Zauberstab. Und für einen Moment war Kilian abgelenkt.

Prompt entwischte Natalie und rannte los, auf Liam zu. Florin preschte herbei, aber sie wich aus, nur um von Catalin eingefangen zu werden. Ihr Schrei gellte durch die Luft und der

Zorn blitzte wie eine Flamme in Kilian auf. So durfte es nicht enden!

Er hob die Pistole erneut an. Zielte. Da donnerte eine Faust in sein Gesicht. Mit vor Schmerz tränenden Augen fand er sich auf hartem Asphalt wieder.

Florin stand über ihm, ein breites Grinsen auf den Lippen. Er kickte Kilians Waffe weg und lockte ihn mit dem Zeigefinger. »Komm schon, zeig mir, was du draufhast!«

Im Aufrappeln sah er, dass Catalin Natalie zu Liam schleifte, der das Geschehen mit starrem Blick beobachtete. Florins Augen huschten ebenfalls hinüber und diesen Moment nutzte Kilian, um seinen Messerstich zu platzieren, tief hinein in den Oberschenkel seines Gegners.

»Liam, lauf! Lauf!«, hörte er Natalie kreischen, aber ihr Bruder rührte sich nicht. Etwas stimmte nicht mit ihm.

Florin hatte sich gefangen. Ungeachtet des Blutes, das von seinem Hosenbein troff, griff er erneut an. Er täuschte links an und blockte Kilians Abwehrbewegung mit einem Schlag auf sein Handgelenk. Das Messer flog.

Florins Hiebe kamen jetzt in schneller Abfolge und Kilian hatte alle Hände voll zu tun, ihn abzuwehren. Er landete einen Treffer in seinem Magen, sodass er sich krümmte, doch als Kilian einen zweiten Hieb in den Nacken nachsetzen wollte, knallte Florins Schädel von unten mit voller Wucht gegen sein Kinn.

Blitze zuckten vor ihm auf, er taumelte, verlor das Gleichgewicht, und Florin packte ihn an den Knöcheln und brachte ihn mit einem Ruck zu Fall. Der Aufprall fuhr ihm wie ein Hammerschlag durch den Kopf, seine Sicht verschleierte sich, Schwärze sackte über ihm zusammen. Sekundenlang kämpfte er darum, nicht das Bewusstsein zu verlieren, ehe die Welt wieder laut und hell wurde. Die Hubschrauber knatterten über ihm. Wann griffen diese Idioten endlich an?

Er hörte Catalins befriedigten Ausruf: »Ich hab sie!«

»Schön«, sagte Raikun fast gelangweilt. Aber dann folgte ihr Schrei: »Rückzug! Brisko …«

»Schon dabei.«

Kilian schüttelte die Benommenheit ab, wälzte sich auf die Seite und stemmte sich auf die Unterarme. Blinzelnd hielt er nach Natalie Ausschau. Da trat Brisko in sein Sichtfeld. Er holte ein oranges Etwas aus seinem Rucksack und setzte es auf die Straße. War das ein … Kürbis?

»Wirklich?«, knurrte Raikun. »Hast du auch Mäuse dabei?«

Florin packte Kilian am Kragen und zerrte ihn hoch. »Hast du noch nicht genug?«

»Nein, ich amüsiere … mich bestens«, brachte er hervor.

Florin schmetterte ihm die Rechte ins Gesicht. Kilians Kopf flog zur Seite. Ein Schwall Blut füllte seinen Mund, er spuckte aus, Florin schlug noch einmal zu. Kilian sah nur noch verschwommen, doch was er sah, konnte unmöglich sein. Der Kürbis verwandelte sich in ein metallisches Gebilde und alle wichen zurück, weil es sich mehr und mehr entfaltete.

Ein Aeromob.

»Genau«, erwiderte Florin, als hätte Kilian es laut ausgesprochen, »unser Fluchtwagen. Aber erst …«

Raikun rief nach Florin, Brisko öffnete die Türen, Natalie … wo war Natalie?

»Aber er lebt noch!«, rief sein Peiniger entrüstet.

»Florin! Sie kommen!«

Knurrend ließ er von Kilian ab, versetzte ihm zum Abschied noch einen Fußtritt und rannte los. In diesem Moment peitschte aus dem Dunkel ein Schuss auf.

»Halt, keine Bewegung, OMB!«, brüllte Sam.

Endlich! Kilian hörte rasche Schritte, die Agenten näherten sich im Halbkreis. Unendliche Erleichterung wallte in ihm auf. Sie waren hier, sie griffen an, es gab Hoffnung!

»Bleib unten, Kilian!« Das war Vajos.

Sicher nicht. Obwohl sich seine Muskeln bei jedem Atemzug vor Schmerz verkrampften, tastete er nach der Pistole. Und fand sie.

Blinzelnd verschaffte er sich einen Überblick. Florin hatte eine Kugel abgekriegt, Catalin und Brisko hievten ihn gerade ins Aeromob. Dann liefen sie, um Natalie zu holen, die in der Nähe auf die Knie gefallen war, während Raikun Liam in ihrer Gewalt hatte und damit drohte, ihn zu töten.

Schon wieder das gleiche Spiel. Er würde es ihr versauen.

Noch im Liegen feuerte er auf Catalin und Brisko, die sofort kehrtmachten und ins Aeromob flüchteten. Raikun benutzte Liam als Deckung, als sie einstieg. Darauf bedacht, ihn nicht zu treffen, spendierte Kilian der Hexe einen Kugelhagel, bis das Magazin leer war. Die Heckklappe fiel zu. Das Aeromob jagte davon.

Und für einige Zeit wurde es sehr still.

Eine brüchige Stimme holte ihn zurück. »Kilian? Meine Güte, dein Gesicht …«

Sein linkes Auge war zugeschwollen, er konnte sie kaum erkennen. Die Handschellen klirrten, er spürte ihre Berührung an der Schulter. »Natalie.«

Sie wollte ihm beim Aufsetzen helfen, war aber zu schwach, sein Gewicht zu halten, und sank mit ihm zurück. So blieben sie dicht beieinander liegen, ihr Kopf auf seiner Brust. Und im Grunde war es das, was er wollte. Sie. In Sicherheit. Ganz nah bei ihm.

»Liam?«, rang er sich schließlich ab.

Sie schüttelte den Kopf. Er schlang die Arme um sie. Hielt sie fest. Das war alles, was er ihr geben konnte.

IV

Sie floh durch
einen Wald voller Gefahren.
Wohin sie auch blickte,
lauerte der Tod.
Also zog sie ihr Messer.
Und als die Klinge
seinen Leib teilte,
zerfiel er zu

Staub.

30

Zwei Hexen. Hastig blickten sie sich um, ehe sie den Gullydeckel anhoben und in die Kanalisation hinabstiegen. Ein paar Minuten später tauchte ein Zwerg auf. Natalie spulte das Video vor. Ein Zauberer und ein Zwerg. Drei Feen. Immer derselbe Ablauf.

Bis auf die Verletzten – die bei den Befragungen allesamt beharrlich schwiegen – waren die entflohenen Magischen entweder untergetaucht oder hatten die Stadt verlassen. Lydia hatte in den vergangenen zwei Wochen dreiundsechzig Videomitschnitte der Überwachungskameras gesammelt. Längst waren noch nicht alle ausgewertet, aber eines stand bereits fest: Der von Raikun inszenierte Gefängnisausbruch war das Ergebnis eines perfekt ausgeklügelten Plans, der bis auf Kilians Eingreifen klaglos funktioniert hatte.

Jolly klappte ihr Maul auf und gähnte. »Wie lange willst du dich eigentlich noch zerfleischen?«

»Ich zerfleische mich nicht. Ich forsche nach Hinweisen.« Bisher ohne Erfolg. Raikun und ihre Leute – verschwunden. Das Aeromob – verschwunden. Die Riesen, Trolle und Zentauren – verschwunden, was eine respektable Leistung war.

Natalie markierte den Standort des Gullydeckels auf der Karte, die sie von der Stadtentwässerung erhalten hatten – das nächste rote Kreuz, die nächste Hoffnung. Die Agententeams klapperten sie der Reihe nach ab, doch der Zugang zu den Klagenden Gängen war nicht zu finden.

Jolly glitt von Natalies Hals auf den Schreibtisch und richtete sich provokant vor ihr auf. »Hör mal: Die ganze OMB sucht nach ihr. Rund um die Uhr tun die Agenten nichts anderes, sie essen nicht, sie schlafen kaum, sie machen sich Vorwürfe. Aber macht das die Sache besser? Nein! Und hilft es ihnen, wenn du dich hiermit quälst? Nein!«

Wütend fegte Natalie den Stift vom Tisch, nahe daran, mit Jolly genauso zu verfahren. »Was soll ich denn tun? Hm? Was? Ich sitze in dieser Festung und weiß nicht ein noch aus!«

Der Mächtige hatte ihren Schutzzauber entfernt – mit ein paar Worten! –, damit die Hexenmagie von Dr. Turnherr ihre Wirkung entfalten konnte. Hauptsächlich Regenerationszauber, die täglich erneuert werden mussten. Sie mochten ihre Gesundheit wiederherstellen, brachten aber den Nachteil mit sich, dass sie hier gefangen war. Er hatte ihr verboten, das Areal ohne Schutzzauber zu verlassen.

»Du könntest schlafen. Es ist drei Uhr morgens.«

Sie schwieg. Sie schlief immer noch unruhig, umkreist von Träumen wie von Schwärmen nachtschwarzer Vögel. Wachte beinahe stündlich auf, schweißgebadet und mit wummerndem Herzen, manchmal mit einem Schrei auf den Lippen. Sie wusste, dass sie den Schlaf brauchte, um sich zu erholen, doch sie fürchtete sich davor.

»Du siehst immer noch aus wie der leibhaftige Tod, Nat«, sagte Jolly leise und von Zischlauten durchbrochen. »Ich weiß, wie sehr dich das mit Liam getroffen hat. Ich weiß es, weil es mir mit Paige ähnlich geht.« Sie stieß eine Art Schnaufzischen aus.

Natalies Herz wurde schwer. Beim Kampf vor dem Tor hatte Liam das Geschehen teilnahmslos beobachtet. Sie hatte ihm zugerufen davonzulaufen, hatte ihn angefleht, doch er hatte nur stumm den Kopf geschüttelt. Sie begriff nicht, was mit ihm passiert war. Paige wiederum lag nach wie vor in tiefem Schlaf. Der Wolfskuss hatte sie nicht wecken können und Jollys größte Hoffnung war zerstoben. Valeriu hatte sich seither nicht mehr blicken lassen, wahrscheinlich war er mit Raikun geflohen.

»Tut mir leid«, murmelte sie und strich Jolly über den Kopf, über die samtige Schlangenhaut, vor der sie sich anfangs so geekelt hatte. »Ich denke nur an mich.«

»Allerdings. Leider in einer Art und Weise, die an Selbstgeißelung grenzt. Du fühlst dich schuldig.«

»Ich *bin* schuld.«

»Spinnst du? Bürde dir das bloß nicht auf, Nat, es macht dich kaputt! Die Einzige, die du für all den Mist verantwortlich machen kannst, ist Raikun.«

Natalie wusste nicht, was sie erwidern sollte. Wenn sie über das Geschehene nachdachte – und das tat sie eigentlich andauernd –, dann sah sie sich in blinder Panik vor dem Banngitter des Einhorns. Sie sah sich am Grimm-Denkmal mit Kilian. Sie sah vor sich, wie sie trotz Hausarrest aus ihrem Zimmerfenster kletterte und ihre Eltern und Liam zurückließ.

Es waren ihre Entscheidungen gewesen, die sie an diesen Punkt gebracht hatten, sie, Jolly und Paige, Liam und den Mächtigen. Kilian nicht zu vergessen. Ihre Entscheidungen, ihre Schuld.

»Du *sollst* an dich denken«, fuhr Jolly fort. »Du musst sogar. Du musst endlich wieder zu Kräften kommen. Wie sonst willst du Raikun bei eurem nächsten Aufeinandertreffen vernichten?«

»Vernichten? Vernichten, so wie *töten?* Meinst du das?«

»Keine Ahnung, aber ich will, dass sie bezahlt. Sie hat uns alles genommen. Unser Leben ist futsch. Schule? Vergiss es. Ausbildung? Nicht für uns. Liebe? Für dich habe ich noch Hoffnung, wenn du sie nur endlich zulassen würdest, aber ich? Guter Witz. Eine Zukunft? Wie alt werden Schlangen noch gleich?«

»Bis zu dreißig Jahren. Je nach Art. Ich nehme an, dass du eine Viper bist. Andererseits spricht die weiße Farbe dagegen.«

»Du hast das recherchiert?«

Natalie barg ihr Gesicht in den Handflächen. Sie sagte nichts.

»Dreißig Jahre sind eine scheißlange Zeit. Als Schlange zumindest. Als Mensch ist es ja denkbar kurz. Wer will schon mit dreißig sterben.«

»Es tut mir leid«, flüsterte sie matt. »Ich wünschte …«

»Hör schon auf. Hör auf!« Jolly riss drohend das Maul auf, Gift tropfte von den Zähnen. »Ichwünschteichkönntehätteich-nur – in deiner Gegenwart wird man ja depressiv!«

»Auch das tut mir leid. Ich gehe lieber.«

»Wohin denn?«, fragte Jolly, jetzt merklich kleinlaut.

Natalie riss die Tür auf. »Raus. Ich muss nachdenken. Wie ich Raikun *vernichten* kann.«

Die Rosenhecke verströmte betörenden Duft. Natalie hörte das Einhorn kauen, so still war die Nacht. Wohltuend still. Eine Weile stand sie nur da, drehte die Möhre in der Hand und wartete. Jollys Worte hatten so vieles aufgewirbelt, was sie zu vergessen versuchte. Sie meinte, Raikuns Stimme zu vernehmen. Die enthusiastischen Schreie der Magischen. Die Hubschrauber. Die Explosion.

Das Fell des Einhorns schimmerte wie frisch gefallener Schnee. Sein Anblick, wie es im Mondlicht graste, nahm ihren Gedankensplittern die Schärfe. Langsam und mit ausgestreckter Hand wagte sie sich vor. Bis auf zwei Meter ließ es sie herankommen, dann riss es schnaubend den Kopf hoch, das Spiralhorn schnitt wie ein Schwert durch die Luft.

»Du willst sie doch, hm?«, murmelte sie und legte die Möhre ins Gras. Sie tat das jede Nacht und am nächsten Tag war sie jeweils fort. Aufgefressen. »Wir werden uns schon noch anfreunden. Ich bin ja noch einige Zeit hier.«

Kein Loch klaffte mehr in der Hecke, noch nicht einmal geknickte Ranken oder zerfledderte Blätter waren geblieben, sie war komplett nachgewachsen. Natalie lief zum Tor und lehnte die Stirn an die kühlen Gitterstäbe. Fast musste sie lachen. *Von einer Zelle in die nächste.*

»Natalie Amalia Windersom, Hexe und Bannmagierin«, sagte Bob sanft, »willst du nach draußen?«

»Nein.« Sie konnte nirgendwo hin. »Ich bin dir noch was schuldig.«

»Ah, dein Versprechen. Du willst es einlösen.«

Irritiert hob sie den Kopf. »Möchtest du das denn nicht?«

Das Tor ließ sich mit der Antwort Zeit. »Ich habe viel nachgedacht. Über meine Aufgabe. Was richtig ist. Was falsch. Ob ich überhaupt in der Lage bin, das zu beurteilen. Mein Horizont ist begrenzt, was weiß ich schon von der Welt? Vielleicht hätte ich anders gehandelt, hätte ich mehr Einblick gehabt.«

Du bist ein Tor!, lag es Natalie auf der Zunge und die Doppeldeutigkeit brachte sie zum Schmunzeln. »Du hast alles richtig gemacht, Bob. Mach dir keine Gedanken.«

»Aber wenn ich vorher gewusst hätte …«

»Wenn du *was* gewusst hättest?«

»Das«, sagte das Tor, »weiß ich eben nicht.«

»Siehst du. Wir können nur nach bestem Wissen und Gewissen handeln. Und manchmal zieht das eben Negatives nach sich. Wir treffen Entscheidungen nicht willkürlich, sondern …«, ihr entwich ein Stöhnen, »… weil wir sie in jenem Moment für richtig halten. So ist das im Leben.«

»Wirklich?«, fragten zwei Stimmen im Chor, Bob – und der Mächtige. Mit zusammengebissenen Zähnen drehte sie sich um.

»Und wie lange stehst du schon da?«

Sein Ledermantel knirschte, als er nachdenklich über sein Zepter strich. »Schon eine Weile. Ich habe dich kommen sehen. Konnte nicht schlafen.«

Sicher doch. »Das habt ihr euch ja fein ausgedacht, ihr zwei.«

Das Tor kicherte. »›Du hast alles richtig gemacht, Bob‹«, äffte es Natalie nach. »Dachtest du wirklich, ich hätte Gewissensbisse? Ich? Was für ein herrlicher Spaß!«

Sie war so dämlich! Bob war egozentrisch bis zum Gehtnichtmehr, sein Dasein sterbenslangweilig. Eine solche Zerstreuung war sein Salz in der Suppe. »Besten Dank. War's das? Dann gute Nacht.«

»He! Du hast mir eine magische Ader versprochen«, entrüstete sich Bob, als sie davonstapfte.

»Mir ist die Lust vergangen.«

»Sagst du das auch Liam?«, rief der Mächtige ihr nach. »Wird das deine Ausrede sein, wenn du Raikun unvorbereitet gegenüberstehst?«

Natalie fuhr herum. Gerade war sie nur verärgert gewesen, jetzt aber züngelte Wut in ihr hoch. »Lass Liam aus dem Spiel!«, fauchte sie und fügte so bissig wie möglich hinzu: »*Großvater.*«

Seit ihrem Zusammentreffen an der Narsh hatte sie ihn nicht mehr so genannt, nicht einmal, als er ihr erklärte, dass er jetzt, da ihre Eltern tot waren, ihr gesetzlicher Vormund sei, und sie bis zur Volljährigkeit bei ihm leben würde. Nicht einmal, als sie das Grab auf dem Friedhof besucht und er zögernd den Arm um sie gelegt hatte. Sie wusste nicht, wie er zu ihr stand, für sie war er ein Fremder.

»Liam ist alles, was dir geblieben ist …« Das »da du mich als Familienmitglied nicht anerkennst« musste er nicht aussprechen, sie hörte es auch so, las es in seinen Augen, gewittergrau wie ihre, aber stählern, kalt. »Er ist Teil des Spiels und das ist dir wohl bewusst, Natalie. Wir müssen den nächsten Zug planen. Du hast dich lange genug ausgeruht – es wird Zeit für dein Training.«

»Es ist mitten in der Nacht.«

»Hast du etwas Besseres zu tun?«

Bisher hatte sie Hemmungen gehabt, mit ihm zu arbeiten. Jetzt entkam sie ihm wohl nicht mehr, zumal er recht hatte. Sie machte kehrt. »Hier?«

»Ein perfekter Platz, würde ich meinen.«

Rings um das Tor vibrierte alles vor Magie. Sie würde gut darauf zugreifen können. Das Einhorn trottete auf der Suche nach besseren Gräsern davon. »Also gut.«

Der Mächtige hob sein Zepter an. Die Glaskugel an der Spitze erstrahlte, als er Magie zu sich befahl und einen frei schwebenden Knoten daraus formte. »Übernimm ihn und erstelle ein Banngitter.«

»Wie die im Gefängnis?«, fragte sie und er nickte.

Sie verstärkte die Magie und zweigte mehrere Stränge ab, um mit dem Flechten zu beginnen. Schweigend beobachtete er sie und als sie Minuten später ein Rad von der Größe eines Lkw-Reifens fertig hatte, zerstörte er es mit einem Stoß seines Zepters. »Schneller. Noch einmal.«

Eine gefühlte Stunde lang formte sie Gitter von unterschiedlicher Größe und Flechtweise, zwanzig, dreißig oder mehr. Er wiederum kommentierte jedes ihrer Werke mit »Schneller!« oder »Zu langsam«.

Als Nächstes sollte sie mit verbundenen Augen trainieren, er hatte eigens ein Tuch dabei. Eng lag es um ihren Kopf und sofort spülte Angst in ihr hoch. Es war, als hätte Raikun ihr den Sack übergezogen, als würden die Wachen sie vorwärtsschleifen, als wäre sie zurück in den Tunneln. Sie bekam keine Luft mehr.

Keuchend sank sie auf die Knie und riss sich das Tuch herunter. »Dann kneif die Augen eben zu«, war sein einziger Kommentar.

Die Magie zu spüren, war leicht. Sie blind zu formen, ohne die Übersicht zu verlieren, schon schwieriger. Sie behalf sich mit einem geistigen Bild, doch sobald ihre Konzentration nachließ, erlosch das Silber vor ihren Lidern und sie tappte buchstäblich im Dunkeln. Etliche Male fiel das Gitter in sich zusammen und sie musste von vorn beginnen. Das Ergebnis schließlich war schauderhaft.

»Schwache Leistung«, sagte der Mächtige.

Stöhnend öffnete sie die Augen. Von Lob hielt er wohl nicht viel. Ob ihm überhaupt bewusst war, wie sehr sie sich plagte?

Sie trainierten bis zum Morgengrauen und Natalie gab alles, wirklich alles, aber sie konnte sich noch so anstrengen, es stellte ihn nicht zufrieden.

»Weißt du«, sagte sie und lockerte die Arme, »du bist wie Raikun. Es ist nie genug, immer verlangst du noch mehr.«

»Findest du etwa, du seist gut genug?«

»Darum geht es nicht. Nie gibst du mir Tipps, nie erklärst du irgendwas. Wie soll ich mich da je verbessern?«

»Diese Diskussion hält uns nur auf. Mach weiter!«

»Nein!« Aufgebracht schleuderte sie das eben erstellte Banngitter von sich, sodass es ins Tor krachte. Bob stieß einen Schreckenslaut aus, der Mächtige hob eine Augenbraue. »Überhaupt ist das alles Quatsch! Wir können noch zehn Jahre trainieren, es ändert nichts daran, dass ich keine mobilen Knotenpunkte erschaffen kann. Wie machst du das, zur Hölle? Wie löst du die Magie vom System? Warum verpufft sie nicht?«

»Ich banne sie. Mit einem Wort.« Ungläubig blickte sie ihn an. »Vergiss nicht, ich bin ein Zauberer, ich nutze die Macht der Worte. Und natürlich mein Zepter.«

Na toll. Hexen verwendeten zwar auch Zaubersprüche, aber nur zum Freisetzen der an Pulver oder Essenzen gebundenen Magie. Und sie hatte noch nicht mal eine Ausbildung.

Als hätte er ihre Gedanken gelesen, fuhr er fort: »Vergiss, dass du eine Hexe bist. Du musst die Magie an *dich* binden. Welche Macht nutzt du dafür, Natalie?« Ratlos zuckte sie mit den Schultern. »Denk nach!«

»Anfangs musste ich mich in ihre Melodie hineinfühlen, sie nachahmen – ich habe gesummt.« Mittlerweile war das nicht mehr nötig, sie hob die Arme, dachte an das, was sie vollbringen wollte, und die Magie reagierte. »Jetzt ist es allein mein Wille.«

»Nun, vielleicht ist dein Wille nicht stark genug.«

Jetzt reichte es wirklich! »Erklärst du das all deinen Schülern, ja?«, schrie sie. »Hast du das auch Raikun gesagt? Dass sie nichts zuwege bringt, weil sie zu schwach ist? Oder Hanjo? Deinetwegen ist er in der Psychiatrie gelandet. Und deswegen hat auch Mama den Kontakt zu dir abgebrochen, stimmt's? Sie wollte nicht, dass du uns ausbildest, weil sie fürchtete, uns könnte das

Gleiche passieren! Du bist schuld, dass wir nie einen Großvater hatten, du bist selbst schuld daran! Und deine Schuld ist es auch, dass Raikun so ausgetickt ist! Du hast ihr die Macht der Bannmagie gezeigt und sie dann im Regen stehen lassen, als sie deinen Ansprüchen nicht genügen konnte! Im Grunde geht alles auf deine Kappe! Nicht auf meine … nicht … auf meine!« Sie keuchte. Am ganzen Leib zitternd, versuchte sie, die Tränen wieder hinter ihrer Wut zu verstauen. Doch die war verpufft, sie fühlte sich nur noch leer.

»Jetzt«, sagte der Mächtige, »hast du es endlich begriffen. Ich nehme die Schuld gern auf mich, wenn es dir hilft, alles zu verarbeiten.« Er seufzte, aber in seinem Gesicht stand tiefe Befriedigung. »Das vorhin«, er nickte zum Tor, wo die letzten Magiereste ihres Banngitters verglühten, »war richtig gut. Du bist Raikun bei Weitem überlegen.«

Sie schluchzte auf. Wie konnte er das behaupten? Sie hatte doch von Raikuns Psychoterror erzählt, von ihren Foltermethoden. Von der Angst, die in den Klagenden Gängen ihr ständiger Begleiter gewesen war. Sie war ihr nicht überlegen, sie war das Kaninchen vor der Schlange.

»Du bist sogar mir überlegen, Natalie, denn ohne Zepter, ohne Worte bin ich machtlos. Ich brauche dir nichts beizubringen, du trägst alles Nötige in dir. Raikuns Fesseln sind nur noch in deinem Kopf. Streife sie ab, dann wird die Magie aus dir herausfließen.«

Kilian holte sie aus tiefem, an Bewusstlosigkeit grenzenden Schlaf. Natalie war direkt auf der Freitreppe weggekippt, die Wange an den kühlen Stein gepresst. Jetzt fühlte sie sich wie ein zerknautschtes Laken. Vermutlich sah sie auch so aus. *Du denkst an dein Äußeres? Ein Fortschritt.*

Er dagegen sah unverschämt gut aus in seinen Jeans und dem ärmellosen T-Shirt. Die Verletzungen waren abgeheilt, an die

Blessuren erinnerten nur gelbliche Schatten. Sein Haar fiel ihm wirr in die Stirn. So hatte sie ihn kennengelernt. Sie bedauerte, dass Raikun ihr das Handy abgenommen hatte. In ihrem Album waren etliche Fotos gespeichert. Von jenen frischverliebten Tagen. Von einem anderen Leben.

»Hey du«, sagte er zur Begrüßung.

»Hallo.« Verlegen zupfte sie an ihren Fingernägeln, die nachgewachsen waren, seit sie Dr. Turnherrs Hexenpaste verwendete. Sie schmeckte nach Sauerkraut. Zum Glück roch sie nicht danach. »Wie spät ist es?«

»Fast Mittag.«

Sie hatte fast sechs Stunden durchgeschlafen, das erste Mal seit Langem.

Kilian setzte sich neben sie. »Interessante Nacht?«

Natalie hatte schon mitgekriegt, dass er ein recht gutes Verhältnis zum Mächtigen hatte, aber musste er ihm denn alles erzählen? Sie ließ die Schultern kreisen; die Muskeln brannten nicht länger, stattdessen waren sie schwer wie Blei. »Wir haben trainiert. Aber das weißt du ja bereits.«

»Der Mächtige wirkte geschlaucht.«

»Ha! Frag mich mal!«

»Das tue ich: Wie geht es dir?«

»Gut. Wie schon erwähnt, ich habe geschlafen.« Weil er nicht reagierte, die moosgrün gesprenkelten Augen abwartend auf sie gerichtet, sprach sie weiter. »Es war ein Desaster. Er hat mich fertiggemacht, ich habe ihn angebrüllt – die Kurzfassung. Ich kann nicht mit ihm arbeiten.«

»Vielleicht musst du das ja nicht. Er meinte, er brauche dir nichts beizubringen, dir fehle es nur an – wie hat er das ausgedrückt? – Urvertrauen in deine Fähigkeiten.«

»Ihr habt mich analysiert, wie schön.«

Kilian ergriff ihre Hand. »Natalie, wir wollen dir helfen. Du hast Fürchterliches durchgemacht, jeder andere wäre daran zerbrochen. *Ich* wäre fast daran zerbrochen«, setzte er leise hinzu.

Seine Hand war warm, fast heiß, und er strich mit dem Daumen unablässig über ihren Handrücken. Etwas in ihr erwachte, eine Art Wispern in ihrem Herzen. Sie hatte gedacht, es verloren zu haben, wie sie alles verloren hatte, aber da war es.

Seit ihrer Befreiung hatte Kilian täglich nach ihr gesehen. Hatte sie an sich gezogen und festgehalten, als ob er ahnte, wie nötig sie das hatte. Er hatte sie dazu gebracht, die Gedanken an ihre Eltern zuzulassen. Die Verbindung nicht einfach zu kappen, sondern den Erinnerungen einen Raum in ihrem Herzen zu gewähren. Sie seien von Bedeutung, weil sie die Grundlage für Neues bildeten, für Positives, Schönes, Erfüllendes. »Glück kann nur auf Glück wachsen«, hatte er gesagt. In seinen Armen hatte sie geweint. Seine Nähe war ihr vertraut. Doch die Berührung erschien ihr mit einem Mal sehr intim. Sie erschauerte.

»Entschuldige«, sagte er und ließ sie abrupt los. »Ich … Das war zu viel.«

Natalie schüttelte den Kopf. »Nein. Das war schön.«

»Was ich damals im Auto zu dir gesagt habe – dass ich mich als Agent nicht in eine Hexe verlieben könnte –, war Schwachsinn. Ich war total durcheinander, dann hat sich auch noch herausgestellt, dass du die Enkelin vom Mächtigen bist, und … na ja … Es tut mir leid, dass ich dich verletzt habe.«

»Okay.« Sie wusste nicht, was sie sonst darauf sagen sollte. »Es ist nicht mehr wichtig. Alles hat sich geändert.«

»Nicht alles. Meine Gefühle für dich nicht. Im Gegenteil.« Er blickte sie fast schon verlegen an. »Mir ist klar, dass du Zeit brauchst. Oder dass du mich vielleicht gar nicht willst. Ich wollte dir das bloß sagen. Damit du weißt, woran du bist.«

Sie nahm sein Gesicht zwischen die Hände und nach kurzem Zögern lehnte er die Stirn an ihre. »Danke«, flüsterte sie. »Aber du musst mich nicht wie ein rohes Ei behandeln.«

»Nicht?«

»Nein.«

Er führte ihre Hände in seinen Nacken. Jetzt war sie ihm so

nahe, dass seine Bartstoppeln über ihr Kinn schabten. Beide tasteten sie mit den Lippen nach dem anderen, befangen zu Beginn, dann verlangender. Eine Frage, Dutzende Male gestellt: *Willst du?*

Natalies Herz wisperte nicht länger, es trommelte wild. Sie wollte. Sie wollte den Kuss, und zugleich wollte sie ihn so lange wie möglich hinauszögern. Dieses *Davor* berauschte sie.

Dann stieß Kilian einen kehligen Laut aus und das Davor war vergessen.

Ihn zu küssen, war, wie in pure Magie zu tauchen. Kribbeln erfasste sie, ihre Haut schien in Flammen zu stehen. Dazu seine Hände an ihrer Taille, und ihre, die sich in sein Haar wühlten. Nichts anderes zählte mehr.

Sie wären für lange Zeit versunken, aber eine Stimme trieb sie auseinander. »Ich möchte nicht stören«, sagte Bob und Kilian verdrehte die Augen, »aber ich habe hier jemanden, der sich nicht abwimmeln lässt.« Eine Gestalt stand am Tor, groß, breitschultrig, blond. »Er sagt, er will zu einer gewissen Paige.«

Gespannt beobachteten sie, wie sich Valeriu über die schlafende Paige beugte.

»Bitte, bitte, bitte«, flüsterte Jolly.

»Halt still, das kitzelt«, flüsterte Natalie.

Kilian sagte nichts. Sie vermutete, dass er Valeriu nicht über den Weg traute. Er hatte ihn durchsucht, aber er trug nichts bei sich, was Paige schaden könnte. Seiner Aussage nach würde er sich bald wieder verwandeln. Also hatten sie nicht länger diskutiert, sondern ihn gleich zu ihr gebracht, damit er sie küsste. Kein Prinz, aber ein Mensch. Vielleicht nicht die einzig wahre Liebe, aber immerhin Liebe. Es war einen Versuch wert.

Natalie, noch von den Nachwehen ihres eigenen Kusses benebelt, hielt den Atem an. Valerius Hand glitt in Paiges Haar, zärtlich strich er über ihre Wange. Und küsste sie.

Nichts geschah.

Sie seufzten enttäuscht auf, sogar Kilian, der davor schon gezweifelt hatte, wirkte ernüchtert. Valeriu sank vor dem Sofa auf ein Knie. Die Schuld zerfraß ihn, das war ihm deutlich anzusehen.

»Sie wird hundert Jahre schlafen«, prophezeite Jolly düster. »Wenn sie aufwacht, sind wir alle tot.«

»Warten wir ab, ob das Mittel von Dr. Turnherr wirkt«, meinte Natalie und wollte eine an Valeriu gerichtete Erklärung hinzusetzen, aber Kilian stürmte an ihr vorbei und zerrte ihn auf die Füße.

Sie waren beinahe gleich groß, nur wirkte Valeriu um einiges muskulöser als Kilian. Er war der Ältere, der Stärkere, in einem Kampf hätte er ihn sicher besiegt. Aber er wehrte sich nicht.

»Dir ist hoffentlich klar, dass wir dich nicht mehr gehen lassen«, knurrte Kilian.

Valeriu legte den Kopf schief. »Dann habt ihr bald ein neues Haustier.« Er blickte demonstrativ auf seine Uhr. »In exakt vier Minuten acht Sekunden. Sieben. Sechs …«

Kilian versetzte ihm einen Stoß. »Rede! Wo ist Raikun? Wo hält sie Liam gefangen?«

Valeriu nickte zu Natalie. »Du weißt doch, wo. Kennst die Klagenden Gänge ja wie deine Westentasche.«

Sie hätte ihm gern ins Gesicht gespuckt, aber Jolly übernahm das für sie. Der Schlangenkopf schoss vor, und sie biss ihn kaltblütig in den Hals. Er zuckte nicht mal zusammen.

»Toll«, sagte er nur und wischte sich das Blut ab. »Jetzt auch noch Gift. Ihr Dibensky-Mädchen bringt mich noch irgendwann ins Grab.«

Jolly zog sich auf Natalies Schultern zurück. »Das hast du verdient! Du hast sie mit reingezogen! Bedauerlicherweise«, fügte sie hinzu, »lähmt das Gift nur.«

»Ich habe mich für Paige in die Höhle des Löwen begeben. Zweimal schon, falls ich dich daran erinnern darf, Joleen.« Verärgert schüttelte er den Kopf. »Ich kann euch nicht weiterhelfen. Ich habe Raikun seit Tagen nicht gesehen. Sie vertraut mir nicht mehr …«

»Du lügst!«, rief Kilian wutentbrannt. Er war knapp davor, sich erneut auf ihn zu stürzen, als die Tür aufging.

»Chef? Natalie?« Lydia preschte in den Raum, atemlos vor Aufregung. »Oh, Vollversammlung. Wo ist der Mächtige?«

Natalie gab den Blick an Kilian weiter. »Aufsichtsratssitzung«, antwortete er.

Lydia wedelte mit ihrem Tablet. »Ich glaube, ich habe da etwas gefunden. Seht euch das an.«

Eine Videoaufnahme. Eine Überwachungskamera an der Rapunzel Chaussee kurz nach Mitternacht, also etwa zehn Minuten nach Raikuns überstürzter Flucht. Ein Auto hielt am Straßenrand, ein dunkelblauer Van. Praktisch aus dem Nichts erschien plötzlich das Aeromob und eine Person stieg aus.

»Raikun!«, rief Natalie.

»Ja«, sagte Lydia, »aber das ist noch nicht alles.«

Raikun trat an die Fahrerseite des Wagens. Das Fenster öffnete sich und der Kopf einer dunkelhaarigen Frau tauchte dahinter auf. Ein Gegenstand wechselte den Besitzer. Raikun lief zurück zum Aeromob. Beide Fahrzeuge brausten davon. Ende der Aufnahme.

»Was hat sie ihr gegeben?«, fragte Jolly. »Ich konnte das nicht erkennen.«

»Eine Box«, sagte Natalie. »Die fürs Tarnamulett. Aber warum sollte sie das Amulett einer Fremden anvertrauen? Wer ist diese Frau überhaupt?« Fragend blickte sie in die Runde, da klickte das Türschloss und ihr fiel auf, dass jemand fehlte. »Kilian? Wo ist er hin?«

»Ist eben rausgerannt«, sagte Lydia achselzuckend.

Ohne ein Wort? Was hatte er vor? Verstärkung holen? Wollte er Valeriu in eine Zelle sperren? Vorhin hatte er jedenfalls ausgesehen, als wollte er ihn in Stücke reißen.

Ein Piepen ließ sie aufhorchen. »Mein Timer – Wolfszeit«, erklärte Valeriu, der sich schon entkleidete. Sein Hals war aufs Doppelte angeschwollen, seine Bewegungen steif. Das Gift tat bereits Wirkung.

Lydia hatte keine Skrupel, ihr Blick saugte sich an Valerius – wirklich beachtlichen – Muskeln fest. Natalie wandte sich peinlich berührt ab, aber dann vernahm sie eine Stimme, mit der sie nicht gerechnet hatte.

»Drecksding von einem Wecker!« Paige richtete sich kerzengerade auf. »Oh Mann, ich habe so was von verschlafen!«

31

Paige hatte den Kuss noch auf den Lippen, weich, zärtlich. Gern hätte sie ihm nachgespürt, doch so viel anderes prasselte auf sie ein. Sie saß in diesem Raum voller Wunderlichkeiten, die eher in die Zeit der Gebrüder Grimm gehörten als ins 21. Jahrhundert, und bemühte sich, die verpassten Wochen aufzuholen. Ihr Gedächtnis überschüttete sie mit ungeordneten Erinnerungsschnipseln, Jolly überschüttete sie mit Informationen. Mit zischelnder Stimme berichtete sie, was sich während Paiges Schönheitsschlaf zugetragen hatte.

Katastrophen.

Eine davon war die Tatsache, dass in der weißen Schlange, die sich ohne jede Scheu um ihren Hals geschlungen hatte, eindeutig ihre Schwester steckte. Niemand plapperte wie Jolly.

Zu ihren Füßen erklang ein Winseln. Valerius Pfoten zuckten unaufhörlich. Sie hätte alles dafür gegeben, ihn als Mensch bei sich zu haben. Sie hatten so viel zu klären. Etwa, warum er sich Raikuns Befehl, sie zu erschießen, widersetzt hatte. Oder warum er gekommen war, um sie wach zu küssen. Wenn sie es richtig verstanden hatte, war sie durch das Piepen seines Wolfstimers geweckt worden. Wie romantisch.

Natalie lief ständig auf und ab. Sie hatte sich merklich erholt, wirkte aber älter auf Paige als noch an der Narsh. Dort war sie eine Gefangene gewesen, schwer misshandelt und zutiefst verzweifelt. Heute und hier war sie ein Mädchen, dem die Unbeschwertheit geraubt worden war, das Gesicht mager, das Lächeln freudlos. Von Rastlosigkeit erfüllt.

»… aber jetzt haben wir eine Spur«, schloss Jolly. »Haben wir doch, oder Lydia?«

Die junge Frau mit den Dreadlocks und dem alternativen Kleidungsstil blickte von ihrem Tablet auf. Ihre Augen waren ungewöhnlich hell, die Iris fast weiß, irgendwie leblos, und nun, da sie auf seltsame Art ins Nichts starrte, verengten sich ihre Pupillen zu winzigen Stecknadelköpfen. Schauerlich, fand Paige, die noch nie eine echte Seherin zu Gesicht bekommen hatte.

Lydia fokussierte wieder, nickte und klickte eine Datei an. »Ich habe noch ein Video entdeckt, schaut mal.«

»Das kenne ich schon, Lydia«, sagte Natalie. Zu sehen waren, wie sie an Paige gerichtet erklärte, Magische, die sich unweit der Rapunzel Chaussee in einem Park sammelten, kurz nach ihrer Befreiung aus dem Gefängnis.

Die Seherin neigte den Kopf. »Ja, aber das stammt von einer anderen Überwachungskamera. Pass mal auf …«

»Das ist der Sternthaler Park«, stellte Paige fest. Ab und zu machte sie auf ihrem Heimweg dort halt, um eine Runde spazieren zu gehen, allerdings nicht in Begleitung von Zentauren, Trollen, Riesen oder einem Menschenfresser. »Ist das ein … Drache?«

»Lindwurm«, präzisierte Natalie. »Und das da sind sprechende Tiere. Offenbar haben diese Magischen«, sie deutete auf ein paar menschliche Personen, »sie hergeführt.«

Ein nachtblauer Van der Luxusklasse fuhr verbotenerweise heran und parkte mitten auf dem Weg. Der Fahrer stieg nicht aus. Sekunden später lag der Park wie verlassen da, sämtliche Magische sowie der Wagen waren verschwunden.

»Was ist da passiert?«, fragte Paige verwirrt. »Ein Unsichtbarkeitszauber?«

Natalie zog ein grimmiges Gesicht. »So ähnlich. Magische Tarnung. Durch Ulans Vlies – ein Zwergen-Amulett.«

»Aber wie kann ein winziger Anhänger einen Riesen tarnen, wenn er ihn gar nicht trägt?«, fragte Jolly.

»Magotechnik. Sie benutzen eine Art Verstärker. An der Narsh haben sie die Box mit dem Amulett an den Funkmast angeschlossen, aber Brisko hat mal erwähnt, dass das Ding auch mobil funktioniert.«

Lydia zog die Stirn kraus. »Mittels Handy. Die Signalübertragung erfolgt zur Basisstation, solange es ins Netz eingewählt ist, und wenn sie die Funkzelle verlassen, wird sie an die nächste weitergegeben. So simpel wie Mobilfunk. Aber auf die Idee muss man mal kommen, irre!«

»Und im Park wurden die Magischen das letzte Mal gesichtet?«, erkundigte sich Paige. »Oder tauchen sie noch irgendwo in der Stadt auf?«

Die anderen schüttelten die Köpfe. Lydia seufzte. »Nein, alles deutet darauf hin, dass sie nach Nordosten gezogen sind. Sie waren extrem vorsichtig – ihr wisst ja noch, wie der Riese randaliert hat, da ging richtig viel kaputt. Diesmal nicht. Die Polizei hat Fußspuren, Pferdeäpfel und leichte Schäden an Gebäuden und Straßen gefunden, mehr nicht. Bei Cossburg haben sie auf ein Privatgrundstück übergewechselt und der Eigentümer hat den Suchmannschaften den Zutritt verweigert. Wir warten noch auf eine behördliche Genehmigung … Oh, Kilian, da bist du ja!«

Unbemerkt war er wieder hereingekommen. Paige suchte seinen Blick, aber er wirkte so geistesabwesend, dass sie davon absah, sich bemerkbar zu machen. Er drückte Natalie einen Kuss auf die Stirn, zog sie kurz an sich und murmelte eine Entschuldigung. Sie lief rot an, was Paige unglaublich süß fand. *Junge Liebe, hach!*

»Paige!« Jetzt hatte er sie doch entdeckt. Ein Lächeln erhellte sein Gesicht und er umarmte sie kurzerhand. »Tut das gut, dich wach zu sehen. Einer der wenigen Lichtblicke heute. Alles okay mit dir?«

»Ich habe einen Bärenhunger, aber ansonsten geht es mir gut, danke.«

»Ich hole dir was zu essen …«

»Erst musst du dir das Video anschauen«, verkündete Lydia

und drückte ihm das Tablet in die Hand. Sofort verhärtete sich seine Miene.

»Darf der Eigentümer der Exekutive überhaupt den Zutritt verweigern?«, erkundigte sich Paige währenddessen. »Da geht es doch um den Schutz der Allgemeinheit. Wer ist der Kerl?«

»Mich interessiert in erster Linie, wer diese Frau ist«, sagte Natalie. »Raikun kennt sie, sie war in den Plan eingeweiht, sonst hätten sie sich nicht zur Übergabe verabredet. Aber es ist niemand von ihren Leuten. Die würden nicht so ein teures Auto fahren.«

»Eine Komplizin«, überlegte Lydia. »Vielleicht zahlt Raikun gut.«

»Dann hat sie wohl mehrere«, sagte Paige. »Ich hatte ja schon mit einer telefoniert.« Sie berichtete von Raikuns Geschäftspartnerin, die ihre Bestellliste an den Düngemittelhersteller weitergeleitet hatte.

Kilian gab Lydia das Tablet zurück. »Würdest du ihre Stimme wiedererkennen?«

»Auf jeden Fall. Sie war … prägnant.«

Er holte sein Handy hervor, stellte auf Lautsprecher und spielte eine Sprachnachricht ab: »Kilian, wir erwarten dich heute Abend. Schieb ja nicht die Arbeit vor.«

Herrisch, zugleich kultiviert, Paige erkannte sie sofort. Kein Zweifel, es war die Frau, mit der sie telefoniert hatte. Sogar die Vögel zwitscherten im Hintergrund. »Das ist sie. Ganz sicher.«

»Und *wer* ist das?«, fragte Natalie nach einem Moment der Stille, als die Erklärung ausblieb.

Kilian schluckte schwer. »Königin Antonia. Meine Mutter.«

Paige saß in der Kantine der OMB und schlug sich den Bauch mit Hähnchensalat auf Thai-Art voll, den der Koch extra für sie zubereitet hatte. Was keine große Kunst war, denn zum einen war er ein Zauberer, zum anderen besaß er einen magischen

Kessel, aus dem er im Handumdrehen jedes erdenkliche Gericht holte. Ihn nach dem Rezept zu fragen, konnte sie sich schenken.

Durch das Fenster hatte sie den perfekten Blick auf den Innenhof zwischen Hauptgebäude und Gefängnis, wo sie die Jungagenten beim Kampftraining beobachten konnte, unter ihnen Kilians Bruder Marik. Seltsam, dass beide Prinzen diesen Berufsweg eingeschlagen hatten. Das konnte nicht im Sinne des Königshauses sein. In Anbetracht der Kooperation zwischen Raikun und der Königin war es allerdings naheliegend, dass etwas anderes dahintersteckte, fand Paige.

Kilian hatte sich nicht dazu geäußert, nur versichert, seine Mutter sei nicht in den Fall eingeweiht. Er wolle erst mit dem Mächtigen sprechen, bevor er nach Schloss Nauders aufbreche. Doch der verspätete sich offenbar.

Jolly hielt ein Schläfchen auf Paiges Schoß, Valeriu hatte sich unter den Tisch geschleppt und schlief ebenfalls. Sein leises Schnarchen erzeugte in Paige idiotische Hirngespinste von einem gemeinsamen Leben. Stöckchenwerfen im Park, Kuscheln vor dem Fernseher, Steak zum Abendessen, blutig natürlich, und eine Spritze zur Verwandlung vor dem Sex … *Paige, verdammt!*

Ihr Blick fiel auf Natalie, die sich darin übte, die Tür mit einem Banngitter zu versiegeln, während Kilian ihr Tun mittels Detektor überwachte und die Zeit stoppte.

»Eine Minute sechsundvierzig.«

»Hölle, ich krieg das nicht schneller hin!«

»Du machst doch Fortschritte. Anfangs hast du es nicht unter drei Minuten geschafft.«

»Schon, aber ohne magische Ader bin ich aufgeschmissen. Ich kann die Magie nicht aus mir selbst entwickeln, so wie er sich das vorstellt. In mir ist nichts.«

Bannmagie zu wirken war wohl keine Kleinigkeit. »Oh doch«, sagte Paige und nahm sich einen Nachschlag. Der dritte, und trotzdem fühlte sie sich noch immer ausgehungert. »Dein Blut ist voller Magyära. Abhängig vom angeborenen Grundwert – dem MQ-Wert – sind es genug, um Magie zu wirken oder eben nicht. Doch unter Magieeinfluss vermehren sie sich und der Wert steigt rapide an, sodass sich auch die magischen Fähigkeiten verbessern.«

Natalies Augen weiteten sich. »Deshalb also hat mich Raikun so viel trainieren lassen.«

Paige nickte. »Sobald die Konzentration im Blut eine gewisse Schwelle überschreitet, genügt ein winziger Impuls, um die Magyära zur Zellteilung zu animieren. Womöglich ist das bei dir der Fall und der Mächtige weiß das.«

»Natürlich weiß er es«, grollte Natalie. »Er hatte es ja höchst eilig, einen Bluttest anzuordnen.«

Kilian tippte auf seinem Detektor herum. »Vielleicht meinte er das, als er sagte, du würdest Magie in dir tragen. Schau, das ist ein Screenshot von dir am Chronistenplatz.« Paige reckte den Hals und er zeigte ihr das Foto ebenfalls. »Die Magie ballt sich in dir, Nat.«

»Wow«, hauchte Natalie. »Das sieht aus wie ein Magieknotenpunkt.«

»Du musst ihn nur von dir schleudern.«

Natalie hielt den Blick jetzt nach innen gerichtet, vielleicht auf die Magie, die sich in ihr entfachte, sie machte einen tiefen Atemzug, dann riss sie die Hand hoch. Es gab einen fürchterlichen Knall und die Tür flog mit solcher Wucht auf, dass der Innenverputz von der Wand blätterte.

In Natalies Augen blitzte es. »So?«

Kilian lachte, hob sie hoch und wirbelte sie herum. »Genau so! Du hast es! Ist ja großartig!«

»Eventuell etwas kontrollierter?« Paige strich Jolly, die aufgeregt an ihrem Hals Zuflucht suchte, über den Kopf. »Alles gut, Schwesterchen, Natalie lässt das Haus einstürzen, aber das ist auf jeden Fall großartig.«

»Hey, Leute!« Drei Agenten schneiten herein: ein bereits ergrauter, aber durchtrainierter Mitfünfziger, eine rothaarige zierliche Frau, deren Kopf zur Hälfte kahl geschoren war, und ein Bär von einem jungen Mann. Sie beäugten die Tür, die windschief in den Angeln hing, äußerten sich aber nicht dazu.

Vielleicht ist so was hier an der Tagesordnung, dachte Paige.

Der Ältere murmelte einen Gruß, setzte sich mit Teller und Besteck an den Tisch und machte sich über den Hähnchensalat her.

Die Rothaarige klopfte Kilian kameradschaftlich auf die Schulter. »Schau an, Seine Königliche Hoheit. Du kannst dich wohl gar nicht trennen. Heute ist doch dein freier Tag.«

»Die sind momentan gestrichen. Wie sieht's aus?«

Der Bär schüttelte müde den Kopf. »Wir konnten durchbrechen, aber der Tunnel endet an einer Mauer. Sechs Tage Arbeit umsonst.«

»Drecksrattenloch«, sagte die Rothaarige voller Inbrunst. Sie beugte sich über die Schüssel und stibitzte ein Hähnchenstück heraus. »Hm, schön scharf. Und wer bist du?«, fragte sie Paige.

»Dornröschen.« Jolly hatte ihr erzählt, dass man sie hier so nannte. Überhaupt hatte Jolly ihr so ziemlich alles erzählt. Sie hatte das Gefühl, bereits ein Teil der OMB zu sein.

»Schau an, freut mich sehr! Und, ausgeschlafen? Ich bin übrigens Sam. Und der Halbriese ist Vajos. Team Gamma.«

»Paige.«

»Nö.« Sie grinste. »Du hast deinen Namen weg, Röschen.«

Na super.

Natalie breitete eine Karte auf dem Tisch aus. »Wo war das genau, Ed?« Der grauhaarige Agent zeigte es ihr und sie markierte den Punkt mit einem Stift. »Was ist mit dem Aufzug? Im RaicoTec-Turm gibt es einen, der bis in die Klagenden Gänge fährt«, erklärte sie an Paige gewandt. »Wir haben keinen Berechtigungscode, aber die Agenten wollten in den Schacht hinuntersteigen.«

»Verbarrikadiert«, sagte Vajos. »Da liegen Trümmer drin, für die wir einen Kran oder einen Bagger brauchen. Keine Chance.«

»Sehr clever. Raikuns Leute haben vermutlich wochenlang geschuftet. Und der Zustieg am Stadtrand?«

Sam schnitt eine Grimasse. »Konnten wir auf drei Möglichkeiten eingrenzen. Aber egal wo, irgendwann stehen wir vor nackter Mauer.«

Natalie faltete die Karte zusammen. »Es gibt eine Tür, ich weiß es. Ich muss selbst da runter.«

Ed wiegte den Kopf. »Was erhoffst du dir davon?«

»Eine Eingebung, eine Erinnerung. Irgendetwas.«

»Und Raikun?«, wandte Kilian ein. »Das ist keine gute Idee, überhaupt ohne Schutzzauber.«

»Hast du einen?«, hielt sie dagegen. »Nein! Keiner hier hat einen – was ich sowieso nicht begreife.«

»Bei Verletzungen ist er nur hinderlich«, erklärte Ed. »Wenn es um Leben und Tod geht, muss Dr. Turnherr sofort eingreifen können. Sie kann nicht warten, dass der Chef den Zauber löst, zumal er oft gar nicht im Land ist.«

»Jedenfalls kommen wir keinen Schritt voran«, sagte Natalie. »Ich könnte helfen …«

In der Halle den Flur hinunter wurden Stimmen laut, ausgesprochen laut. Zwei Männer schrien sich an.

Vajos zog eine Grimasse. »Der Chef ist im Anrollen. Hat mächtig Ärger mit Dibensky.«

Paige sprang auf. »Mein Vater ist hier?«

Sam nickte. »Bob hat ihn durchgelassen – entgegen dem ausdrücklichen Befehl, es nicht zu tun. Der Mächtige ist fuchsteufelswild. Ich würde da nicht rausgehen, Röschen.«

Sie musste aber. Sie hatte ihren Eltern noch nicht erklärt, wo sie die letzten Wochen abgeblieben war. Bestimmt machten sie sich große Sorgen.

Im Durchgang zur Halle bremste sie abrupt, sich dessen bewusst, dass ihr die anderen nachgelaufen waren. Ihr Vater stand beinahe Nase an Nase mit dem Mächtigen. Ein Geschäftsmann im dunkelgrauen Businessanzug und ein betagter Zauberer im Ledermantel – zwei Welten, die aufeinanderprallten. Keiner der beiden wirkte, als würde er auch nur einen Zoll nachgeben.

»Oh, oh«, zischelte Jolly und richtete sich auf ihrer Schulter auf. »Papa ist verstimmt.«

Verstimmt war er, wenn man sich zum Abendessen verspätete. Jetzt schäumte er vor Wut. An seinem Hals zeigten sich rote Flecken. »… werfen Sie mich doch raus, wenn Sie meinen, dass Sie sich das erlauben können – aber vorher nehme ich meine Tochter mit!«

»Sie werden überhaupt nichts tun!«, brüllte der Mächtige zurück, das Zepter drohend erhoben. »Paige ist nicht transportfähig! Jede Veränderung könnte ihr schaden!«

»Sie gehört in ein Krankenhaus! Sie verweigern Ihr ärztliche Hilfe!«

»Hilfe? Eine Versuchsreihe, meinen Sie. Nennen wir das Kind beim Namen. Sie wollen doch nur sämtliche Produkte an ihr testen, die Ihr Unternehmen je entwickelt hat!« Paige musste schlucken, als sie die winzige Regung im Gesicht ihres Vaters bemerkte. *Ein Körnchen Wahrheit.* Der Mächtige lächelte kalt. »Sie würden sogar die Seele ihrer Tochter verkaufen.«

»Ich werde sie ins Leben zurückholen! Lassen Sie uns durch, sonst erteile ich meinen Männern Schießbefehl!«

Ihr Vater hatte Verstärkung mitgebracht. Sechs bewaffnete Muskelprotze scharten sich jetzt um ihn. *Dein Auftritt, Paige.* Rasch lief sie auf ihn zu. »Papa?«

Der Mächtige hob eine Augenbraue, ihr Vater starrte sie überrascht an. »Paige, bist du es wirklich?«, fragte er nach einem atemlosen Moment. »Man hat mir gesagt, du seist in einen magischen Schlaf gefallen.«

Kilian trat heran. »Wer hat Ihnen das verraten?«

Ihr Vater musterte ihn abfällig. »Das geht Sie nichts an.«

»Oh doch. Wir ermitteln in diesem Zusammenhang an einem Verbrechen.«

»Ja, auch davon habe ich gehört. Die ganze Stadt lacht sich kaputt über Ihre Inkompetenz, von Nauders.« Die Verachtung, die er Kilian entgegenbrachte, rieselte wie Eiswasser über Paiges Rücken. Ihr Vater fasste besitzergreifend nach ihrer Hand. »Komm jetzt, wir gehen.«

Widerstand regte sich in ihr. Sein Benehmen war ihr furchtbar unangenehm. Zudem würde sie sich keinesfalls vor aller Augen abführen lassen wie ein Kleinkind. »Ich fahre später nach Hause …«

»Nein. Ich lasse dich keine Minute länger bei diesen Barbaren.« Er zuckte zurück, als er die Schlange bemerkte. »Was ist das denn?«

Paige zog geräuschvoll die Luft ein. »Das ist …«

»Hallo, Papa. Ich bin's, Jolly«, ließ ihre Schwester die Katze aus dem Sack.

Er musterte die Schlange ungläubig. Sprechende Tiere waren in seiner Welt nicht gerade an der Tagesordnung. »Und ich bin der Weihnachtsmann.«

»Du hasst Weihnachten«, sagte Jolly. »Der Weihnachtsmann ist für dich ›der verwerfliche und nicht zu billigende Versuch der Magischen, Magie in Menschenkreisen salonfähig zu machen‹.«

Damit war der Beweis erbracht. Jedes Jahr zu Weihnachten ratterten Jolly und Paige seinen Ausspruch unter Kichern herunter, ehe sie ihn zugleich auf die Wangen küssten und sich für den Baum und die Geschenke bedankten. Sie fanden diese Tradition alle drei unglaublich witzig, aber natürlich war ihnen bewusst, dass er es ernst meinte.

»Ich bin's«, wiederholte Jolly leise und wollte auf seine Schulter überwechseln, aber er wich angewidert zurück. Eine Reaktion, die Paige tief ins Herz schnitt. Er konnte sie doch nicht ernsthaft verstoßen?

»Es ist wahr«, bestätigte Paige. »Das ist Jolly, Papa.«

Er lachte verächtlich, woraufhin Jolly zischte und sich in Paiges Halsbeuge verkroch. »Ich weiß nicht, was hier gespielt wird. Dieses … Vieh als meine Tochter auszugeben, ist der Gipfel!«

Kurz wirkte es, als würde er um Worte ringen, dann wandte er sich an den Mächtigen: »Sie hatten mir hoch und heilig versprochen, Joleen zu finden, Windersom. Sie hatten geschworen, die besten Männer mit der Suche zu betrauen und mich auf dem Laufenden zu halten. Ich habe das Video, das Sie mir zukommen ließen, als Akt Ihres guten Willens betrachtet und wirklich gedacht, Sie würden es ehrlich meinen. Und was ist geschehen? Paige wurde ebenfalls zum Opfer, Joleen ist … nach wie vor abgängig und zu allem Überfluss führt in dem Fall ein ahnungsloser Tölpel das Kommando.«

Ein tiefer Atemzug ging durch die Umstehenden. Paige vermutete, dass sich inzwischen sämtliche Agententeams in der Halle eingefunden hatten und sich an dem erstklassigen Schauspiel ergötzten. *Jetzt wäre eine gute Gelegenheit, sich in Luft aufzulösen.*

Ihr Vater war noch nicht fertig. »Ich war geneigt, diesen Umstand als reinen Affront aufzufassen, mittlerweile weiß ich, was Sie damit im Sinn hatten. Im Aufsichtsrat sägt man an Ihrem Stuhl und er«, er deutete auf Kilian, der seine Miene krampfhaft unter Kontrolle hielt, »wird bereits als Ihr Nachfolger gehandelt.«

Die Lippen des Mächtigen bebten, er wirkte, als wäre er knapp davor, einen fiesen Zauber zu sprechen, der ihren Vater in eine Kakerlake oder Assel verwandelte.

»Selbstverständlich können Sie das nicht zulassen. Ein Mensch an der Spitze der OMB kommt für Sie nicht in Betracht. Und wie könnte man die Unfähigkeit eines Agenten besser aufzeigen, als ihn mit einer Aufgabe zu betrauen, die ihn vollkommen überfordert, nicht wahr? Ich muss die Folgen seiner Fehler hoffentlich nicht aufzählen – die Berichterstattung in den Medien war ausführlich. Aber glauben Sie mir, ich bin nicht der Einzige, der Sie durchschaut hat. Egal, wie Ihre nächsten Schritte aussehen, Sie sind bereits Geschichte, Windersom.«

Das darauffolgende Schweigen war lähmend.

Der Blick ihres Vaters schwenkte zu ihr. »Kommst du, Paige?« Eine Frage, die viel mehr beinhaltete als es den Anschein hatte. Er wollte, dass sie sich zu ihm bekannte – jetzt und für alle Zeit.

Hastig blickte sie sich um, blickte in die Gesichter, die ihr in den wenigen Stunden so vertraut geworden waren, sah Kilians Ausdruck, eine Mischung aus Bestürzung und Erkenntnis, bemerkte die Tränen in Natalies geröteten Augen, spürte Valeriu, der sich an sie schmiegte und unterschwellig knurrte. Aber Jolly – ihre kleine Schwester Jolly, das Vieh! –, die hektisch versuchte, unter ihre Kleidung ins Warme zu schlüpfen, gab den Ausschlag.

Stumm schüttelte Paige den Kopf.

»Paige, du gehörst nicht hierher …« Weiter kam er nicht. Valeriu sprang grollend nach vorn, eine Bestie aus gefletschten Zähnen und gesträubtem Fell – das nächste *Vieh* –, bereit, sie mit seinem Leben zu verteidigen.

Da drehte sich ihr Vater um und verließ mit seinen Männern die Halle.

Paige würgte ihr Schluchzen hinunter. Sie war hier nicht beleidigt und gedemütigt worden, sie nicht. Die Schlange fühlte sich steif und kalt an. Sie half ihr unter ihr T-Shirt und schlang die Arme um sie. Später würde sie Jolly trösten und ihr sagen, wie lieb sie sie hatte. Später.

»Nicht ich bin Anwärter für den Führungsposten«, sagte Kilian dumpf. »Sondern Marik.«

Der Mächtige stützte sich an einer Säule ab, alle Kraft schien aus ihm gewichen. »Marik also. Tja, das erklärt so manches.«

32

Noch auf der Treppe hörte sie die Stimmen, die bedauernde des Mächtigen und Paiges aufgewühlte, mit der sie ihn bekniete, Jolly zu helfen. Natalie lehnte sich an das reich verzierte Geländer, schloss die Augen und wartete. Schließlich fiel oben die Tür zu.

Sie fand Paige auf dem Treppenabsatz kauernd, ihr Gesicht erhitzt von der Diskussion, oder weil sie mit aller Macht versuchte, die Tränen zurückzuhalten. Valeriu war nicht von ihrer Seite gewichen und die Schlange hing wie ein dritter Arm an ihrer Schulter.

»Sie ist ein bisschen von der Rolle«, meinte Jolly lässig. Ein miserabler Versuch zu überspielen, wie tief sie die Zurückweisung ihres Vaters getroffen hatte. »Ich hatte es ihr ja schon erklärt, aber sie wollte mir nicht glauben.«

»Was soll nur aus Jolly werden?«, meinte Paige gepresst.

Natalie kratzte all ihre Zuversicht zusammen. »Wir werden Brisko kriegen und ihn zwingen, sie zu erlösen.«

Jolly stieß ein Glucksen aus. »So was in der Art habe ich schon mal gehört, hm, ja, ich glaube, von Kilian.«

Valeriu stupste Paige mit einem kleinen Jaulen an und sie strich ihm über den Kopf. »Wenn wir wenigstens dieses Zaubermittel hätten. Das könnte vielleicht auch Jolly für ein paar Stunden ihre Menschlichkeit zurückgeben.«

Keine Lösung, aber zumindest eine zeitweilige Verbesserung. Nachdenklich betrachtete Natalie den Wolf. »Wer hat die Brüder eigentlich verwandelt?«

»Raikun. Hat Valeriu mir erzählt.«

»Dann hat er gelogen. Hexen können keine Verwandlungszauber sprechen, das übersteigt ihre Fähigkeiten«, wiederholte sie Kilians Erklärung.

Paige wurde blass. Mit fahrigen Fingern wischte sie sich über die Wangen. »Er sagte, Raikun habe diese Strafe ausgehandelt. Mit dem …«

»Mächtigen.« *Oh Hölle!* Nahm diese Flut an Katastrophen nie ein Ende? Immer wenn Natalie glaubte, sich über Wasser halten zu können, überspülte sie die nächste Welle. Sie hielt Paige, die schon an die Tür stürzte, zurück. »Nicht.«

»Wenn das stimmt – dann könnte er Valeriu befreien!«

»Ich weiß. Ich rede mit ihm.«

Natalie passte den Mächtigen ab, als er sich in sein Schlafzimmer zurückziehen wollte. Kurzerhand stellte sie den Fuß in die Tür. Er wirkte nicht überrascht, sie zu sehen, nur müde.

»Wirst du mir demnächst noch auf die Toilette folgen? Ich möchte mich umziehen, also fass dich kurz.«

Kurz? Der in ihr angestaute Ärger könnte Seiten füllen. »Du hast Kilian mit keinem Wort verteidigt. Ist es wahr?«

Er schlüpfte aus seinem Mantel. Darunter trug er zu den Stiefeln wie stets schmale Hosen, ein graues Hemd und eine bestickte Weste aus Samt. Entschieden zu altmodisch. Als sei er aus einem anderen Jahrhundert in die Gegenwart verpflanzt worden.

»Das ist nicht so einfach zu erklären, Natalie.«

»Also wahr.« Ernüchtert lehnte sie sich an den Türrahmen. Auf der Kommode neben dem Bett entdeckte sie gerahmte Fotos: ihre Mutter mit höchstens zwanzig, so strahlend schön. Ihre Familie beim Spanienurlaub vor fünf Jahren, braun gebrannt und fröhlich. Natalie und Liam, als er noch sehr klein war. Hatte ihre Mutter den Mächtigen mit diesen Schätzen versorgt?

»Abgesehen davon«, sagte Natalie leise, »dass du Kilian Raikun einfach zum Fraß vorgeworfen hast, hast du also in Kauf genommen, dass sich die Befreiung deiner Enkel durch seine Unerfahrenheit verzögert.«

»Er hat seine Sache gut gemacht. Besser als erwartet.«

»Du hast ihm wichtige Informationen vorenthalten! Was, wenn er dabei draufgegangen wäre? Oder ich? Und was ist mit Liam?« Sie merkte, dass ihre Stimme zitterte, dass sich Tränen in ihren Augenwinkeln sammelten. Entschlossen zog sie die Nase hoch, schluckte, atmete tief durch.

Er setzte sich auf das Bett und starrte für einen Moment ins Nichts, das Gesicht fahl, die Haut welk. Nie zuvor hatte er so alt auf sie gewirkt. »Man hat mir heute eröffnet, dass man einen zweiten Geschäftsführer einsetzen will, der mich überwacht – so lange, bis das adelige Jungchen alt genug ist, meinen Platz einzunehmen.«

»Marik?« Kilians Bruder an der Spitze der OMB, in diesen Räumen, als Anführer der Teams? Die Vorstellung war absurd. »Er ist kein Bannmagier. Er hat keine Ahnung von irgendetwas.«

»Sie brauchen einen Hampelmann. Man wird mich abberufen, Natalie. Über kurz oder lang bin ich hier weg.« Er machte eine schlaffe Geste. Sie schloss seinen ganzen Verlust ein, die Organisation an sich, sein Wirken, sein Zuhause. »Ohne meinen Einfluss bist du in Gefahr. Man wird dich anklagen und verurteilen. Niemand wird dich schützen können.«

Ironischerweise schreckte sie das nicht mehr. Sie war durch die Hölle gegangen, die Aussicht auf einen Prozess kostete sie ein geringschätziges Lächeln.

»Mir wurde nahegelegt, mich auf das Wesentliche zu konzentrieren. Die Magischen sind in Aufruhr. Raikun hat ihren Unmut angefacht. Täglich werden in der Stadt Krawalle gemeldet, laufend finden Demonstrationen gegen die Magiegesetze statt. Und das betrifft nicht nur die untersten Klassen, sogar A-Klassifizierte erheben öffentlich ihre Stimmen.«

»Zu Recht. Die Magiegesetze sind mittelalterlich.«

»Die OMB muss die Magischen von der Straße holen. Den Normalzustand wiederherstellen. Dafür brauche ich alle Agenten.«

Plötzlich war ihr hundeelend zumute. Seine Worte schnürten ihr die Luft ab. »Damit ihr sie wieder wegsperren könnt? In dieses finstere, dreckige Loch? Das Gefängnis verdient seinen Namen nicht, es ist ein Kerker.«

»Das ist mir klar, aber …«

»Warum stellst du dich gegen dein eigenes Volk? Warum hilfst du uns nicht?« Uns. Nie zuvor hatte es sich richtiger angefühlt, dieses Uns. Sie hatte sich immer als Mensch gesehen, hatte unter ihnen gelebt wie ein Wolf im Schafspelz, ohne sich dessen bewusst zu sein. Und jetzt? Konnte sie Raikun bis zu einem gewissen Grad verstehen. Auch wenn sie das gleichermaßen schockierte wie irritierte.

Der Mächtige gab ein knappes Lachen von sich. »Das tue ich, Natalie. In einer Welt, in der wir unerwünscht sind, versuche ich das Bestmögliche für uns herauszuholen. Aber ich kämpfe auf verlorenem Posten, ich kann nicht gewinnen.«

»Und was heißt das jetzt?«

»Ich muss die Suche nach Liam einstellen.«

Natalie wurde heiß und kalt zugleich. *»Was?* Aber … Er ist dein Enkel! Mein Bruder! Er ist dreizehn, noch ein Kind! Und du willst ihn Raikun überlassen?«

»Wollen? Nein. Offiziell läuft es darauf hinaus, inoffiziell … Ich muss darüber nachdenken.« Er schob sie zur Tür hinaus. »Geh jetzt, Natalie. Ich brauche Ruhe.«

»Das … das kannst du nicht machen!«

»Wie gesagt, ich werde nachdenken. Bitte geh.«

»Aber …«

»Geh!«

Fassungslos blieb sie im Nebenzimmer stehen, nachdem sich die Tür geschlossen hatte. »Und Valeriu?«, fiel es ihr ein.

Der Mächtige öffnete erneut, die Züge wie gemeißelt, die Lippen schmal im Versuch sich zu beherrschen. »Was ist mit ihm?«

»Verwandle ihn zurück!«

»Wie kommst du auf die Idee, dass ich das könnte? Ich habe damals lediglich meine Einwilligung gegeben, verwandelt habe ich die Brüder nicht.«

Jetzt war ihr richtiggehend übel. »Wer dann?«

»Hanjo.«

Die Luft im Trainingsraum brodelte vor Energie. Kilian bearbeitete unter Eds Anleitung einen Boxsack und soweit Natalie es beurteilen konnte, machte er seine Sache gut. Er bemerkte sie und sie winkte ihm zu. Das Lächeln, das daraufhin sein Gesicht erhellte, hätte sie am liebsten für immer konserviert. Wie den Sand in ihren Flaschen. Damals. Jetzt war das Glas zersplittert, ihr Zimmer, das Haus, ihr Herz ein Trümmerhaufen. Ihre Familie Erinnerung.

»Und zum Abschluss noch mal Jab-Cross-Hook«, verlangte Ed. »Zehnmal in drei Serien. Denk an die Technik. Lass den Arm explosiv nach vorn schießen. Bewegung, komm! Und atmen!«

Schweiß rann Kilian über die Schläfen, sein Atem kam schwer, doch die Schlagkombinationen saßen. Er bewegte sich federnd, die Hiebe wirkten kraftvoll und dennoch kontrolliert.

Am Ende klopfte ihm Ed auf die Schulter. »Gut so, mein Junge. Und jetzt lass ich dich mit deiner Angebeteten allein. Ihr fallen ja schon die Augen aus dem Kopf.«

»Ihr habt euch also ausgesprochen?«, erkundigte sich Natalie, nachdem Ed gegangen war. Sie wusste, dass zwischen den beiden wegen des Videos dicke Luft geherrscht hatte. Nun, da Dibensky den Mächtigen als Schuldigen entlarvt hatte, war Kilian nichts übrig geblieben, als mit Ed zu reden.

Kilian streifte die Boxhandschuhe ab und löste die Bandagen. »Ich habe mich bei ihm entschuldigt. Alles bestens. Und bei dir?«

»Auch. Könnte gar nicht besser sein.«

Sekundenlang starrten sie sich an, dann stieg ein Lachen in Natalie auf. Kilian fiel sofort mit ein.

»Wir sind erbärmliche Lügner«, sagte er.

»Ganz grässliche.«

»Also noch mal: Ed hatte gekündigt, damit er ungehindert Jagd auf Brisko machen konnte. Was letztlich in die Hose ging. Warum er mir nichts davon erzählt hat, weiß ich nicht, wahrscheinlich, weil ich ihm unterstellt hatte, er hätte Dibensky das Video zugespielt. Schwamm drüber.« Er strich ihr eine Haarsträhne aus der Stirn. »Jetzt du.«

Sie konnte nicht verhindern, dass sich ihre Hände zu Fäusten ballten. »Ich habe ihn angefleht, mir zu erzählen, was es mit Hanjo und Raikun auf sich hat, aber er hat mich weggeschickt. Und das mit Liam … Die Suche nach ihm wird eingestellt! Vielleicht sehe ich ihn nie wieder. Das macht mich so wütend!« Kilian hingegen wirkte viel ausgeglichener als vorhin in der Halle. »Dein eigener Chef hat dich getäuscht – bist du nicht wütend?«

»Ich bin unendlich wütend, vor allem auch auf mich. Ich hätte schon viel früher mit ihm über Marik sprechen sollen, aber ich war zu feige.« Er schwenkte die Boxhandschuhe. »Was denkst du, warum ich herkam? Um mich abzureagieren. Wäre Ed nicht aufgekreuzt, hätte ich mich bis zur Besinnungslosigkeit verausgabt.«

Probehalber schlug sie auf den Boxsack ein. »Sollte ich ausprobieren.«

»Ich würde ja mit dir trainieren, aber«, er warf einen Blick auf die Uhr über der Tür, »ich muss nach Hause. Ins Schloss, meine ich. Rauskriegen, was meine Mutter mit Raikun am Laufen hat. Morgen bin ich zurück. Dann überlegen wir uns etwas wegen Liam, okay?«

Sie konnte unmöglich so lange warten. »Okay.«

Kilian drückte ihr einen Kuss auf die Stirn und verschwand im Umkleideraum.

Den Kopf in den Nacken gelegt, lehnte sich Natalie an die

Wand. Das, das mit ihm und ihr, das alles … es fühlte sich irgendwie nicht richtig an. Sie war verliebt, sollte sie nicht auf Wolke sieben schweben? *Dumme Kuh, er tut alles für dich – was willst du noch?*

Ihr Herz geriet ins Stolpern, als Kilian plötzlich wieder vor ihr stand und die Hände beiderseits ihres Kopfes an die Wand stützte.

»Ich Idiot«, sagte er mit befangenem Lächeln, »so verabschiedet man sich nicht von seiner Freundin.« Er beugte sich vor, sein Atem floss warm über ihre Haut, sie aber konnte nur daran denken, dass er gleich wieder gehen würde. »Ich mache es wieder gut«, hauchte er an ihren Lippen.

»Eigentlich ist es unverzeihlich.«

»Eigentlich – das heißt, es käme auf einen Versuch an …«

Sein Kuss war federleicht und sie taumelte in einen Wirbel aus Licht und Farben. Ihre Finger schlüpften unter Kilians T-Shirt und krallten sich in schweißfeuchte Muskeln. Sie wollte in dem Kuss ertrinken, saugte auf, was sie kriegen konnte, und spürte doch – es war nicht genug. Quälende Sehnsucht überlagerte das Schmetterlingsflattern, ein Hunger, den nichts stillen konnte.

Ein Laut der Enttäuschung entwich ihr, und Kilian zog sich zurück, das Gesicht eine einzige Frage. »Was ist?«

Sie presste die Hände an den Mund. Schüttelte den Kopf.

Er hielt ihren Blick für einen Moment fest, dann schloss er die Arme um sie wie so oft und vergrub die Lippen in ihrem Haar. »Erkläre es mir. Bitte.«

»Ich … Es … es fühlt sich an, als hätte ich was verpasst. Schau uns an: Wir küssen uns, wir halten uns, aber wie ist das passiert? *Wann* ist es passiert? Gerade erst hatten wir uns kennengelernt, und jetzt? Wochen liegen dazwischen, Wochen des Verliebtseins, von denen ich nichts mitbekommen habe. Keine Spaziergänge im Park, kein Händchenhalten, kein Ausgehen, kein … Keine Ahnung, was. Ständig denke ich, das zwischen uns muss ein Irrtum sein.«

Sie spürte sein Nicken. »Wir haben uns verloren, bevor wir uns richtig finden konnten.«

»Du verstehst, was ich meine? Dann geht es dir auch so?«

»Ich hatte noch keine Zeit, darüber nachzudenken, weißt du. Die letzten beiden Wochen war ich rund um die Uhr auf den Beinen und habe nach Liam gesucht.«

Scham flammte in Natalie auf. Sie kam sich furchtbar egoistisch vor.

»Ich bin einfach nur froh, dass du frei bist. Dass wir zusammen sind.« Kilian schob sie von sich und blickte sie eindringlich an. »Aber ich schwöre dir, Nat: Wir holen das nach. Wir fangen von vorn an, lernen uns kennen, gehen abends aus, halten Händchen, wie sich das gehört. Okay?«

Natalie musste lächeln. »Sehr okay.«

Als er diesmal ging, fühlte sie sich nicht länger elend. Vielleicht hatte er recht, vielleicht brauchten sie einen neuen Anfang, einen richtigen.

Sie ging ebenfalls. Machte sich auf die Suche nach Ed, der ihrem Plan hoffentlich etwas abgewinnen konnte. *Scheiß auf den Schutzzauber!*

Bob zeigte sich kooperativ. Mehr noch, er freute sich diebisch über ihre nächtliche Verschwörung. »Herrlich, das gibt eine phänomenale Standpauke, wenn ihr zurückkehrt!«, verkündete er, als er Natalie gehen ließ.

Und wenn schon. Ed hatte auch Lydia zum Mitkommen überredet. Ein erfahrener Agent und eine Seherin an ihrer Seite – mehr Vorkehrungsmaßnahmen konnte man nicht treffen.

Sie fuhren an die Jesar, um den Einstieg in die Klagenden Gänge zu finden. Jetzt im Frühsommer war der Wasserstand niedrig, der Fluss höchstens Hundert Meter breit. Schlafende Möwen bevölkerten die Betonrinne, hunderte weiße Flecken zwischen schwarz glänzenden Pfützen. Der Abwasserkanal wirkte wie der Rachen eines Ungeheuers auf Natalie, dunkel und tödlich, das schmale Rinnsal wie seine Zunge.

»Und?« Ed blickte sie fragend an.

Sie lief ein paar Schritte hinein. Schloss die Augen, atmete tief ein, beschwor die Erinnerung an den Abend herauf, als sie von der Narsh zurückgekehrt waren. Ein Treffer gleich beim ersten Versuch?

»Das Rauschen vom Fluss, das Plätschern, der Geruch – könnte passen. Gehen wir weiter.« Sie ließ sich von Lydia und Ed in die Mitte nehmen, kniff die Augen zu, war ihre Gefangene. Sofort brandete Hilflosigkeit in ihr hoch und sie vermeinte, Raikuns Schritte zu hören. »Ja, ich glaube, hier sind wir richtig.«

Nach einigen Hundert Metern stießen sie auf eine Abzweigung. Der Gang führte steil nach unten. Die Decke war so niedrig, dass Ed den Kopf einziehen musste, Natalie und Lydia jedoch konnten aufrecht gehen. Schließlich versperrte ihnen eine massive Mauer den Weg.

Lydias Taschenlampe glitt über rauen Stein. »Endstation, hier geht es nicht weiter.«

»Es muss«, erwiderte Natalie. »Ich weiß noch, dass Raikun nach einem Schlüssel gefragt hat. Also muss es eine Tür geben.«

Ed betrachtete die Detektoranzeige. »Da sind mehrere magische Adern, aber keine Bannmagie.«

Natalie sah sie ebenfalls, ein zartes Gespinst, das den Stein bedeckte. Die Mauer war alt und bestand aus unregelmäßigen Blöcken. Gemeinsam tasteten sie sie ab. Aber nichts. Kein Hinweis auf eine Tür, kein lockerer Stein, schon gar kein Schlüsselloch, nur ein paar Ritzen. Frustriert schnaufte sie auf. »Das gibt's doch nicht! Wir sind ganz nah dran, ich weiß es.«

»Bist du sicher, dass sie einen Schlüssel erwähnt hat?«, erkundigte sich Lydia und Natalie bejahte. »Hast du ihn gehört? Das Knirschen, mit dem er sich im Schloss gedreht hat?«

Sie schüttelte den Kopf. »Nein. Nur das Reiben des Steins, als das Tor aufging.«

»Vielleicht ist es kein Schlüssel im herkömmlichen Sinne. Es könnte auch …« Lydia trat zwei Schritte zurück und konzentrierte sich auf ihre Sehergabe. Ihre Augen leuchteten unheimlich weiß. »Da ist ein Raum dahinter … Dunkelheit … Lichter … Gesang …«

»Die Irrlichter. Sie schwirren durch die Gänge und jammern. Wir müssen da rein!«

»Wir schaffen das.« Gelassen lehnte Ed an der Mauer. Sie wünschte, sie hätte seine Ruhe. Sie konnte vor Nervosität kaum stillstehen. »Gehen wir mal davon aus, dass wir es mit einer Art Schlüssel zu tun haben. Eventuell ein Stein, der sich verschieben lässt? Was genau hat Raikun denn gesagt?«

»›Wo ist mein Schlüssel?‹«, wiederholte Natalie. »Oder nein … Wer! Wer ist … ›Wer ist heute mein Schlüssel?‹ Das war der exakte Wortlaut.«

»Blut«, sagte Lydia leise. »Ich sehe Blut … Da sind … Schreie …«

»Schreie?«, wiederholte Natalie. »Nein, niemand hat geschrien. Aber … Da war ein Stöhnen«, fiel es ihr ein.

Erneut tastete Lydia über die Mauer, die Augen starr. »Blut … Blut ist der Schlüssel, Blut öffnet das Tor … Hier!« Sie blinzelte und tippte auf einen Steinblock in Hüfthöhe. Natalie kam an ihre Seite.

»Wo hier?« Sie strich mit beiden Händen an den Kanten des Steins entlang, und plötzlich glitt ihr linker Zeigefinger wie von selbst in eine runde Lücke. »Oh, da!«

»Nicht, Natalie!«

Eds Warnung kam zu spät, sie steckte bereits fest. Sie zog, stemmte sich dagegen, aber der Stein schien sich nur noch enger um ihren Finger zu schließen.

»Au! Ich krieg ihn nicht mehr raus!« Ed und Lydia griffen ihr unter die Arme, zogen ebenfalls, doch sie kam nicht frei. Ihr

Finger pochte, als hätte sie ihn sich mit voller Wucht in einer Schublade eingeklemmt. »Das ist ein Zauber, oder?«, keuchte sie.

»Dein Blutopfer öffnet das Tor«, sagte Lydia tonlos. »Wie beim Glasberg.«

Natalie verbiss sich ein Stöhnen. »Was für ein Glasberg?«

»Die Geschichte aus den Magischen Chroniken. Von Mechthild Neuersham, deren Brüder in sechs Raben verwandelt wurden.«

»Sieben Raben«, präzisierte Ed.

»Um den Glasberg aufzuschließen, musste sie ein Opfer darbringen.«

»Ihren Finger«, erinnerte sich Natalie. Sie hielt jetzt still, aber der Schmerz trieb ihr Tränen in die Augen. Raue Zacken bissen wie Zähne in ihren Finger, der fast bis zum zweiten Glied eingequetscht war. Als wollte der Stein sie … fressen. »Hölle, tut das weh! Was machen wir denn nun?«

Ed kratzte sich am Kinn. »Jemand muss dich befreien.«

»Jemand?«, rief sie hysterisch. »Ja, klar. Bis *jemand* hier ist, ist es zu spät. Der Stein will mein Blut.«

»Stellt sich die Frage, ob ihm das genügt«, meinte Lydia. »Oder, ob er den ganzen Finger will.«

»Scheiße …« Einer Ohnmacht nahe fiel sie auf die Knie.

Ed und Lydia diskutierten leise, aber Natalie verstand nur die Hälfte. Sie hörte etwas von Folter und Qual und einer Stunde. Sie wimmerte. Keine fünf Minuten hielt sie das mehr aus. Überhaupt hatte die Prozedur bei Raikuns Leuten maximal Sekunden gedauert. Das Tor war sofort aufgegangen. Ein Messer! Sie hatten ein Messer benutzt. Sie erinnerte sich an Cronis' verstümmelten Ringfinger, auch Xaver, dem dicken Blonden, fehlte ein Fingerglied. Sie hatte nie darauf geachtet.

»Ed, schneide ihn ab!«, flehte sie.

Lydia riss die Augen auf. »Bist du irre?«

»Womit denn?«, fragte Ed.

Natalies Stimme wurde schrill. »Du wirst doch wohl ein Messer dabeihaben! Schneide ihn ab, los!«

»Der Chef bringt mich um!«, protestierte er.

»Und der Stein mich! Er zerquetscht mir den Finger. Er kriegt sein Blut so oder so, aber … wenn du ihn abschneidest, geht es schneller.« Nässe rann ihr über das Handgelenk. Blut, da kam Blut. Doch die Tür blieb zu.

»Bitte, Ed!« Gleich würde der Knochen brechen, gleich …

Da blitzte seine Klinge auf. Schmerz fuhr ihr sengend heiß hoch bis zum Ellbogen – und sie war frei. Sie sank an die Mauer zurück, die unter ihrem Gewicht nachgab. Stein knirschte, ein feuchter Luftzug strich ihr um die Nase und ein Irrlicht huschte jammernd davon.

Die Klagenden Gänge. Sie hatte das Tor geöffnet. Und teuer dafür bezahlt. Ihre Hand schien in Flammen zu stehen.

Natalie übergab sich zweimal, während Lydia ihr den Finger abband. Sie zitterte am ganzen Leib, kalter Schweiß bedeckte ihre Haut. Immerhin war der Schmerz zu einem dumpfen Pochen geschrumpft.

»Dein Halstuch ist doch nicht steril, Lydia«, sagte Ed. »Wir müssen mit ihr ins Krankenhaus.«

Natalie richtete sich auf. »Auf keinen Fall«, keuchte sie. »Ich opfere nicht meinen Finger für nichts und wieder nichts. Kommt mit oder nicht – ich gehe weiter.«

Ein Knirschen ertönte und Ed schaffte es gerade noch zu Natalie und Lydia in den Tunnel, bevor sich der Durchgang mit einem Krachen schloss.

»Womit es entschieden wäre«, sagte Lydia. »Kannst du aufstehen, Natalie?«

Sie versuchte es, sackte aber sofort wieder zusammen.

»Hier.« Ed zog eine Blisterpackung aus seiner Jackentasche. »Schmerztabletten – ich habe Migräneattacken. Nimm zwei. Zerbeiße sie, dann wirken sie schneller.« Er beobachtete sie, bis sie geschluckt hatte, und reichte ihr danach ein Papierbriefchen.

»Und was ist das?«

»Traubenzucker. Nimm alles.«

Traubenzucker? Sie zweifelte daran, gehorchte jedoch. Schlimmer als vorhin konnte es nicht werden. Das Pulver schmeckte süßlich und prickelte auf der Zunge. Lydia schüttelte seufzend den Kopf, sagte jedoch nichts.

Tatsächlich legte sich der Schwindel und wohltuende Wärme breitete sich in ihr aus. Sie fühlte sich zwar wackelig, aber ihre Beine trugen sie, als sie aufstand.

»Was macht der Schmerz?«, fragte Ed.

»Nichts gegen vorhin.« Versuchsweise bewegte sie die Hand – und musste einen Schrei unterdrücken.

»Hochhalten.« Kopfschüttelnd fügte er hinzu: »Ich frage mich, wie viele Magische mittlerweile amputiert sind.«

»Ich weiß von zweien.« Bestimmt verschloss Raikun die Wunde mittels Zauber und mit Sicherheit wartete keiner solange, bis der Finger zu Mus gequetscht war. Sie spürte, wie das Blut förmlich aus ihr herausrann. »Verbluten kann ich aber nicht, oder?«

Ed schnaubte nur.

Lydia ließ den Lichtkegel der Taschenlampe über die Mauer tanzen. Auch auf der Innenseite war nichts von dem Tor zu erkennen. Behutsam strich sie über den Stein. »Unglaublich, der Zauber ist uralt.«

»Wie jetzt – uralt?«, fragte Natalie. »Stammt er denn nicht von Raikun oder Brisko?«

Lydias Augen schimmerten silberweiß, ihre Stimme senkte sich zu einem Murmeln. »Nein. Das war ein mächtiger Zauberer … sehr mächtig. Und die Handschrift … ähnelt der vom Chef.«

»Was denn für eine Handschrift?«

»Ein Zauberer hinterlässt durch den Zauberspruch Spuren, die Lydia wahrnimmt«, erklärte Ed. »Seine Signatur sozusagen, oder Handschrift.«

»Hat der Mächtige diesen Zauber gesprochen?«

Lydia drehte sich um, ihr Blick klärte sich. »Nein. Der Zauber wurde vor über hundert Jahren erstellt, eher sogar hundertfünfzig. Womöglich von einem Vorfahren des Mächtigen? Die Frage ist nur, wieso weiß Raikun davon?«

33

Er streifte sein Leben ab und legte das andere an. Zumeist gelang ihm der Wechsel gut, heute war Schloss Nauders der letzte Ort der Welt, an dem Kilian sein wollte. Hier war er aufgewachsen, zwischen Gold und Glanz und längst erloschener Glorie, hier hatte er begriffen, dass sein königliches Blut in Wahrheit eine Bürde war, die sich bleischwer auf seine Schultern senkte, wann immer er auch nur einen Fuß in die Eingangshalle setzte. Wie ein Dämon, der ihn geduldig erwartete.

Auf Gaelands Gesicht zeigte sich ein echtes Lächeln. »Prinz Kilian, wie schön, Sie zu sehen. Ihr Vater befindet sich im Salon. Ich werde Sie ankündigen, oder wollen Sie sich zuvor frisch machen?«

»Danke, Gaeland, aber ich will zu meiner Mutter.«

»Oh. Sie weilt mit den Damen in der Bibliothek.«

»Damen?«

»Hoher Besuch. Königin Elvira von Schweden sowie die Prinzessinnen Tyra, Rut und Cleo. Seine Majestät König Adrian von Schweden ist ebenfalls im Salon anzutreffen.«

Er überlegte. Die Damen in der Bibliothek zu stören, war nicht angemessen. »Die Unterredung duldet keinen Aufschub. Richten Sie der Königin aus, dass ich sie in die Weiße Galerie bitte, sobald es ihre Zeit erlaubt.«

»Sehr wohl. Darf ich Ihnen etwas bringen? Eine Abendmahlzeit? Tee, Kaffee, einen Drink?«

»Nur Wasser, danke.«

Als Kind war er oft genug für Strafpredigten und Belehrungen in die Weiße Galerie zitiert worden, deshalb waren seine Gefühle für den Audienzraum der Königin gespalten. Gewiss, der weiße Marmor war wunderschön, doch er strahlte eine Kälte aus, an der auch die üppige Pracht der violetten Rosen auf den Tischen nichts änderte.

Die Tür zum angrenzenden Goldenen Zimmer stand einen Spalt offen. Licht brannte, der Laptop auf dem Schreibtisch war aufgeklappt. Ihr Arbeitsraum war tabu, sogar für seinen Vater – und vermutlich war das der Grund, warum Kilian sich geradezu magisch davon angezogen fühlte. Wie als kleiner Junge schon einmal schlüpfte er trotz des Verbots hinein.

Als Gegenstück zur Weißen Galerie konzipiert, war hier alles dunkel gehalten. Er erinnerte sich noch gut an sein kindliches Staunen über die Goldmaserung des schwarzen Marmors. *Wie schimmerndes Feenhaar*, hatte er gedacht.

An der Längsseite hing ein riesiger Spiegel. Der prunkvolle Rahmen war eine Kostbarkeit, aber das Kristallglas der Spiegelfläche war trüb und zersprungen. »Durch den Transport«, hatte seine Mutter einmal erklärt, der Spiegel sei über Umwege in den Familienbesitz gelangt. Er hatte sich immer gefragt, was sie an dem alten Ding fand. Jetzt, da er sich davorstellte, schoss ihm ein neuer Gedanke durch den Kopf: *Wie weit reicht die Macht dieses Spiegels? Was kann man alles darin sehen? Oder wen?*

Kilian wartete. Und obwohl es lächerlich war und er kein Junge mehr, klopfte ihm das Herz bis zum Hals. Würde der Zauber auch heute wirken?

Es dauerte nicht lang, da klärte sich das Glas und er sah sich seinem Spiegelbild gegenüber, das sich augenblicklich verdoppelte, verzehnfachte, verzwanzigfachte und mehr. Hinter jedem Prinzen stand ein anderer. Sie unterschieden sich in Kleinigkeiten. Mal war er in Lumpen gekleidet, mal war seine Nase zu groß oder sein Haar blond. Als stünde er in einem Spiegelkabinett, das verschiedene Realitäten vereinte.

Je länger er sich betrachtete, umso mehr gewann er den Eindruck, dass sich die Einzelbilder verschoben, sich überlagerten und in Sekundenschnelle wechselten. Und schließlich ertönte das Flüstern:

»Prinz Kilian …«

»Spiegel?«, antwortete er, genau wie einst.

»Verliere nicht aus den Augen, was in dir brennt.
Erlischt das Feuer im Herzen, so bist du versengt.«

Im Reimen war der Spiegel nicht unbedingt talentiert. Kilian kannte den Spruch. Vierzehn Jahre war es nun her, dass er hier gestanden hatte, und der Wortlaut war exakt derselbe gewesen. Er sollte auf das Feuer in seinem Herzen hören …

»Spiegel, welches Feuer? Was darf ich nicht aus den Augen verlieren?«

»Prinz Kilian … Kilian … Kilian …«

»Kilian.«

Erschrocken fuhr er herum. Die Königin stand in der Tür, mit einer Miene, die nichts Gutes verhieß, und er war wieder fünf Jahre alt. Schuldbewusst gehorchte er, als sie in die Weiße Galerie wies. Ein letzter Blick zurück – das Spiegelglas hatte sich eingetrübt, doch ihm war, als hinge das Flüstern noch in der Luft.

»Schön, dass du es einrichten konntest.« Seine Mutter schloss die Tür zum Goldenen Zimmer und trat an den Tisch. »Ich war mir nicht sicher, ob du meine Nachrichten überhaupt abhörst.«

Er lächelte freudlos. »Immer. Danke, dass du dir Zeit für ein Gespräch nimmst.« Genug der Floskeln. Er ging in die Offensive. »Man hört, du seist oft in Mitran unterwegs.«

»Geschäfte.«

»Du tätigst Geschäfte mit Magischen?«

»Ich frage nicht nach der Abstammung der Leute. Ich frage nach dem Gewinn.«

»Und was gewinnst du bei ihr?« Er legte ihr ein Beweisfoto ihrer nächtlichen Begegnung mit Raikun vor. Sie warf nicht einmal einen Blick darauf.

»Bist du in deiner Funktion als Agent hier? Dann kannst du gleich wieder gehen.«

»Wenn publik wird, dass wir mit Kriminellen verkehren, ist unser Ruf dahin. Ich würde zu gern wissen, warum du ihn aufs Spiel setzt. Hast du die entflohenen Magischen aus der Stadt geführt? Versteckst du sie auf unseren Ländereien? Weiß Vater davon?«

»Seit wann interessiert dich unser Ruf?« Sie hob das Kinn und legte die Finger in einer gezierten Geste an ihr Schlüsselbein. »Weißt du, Kilian, ich hatte immer gehofft, dass meine Söhne genug Idealismus mitbringen. Leider hat sich deiner in eine völlig falsche Richtung entwickelt. Unsere Familie war von jeher mit Macht und Reichtum gesegnet, doch die Zeiten sind schlecht und wir müssen hart daran arbeiten, beides zu erhalten. Es kann nicht sein, dass sich der Kronprinz nicht um seine Aufgaben schert. Dein Vater mag dir diese Entwicklungsphase zugestehen, ich nicht. Ich denke, es ist dringend nötig, dich ein wenig anzuleiten. Daher habe ich ein Arrangement getroffen.«

»Wovon zum Teufel redest du da? Du bist in illegale Machenschaften verwickelt! Was hast du mit Raikun zu schaffen?« So deutlich hatte er eigentlich nicht werden wollen, aber er brauchte Gewissheit.

»Mäßige deinen Ton! Ich kann dafür sorgen, dass du deinen lächerlichen Job sofort los bist.«

Dass sie ihm drohte, ihre Macht ausspielte, war nichts Neues für ihn, er hatte nur gedacht, längst darüber erhaben zu sein. Er empfand das dringende Bedürfnis, ihr an die Kehle zu gehen. »Dann frage ich eben Vater«, stieß er hervor und wandte sich zum Gehen.

»Na schön. Hartnäckig bist du ja, das muss man dir lassen. Zumindest etwas, das du von mir hast.« Er schwieg abwartend, die Hände zu Fäusten geballt. »Wir investieren in ein Projekt, das den Klimawandel untersucht. RaicoTec baut eine Antennenanlage zur Erforschung der Erdatmosphäre und wir gehören zu den Sponsoren.«

Kilian hatte vieles erwartet, aber das? »Wie bitte? Ihr finanziert ein Wissenschaftsprojekt? Mit welchen Mitteln? Wozu? Und was hat das mit den Magischen zu tun?«

»Der Standort befindet sich auf unserem Grund, im Wald, ein Stück ostwärts.« Sie deutete vage zu den Fenstern, hinter denen die Nacht heraufgezogen war. »Es wurden Unterkünfte für die Arbeiter errichtet. Das ist alles.«

Er musste an den angeschossenen Luchs denken, an die Lichtung. Hielt sich Raikun dort versteckt? Die Magischen? Der an die Gemeinde Cossburg angrenzende Wald, vor dem man ihre Spuren gefunden hatte, gehörte zum Grundbesitz seiner Familie. Offenbar hatte seine Mutter ihren Einfluss spielen lassen und den Zutritt verweigert. So etwas würde sie nie aus einer Laune heraus tun, sie war immer auf gutes Einvernehmen mit den Behörden bedacht. Es gab also einen triftigen Grund – und die Forschungsanlage diente der Verschleierung. Und inwieweit war Marik in die Sache verwickelt? Bevor Kilian nachhaken konnte, klopfte es.

Gaeland trat ein, tauschte ein knappes Nicken mit der Königin und öffnete beide Türflügel. »Eure Königlichen Hoheiten, ich darf ankündigen: Ihre Majestät Königin Elvira von Schweden, Ihre Königliche Hoheit Prinzessin Cleo, Ihre Königliche Hoheit Prinzessin Tyra und Ihre Königliche Hoheit Prinzessin Rut.«

Die Damen, alle vier blond gelockte Schönheiten, stolzierten der Reihe nach herein, und Kilian blieb nichts übrig, als sie zu begrüßen. Cleo schätzte er auf etwa sechzehn. Tyra und Rut waren Zwillinge, höchstens elf, und sie kicherten bei seinem Handkuss. Sie zuvorkommend und liebenswürdig zu behandeln, war eine Selbstverständlichkeit für ihn. Innerlich ärgerte er sich zu Tode. Seine Mutter hatte den Zeitpunkt ihres Eintreffens perfekt gewählt, denn natürlich war die Unterbrechung reine Absicht.

»Wie gefällt es Ihnen auf Schloss Nauders?«, erkundigte er sich bei Cleo.

»Es ist ein traumhaftes Anwesen«, schwärmte sie, die großen blauen Augen weit aufgerissen. Mit ihrem runden Gesicht und dem Schmollmund wirkte sie wie eine Puppe. »Der herrliche Park, die Wälder ringsherum – ich kann mir keinen schöneren Ort zum Leben vorstellen.«

»Sie sprechen perfektes Deutsch.«

»Danke. Mein Vater kommt aus Deutschland.« Er hatte die schwedischen Adelsgeschlechter nicht im Kopf, also nickte er nur. »Die Idee, unsere beiden Häuser zu vereinen, ist ganz zauberhaft und …«, sie biss sich auf die Unterlippe, »… natürlich bin ich einverstanden«, beendete sie den Satz und errötete zart.

Irritiert hob er den Blick und fing das zufriedene Lächeln seiner Mutter auf. Was hatte sie nun wieder ausgebrütet? »In der Tat«, erwiderte er langsam. »Das freut mich.«

»Wie ist das Wetter Anfang Oktober für gewöhnlich? Kann man noch mit angenehmen Temperaturen rechnen?«

»Durchaus. Notfalls sucht man bei Frau Holle um Schönwetter an, aber …« Ehe er nach dem Grund fragen konnte, mischte sich Königin Elvira ein.

»Cleos Geburtstag ist am zweiten Oktober«, sagte sie, auch an Königin Antonia gerichtet. »Das Wochenende danach würde sich perfekt für die Feierlichkeiten eignen. Cleo ist so furchtbar aufgeregt. Sie will unbedingt im Freien heiraten – der Schlosspark würde sich doch anbieten, oder?«

Kilians Puls jagte hoch. »Heiraten?«

»Ja«, sagte seine Mutter. »Ich hatte Sorge, Prinzessin Cleo könnte einer arrangierten Ehe skeptisch gegenüberstehen, aber ich habe mich getäuscht. Sie ist überglücklich. Daher werdet ihr zwei«, sie ergriff sowohl seine als auch Cleos Hand und legte sie ineinander, »im Oktober nächsten Jahres heiraten, sobald Cleo achtzehn geworden ist. Ist das nicht vortrefflich?«

34

Mondlicht leuchtete den Pfad aus. Kilian jagte im Galopp die Anhöhe hinauf und weiter über den Grasteppich des Kamms. Der Wind peitschte ihm durchs Haar, die Stute schnaubte bei jedem Sprung und er fluchte in einem fort vor sich hin.

Wie konnte sie es wagen, ihn vor vollendete Tatsachen zu stellen? Natürlich hätte er der jungen Prinzessin ins Gesicht sagen können, dass er nicht im Traum daran dachte, sie zu heiraten. Aber damit hätte er sie brüskiert und das wäre nicht fair gewesen. Sie konnte ja nichts dafür, dass seine Mutter ein berechnendes Biest war.

Am höchsten Punkt brachte er die Stute zum Stehen. Der Wald breitete sich in undurchdringlicher Schwärze vor ihm aus, das Rauschen der Blätter und Wipfel ein besänftigendes Lied. Ein Käuzchen schrie. Die Lichtung musste zu seiner Rechten liegen. Doch dort konnte er nichts Auffälliges bemerken. Er würde sich vergewissern müssen.

Wieder im Wald folgte er dem Bach. Lichtreflexionen verwandelten die Wasseroberfläche in flüssiges Silber. Kilians Gedanken kreisten um die geplante Heirat. Er würde seiner Mutter einen Strich durch die Rechnung machen, so viel war sicher. Bis Oktober nächsten Jahres war es noch eine Weile hin. Ihm würde schon etwas einfallen, wie er ihr Arrangement zum Kippen bringen könnte.

Kurz vor der Lichtung band er die Stute an einen Baum und ging zu Fuß weiter. Leuchtkäfer taumelten zwischen den knorrigen Stämmen, die Bäume knarrten. Die Schritte hinter ihm bemerkte er zu spät.

Sie waren zu dritt und gingen sofort zum Angriff über. Eine

Faust schoss vor, Kilian konnte gerade noch mit der Linken abblocken. Er versetzte seinem Gegner einen Kinnhaken und stieß ihn damit dem zweiten Magischen entgegen. Er wirbelte herum, um den Dritten abzuwehren – und sah sich einer Fee gegenüber, spindeldürr und einen guten Kopf größer als er. Toll, er hatte einen echten Lauf, was machtbesessene Frauen betraf.

Die Ringe um ihre Iriden blitzten silbern, als sie eine knappe Geste machte. Ein Ast peitschte Kilian ins Gesicht, von der Fee zum Leben erweckt, und riss ihn fast von den Füßen. Seine Lippe platzte auf, er torkelte seitwärts, die Magischen fingen ihn auf und schubsten ihn auf die Fee zu. Der nächste Ast sauste herab. Kilian duckte sich und entging ihm um Haaresbreite.

Er zog den Lähmer. Einer der Männer packte ihn von hinten. Kilian bohrte seinem Gegner die Ellbogen in die Arme, während er sich nach vorn fallen ließ und ihm gleichzeitig einen Tritt aufs Knie versetzte. Die Umklammerung löste sich. Noch in der Hocke feuerte Kilian auf den anderen Magischen. Zuckend ging dieser zu Boden.

Kilian nahm die Fee ins Visier, da fegte erneut ein Ast herbei und entriss ihm die Waffe. Im nächsten Moment wurde er um die Mitte gepackt und mit voller Wucht gegen einen Baum geschleudert. Er schrie auf, glühender Schmerz raste ihm durch die Rippen, seine Sicht verschwamm. Unzählige biegsame Äste schlangen sich um ihn und fesselten ihn an den Stamm. Keuchend rang er um Luft, zerrte und ruckte, aber das hatte nur zur Folge, dass sich eine der Ruten um seinen Hals schnürte, scharf wie eine Drahtschlinge. Jetzt konnte er kaum noch atmen. Feen konnten über die Natur gebieten, das hatte er gewusst, doch über solche Zauberkraft verfügten nur wenige. *Sie muss der »Dornröschen-Linie« entstammen.*

Die Fee ließ die Hand sinken und wandte sich zu ihren Männern um. »Penn? Lorin?«

»Penn ist bewusstlos«, sagte Lorin, der herbeihumpelte und

den Lähmer in seinen Hosenbund steckte. »Dafür wirst du bezahlen, Prinz!«

Er baute sich vor ihm auf und donnerte ihm die Faust ins Gesicht. Ein Funkenschauer explodierte vor Kilians Augen, die Schlinge grub sich tief in seinen Hals. Blut strömte aus seiner Nase und in seinen Mund. Er musste ausspucken, um überhaupt Luft holen zu können. Zu seiner Befriedigung traf er Lorin, der vor Wut zischte.

»Lass ihn!«

»Adalea …«

»Lass ihn, Lorin!«

Knurrend wich Lorin zurück. Adalea musterte Kilian. »Sie hat gesagt, du wärst dumm genug herzukommen – und sie hat recht behalten.« Winzige spitze Zähne blitzten beim Sprechen in ihrem Mund auf. Sie wirkte alterslos auf ihn, aber in ihren Augen schimmerte eine uralte Macht. »Obwohl mir unbegreiflich ist, was du hier willst. Das Spektakel spielt sich in Mitran ab.«

Welches verdammte Spektakel?

Lorin durchsuchte ihn und sackte sein Handy, den Detektor, das Messer und seine Pistole ein. Und wieder hatte er zur falschen Waffe gegriffen – das fiel unter lernresistent, oder anders ausgedrückt: Er war einfach dämlich. Das hier war kein Einsatz. Es war Krieg.

Adalea entsicherte ihr Gewehr, das sie über der Schulter getragen hatte, und löste die Fesseln mit einer Handbewegung. Die Äste bildeten sich unter leisem Schnalzen zurück. »Auf geht's, Prinz, du darfst unser neues Zuhause kennenlernen.«

»Was ist mit Penn?«, fragte Lorin, jetzt mit Kilians Pistole bewaffnet.

»Er wird aufwachen und sich für seine Unfähigkeit in Grund und Boden schämen. Da sollte er besser allein sein.«

Sie trieben ihn vorwärts. Kilian wagte keinen Fluchtversuch. Die Fee beherrschte in einer Art und Weise die Magie, der er nichts entgegenzusetzen hatte. Als sich der Wald zur Lichtung öffnete, sah er nur Gras, das silberhell im Mondlicht wogte, gesäumt von mächtigen Bäumen. Dann traten sie in den Tarnkreis und das Ausmaß der Täuschung schickte kaltes Entsetzen über seinen Rücken.

Die Lichtung gab es nicht mehr. Die Bäume ringsum waren abgeholzt, das Unterholz gerodet worden, teilweise einfach ausgerissen, von Riesenhand vermutlich. Eine Fläche so groß wie ein Fußballfeld glich einer Mondlandschaft, kahl und tot und umgrenzt von einem mannshohen Metallzaun. Im Zentrum war eine Parabolantenne aufgebaut, durch die vermutlich der Tarnzauber gestreut wurde. Der Haufen Magische daneben mutete geradezu archaisch an. Aus den Stämmen hatten sie Hütten gezimmert, Astwerk benutzten sie als Feuerholz. Sie hatten sich um drei Lagerfeuer versammelt. Kilian zählte etwa vierzig, die beiden Riesen und die Trolle, deren Silhouetten sich deutlich vor dem Nachthimmel abzeichneten, mit eingeschlossen. Wo waren die anderen?

»Seht mal, was wir gefunden haben!«, rief Adalea, worauf sich die Magischen erhoben und sie neugierig umringten. »Viel Besuch heute Nacht, nicht wahr, Freunde?«

»Ist das etwa das Prinzchen?« Die Stimme war rau und gehörte einer Zwergin mit verhutzeltem Gesicht. »Raikun hat nicht übertrieben, er ist tatsächlich hübsch anzusehen.« Sie betatschte ihn mit ihren winzigen Händen. »Kräftige Beine. Da ist genug Fleisch dran. Wir sollten ihn braten.«

»Braten!«, erschallte ein Ruf aus den hinteren Reihen. Die beiden Riesen schüttelten die Fäuste. »Braten! Braten!«

Toll, wie es aussah, würde er als Festmahl enden. Auf der Suche nach einem Ausweg zuckte sein Blick erneut über den Platz. Am Waldrand entdeckte er Containermodule. Hinter den Fenstern war es dunkel, aber dicke Kabelstränge, die zwischen den Bäumen verschwanden, deuteten auf eine Stromversorgung hin. Gegenüber lagerten unzählige Metallgestänge – etwa für die

Antennen, von denen seine Mutter gesprochen hatte? Er begriff nicht, was Raikun mit diesem Projekt bezweckte, nur eines war ihm klar: Seine Eltern steckten nicht bloß als Sponsoren mit drin, sie hatten alles vertuscht. Er konnte sich nicht vorstellen, dass auch nur eine behördliche Bewilligung vorlag.

»Mmm, guuut!« Eine massige Gestalt beugte sich vor und er sah sich einem Trollgesicht gegenüber. Heißer, fauliger Atem traf ihn, Rotz tropfte aus der knolligen Nase, und Kilian musste vor Ekel würgen.

»Die Riesen wollen dich verspeisen«, sagte Adalea und klopfte dem Troll mahnend auf die Finger, als er nach Kilian greifen wollte. »Und die Trolle scheinen auch nicht abgeneigt zu sein. Kein Wunder, sie haben heute Nacht bereits hart gearbeitet.« Sie wandte sich an die Umstehenden. »Raikun hat angeordnet, dass er am Leben bleiben soll. Aber sie hat bestimmt nichts dagegen, wenn wir uns mit ihm amüsieren, was meint ihr?«

Gelächter antwortete ihr und es fielen Vorschläge, was sie mit ihm anstellen könnten. Lorin flüsterte ihr etwas ins Ohr. Adaleas Lippen verzogen sich zu einem schäbigen Lächeln. »Hervorragende Idee! Geh, und hol sie!«

Während Lorin mit einem zweiten Magischen zu den Containern lief, zerrten sie Kilian an der Parabolantenne vorbei zu einem moosüberwucherten Steinkreis, in dessen Mitte sich Schwärze ballte. Ein Brunnen? Hier auf der Lichtung?

»Ganz recht, ein Brunnen«, sagte Adalea, als hätte er seine Gedanken laut ausgesprochen. »Einst hat hier eine Hexe gelebt, das Fundament ihres Hauses liegt unter der Erde vergraben. Doch der Brunnen führt kein Wasser. Er beherbergt etwas anderes.« Sie wandte sich an die Magischen. »Bringt den Menschenfresser! Der Prinz hat seinen Gefährten getötet, nun soll er sich dafür verantworten.« Sie johlten vor Vergnügen. Adalea hob Kilians Kinn an. »Es wird bestimmt unterhaltsam, dich gegen den Menschenfresser kämpfen zu sehen. Und der Preis«, sie drehte ihn an den Schultern herum, »ist ihr Leben.«

Übelkeit wallte in Kilian auf, als er sah, wen Lorin heranschleppte. »Paige? Was zum Teufel machst du hier?«

Ihre Hände waren gefesselt, sie war in Tränen aufgelöst. »Ich wollte zu Raikun. Das Zaubermittel holen. Für Jolly. Ich bin nach Cossburg gefahren, dann hat mich Valeriu hergeführt.«

Der Wolf musste noch im Container eingesperrt sein. Sein Heulen war deutlich zu vernehmen, ein Wehklagen, das den Schmerz der ganzen Welt beinhaltete. Kilian fragte nicht, wie Paige auf die absurde Idee gekommen war, Raikun würde ihr das Zaubermittel so einfach aushändigen. Er machte ihr keinen Vorwurf – sie waren beide wie die letzten Idioten in die Falle getappt.

»Wo ist Jolly?«

»Sie ist hier«, flüsterte Paige und der Kopf der Schlange lugte unter ihrer Jacke hervor.

»War das deine Idee, Jolly?« Ein verlegenes Zischeln war die Antwort. »Natürlich. Warum frage ich überhaupt?«

»Kilian«, stieß Paige hervor, »sie reden davon, dass Raikun den Bundeskanzler ermorden will. Sie plant einen Anschlag. Alle Magischen sind in Mitran, um mit ihr zu kämpfen.«

»Wann?«

»Morgen früh, glaube ich. Wir müssen die OMB informieren, wir müssen in die Stadt, wir …«

»Bevor du einen falschen Eindruck gewinnst – ich bin nicht dein Retter. Ich bin selbst Gefangener.«

»Oh. Das klingt nicht so prickelnd.«

Voller Furcht blickte sie sich um. Die Magischen eilten geschäftig hin und her. Seile wurden ausgerollt, Pfähle in den Boden getrieben und eine Art Gestell über dem Brunnen aufgebaut – durch die Kraft der Riesen und Trolle alles binnen weniger Minuten. Der Menschenfresser zerrte an seiner Leine, als sie ihn herbeiführten. Er lief auf allen vieren wie ein Gorilla, doch sein Aussehen war das eines Menschen.

Ein Zittern schwang in Paiges Stimme mit. »Was werden sie mit uns tun?«

»Umbringen.« Er hätte sie beruhigen sollen, ihr Mut zusprechen, aber er war voll bitterem Zynismus. Er saß hier bei diesen Wilden fest, während in Mitran eine Revolte stattfand. »Aber mach dir keine Sorgen. Ich sterbe zuerst.«

Paige hörte nicht auf zu schluchzen. Sie hing über dem Brunnen, kopfüber und mit gefesselten Händen. Ihr langes Haar wehte wie ein Vorhang um ihr Gesicht, sodass Kilian den Grad ihrer Verzweiflung nicht beurteilen konnte. Solange sie weinte, war sie zumindest bei Bewusstsein, ein schwacher Trost. Er konnte nur vermuten, dass Jolly nach wie vor bei ihr war. Die Schlange hielt sich versteckt.

Die Magischen hatten einen Kreis um sie gebildet und mittlerweile war ihr Gegröle verebbt. Unerträgliche Spannung waberte in der Luft. Der Wind trieb Wolkenfetzen vor den Mond, sodass das Licht sekündlich wechselte.

Kilian war unbewaffnet, der Menschenfresser aber verfügte über krallenbewehrte Klauen und ein haiartiges Gebiss. Noch kauerte er zu Lorins Füßen und wirkte gänzlich unbeteiligt – ein Häufchen Mensch, das nur aus sehnigen Armen und Beinen zu bestehen schien. Ob sie ihn heute schon gefüttert hatten? Wäre Paige nicht gewesen, hätte er versucht zu fliehen. Bis zum Pferd hätte er es vielleicht geschafft. Aber er konnte sie unmöglich zurücklassen.

»Lasst ihn frei!«, befahl Adalea und sie lösten das Seil vom Halsband des Menschenfressers.

Kilian hatte erwartet, dass er sich sofort auf ihn stürzte, aber er hob lediglich den Kopf und witterte. Ein enttäuschtes Murmeln hob an.

»Los doch, greif ihn an!«, schrie Penn, der vorhin wutschnaubend aus dem Wald zurückgekehrt war. Ein Stoß ließ Kilian vorwärtsstolpern – einem Troll direkt in die Arme. Der packte ihn um die Mitte wie einen Sack und warf ihn vor Vergnügen grunzend von sich. Beim Aufprall bohrte sich ein Stein in seine ohnehin schon malträtierten Rippen und ihm entfuhr ein Schrei. Die Magischen johlten, der Menschenfresser hob lediglich den Kopf. Hastig rappelte sich Kilian auf und wich zurück.

»Brauchst du ein wenig Motivation?«, fragte Adalea und nickte dem Magischen am Brunnen zu, damit er Paiges Seil lockerte. Kreischend sackte sie ein Stück tiefer. Aus dem Brunnen drang ein seltsames Schmatzen. Adalea grinste. »Sie wird sterben, wenn du nicht kämpfst, Prinz.«

Wenn sie dachten, er würde den Menschenfresser reizen, hatten sie sich geschnitten. Halbherzig machte er einen Schritt vorwärts, da biss ihm mit einem Mal brennender Schmerz in den Oberschenkel. Ein keckerndes Lachen erschallte – diese elende Zwergin! Ihr Messer schwenkend lief sie davon und die Magischen applaudierten. Blut quoll aus dem Schnitt, der Menschenfresser witterte es sofort. Jetzt war er interessiert.

Mit der Schnelligkeit eines Raubtieres stürzte er sich auf Kilian und begrub ihn unter sich. Ein siegesgewisses Brüllen brandete aus dem aufgesperrten Rachen, zusammen mit einem Schwall heißer, fauliger Atemluft. Ungeachtet der spitzen Zahnreihen stieß Kilian dem Menschenfresser die Faust in den Schlund und zog sie wieder zurück, gerade rechtzeitig, bevor das Gebiss zuklappte. Die Bestie würgte.

Kilian robbte unter dem schweren Leib hervor und sprang auf. Buhrufe erschallten, Daumen wurden über Kehlen geführt, als wäre er ein Gladiator und sie das Publikum, das über Leben und Tod entscheiden durfte.

Adalea verschaffte sich Gehör. »Für jeden Punkt, den du erringst, Prinz, fällt sie tiefer in den Brunnen.«

Sie nickte dem Magischen zu und er ließ Paige ein Stück nach unten sinken. Wieder war da dieses Schmatzen, als würde jemand oder etwas durch Matsch waten, und dieses Mal sah er, was im Brunnen hauste. Eine Kröte, groß wie ein Brotlaib, die Haut braun und warzig, kletterte aus dem Schacht. Ein Quaken, dann wagte sie den Sprung. Paige schrie auf, doch glücklicherweise hing sie außer Reichweite. Die Kröte plumpste zurück auf den Stein.

Adalea feixte. »Ihr Sekret ist giftig.«

Fein. Er durfte sich also zerfetzen lassen, damit Paige am Leben blieb.

Der Menschenfresser hatte sich gefangen und hechtete auf ihn zu. Kilian wich aus, war aber einen Sekundenbruchteil zu langsam. Krallen bohrten sich in seine Seite und schlitzten ihn der Länge nach auf. Er riss sich los, wirbelte herum und rammte den Kopf in den Magen seines Gegners. Als er Paige kreischen hörte, fiel ihm wieder ein, dass er keine Treffer landen durfte.

Instinktiv ließ er seine Muskeln erschlaffen. Der Menschenfresser packte erneut zu und schleuderte Kilian zu Boden. Er schlug mit dem Kopf gegen einen Stein und hörte seine Knochen knacken, ein abscheulicher Laut, der ihm heiß die Wirbelsäule hochraste. Für einen Wimpernschlag bestand seine Welt aus Schmerz und noch mehr Schmerz. Dann klinkte sich sein Gehirn aus.

Er erwachte, weil ihn jemand ohrfeigte. »Hoch mit Euch.«

Die Stimme hätte er unter Hunderten erkannt. Er blinzelte, aber dort, wo er einen Kopf vermutet hatte, war nichts. »Wim?«, krächzte er.

»Höchstselbst. Eigentlich wollte ich ja das Weite suchen, aber Euer Schauspiel ist zu vergnüglich.« Der verfluchte Zwerg musste ihm gefolgt sein. Und er hatte doch tatsächlich das Amulett geklaut! »Ihr solltet aufstehen. Der Menschenfresser nagt an Eurem Bein.«

Wie auf Kommando schalteten sich seine Sinne ein. Er brüllte auf. Sein Bein, das schon der Wolf zerfleischt hatte, fühlte sich an, als würde es auf dem Grill geröstet. Mit dem anderen Fuß versetzte er dem Menschenfresser einen Tritt ins Gesicht. Rücklings fiel er in den Sand und riss dabei Fleisch aus Kilians Schenkel. Blut spritzte.

Und Paige schrie.

Kilian rollte herum. »Rette Paige!«, rief er Wim zu, zumindest hoffte er, dass er noch da hockte.

»Euer Gegner ist noch hungrig«, bemerkte die körperlose Stimme.

Er wollte Wim an die Gurgel, erwischte aber seinen Bart. Mit einem kräftigen Ruck zerrte er ihn heran. »Rette sie, und ich sorge dafür, dass du auf Lebenszeit von der OMB verschont bleibst.«

»Das wäre in der Tat eine Überlegung wert.«

Immer noch erfüllten Paiges Schreie die Nacht. Offenbar hatte die Kröte sie erwischt. Die Magischen lachten und klatschten. »Überleg schneller. Rette sie, Wim! Bitte!«

»Als wäre es nur das. Ich muss den Magischen ablenken *und* die Kröte vernichten. Dann erst kann ich die Maid befreien.«

Kilian rappelte sich auf. Das Bein zu belasten, kostete ihn enorme Überwindung. »Dann beeil dich gefälligst«, zischte er. »Denn wenn ich das Vieh töte, ist es auch um sie geschehen.«

»Gut, aber wehe, Ihr haltet Euer Versprechen nicht. Wagt es nicht zu sterben, Prinz.«

Das hatte er nicht vor.

Er registrierte, wie der Magische, der Paige am Brunnen bewachte, nur wenig später bewusstlos in die Knie sackte. Niemand schenkte dem Beachtung, denn soeben galoppierte der Menschenfresser auf Kilian zu. Er biss die Zähne zusammen und verlagerte sein Gewicht nach vorn, um im richtigen Moment zur Seite zu springen. Obwohl ihm vor Schmerz Sterne vor Augen tanzten, war sein Ausweichmanöver diesmal richtig bemessen. Die Bestie donnerte an ihm vorbei. Das gleiche Spiel funktionierte auch in die andere Richtung. Die Magischen murrten enttäuscht. Wim hatte inzwischen ungesehen Paiges Fesseln gelöst, und sie krabbelte über den Brunnenrand, während er sie langsam abließ. *Endlich klappt mal was.*

Zu Kilians Rechter lagen die Gestänge für die Antennen.

Er humpelte hinüber und schnappte sich eines der metallenen Rohre. Lang und schwerer als erwartet, hatte er Mühe, es in Balance zu bringen, aber es gab eine vortreffliche Lanze ab. Er tarierte sie so gut wie möglich aus und bei der nächsten Attacke stieß er nach dem Menschenfresser. Die Spitze stach knapp über seinem Kopf in die Luft. Die Menge jubelte, Kilian fluchte. Zähne gruben sich in seine Schulter, heißes Blut tränkte sein T-Shirt, die Lanze entglitt ihm. Er rammte der Bestie den Ellbogen in den Solarplexus und riss sich los, doch sein verletztes Bein wollte ihn nicht mehr tragen. Er knickte ein.

Der Menschenfresser griff nach seinen Schultern. Ein Biss, und er würde ihm die Kehle zerfetzen. Kilian packte ihn an den dicht behaarten Armen, zog sich hoch, brachte sein Bein in einer schnellen Drehung an die Hüfte seines Gegners und warf ihn mit Schwung über die Schulter. Verdutzt blieb er liegen. Kilian zögerte nicht. Er hob die Lanze an und trieb sie dem Menschenfresser mit aller Kraft ins Herz.

Tumult brach aus, die Magischen brüllten und stürmten auf ihn zu. Eilig kletterte er auf die gestapelten Antennenstangen und brachte sie mit einem Fußtritt zum Rollen, während er dahinter absprang.

»Wim?«

»Bringt die Maid fort, sie ist verletzt!«, rief der nach wie vor getarnte Zwerg aus kaum drei Metern Entfernung.

Kilian sah Paige gegenüber am Zaun entlanghuschen. Das Sekret der Kröte schien sie im Gesicht erwischt zu haben, sogar im Schein der Lagerfeuer leuchtete es flammend rot. Er musste sie zu einem Arzt bringen.

»Und du?«, fragte er den Zwerg.

»Das sind meinesgleichen, mit denen komme ich klar. Geht, Prinz!«

Das ließ er sich nicht zweimal sagen.

35

Das Wimmern der Irrlichter hatte sich in ihr Gedächtnis gebrannt. Natalie hörte es überall, obwohl ihnen kaum welche begegneten. Die verletzte Hand an sich gepresst, lief sie mit den anderen durch die Klagenden Gänge.

Lydias Sehergabe erwies sich als Geschenk. Mithilfe ihrer Okularimplantate erfasste sie auch Wellenlängen jenseits der normalen Wahrnehmung. Dadurch konnte sie ableiten, welche Tunnel öfter benutzt wurden als andere. Ed wiederum überprüfte mittels Kompass seines Detektors, ob sie die Richtung zum RaicoTec-Gebäude einhielten.

Natalie hatte nicht geahnt, wie viel noch in ihr brodelte. Angst und Wut und eine zähe Bitterkeit ummantelten ihr Herz, ihr Brustkorb schmerzte vor Enge. Die Tunnelwände schienen sie zu erdrücken. Hinter jeder Biegung, an jeder Abzweigung rechnete sie mit Raikuns Leuten, aber nichts geschah, niemand hielt sie auf.

Sie sprachen nicht. Ab und zu wandte sich Ed mit einem fragenden Blick an Natalie und sie nickte jedes Mal, obwohl sie das Gefühl hatte, jeden Moment umzukippen. Das Tuch, das um ihren Finger gewickelt war, war blutgetränkt. Ein schmerzhaftes Pochen ging vom fehlenden Fingerglied aus und hoch bis zur Schulter. Mittlerweile meinte sie, es sogar in ihren Zähnen zu spüren.

Als sie den zugeschütteten Aufzugschacht erreichten, übernahm sie wortlos die Führung. Ihre Erinnerung lotste sie an verschütteten Tunneln vorbei, an Banngittern, die sie selbst erstellt hatte. Bis zu Liams Zelle.

Blut klebte am Stein oberhalb des Rings, an dem sie angekettet gewesen war. Da, wo ihr Kopf unter Raikuns Schlägen gegen die Mauer geknallt war.

»Du meine Güte«, brach Lydia das Schweigen und drückte Natalie behutsam an sich. »Ich weiß nicht, was schlimmer ist – der Spülbehälter vorhin oder das hier.«

Sie brauchten nicht mehr auf der Hut zu sein. Raikun war nicht hier. Niemand war hier. Die Zelle war leer.

»Matratze und Decke sind warm«, sagte Ed und trat wieder heraus. »Lange können sie noch nicht weg sein.«

»Vielleicht sind sie in der Technikhalle«, mutmaßte Natalie.

Auf dem Weg dorthin bewahrten sie wieder Stille. Überraschenderweise stand die metallene Tür offen. Eine Falle? Lydia nahm das Identifikationsterminal unter die Lupe und zog die Stirn kraus. Hieran hätte auch sie sich die Zähne ausgebissen.

Vorsichtig steckte Ed den Kopf hinein. »Holla«, sagte er dann laut, »die Vögel sind ausgeflogen.«

Das Gewölbe war komplett geräumt. Nicht ein Staubkorn hatten sie zurückgelassen, keinen Hinweis darauf, dass hier jemand gehaust und gearbeitet hatte. Erst als sie weiter vordrangen, fielen Natalie Farbspritzer auf dem blanken Stein und Glassplitter zwischen den Schienen auf. Wie betäubt starrte sie auf die leeren Wände im Nebenraum, in dem Raikun die Waffen gelagert hatte.

»Da waren Kisten, Dutzende davon, alle voll mit Laserwaffen.« Die ganze Zeit hatte sie gehofft, sie würde sich täuschen. Denn dass sich die Irrlichter nicht blicken ließen, konnte nur eines bedeuten: Cronis war auf der Jagd gewesen und hatte die Laserwaffen mit Akkus bestückt. Und allem Anschein nach war es Raikun auch noch gelungen, die Blutkristalle zu ernten. »Hatte Marik nun etwas mit der Sache zu tun?«, fragte sie Ed.

»Er hat alles abgestritten. Wir konnten ihm nichts nachweisen, weil er die gerodeten Blutlilien noch an der Narsh in Brand gesteckt hat, anstatt sie wie befohlen ins Hauptquartier mitzunehmen. Als ich eintraf, war nur noch Asche übrig.«

»Und die anderen Jungagenten?«

»Wissen von nichts. Vielleicht ein Vergessenszauber.«

»Ihr meint also, dass Raikun über Laserwaffen verfügt?«, fragte Lydia schockiert. »*Funktionierende* Laserwaffen?«

Sie nickten.

Beim Anblick der Waggons im hinteren Teil des Gewölbes bekam Ed glänzende Augen. Beeindruckt strich er über den roten Lack. »Das müssen die ersten elektrisch betriebenen U-Bahn-Züge gewesen sein. Da ist sogar ein Triebwagen. Die sehen aus wie neu. Wer hat die restauriert?«

»Raikuns Leute, nehme ich an«, sagte Natalie. »Sie haben darin gewohnt.«

»Was für eine Verschwendung«, meinte Lydia. »Da baut man aufwendig an den U-Bahn-Strecken und dann legt man alles still. Unbegreiflich.«

Natalie zuckte mit den Schultern. »Der Brand hat die Betreibergesellschaft in Verruf gebracht. Zum Vorteil der Schwebebahn AG.«

»Hm«, machte Ed. »Vermutlich gab es das damals übliche Hickhack zwischen den Bahnunternehmen. Jeder wollte Pionier sein und das Geld einstreichen.«

Lydia seufzte. »Stellt euch vor, das Unglück wäre nicht passiert. Was hätte man mit Magotechnik nicht alles erreichen können!«

Sie liefen zwischen den Waggons hindurch und stießen auf eine Kammer. »Raikuns Büro?«, meinte Ed.

Auf den ersten Blick sah es so aus. Doch der Tisch, der den Raum fast zur Gänze einnahm, war alt. Bücher und Papiere stapelten sich darauf, ein unüberschaubares Durcheinander vergilbter Blätter. Die Schränke wirkten antik mit ihren Messingscharnieren und den unzähligen schmalen Schubladen. Sie klemmten, Natalie konnte sie nur mit Eds Hilfe aufziehen. Darin befanden sich Konstruktionspläne von irrwitzigen Maschinen, handschriftliche Notizen und Zeichnungen.

Natalie betrachtete die Skizze eines Bohrers mit handartigem Schaufelwerk. »Sieht eher aus wie Leonardo da Vincis Büro.«

»Erstaunlich, dass das Feuer den Raum unversehrt gelassen hat«, sagte Lydia. »An der Tür sind keinerlei Brandspuren, wohingegen die Steine im Gewölbe alle schwarz sind.«

»Bannmagie«, meinte Natalie und als Lydia die Augen aufriss, fügte sie hinzu: »Das ist die einzige Erklärung.«

Sie blätterte ein altes Büchlein durch, eine Art Tagebuch, vollgekritzelt mit Berichten und wirren Ideen. Die Schrift war krakelig und erinnerte sie in verstörender Weise an die Handschrift des Mächtigen. »Hört euch das an, das muss der Zauberer geschrieben haben, der für den U-Bahn-Bau verantwortlich war: *19. November 1894 – Draußen wütet das Feuer, das mein Lebenswerk vernichtet. Das Hämmern an der Tür hat aufgehört. Jetzt sind da nur noch Schreie. Wir können nichts tun als abwarten. Paul weint und ruft nach seiner Mutter, aber ich konnte sie nicht retten. Sie nicht, niemanden sonst, nur meinen Sohn.*«

»Furchtbar.« Lydia schüttelte sich. »Jetzt wundert mich nicht mehr, dass Mitrans neuer Bürgermeister damals den Erlass der Magiegesetze initiiert hat.«

Zeitungsausschnitte waren dem Tagebuch beigelegt. »*Bauleiter und Ingenieur Connory Thoma Windersom*«, las Natalie vor und zeigte den anderen das Foto eines Mannes in dunklem Gehrock und niedrigem Hut vor einem Triebwagen. »Jetzt wird mir einiges klar.«

»Der Mächtige!«, rief Lydia. »Oder eher sein Großvater.«

»Der Urgroßvater vermutlich.« Ed wandte sich dem Tisch zu und wühlte in den Papieren. »Hier liegt ein Plan. Du meine Güte, das Tunnelsystem! Mit allen Zugängen!«

Sie beugten sich darüber. »Gleich fünf U-Bahn-Strecken – nicht schlecht«, staunte Lydia.

Eds Finger huschte über die Linien. »Das hier könnten Lüftungsschächte sein. Und das die Stationen: Taluner Allee – da steht doch das Mitran Central Hotel. Chronistenplatz – scheint, als würde der *Stadtmusikant* genau darüber liegen. Kein Wunder, dass wir keine Zustiege gefunden haben, die sind alle verbaut.«

»Dann waren die Magischen, die sich ins Kanalnetz abgesetzt haben, ein Bluff«, stellte Lydia fest. »In Wahrheit sind sie wohl über die ehemaligen Stationen in die Klagenden Gänge eingestiegen. Was ist das?« Ein Blatt segelte zu Boden, weiß und eindeutig ein Computerausdruck. »Das stammt nicht aus der Zeit des Tunnelbaus.«

»Nein«, sagte Natalie, »das sieht eher so aus, als hätte Raikun es hier hinterlegt. Absichtlich.«

»Wieso denn das?«

»Ich weiß nicht. Denkt an die Tür. Hättet ihr sie offen gelassen? Ich nicht. Ich hätte das Gewölbe versperrt, damit meine Verfolger beschäftigt sind und ich in Ruhe abhauen kann. Es könnte eines ihrer Spielchen sein. Sie legt ihr Netz aus und ich tappe hinein. So läuft das zwischen uns.«

»Das würde bedeuten, sie hätte geahnt, dass du kommst …«

Unwillkürlich fiel Natalies Blick auf die Mauer über der Tür. Und tatsächlich glänzte dort ein winziges Kameraauge. Sie deutete nach oben. »Kameras. Sie beobachtet uns.«

Es gab einen Knall, Staub wirbelte auf und winzige Plastik- und Metallteile regneten auf sie herab.

»Jetzt nicht mehr«, knurrte Ed, blies wie ein Westernheld auf den Lauf seiner Pistole und steckte sie wieder weg.

Der Computerausdruck zeigte einen Teil des Stadtplans.

»Vonsdorfer Straße«, sagte Ed. »Das Regierungsviertel – Greifspalast, Reichsarchiv, Bundesgerichtshof, Bundeskanzleramt und die …«

»Kanzler-Villa.« Lydia nickte. »Und hier«, sie deutete auf die Rückseite, »der Grundriss der Villa. Was hat sie vor? Den Bundeskanzler ermorden?«

»Conrad Löbacher?«, fragte Ed ungläubig. »Er gilt als gemäßigt. Er hat in den letzten Tagen immer wieder dazu angehalten, das Gespräch mit den Magischen zu suchen.«

Natalie nahm einen tiefen Atemzug. »Jedenfalls ist das Raikuns Einladung zur Party. Sie will, dass wir herausfinden, was sie vorhat. Wozu auch immer.«

»Dieses Rätsel werden wir wohl nicht lösen. Die Frage ist, wann sie zuschlagen will.«

»Morgen fliegt Löbacher zum NATO-Gipfel nach Paris«, meinte Lydia. »Das ist seit Tagen in den Schlagzeilen. Ich würde also sagen … heute.«

»Heute ist doch Bundesversammlung«, fiel es Natalie ein. »Sie wählen den neuen Bundespräsidenten. Im Greifspalast. Was, wenn sie es nicht bloß auf den Kanzler abgesehen hat …?«

»… sondern auf den Bundestag!« Ed zog sein Handy aus der Jackentasche, steckte es aber ebenso rasch wieder weg. »Kein Empfang.«

»Raikun hat hier unten telefoniert«, wandte Natalie kopfschüttelnd ein. »Sie hatten Antennenkabel verlegt.«

»Dann haben sie die wohl genauso entfernt wie das übrige Zeug. Es ist kurz vor halb sieben. Wir müssen so schnell wie möglich hier raus.«

Der Marsch durch das feuchtkühle Dunkel zehrte an Natalies Kräften. Die Schmerzen wollten nicht nachlassen, im Gegenteil. Sie hatte den Eindruck, die Wunde hätte sich bereits entzündet. Jeden Schritt spürte sie als grässliches Klopfen in ihren Schläfen.

Obwohl sie auch weiterhin allein in den Klagenden Gängen waren, blieben sie wachsam. Alles passte zusammen: Der nächstgelegene Ausstieg zur Kanzler-Villa lag am Chronistenplatz, keine drei Straßen von der Vonsdorfer Straße entfernt. Sollte Raikun tatsächlich einen Anschlag auf Conrad Löbacher geplant haben, mussten sie davon ausgehen, dass sie diesen benutzte. Die Gefahr, ihr in die Arme zu laufen, war größer denn je.

Natalie war zutiefst erleichtert, als sie nach einer guten Stunde die nie benutzte U-Bahn-Station erreichten. Der Bahnsteig war kaum als solcher zu erkennen, nur ein altes Messingschild wies darauf hin, dass sie sich unter dem Chronistenplatz befanden. Von Raikun und ihren Leuten war nichts zu sehen, im Tunnel herrschte drückende Stille.

Am Ende des Stationsbereichs entdeckten sie eine verrostete Wendeltreppe. Skeptisch blickte Ed empor. »Bleibt dicht hinter mir«, raunte er. »Und leise.«

Die Treppe schraubte sich in einem engen Schacht nach oben, der das Geräusch ihrer Schritte weitertrug. Im Zeitalter von Rolltreppen, Fahrsteigen und Schnellaufzügen und bei rund zwei Millionen Fahrgästen pro Tag war die Vorstellung eines solchen Zustiegs zur U-Bahn absurd. Oben angekommen kletterten sie über eine niedergerissene Ziegelmauer in einen kahlen Raum. Gegenüber gähnte ein weiteres Loch und nach kurzem Lauschen gab Ed das Zeichen zum Vorrücken. Im dritten Raum schließlich vernahmen sie Stimmen. Ed deutete auf eine weitere Mauer, deren Ziegel nur locker aufeinanderlagen.

Nach dem Durchbruch zum Schein wieder aufgebaut, dachte Natalie und das unbehagliche Gefühl in ihrem Magen verstärkte sich. Fußspuren auf dem staubbedeckten Boden bewiesen, dass sie nicht die Ersten waren, die diesen Weg genommen hatten. *Raikun?*, formte sie mit den Lippen.

Ed legte den Finger an den Mund.

»Flieger an Staffel«, hörten sie von drüben. »Der König kann vorrücken. Ich wiederhole: Bahn frei für den König.«

Ratlos blickten sie sich an. Natalie verlagerte das Gewicht und da geschah es: Sie stieß mit dem verletzten Finger gegen die Mauer und ihr entwich ein Schmerzensschrei. Für einen angespannten Moment herrschte tödliche Stille. Dann brach eine behandschuhte Hand durch die Mauer und Ziegel flogen ihr entgegen.

»Polizei!« Eine weibliche Stimme. »Auf den Boden! Hinlegen! Sofort hinlegen!«

Lampen blendeten auf, Waffen richteten sich auf sie, in dem kleinen Raum hingen plötzlich die keuchenden Atemzüge mehrerer Personen. Natalie wurde von den Füßen gerissen, sie landete neben den anderen im Staub, glühende Lava schien sich in ihrem Finger zu entzünden. Ed gab sich als OMB-Agent zu erkennen und schrie in einem fort seinen Namen, trotzdem dauerte es eine Weile, bis es jemand zur Kenntnis nahm.

»Ihre Marke!«, blaffte die Frau.

»Hier.« Ed, der die Marke am Hosenbund befestigt trug, rollte herum. »Der Ausweis ist in meiner rechten Hosentasche.«

Die Frau fingerte ihn hervor. »Na schön. Was haben Sie hier unten verloren, Agent Kroll?«

Natalie wagte nicht, sich zu rühren, zumal sie noch immer einen Waffenlauf im Nacken spürte. Lautlos tropften ihre Tränen in den Sand, während sie gegen den Schmerz ankämpfte.

»Wir sind einer Bande krimineller Magischer auf der Spur«, hörte sie Ed sagen. »Es besteht der Verdacht, dass ein Anschlag auf Bundeskanzler Löbacher geplant ist.«

»Wir stehen bereits in Kontakt mit der OMB. Wieso weiß bei euch eine Hand nicht, was die andere tut?«

»Was ist los?«

Beim Klang der vertrauten Stimme geriet Natalies Herz ins Stolpern. Ihn hätte sie hier zuletzt erwartet. »Kilian!«

»Waffen weg!«, forderte er. »Sie gehören zu mir.« Er zog sie hoch. »Wo zum Teufel kommt ihr her? Wir haben doch vorhin alles überprüft!«

Ein Stammeln verließ ihren Mund. Sie war eindeutig nicht in der Verfassung für eine Erklärung. Hilflos blickte sie in die Runde. Vier bewaffnete Bundesbeamte in schwarzen Anzügen und die Frau, ebenfalls schwarz gekleidet, dunkelhäutig und mindestens so durchtrainiert wie ihre Kollegen. Sie runzelte gereizt die Stirn, als Ed wiederholte, was sie in der Technikhalle entdeckt hatten und wie sie hergelangt waren.

Kilian nickte. »Raikun hat einen Anschlag auf den Greifspalast geplant. Nachdem ich stundenlang versucht habe, die Polizei zu überzeugen, kommt sie endlich in die Gänge. Die Security will den Kanzler über einen geheimen U-Bahn-Tunnel aus der Stadt schaffen. Ihr seid genau reingeplatzt.« Er blickte sich um. »Irgendeine Spur von Magischen da unten?« Auf Eds Kopfschütteln nickte Kilian der Frau zu. »Alles sauber. Sie können weitermachen, Frau Kruger.«

»Na, besten Dank auch«, fauchte sie und scheuchte ihre Männer mit dem Auftrag aus dem Raum, noch einmal alles zu durchsuchen. »Und Sie«, sie blickte sie nacheinander an, »verschwinden gefälligst. Kommen Sie uns nicht noch mal in die Quere.« Sie tippte an ihr Headset. »Flieger an Staffel: Entwarnung. Wir fahren fort.«

Sie stiegen über Schutt und Ziegel hinweg. Neonröhren leuchteten einen Gang aus, der leicht abschüssig ins Nirgendwo führte. Ein Luftzug strich Natalie um die Nase und ließ sie frösteln. Um sie drehte sich alles.

Ein bestürzter Ausdruck trat in Kilians Gesicht. »Du bist verletzt! Deine Hand! Was ist passiert?«

Alles in ihr schrie danach, sich in seine Arme zu werfen. »Mein Finger ist …«

»Gehen Sie weiter!«, rief Frau Kruger. »Los doch!«

Kilian presste die Lippen zusammen, fasste Natalie stützend am Arm und führte sie den Gang hinauf.

»Du humpelst«, stellte sie fest. Sein Hosenbein war zerfetzt und blutgetränkt, und nun, da sie ihn genauer in Augenschein nahm, entdeckte sie etliche frische Kratzer und Blessuren an ihm. »Du bist auch verletzt.«

»Lange Geschichte.«

An der Ecke mussten sie warten, da erst Kanzler Löbacher

an ihnen vorbeigeschleust wurde. Natalie erhaschte einen Blick auf den hageren Mann mit der randlosen Brille, der den Arm beschützend um seine Frau gelegt hatte, und fragte sich erneut, warum Raikun es auf ihn abgesehen hatte. Als die Schritte verhallten, seufzte Kilian erleichtert auf.

»Ein Problem weniger.« Er sah mindestens so erschöpft aus wie Natalie sich fühlte. »Der Gang führt in diese Richtung bis zum Bundeskanzleramt. Offenbar hatte Raikun Kenntnis davon.«

»Die Pläne«, erinnerte ihn Ed. »Und Zeit genug, das Tunnelsystem zu erforschen, hatte sie auch.«

Sie hielten auf eine unscheinbare Tür zu, die in ein Kellerabteil führe, wie Kilian erklärte. Es handle sich um ein von der Regierung angemietetes Haus – ihr Ausgang.

»Wie hast du von dem Anschlag erfahren?«, fragte Lydia.

»Ich hatte ein Rendezvous mit ein paar Magischen in den Wäldern vor Schloss Nauders. Und mit Paige. Und mit Wim. Ach ja, und mit einem Menschenfresser.«

Ed grinste schief. »Klingt lauschig. Wie ist es gelaufen …?« Ein ohrenbetäubender Knall riss ihm die Worte von den Lippen, Boden und Wände erzitterten unter einer Druckwelle, einzelne Ziegel prasselten auf sie herab.

Und die Decke zerbarst über ihren Köpfen.

Von Kilian gestoßen, stürzte Natalie in den Kellerraum. Ringsum bewegten sich die Wände, neigten sich, zerfielen, und die Trümmer krachten auf sie herab. Staub wallte auf.

Zeit und Raum schienen sich voneinander zu lösen. In einem Moment hörte sie noch Schreie, ihre, die der anderen, und das Donnern der Ziegel, im nächsten fühlte sie sich von einer Blase eingehüllt, in der es nichts gab, als den Willen zu überleben.

Ihre Lunge brannte bei jedem Atemzug. Vor ihren Augen zeichneten sich diffuse Schatten ab. Ohne Orientierung kroch sie weiter, ertastete etwas Weiches, eine Hand, eine Hand! Sie klammerte sich fest, jemand zerrte an ihr, aber dann blieb sie mit dem Fuß hängen, knallte mit der Stirn gegen ein Hindernis und die Hand rutschte aus ihrer.

Panisch tastete sie umher, wühlte in Schutt und Staub, aber da war nichts. Nichts und niemand. Sie war allein. Von einem Hustenkrampf geschüttelt, sank sie zurück und ergab sich der Dunkelheit.

36

Sie hatte keine Hand mehr. Dessen war sie sich ganz sicher.

Natalie spürte auch sonst kaum etwas, aber dort, wo ihre Hand sein sollte, war … nichts. In ihren Ohren sirrte es. Andere Geräusche drängten sich nur langsam in den Vordergrund, Sirenengeheul, Schüsse, Stimmen.

Sie blinzelte. Tageslicht. Ihre Sicht war verschwommen, aber sie erkannte, dass sie sich im Freien befand. Bleigrauer Himmel über ihr. Die Luft fühlte sich aufgeladen an, wie vor einem Gewitter. Hinter ihr ein Haus mit hellrosa Mauern, irgendwie desolaten Mauern. Schwindel überfiel sie und sie musste den Kopf senken.

»Nat? Hörst du mich?« Die Worte klangen fern. Als kämen sie vom gegenüberliegenden Ufer eines Flusses. Sie wollte antworten, aber ihr gelang nur ein raues Krächzen. Staub kratzte in ihrer Kehle, knirschte zwischen ihren Zähnen. Sie hustete. »Hörst du mich?« Diesmal gelang ihr ein Nicken. »Gott sei Dank! Kannst du dich bewegen?«

Sie schaffte es, sich aufzusetzen. Kilians Arme schlossen sich um sie.

»Wo sind wir?«, stieß sie hervor, den Kopf an seine Schulter gelehnt. Das absolute Fehlen von Schmerz irritierte sie.

»Vor dem Haus in der Vonsdorfer Straße. Sie haben den Gang gesprengt, Nat. Raikun hat … Sie hat gewusst, dass der Kanzler unten war.«

Natürlich. Sie überlässt nichts dem Zufall. »Die Kameras, sie hatte überall Kameras. Ist der Kanzler …?«

»Ja. Sie sind alle tot. Der Gang ist unpassierbar, das Haus einsturzgefährdet. Wir haben es gerade noch rausgeschafft.«

»Lydia? Ed?«

»Ed ist nur leicht verletzt. Lydia wurde am Kopf getroffen, sie ist bewusstlos. Ed bringt sie in Sicherheit.«

Sicherheit. Warum, und wo ist das, wenn nicht hier? Langsam schärfte sich ihr Blick. Der Morgen war unnatürlich düster, am Himmel ballten sich schwere Wolken. Umso deutlicher nahm sie die roten Lichtblitze wahr, die schräg gegenüber aufzuckten. In der Nähe erklangen Schreie.

Hufschläge donnerten heran, vor ihnen bremste sich ein Zentaur ein, der nackte Oberkörper ein einziger Muskelberg. Und auf seinem Rücken saß ein Zwerg. »Keine Bewegung!«

Sie erstarrten Arm in Arm. Kilians Puls trommelte an ihrer Schläfe.

Der Zentaur blickte grimmig auf sie herab, seine Vorderhufe scharrten auf dem Asphalt. Das lange Haar, im Gefängnis noch eine fettige, verfilzte Mähne, war zu einem seitlichen Zopf geflochten, sein Bart gestutzt. Er zielte mit Pfeil und Bogen auf sie, der Zwerg hingegen bevorzugte eine Laserwaffe – Natalie erkannte sie sofort.

Unauffällig wich sie zurück. Ganz in der Nähe verliefen mehrere magische Adern. Aber brauchte sie die überhaupt? Ganz bewusst stellte sie sich den Knotenpunkt aus purer Magie in ihrem Inneren vor und merkte, dass allein der Gedanke daran ihr Blut in Wallung versetzte.

Dein Wille ist Macht, allein dein Wille. Jetzt, da die Magyära geweckt waren, schien sich unbändige Energie in ihr zu sammeln. Sie konnte sie spüren, gefährlich, tödlich …

Sie suchte Kilians Blick und neigte sachte den Kopf. Er verengte die Augen, ein stummer Widerspruch.

»OMB. Das Raikun freuen«, sagte der Zentaur gebrochen. Und an den Zwerg gewandt: »Du oder ich?«

Eine Schweißperle zog eine helle Spur über Kilians staubverklebtes Gesicht. Natalie nickte ihm zu, knapp, aber entschlossen. *Vertrau mir.* Er erwiderte mit einem unhörbaren *Okay.* Also spannte sie die Muskeln an und ließ vor ihrem inneren Auge das Bild dessen entstehen, was sie bewirken wollte.

»Ich!« Der Zwerg reckte das Kinn und legte an.

Kilian warf sich zur Seite, Natalie riss den Arm hoch und schleuderte einen Magiestoß auf die Magischen, der den Zwerg vom Rücken des Zentauren fegte. Sie schob einen zweiten nach, der Zentaur trappelte zurück, sein Pfeil ging daneben.

Ihre Hand, erkannte sie, ihre Hand war da, wo sie sein sollte! Das Tuch war abgegangen und ihr Zeigefinger war ein blutiger Klumpen Fleisch, aber sie lebte, Kilian lebte – und sie würde ihrer beider Leben mit allen Mitteln verteidigen.

Als der Zentaur einen neuen Pfeil an die Sehne legte, visierte sie seinen Kopf an. Ihr Magiestoß traf ihn mit solcher Wucht, dass er die Augen verdrehte und das Bewusstsein verlor. Die Pferdebeine knickten ein, der massige Leib sackte zu Boden.

Kilian zog Natalie mit sich hoch. »Wir müssen hier weg, rüber zur OMB. Die Magischen haben sich am Greifspalast verschanzt. Sie schießen auf alles, was sich bewegt.«

Eine Mischung aus Keuchen und Lachen entfuhr ihr. »Und das sagst du mir jetzt?«

»Ich wollte dich nicht überfallen.«

»Na klar, verstehe. Gemütliches Aufwachen, Rekeln, Strecken, ein kleiner Guten-Morgen-Kuss …«

Er presste seinen Mund auf ihren. Ein Kuss, der nichts Kleines, Zärtliches an sich hatte, sondern rau und wild war, und zusammen mit der Aktion soeben ein tiefes Gefühl von Verbundenheit durch ihr Herz jagte.

Gewissheit durchströmte sie: Die taumelnden Schmetterlinge im Bauch gehörten nicht nur in die Phase des Händchenhaltens und der scheuen Berührungen, die sie so schmerzlich vermisst hatte. Sie gehörten zu jedem Kuss, jedem Wort, jedem Lächeln, das er ihr schenkte. Sie waren immer da, sogar zwischen Blut und Schmerz, Angst und Terror.

Vielleicht mussten sie das Verliebtsein nicht nachholen – ihn zu lieben, ihn in jedem schrecklichen und wahrhaftigen Moment an ihrer Seite zu wissen, machte alles vollkommen.

Seine Stimme war weich. »Du bist großartig, weißt du das? Ich meine, du bist verletzt, dir fehlt der halbe Finger, wir sind gerade einem Bombenanschlag entronnen, aber du …« Er küsste sie noch einmal.

»Tja, Raikun hat eine Kämpferin aus mir gemacht.« Das klang weniger bitter als beabsichtigt. Rote Laserblitze schnitten durch den immer tiefer sackenden Wolkenvorhang. Schüsse knatterten zur Antwort. Dies war eine Schlacht und sie befanden sich mittendrin. »Wir sollten hier verschwinden.«

Er nickte angespannt, die Pistole jetzt in der Rechten. »Ich gebe uns Deckung.«

»Warte.« Natalie entließ die Magie aus ihrem Inneren, ballte sie um ihre Hand, klammerte sich an die Vorstellung eines Schutzschildes und legte all ihre Kraft, all ihr Können in das Banngitter, das sie erstellte. Ein silbern schimmerndes Geflecht flammte vor ihr auf, ein ausladendes, sanft summendes Rad reinster Magie und wie eine Verlängerung ihres Arms mit ihr verbunden. Es würde sie beide beschützen, wohin sie sich auch wandten. Sie lachte auf. »Ich kann es! Komm!«

Was für eine Enttäuschung. Der Mächtige beherrschte keinen Zauber, der einen Körperteil nachwachsen ließ. Immerhin hatte er die Wunde an ihrem Finger schließen und den Schmerz lindern können. Eine notdürftige Erstversorgung. Für kompliziertere Heilzauber war Dr. Turnherr zuständig – und die war momentan mit Paiges Gesicht beschäftigt. Natalie zwang sich, den Stumpf ihres Zeigefingers nicht zu beachten.

Die Seitengasse zur Vonsdorfer Straße, schräg gegenüber vom Greifspalast, war durch OMB-Fahrzeuge blockiert, die ausreichend Deckung boten. Sie standen zu viert dahinter, alle anderen – die Agententeams sowie jene des Spezialeinsatzkommandos – waren inzwischen abgerückt.

Der Polizist, den Kilian ihr als Solkan vorgestellt hatte, blickte misstrauisch zum Himmel, nur um die goldene Kugel auf ihrem Samtkissen noch viel misstrauischer zu beäugen. »Und Sie denken wirklich, das klappt?«

Natalie bemühte sich um eine neutrale Miene, Kilian inspizierte auffällig unbeteiligt seine Waffen. Der Mächtige lächelte. »Theoretisch ja, praktisch ist immer auch ein wenig Glück vonnöten, nicht wahr?«

Der Donner grollte bereits gefährlich nah. Die Wolkenbank über ihren Köpfen war dunkelviolett, fast schwarz, und schien in sich zu wirbeln wie ein riesiger Orkanstrudel. Blitze flammten darin auf, doch keiner fand den Weg zur Erde. Noch nicht.

Natalie hätte sich am liebsten ebenfalls in ein Gebäude oder in ein Auto verzogen, aber Kilian und sie hatten eine Mission, von der das Überleben der Geiseln abhing. Sie mussten die Kugel vor dem Greifspalast ablegen – und das nur Minuten bevor der Blitz einschlagen würde, den der Mächtige bei der Holle-Gesellschaft für Meteorologie angefordert hatte.

»Eine EMP-Bombe wäre mir lieber gewesen«, grummelte Solkan. »Die hätte mit Sicherheit funktioniert.«

»Mitrans Bevölkerung hätte Ihre Idee gewiss begrüßt«, konterte der Mächtige.

Die Bombe hätte vermutlich die halbe Stadt lahmgelegt. Der elektromagnetische Impuls des Blitzeinschlags würde lediglich Elektrogeräte im Umkreis von etwa fünfhundert Metern ausschalten – und hoffentlich die elektronischen Bauteile der Laserwaffen.

Ein uniformierter Polizist lief herbei und erstattete Solkan Meldung. »Boss, die Magischen stellen Forderungen. Sollten die nicht erfüllt werden, wollen sie Geiseln töten, jede Stunde eine.«

Das klang bedenklich. 650 Abgeordnete der Bundesregierung

saßen im Greifspalast fest, außerdem der künftige Bundespräsident. Die Sicherheitsbeamten waren ersten Meldungen zufolge getötet oder gefangen genommen worden. Nur darum hatte Bürgermeister Engels seine Zustimmung zu dem fragwürdigen Blitzangriff gegeben – die Situation war verzweifelt.

Der Polizist hielt Solkan ein Tablet unter die Nase. »Sie haben ein Video online gestellt. Diese Hexe spricht.«

»Raikun ist hier«, flüsterte Natalie und Kilian nickte.

Ein Blitz schnitt durch die Wolken, unmittelbar darauf folgte Donner. Die Luft roch nach Regen und Straßenstaub.

»Doch nicht jetzt!«, rief Solkan aufgebracht. »Wir stehen kurz vor dem Blitzeinschlag! Hauen Sie ab mit dem Ding!« Hochrot im Gesicht lief der Polizist davon. »Was lernen die Jungs heutzutage überhaupt?«

Die Polizei hatte bisher herbe Verluste einstecken müssen. Die Laserstrahlen durchdrangen Schutzwesten, Helme und Schilde, schlitzten Stahl und Kunststoff auf, als handelte es sich um Butter. Autos und ein Hubschrauber waren bereits explodiert.

Mittlerweile hatte das Laserfeuer nachgelassen. Die Magischen hielten sich in den Arkaden des Greifspalasts und in der Grünanlage ringsum hinter Statuen, Bäumen und Gebüsch versteckt. Raikun war noch nicht aufgetaucht. Aber sie würde schon noch aus ihrem Loch gekrochen kommen. Diesen Moment mussten sie abpassen. »Mit mir wird sie reden«, hatte Natalie dem Mächtigen erklärt. »Ich kann sie ablenken. Und dann könnt ihr angreifen. Und sie …« Er hatte nichts erwidert, nur genickt. Es führte kein Weg daran vorbei, Raikun zu töten.

»Noch fünfzehn Minuten«, wandte sich der Mächtige an Solkan. »Hubschrauber und Fahrzeuge sind abgezogen? Alle elektronischen Geräte in entsprechender Entfernung verstaut? Ja? Gut. Dann sollten Sie sich in Sicherheit bringen.«

Solkan rieb sich den Nacken. »Und ich hatte immer gedacht, der Frau-Holle-Wunschwetterdienst sei ein Schwindel. Ich meine, jeder kann von sich behaupten, er könne es regnen lassen, wenn es längst wie aus Eimern gießt. Apropos – wann regnet es denn nun endlich?«

»Keine Sorge, Frau Holle liefert üblicherweise pünktlich.«

»Na schön, dann beten wir, dass Sie recht behalten.«

»Sie können gern beten. Sinnvoller wäre allerdings, Sie und Ihre Männer würden sich für den Angriff wappnen. Nicht, dass Sie mein Zeichen verpassen.« Er berührte das Glöckchen an seinem Gürtel. Durch einen Zauber verstärkt, würde es verkünden, ob das Experiment geglückt war.

Solkans gerunzelte Stirn zeugte auch diesbezüglich von Skepsis. »Also dann … Hals und Beinbruch!« Letzte Befehle in sein Headset knurrend, stieg er ins Auto und brauste davon.

Jetzt waren, abgesehen von abgestellten Privatautos, nur noch die organisationseigenen Fahrzeuge übrig. Mit viel Glück würden sie nichts abbekommen, falls doch, war das Opfer zu verschmerzen. Die Gegend war großräumig abgesperrt worden, die Bewohner der umliegenden Häuser evakuiert. Sie wussten nichts von dem Blitz, wussten nicht, welchen Schaden er anrichten konnte.

»Bereit?«, fragte der Mächtige. Er würde sich ebenfalls in ein Auto zurückziehen, das ihn wie ein Faraday'scher Käfig vor der Blitzenergie abschirmte.

Natalie drückte Kilians Hand. Sie kannte ihn inzwischen gut genug, um zu spüren, dass er genauso nervös war wie sie. Die Naturgewalt eines Blitzes war trotz aller Vorsichtsmaßnahmen unberechenbar. Dennoch schenkte er ihr ein zuversichtliches Lächeln. »Bereit«, sagten sie zugleich.

Kilian klemmte sich die goldene Kugel samt Kissen unter den Arm. Es war jene, die Prinzessin Aniat vor Hunderten von Jahren im Brunnen verloren hatte. Der Zauber der Kugel wirkte in Verbindung mit Wasser wie ein Magnet – auf Menschen, auf Tiere, auf jede Art von Energie. In den Magischen Chroniken waren die Ereignisse rund um den »Froschkönig« und seinen

Diener, den »eisernen Heinrich« aufgezeichnet. Damals hatte die Kugel den Frosch herbeigelockt, heute und hier würde sie den Blitz anziehen.

Ein Gedanke an ihren inneren Knotenpunkt genügte, und Natalie konnte auf ihre Magie zugreifen. Binnen Sekunden entstand aus ihrer Vision ein gekrümmter Schild, der sie auch an den Seiten schützen würde. Mit Genugtuung registrierte sie das anerkennende Nicken des Mächtigen.

»Sollte halten. Los, ihr zwei!«

»Ich wollte noch einen zweiten erstellen …«, wandte sie ein.

Er blickte erneut auf die Uhr. »Nein, die Zeit drängt. Der Blitz kommt in exakt zehn Minuten.«

Kilian wedelte mit seiner Pistole. »Ich sichere die Rückseite.«

»Du kannst doch nicht alle …«

»Beeilung!«, knurrte der Mächtige und verabreichte ihnen einen Magiestoß, der sie vorwärtsschubste. Das war deutlich.

Dicht nebeneinander rannten sie auf den Greifspalast zu. Kaum hatten sie die Vonsdorfer Straße überquert, zuckten Laserblitze auf. Natalie zog panisch den Kopf ein, aber der Schild hielt stand. Die Magischen nahmen sie von mehreren Seiten unter Beschuss. Eine Salve nach der anderen prasselte auf sie hernieder, keine konnte ihnen etwas anhaben.

Als sie in die Grünanlage vordrangen und Kilian in einem fort Schüsse abgab, versuchte Natalie im Laufen einen zweiten Schild aufzubauen, aber es gelang ihr nicht. Zu sehr musste sie sich auf ihre Umgebung konzentrieren.

»Sie kreisen uns ein!«

»Nur noch ein Stück«, antwortete Kilian. »Dann platziere ich die Kugel und du kümmerst dich um den zweiten Schild.«

Ein gewaltiges Krachen ertönte. Doch kein Blitz zuckte auf, stattdessen strömte sintflutartiger Regen auf sie nieder. Nach wenigen Schritten waren sie klatschnass.

»Endlich!«, rief Kilian. »Der Regen sollte die Laser stören!«

Ein roter Energiestrahl peitschte Natalie vors Gesicht und

obwohl sie wusste, dass ihr nichts geschehen konnte, entwich ihr ein Schrei.

»Stopp! Das muss reichen!« Kilian ließ das Kissen fallen und bettete die Kugel darauf. Sie schimmerte mit einem Mal in allen Regenbogenfarben.

»Wir müssen näher ran!« Frau Holle hatte exakte Koordinaten erhalten. Etwa zehn Meter vom Hauptgebäude entfernt sollte der Blitz einschlagen. Doch sie waren nicht einmal annähernd so weit gekommen.

»Keine Zeit! Die Kugel macht das schon! Los, weg hier!«

In aller Hektik versuchte sich Natalie an einem zweiten Schild, aber in ihr war nur Panik, keine Magie.

»Ich schaffe es nicht!«, rief sie und das Wasser rann ihr nur so in den Mund.

Kilian drängte sich an sie und umfasste ihre Hüfte. »Halte ihn so über uns, dass wir gebückt laufen können.«

»Aber dann kannst du nicht schießen!«

»Es gibt kein Schießen mehr! Lauf!«

Sie gehorchte. Wieder blitzte Laserfeuer auf. Von rechts nährte sich ein Zentaur, von links zwei Zauberer. Vorne pirschte sich ein Zwerg an. Sie rammten ihn mit dem Schild, mähten ihn nieder, sprangen über ihn hinweg. Noch ein paar Schritte bis zur Straße, dann in das Auto, das für sie bereitstand …

In diesem Augenblick entsandte der Himmel den Blitz. Er erhellte das Wolkengrau zu grellem Weiß, schlug mit einem Krachen ein, das Natalies Zähne aufeinanderschlagen ließ. *Zu früh!*, schoss es ihr durch den Kopf. Unmittelbar darauf jagte ihr von unten ein Stoß durch die Beine. Sie wurde durch die Luft katapultiert. Und knallte auf nackten Asphalt.

Der Aufprall presste ihr den Atem aus den Lungen. Einige lähmende Sekunden lang meinte sie zu ersticken. Sie riss den Mund auf, schnappte nach Luft – und atmete Wasser. Der Regen prasselte auf sie ein, dicht und unablässig. Womöglich würde sie ertrinken, nicht ersticken. Wimmernd hielt sie sich die Hand vor den Mund. Mit jedem pumpenden Atemzug hatte sie das Gefühl, das Gewicht eines Baumstamms zu stemmen. *Ruhig. Du kriegst gleich Luft, gleich, gleich …*

Nur langsam normalisierte sich ihre Atmung, legte sich die Todesangst. Ihr Gehirn spulte zerrissene Momentaufnahmen ab: der Schutzschild – aufgelöst oder durch den Blitzeinschlag zerstört. Die Magischen – waren ebenfalls getroffen worden. Kilian? Wo war Kilian?

Sie kämpfte sich auf die Knie. Er lag auf der anderen Straßenseite zwischen zwei geparkten Autos, der Körper verdreht. Reglos.

»Kilian!« Der Schrei barst in ihrer Brust, Schmerz raste hoch in ihre Kehle. Ihre Stimme brach. »Kilian …«

Sie stürzte zu ihm. Sein Gesicht war grau, wieso war es grau? Sie schob eine nasse Haarsträhne aus seiner Stirn, horchte auf Atemzüge, drückte die Finger an seine Halsschlagader. Schlug sein Herz?

Da war nichts. Nichts.

Blitze zuckten auf, Donner krachte, schon gemäßigter als vorhin. Das Gewitter zog ab.

Zwischen verworrenen Gedankenfetzen trieb sie ihr Wissen über Erste Hilfe auf. Mund-zu-Mund-Beatmung, Herzmassage, es gab da eine Regel, wie oft das eine und dann das andere zu erfolgen hatte, nur … sie wollte ihr nicht einfallen. *Man kann nichts falschmachen*, erinnerte sie sich.

Die Handflächen übereinandergelegt, drückte sie seinen Brustkorb mit dem ganzen Gewicht zusammen, wieder und wieder, wieder und wieder. Zwanzig, einundzwanzig, zweiundzwanzig, sie verzählte sich, noch drei- oder viermal. Jetzt beatmen. Seine Lippen waren kalt, ihre Tränen salzig, der Regen spülte sie weg. Zweimal beatmen. Oder dreimal?

»Scheiße! Kilian! Atme!«

Wo waren die Polizei, die Agenten? Diesmal blickte sie während der Herzmassage auf. Sollten sie nicht angreifen? Die Glocke? Hatte sie das Zeichen überhört? War es im Krachen, im Donnergrollen untergegangen? Neunzehn, zwanzig, einundzwanzig … Sie begann zu schwitzen. Linker Hand öffnete sich eine Haustür. Eine Frau in dunkler Regenjacke zog sich die Kapuze über, als sie ins Freie trat. Rotes, gelocktes Haar. Hinter ihr ein Junge. Und ein Mann, sehr schlank, groß. Seltsam, die Bewohner waren doch evakuiert worden …

»Hilfe! Bitte helfen Sie mir!« Etwas in der Art, wie sich die Frau nach ihr umdrehte, irritierte sie. Neunundzwanzig, dreißig. Beatmen. Einmal. Zweimal. Massage. »Hilfe! Hilfe …« Ihre Schreie erstarben.

Die Frau war herangekommen, beugte sich über sie und strich mit dem Zeigefinger über Kilians Stirn, die Nase, bis zum Mund, eine Geste, die Natalie erschauern ließ.

»Herzstillstand. Der Blitz«, sagte die Frau. »Er ist tot. Müh dich nicht länger ab.«

Der Regen glättete ihre Locken, die unter der Kapuze hervorquollen, sie hatten die Farbe von Flammen. Rot, nicht blond. Sie hatte ihr Aussehen verändert, Hexenmagie machte es möglich, aber es waren ihre Stimme und die Augen, an denen Natalie sie erkannte – ein lichtes Grün, heller als Kilians.

»Raikun …« Ihr Blick schwenkte zum Haus, vor dem Raikuns Begleiter warteten. Brisko. Und Liam. Natalie schluchzte auf.

»Dir bleibt nichts verborgen.« Raikun ging neben ihr in die Hocke. Schob ihre Hände weg. »Er ist tot, Natalie. Lass ihn gehen.«

37

Ein Geräusch wie von einem Bolzen, der in einen passenden Schlitz einrastet, streifte sie, eine Erkenntnis, so niederschmetternd wie klar: Sie konnte nicht gewinnen, nicht gegen Raikun, nicht gegen das Schicksal. Sie war nur ein Mädchen.

Sekunden mochten vergangen sein, die sich wie Stunden anfühlten. *Wir haben uns verloren, bevor wir uns richtig finden konnten.* Seine Worte – plötzlich erschreckend real.

Er war tot.

Die Glocke ertönte, das Zeichen für den Angriff. Sie musste kilometerweit zu hören sein, verstärkt durch den Zauber des Mächtigen. Ein paar Magische tauchten am Rande von Natalies Blickfeld auf, die nutzlosen Laserwaffen gesenkt. Raikun scheuchte sie mit einer Handbewegung fort.

»Kämpft!«, rief sie ihnen zu. »Kämpft für das Magische Volk!«

Das Knattern von Hubschraubern drang durch das Donnergrollen, Polizei, Bundeswehr und OMB waren bereit zum Angriff. Die Magischen würden kämpfen – und ebenfalls sterben. Sie konnten genauso wenig gewinnen. Das alles war hoffnungslos.

Der Regen schien mit jeder Sekunde heftiger zu werden. Er mischte sich mit Natalies Tränen, strömte über Kilians bleiches Gesicht, und es tat ihr körperlich weh, ihn nicht abschirmen zu können. Alles tat ihr weh. Hätte Raikun sie nicht gehalten, wäre sie einfach umgekippt.

Die Situation war grotesk. Sie weinte in den Armen ihrer größten Feindin, während ihr Bruder nur wenige Meter entfernt auf seine Befreiung wartete. Sie hätte aufspringen sollen, Raikun attackieren, töten, töten, Hölle noch mal! Aber ihre Arme und Beine waren schwer wie Blei. Und in ihrem Kopf versandeten nutzlose Gedanken.

»Ich könnte ihn natürlich zurückholen«, sagte Raikun.

»W-was?« Ihre Lippen bibberten, sie hatte ein Déjà-vu, ja, so fühlte es sich an. Der Bund Glasphiolen baumelte vor ihren Augen, voll mit Essenzen, die unaussprechliche Qualen versprachen, Schmerz, Tod. Und Leben. Und Leben? »Wirklich?«

»Ja. Aber das hat seinen Preis. Du lässt uns ziehen. Mich, Brisko und Liam. Du wirst uns nicht folgen. Du wirst nicht mehr nach deinem Bruder suchen. Niemals mehr.«

Natalie blickte auf Kilian hinab. Wasser rann über seine Wangen, Bäche in seinem reglosen Gesicht. »Dann … wird er leben?«

»Ja.«

»Liam auch?«

»Ja.«

Sie zögerte nicht, weil sie ein Leben gegen das andere abwog. Sondern, weil sie sich verabscheute, dass sie keinen Augenblick zögerte. Sengend heiß fuhr ihr der Selbsthass die Wirbelsäule hoch. Ließ sie schwindeln. Was war aus ihr geworden?

»Tu es. Hol ihn zurück«, sagte sie tonlos und schaute zu Brisko und Liam hinüber. *Ich opfere meinen eigenen Bruder.* So weit war es also gekommen. Aber Kilian würde leben, beide würden leben, auch Liam, es war die bestmögliche Option.

Raikun öffnete ein Fläschchen mit einer dunkelbraunen Essenz und tropfte etwas davon in Kilians Mund, auf seine Zunge, ehe sie seine Lippen wieder schloss. »Trezește-te!«, sagte sie. Dann steckte sie die Phiolen weg und erhob sich. »Ich muss gehen, Natalie.«

»Was? Das war's? Das war alles?!«

»Das war alles.«

Sie wollte schreien vor Verzweiflung, wollte Raikun nachlaufen, denn Kilian war nach wie vor tot, regenkalt und tot. Aber da blinzelte er. »Nat …«

»Du lebst!« Sie streichelte sein Gesicht, küsste ihn, murmelte seinen Namen. Lachte. Weinte noch mehr Tränen.

»Es regnet noch ... Hat es geklappt?« Seine Stimme war brüchig, aber seine Augen, seine wunderschönen teichgrünen Augen klar. »Haben wir ... haben wir es geschafft?«

Sie nickte. »Ja. Alles wird gut.«

»Warum weinst du dann?«

»Das ist der Regen.«

»Deine Augen sind rot. Ich sehe, dass du weinst.«

»Nur vor Freude. Dass du lebst. Du warst nämlich ...« Schluchzen übermannte sie und sie wandte sich ab. Sie wollte nicht, dass er sah, wie sehr sie litt.

Als sie sich wieder im Griff hatte und das Wasser von den Wimpern blinzelte, huschte ihr Blick zum Greifspalast. Solkans Polizeitrupp stürmte das Gebäude. Soldaten der Bundeswehr schlachteten die Magischen regelrecht ab. Sie sah einen Zentauren fallen, sah einen Zauberer zusammenbrechen, sah Zwerge und Feen, die längst die Hände zur Kapitulation erhoben hatten, im Kugelhagel sterben.

Entsetzt wandte sie sich ab und entdeckte Raikun, die gerade mit Brisko und Liam die Straßenseite wechselte, zielstrebig, und ohne den Hubschrauberlärm, die Schüsse aus Dutzenden Maschinengewehren oder die Schmerzensschreie zu beachten. Ihr ach so wichtiges Volk der Magischen starb, starb in ihrem Auftrag, und sie scherte sich einen Dreck darum. Sie machte sich einfach aus dem Staub.

»Kilian! Natalie!« Ed stürzte herbei, gefolgt vom Mächtigen, dessen Atem vom schnellen Laufen rasselte. »Alles in Ordnung? Was ist passiert?«

»Er wäre fast gestorben«, hörte sich Natalie sagen.

Ein furchtbares Gefühl von Verlust ballte sich in ihr: Liam. Ihr Bruder. Alles, was ihr von ihrer Familie geblieben war. Sein seltsames Verhalten beim Kampf vor der Rosenhecke stand ihr plötzlich wieder deutlich vor Augen. Seine Teilnahmslosigkeit. Dass er nicht reagiert hatte, als sie ihn anflehte zu fliehen.

Kurz entschlossen sprang sie auf. »Kümmert euch um Kilian.«

»Natalie?«, krächzte Kilian.

»Bin gleich wieder da!«

Sie wusste nicht, woher sie die Kraft nahm, aber sie jagte die Vonsdorfer Straße hinunter, so schnell ihre Beine und die brennende Sehnsucht sie trugen. Das war vielleicht das letzte Mal, dass sie Liam zu Gesicht bekam. Sie musste ihn noch einmal sprechen, sich davon überzeugen, dass Raikun ihm nichts angetan hatte. Sie musste sich verabschieden.

»Was noch?«, knurrte Raikun, als Natalie sie auf der breiten Zufahrt zur Kanzler-Villa überholte. Irgendjemand hatte bereits eine schwarze Flagge gehisst, die am Fahnenmast klebte.

»Verschwinde!« Brisko verabreichte ihr einen kräftigen Schubs, der sie zurücktaumeln ließ. Sie war so kaputt, dass sie auf die Knie sank, mitten in eine schlammbraune Pfütze. Flehend rang sie die Hände.

»Liam – bitte, ich will mit ihm reden! Bitte, Raikun! Dann gehe ich, versprochen.«

»Uns bleibt keine …«, setzte Brisko an, aber angesichts von Raikuns Gesichtsausdruck verschluckte er den Rest.

Sie schob Liam nach vorn. »Bitte sehr.«

Ihr Bruder, ihr kleiner Bruder blickte auf sie herab und der Ausdruck in seinen Augen ließ Natalie schaudern. Mitleid. Er empfand Mitleid mit ihr.

»Nati«, sagte er und seine Lippen zitterten leicht, »was machst du hier? Warum bist du nicht im Krankenhaus?«

Krankenhaus? »Liam, ich …« Er sah so blass und mitgenommen aus in der grünen Regenjacke. Die Wochen in der Gefangenschaft hatten ihm zugesetzt. Und war er etwa gewachsen? »Geht es dir gut?«

Er lächelte scheu. »Klar. Alles okay. Aber du, du solltest nicht hier sein. Du bist doch … krank, oder?«

»Krank?«

Liam leckte über seine Zahnspange, wie immer, wenn er verlegen war. Sie musste an seine blitzenden Augen denken, an die kleinen Scherze, die er sich für die Eltern ausgedacht hatte, und an sein Kichern, wenn sie auf ihn reingefallen waren. Ihr Herz wollte schier bersten.

»Ja, krank.« Jetzt wisperte er nur noch. »Geisteskrank. Verwirrt.« Es klang wie eine Frage. »Weil eben, na ja, weil Mama und Papa doch gestorben sind. Das hast du nicht verkraftet. Oder, Tante?«

Natalies Blick schoss zu Raikun, die nur lächelte, still und aalglatt. *»Tante?!«*

»Du kannst dich nicht mehr an Tante Raikun erinnern?«, murmelte Liam unsicher.

Steif stand sie auf. Ballte die Fäuste. »Wir haben keine Tante.«

»Doch. Natürlich. Ich wohne bei ihr und Onkel Brisko.«

»Du … du *wohnst?* Bei *ihr?* Sie hat dich in eine Zelle gesperrt, Liam! Dich gefoltert!«

»Wovon redest du, Nati? Klar wohne ich bei ihnen, schon lange. Ich bin gleich nach der Beerdigung zu ihnen ins Haus gezogen, weil … Du bist doch am Grab zusammengebrochen. Und dann warst du im Krankenhaus, in der psychotri…«, er stolperte über das Wort, das er früher stets ohne Probleme ausgesprochen hatte, »psychiatrischen Anstalt. Ich war ganz allein. Sie haben sich um mich gekümmert.«

»Liam, das ist nicht wahr!« *Sie hat ihn verhext. Seine Erinnerung manipuliert.*

»Tante?«, wandte er sich an Raikun, die fürsorglich den Arm um ihn legte.

»Deine Schwester kann nicht klar denken, Liam«, sagte sie ruhig, aber bestimmt, und strich ihm eine nasse Haarsträhne aus der Stirn. »Ich habe dir doch erzählt, dass sie starke Medikamente nehmen muss. Schau mal«, sie wies Richtung Straße, »da kommen auch schon die Krankenpfleger, sie suchen sie bereits. Sie werden sie zurück ins Krankenhaus bringen, du kannst unbesorgt sein. Und jetzt müssen wir los.«

Natalie entdeckte in einiger Entfernung Kilian und Ed in Begleitung zweier Teams, und weit dahinter abgeschlagen den Mächtigen, die alle auf sie zurannten. »Sie lügt!«, schrie sie. »Das ist ein Hexenzauber! Nichts davon ist wahr! Sie hat dich verzaubert, Liam, hat dein Gedächtnis verändert, bitte glaub mir das …«

»Tschüss, Nati. Werd' bald gesund.« Liam winkte, legte seine Hand in Raikuns und lief mit ihr davon, weiter die Auffahrt hinauf und durch das Gartentor, dessen Schloss Brisko knackte, mit einem Zauber oder einem Dietrich, sie konnte es nicht sehen. Schon waren sie verschwunden.

Ein Ächzen kam aus Natalies Kehle. Sie klammerte sich an den Fahnenmast, stieß sich den amputierten Zeigefinger und schrie, als der Schmerz ihren Arm emporloderte. Noch einmal stieß sie dagegen, mit Absicht diesmal und voll selbstzerstörerischer Kraft, und noch mal, wieder und wieder, bis der Schmerz ihr Bewusstsein ausdämpfte. Sie spürte noch, wie sie zusammenbrach, dann waren da nur noch der Regen und eine erlösende Schwärze.

Lang war ihr die Ohnmacht nicht vergönnt. Kilian riss sie in seine Arme. »Natalie? Was ist mit dir? Was hat sie getan?«

Was sie getan hat? Mein Leben zerstört. Verzweifelt blickte sie zum Himmel, der langsam aufklarte. Der Regen war abgezogen, Wind schüttelte Tropfen von den Bäumen. »Vorhin … Ich bin einen Handel eingegangen, weil du … Mit Raikun. Sie waren im Nachbarhaus … die ganze Zeit. Sie hat Liam verhext … Er ist fort. Für immer. Er denkt, ich bin verrückt …«

»Ich kapier kein Wort, Nat. Was für einen Handel? Wozu? Welches Haus? Das neben dem gesprengten? Noch mal von vorn.«

Da erzählte sie es ihm. Untermalt vom Knattern der Gewehre und im Beisein von Ed, dem Mächtigen, Sam, Vajos, Ishi und

Tristan, die sie umringten, erzählte sie ihm in wenigen Sätzen, dass sie alles aufgegeben hatte, um alles zu gewinnen – und erneut betrogen worden war.

»Bist du irre?«, rief Kilian, als sie geendet hatte. »Das ist völlig krank!«

»Was?« Sie war wie vor den Kopf gestoßen. »Ich habe dir das Leben gerettet – und du schnauzt mich an?«

»Wir müssen sie einholen!«, rief er den anderen zu. »Los doch, hinterher!«

»Ich habe ihr ein Versprechen gegeben!«, schrie Natalie.

Ed zog seine Pistole. »Du vielleicht, ich nicht! Kommt! Die holen wir uns!«, wandte er sich an die beiden Teams und sie schlossen sich ihm an.

»Nein!«, brüllte Natalie. »Nicht! Sie bringt Liam um!«

»Natalie«, sagte der Mächtige ruhig, »denk nach und du wirst es einsehen. Kilian, bringen Sie sie zur Vernunft.« Damit eilte er seinen Leuten nach.

Kilian rutschte auf Knien an sie heran und fasste sie an den Schultern. Sie wehrte sich, aber er war stärker und ihre Hand war ein pulsierender Feuerball. Nicht zu gebrauchen.

»Sieh mich an! Sieh mich an, Natalie!« Widerwillig hob sie den Blick. Wasser rann aus seinem Haar, unter seinen Augen hingen grauviolette Schatten, aber seine Wangen hatten wieder etwas Farbe bekommen. »Du hast mir das Leben gerettet. Das bedeutet mir alles, denn jetzt können wir zusammen sein. Wir haben eine Zukunft. Aber nur, wenn wir Raikun endgültig ausschalten. Sie würde uns auf ewig verfolgen, das weißt du. Sie würde immer zwischen uns stehen, immer.«

»Ich habe es ihr versprochen …«

»Ich weiß. Und ich weiß, dass du aufrichtig bist und ehrlich und gerecht. Aber Nat, hat Raikun jemals ihr Wort gehalten? Sie hat dich gefoltert, dich erpresst, dich getäuscht, wieder und wieder. Diese Frau betrügt dich nach Strich und Faden. Sie lügt, wenn sie den Mund aufmacht. Gerade jetzt lacht sie sich ins

Fäustchen, weil sie wieder einmal ihre Macht ausspielen konnte. Du bist ihr nichts schuldig, hörst du?«

»Du lebst«, entgegnete sie leise.

»Ja, ich lebe. Dafür werde ich mich bei ihr bedanken. Und danach … werden wir sie umbringen.«

Wir. Womöglich wehrte sie sich mit Händen und Füßen gegen etwas, das nicht aufzuhalten war.

Er hat recht. Sie ist nur mit ihren eigenen Waffen zu schlagen. Wie oft willst du noch auf die Schnauze fallen, bevor du es begreifst?

»Also gut«, sagte sie. »Bringen wir es zu Ende.«

Er bot ihr die Hand, und nach kurzem Zögern schlug sie ein. Die Zeit der Skrupel war vorbei.

38

Der Garten war riesig. Wie in der gesamten Straße hatte der Blitz auch hier beträchtlichen Schaden angerichtet. Risse klafften in den Wegen, elektrische Leitungen für die Gartenbeleuchtung lagen frei. Sie suchten zwischen Rattanmöbeln, Blumenbeeten und Kirschbäumen mit glänzend roten Früchten nach den anderen, suchten im Leben des Kanzlerehepaares, das längst Geschichte war.

Natalie fragte sich nach wie vor, welche Absichten Raikun verfolgte. Was steckte wirklich hinter dem Mord, der Geiselnahme und dem zum Scheitern verurteilten Freiheitskampf der Magischen? Hoffnung und Kampfgeist allein machten doch noch keine Revolution.

Schließlich hörten sie Schüsse und folgten ihnen bis zu einer freien Wiesenfläche, auf der das Aeromob abgestellt war. Davor spielten sich Szenen wie aus einem postapokalyptischen Zombiefilm ab.

»Hölle nein!«, entfuhr es Natalie beim Anblick ihrer Freunde, die sich gegenseitig massakrierten.

Vajos trat auf Tristan ein, der sich auf dem Boden krümmte und dennoch versuchte, Messerstiche zu platzieren. Ishi wiederum hing wie eine Klette auf Vajos, traktierte ihn mit Boxhieben, biss und kratzte. Sam fegte umher, ebenfalls ein Messer in der Hand, und stach auf alles ein, was sich bewegte. Ihre Gesichter waren hart, ihre Blicke leer. Und sie bluteten bereits aus unzähligen Wunden.

Der Mächtige wiederum versuchte sie mit Magiestößen auseinanderzutreiben. »Ein Hinterhalt!«, rief er. »Hexenmagie!«

Was sonst.

»Natalie, wie schön!«, rief Raikun, die auf der geöffneten Laderampe des Aeromobs stand und sich an dem von ihr verursachten Tumult ergötzte. Sie wirkte nicht überrascht. »Ich hatte schon befürchtet, du kommst nicht.«

Schon flog eine ihrer glibberigen Kugeln auf sie zu.

»Runter!«, schrie Kilian und zog Natalie hinter eine Natursteinmauer, die den eigentlichen Gartenbereich begrenzte. Die Kugel zerplatzte am Stein und entließ eine gelbliche Soße, die ins Gras tropfte. Was auch immer das war, es rührte an den niederen Instinkten und sorgte für nicht enden wollende Mordlust.

Sie spähten zum Aeromob. Der Motor lief und im Cockpit saßen Florin und Catalin, die offenbar nur auf das Zeichen zum Abflug warteten. Hinter Raikun entdeckte Natalie Liam, wieder mit diesem teilnahmslosen Blick. *Besser so*, dachte sie. Er sollte diesen Kampf nicht miterleben müssen.

»Komisch, Ed ist nicht betroffen«, stellte Kilian fest. Ed und Brisko waren unweit des Aeromobs in einen erbitterten Zweikampf verwickelt. Kilian nahm Brisko ins Visier, senkte die Pistole aber schnell wieder. »Das klappt so nicht, ich könnte Ed treffen.«

»Ja«, stimmte Raikun zu, die jede ihrer Bewegungen mitverfolgte. »Lass das lieber bleiben, junger Prinz. Das ist eine Sache zwischen den beiden. Da sollten wir uns nicht einmischen. Es kann zwar nur übel für deinen Freund ausgehen, aber wahrscheinlich braucht er das.«

Kilian knirschte hörbar mit den Zähnen. »Ich hasse sie.«

»Was du nicht sagst.«

»Natalie!«, rief der Mächtige. »Ihr müsst mir helfen!«

Sam hing an seinem Bein, die Zähne in seinem Fleisch versenkt. Tristan schlitzte Vajos' Rücken auf, während Ishi versuchte, ihm das Messer zu entwinden.

Im Laufen entsandte Natalie einen Magiestoß, der Sam ein paar Meter weit durch die Luft schleuderte. Sie staunte, wie leicht ihr das fiel. Die Magie war nun ein Teil von ihr und umgekehrt fühlte sie sich als Teil der Magie, als wäre eins mit dem anderen zu einer tödlichen Klinge verschmolzen.

Der Mächtige atmete auf. »Danke! Aber etwas dosierter, du bringst sie noch um.«

Zweifelnd beobachtete Natalie, wie Sam sofort wieder aufstand und auf Kilian losging. »Ich weiß nicht, ob sie überhaupt etwas umbringen kann!«, rief er, ließ die Kabelbinder fallen, mit denen er sie hatte fesseln wollen, und verpasste Sam einen Kinnhaken. »Scheiße, Sam! Komm zu dir!«

»Das wird ein böses Erwachen geben, wenn der Zauber nachlässt«, sagte der Mächtige. »Natalie, hinter dir!«

Sie fuhr herum und Tristans Messerstich ging um Haaresbreite an ihr vorbei. Er stürzte sich auf sie. Einen Gedanken später hatte sie ihren Schild aufgebaut und blockierte den nächsten Stich. Der Mächtige schickte Tristan mit einem Magiestoß zu Boden.

»Warum verwandelst du sie nicht?«, keuchte Natalie. »In Hasen oder so.«

»Zu langwierig. Achtung, eine Hexenkugel!« Sie wich aus, schlitterte über das nasse Gras und die Kugel landete zu Kilians Füßen. »Du bist ungeschützt, vergiss das nicht.«

»Das weiß sie aber nicht. Sprich doch schnell einen neuen Schutzzauber, am besten auch für Kilian.«

Er blickte sie an, als hätte sie den Verstand verloren. »Zu langwierig. Der Schutzzauber ist zwar mit wenigen Worten gelöst, ihn zu sprechen aber dauert mindestens eine halbe Stunde.«

»Wofür ist deine Zauberkraft überhaupt gut?«

»Dafür!« Das Zepter erhoben ließ er eine Bannwand zwischen Sam und Kilian wachsen. Die Magie summte. »Kilian, zu Vajos!«

Kilian stürzte hinüber. Tristan und Ishi rangen miteinander, aber Vajos war in die Knie gebrochen. Blut strömte ihm aus einer Wunde am Haaransatz und er schüttelte den Kopf, wie um Schwindel zu vertreiben. Mehrmals versuchte er aufzustehen, sackte aber immer wieder zusammen. Kilian schaffte es, ihm die Hände mit Kabelbindern zu fesseln, dann auch die Beine. Als er ihn an die Mauer ziehen wollte, traf ihn eine magische Kugel auf der Brust. Schon verfestigte sich der gelbe Schleim. Hastig schlüpfte Kilian aus Pullover und T-Shirt und warf beides von sich.

Natalie fing seinen erschrockenen Blick auf. »Das war knapp!«

Er nickte und riss Sam, die das Banngitter umrundet hatte, von Ishi herunter. Aus den Augenwinkeln erfasste Natalie, dass Ed unter den Schlägen eines Knüppels zurückwich. »Brisko hat einen KADS!« Wie lautete noch gleich der Geheimcode? »Knüppel in den Sack, Autorisierung RC33.«

Hölle, wieso funktioniert das nicht?

Raikun lachte. »Weißt du, Natalie, ich ändere den Code laufend. Für Fälle wie diesen.«

Der Knüppel donnerte auf Eds Schultern ein und versetzte ihm zugleich elektrische Schläge. Trieb ihn Schritt für Schritt zurück. Ed brüllte vor Schmerz, kämpfte aber weiter. Natalie wusste nicht, was ihn noch auf den Beinen hielt.

»Raikun!«, brüllte der Mächtige. »Lass meine Leute in Ruhe!«

»Es kann sofort enden, Alvis«, flötete sie. »Du weißt, worauf es hinausläuft.«

Seine Schultern sackten nach unten. Beiläufig hob er das Zepter, um Tristan und Ishi zu trennen, dann lenkte er seine Schritte zum Aeromob.

»Was machst du denn?«, schrie Natalie.

»Ich erledige das. Ein für alle Mal.«

Raikun lachte hell. »Ja, komm nur, Alvis. Ich warte. Seit Ewigkeiten.«

»Natalie!«, schrie Kilian. »Schalte Tristan aus!«

Sie sah, dass er Sam inzwischen gefesselt hatte und sich Ishi vornehmen wollte, doch Tristan warf sich immer wieder dazwischen. Seine Klinge schlitzte Kilians nackten Oberkörper auf. Er blutete, die Schnitte waren tief.

Hilft ja nichts, dachte sie und schleuderte einen Magiestoß auf Tristan, diesmal so kraftvoll, dass er umkippte wie ein Stück Holz. Kilian nickte dankbar und Natalie wandte sich zu Ed um. Vielleicht konnte sie auch den Knüppel erwischen – falls ihr Brisko dabei nicht in die Quere kam. Nein, er kümmerte sich weder um Ed noch um sie, soeben stieg er zu Raikun ins Aeromob.

Ed schrie. Sie fuhr herum und sah ihn unter mehreren heftigen Knüppelschlägen rücklings auf die Mauer krachen. Ein sichtbares Zittern überlief ihn, er rutschte nach unten und sackte mit dem Gesicht voran ins Gras. Wider Erwarten beendete Brisko den Zauber: »Knüppel in den Sack.«

Natalie lief zu Ed hinüber.

»Lebt er?«, rief Kilian, der gerade Ishi fesselte.

Sie wälzte Ed auf den Rücken, prüfte Atmung und Puls. Gott sei Dank! »Ja, er lebt!«

Sie sah Kilian an, wie erleichtert er war. Ishi tobte, als er sie gefesselt auf die Seite zerrte, in entsprechendem Abstand zu den anderen. Sie würde sich nicht befreien können. Jetzt war nur noch Tristan übrig, der sich auch schon wieder aufrappelte. Mit ihm würde Kilian fertigwerden. Natalie gestattete sich ein Aufatmen. Sie hatten es fast geschafft. Dann konnten sie sich endlich ihrem eigentlichen Ziel widmen – Raikun.

Der Mächtige war vor dem Aeromob stehen geblieben.

»Willkommen, Alvis«, sagte Raikun sanft und winkte mit ihrer Pistole. »Auf die Rampe, wenn ich bitten darf. Danke. Und nun zieh deinen Mantel aus. Der ist nur hinderlich.«

»Du willst *mich?*«, fragte er fassungslos. Nach kurzem Zögern gehorchte er. Der Ledermantel fiel neben der Rampe ins Gras. Ohne ihn wirkte er um vieles kleiner und schmächtiger. Kein Krieger mehr, sondern ein Greis.

»Natalie hat sich als renitent erwiesen. Aber irgendwie habe ich sie ins Herz geschlossen. Also ja – ich will dich. Und nun den Schutzzauber bitte. Leg auch ihn ab.«

»Mach das nicht!« Natalie rannte auf das Aeromob zu. Wenn

der Mächtige sich schon nicht wehrte, dann musste eben sie eingreifen.

»Knüppel aus dem Sack«, sagte Brisko ruhig und der Knüppel sauste erneut los, direkt auf Natalie zu. Ihr blieb nichts übrig, als den ersten Schlag mit Bannmagie abzuwehren.

»Wusste ich es doch.« Befriedigung färbte Raikuns Stimme. »Nun schau nicht so, Natalie – dein Finger hat es mir verraten. Du warst am magischen Tor, stimmt's? Eine unkluge Entscheidung, ihr den Schutzzauber abzunehmen, Alvis. Aber du hast ja schon bei Liam versagt. Viola hat erwähnt, dass ihr euch deswegen zerstritten habt.«

»Du hast einen Keil zwischen uns getrieben. Du hast ihr weisgemacht, ich hätte Hanjo gebrochen. Dabei war der Unfall deine Schuld. Magische Begabungen lassen sich eben nicht übertragen. Welche größenwahnsinnige Idee du auch ausgeheckt hast – sie wird genauso wenig funktionieren wie damals.«

Der Knüppel war schnell, seine Hiebe nie vorauszusehen. Wie besessen kämpfte Natalie mit Magiestößen gegen ihn an. Für einen dauerhaften Schild fehlte es ihr an Konzentration.

»Das lass meine Sorge sein, Alvis«, sagte Raikun.

»Gib Liam frei, dann gehöre ich dir.«

»Leg. Den. Schutzzauber. Ab.« Raikun flüsterte nur, dennoch hatte sich nichts aus ihrem Mund je bedrohlicher angehört.

»Nein!«, brüllte Natalie. »Nein! Mach das nicht!«

Raikun zischte und bewarf sie mit einer ihrer Kugeln. In letzter Sekunde konnte Natalie ausweichen. Doch durch das Manöver verlor sie den Knüppel aus den Augen. Der Hieb traf sie an der Hüfte. Schmerz raste durch ihre Wirbelsäule, der Stromstoß ließ ihren Herzschlag holpern. Ihr schwindelte und sie kam zu Fall. Wieder sauste der Knüppel auf sie herab. Sie warf sich nach links, er schlug rechts ein, Erdbrocken spritzten. Der nächste Schlag. Sie entging ihm mit einer Rolle nach rechts. Beim dritten Mal täuschte das tückische Ding nur an. Als sie nach links schnellte, knallte der Knüppel auf ihre Rippen nieder. Ein glühender Schmerzpfeil jagte ihr durch die Brust, Tränen schossen ihr in die Augen, sie wimmerte. Wehrte den nächsten Schlag mit den Unterarmen ab. Schrie. *Steh auf, steh auf, sonst bist du tot. Steh auf!*

»Nat! Hoch mit dir!«, hörte sie Kilian schreien.

Sie duckte sich unter dem Knüppel weg. Kämpfte sich auf die Beine. Torkelte.

»Tu es, Alvis – oder sie stirbt«, hörte sie Raikun sagen.

Einen Schild, sie brauchte einen Schild. Ihr Arm war ein nutzloses Ding, das an ihr herabhing, ihre Sicht bestand aus mehreren Einzelbildern, drei Knüppel, oder vier …

»Mein Leib, meine Seele, mein Ich seien entblößt«, hörte sie den Mächtigen sagen und die Spitze seines Zepters erglühte in silbrigem Licht.

»Nein, Großvater! Nicht …« Der Knüppel donnerte ihr ins Gesicht und ihr Schrei zerfiel.

Ihre Haut platzte auf, Blut schoss hervor und schien unter dem elektrischen Schlag zu knistern und Blasen zu werfen. Schmerz toste in ihren Zähnen, in den Kieferknochen. Rasselnd holte sie Luft. Ballte die Magie um sich, riss die Hand hoch und schleuderte den Knüppel mit aller Gewalt, mit all ihrem Sein von sich.

Er krachte in das Cockpit des Aeromobs. Glas splitterte, Florin bäumte sich getroffen auf, Catalin neben ihm heulte wie ein verwundetes Tier. Holz knirschte, Blitze zuckten, als er den Knüppel in Einzelteile zerlegte. Er warf sie aus dem zerborstenen Fenster.

»Er ist tot! Florin ist tot!«, brüllte er.

»Verdammtes Gör!«, brach es aus Raikun heraus, doch sie griff nicht an. »Darüber reden wir noch!«

»Ja! Gut!«, schrie Natalie. »Komm her! Reden wir! Reden wir, du kranke Hexe!« Mehr gab ihre Kraft nicht her.

Sie sank zurück. Alles drehte sich um sie, die Wolken am Himmel schienen auf sie herabzustürzen. Der Boden bewegte sich unter ihr und sie krallte die Hände ins nasse Gras, um nicht wegzudriften.

Das Zischen alarmierte sie. Irgendwie gelang es ihr, sich aufzustützen. Sie hob den Kopf, grelles Licht ließ sie blinzeln – eine bläuliche Stichflamme, die aus Raikuns Fingern schoss. Auf den Mächtigen zu.

Natalies Mund war wie ausgedörrt. Nur ein Krächzen verließ ihre Lippen, obwohl sie meinte, aus voller Kehle zu schreien. »Nein, nein, nicht … Großvater. Großvater …«

Er wandte den Kopf. Lächelte traurig.

Schon loderte blaues Feuer auf, ein Hitzeschwall traf sie. Raikun und Brisko intonierten einen Zauberspruch:

»Ardă trupul tău,
Cenușă să se facă,
Ca phoenixul de altă data
Luminoasă-i viața nouă
ce-acum ți se-arată.«

Der Mächtige brannte. Ihr Großvater brannte, brannte unter dem Zauber. Feuer raste ihm über Arme und Beine, sein Haar stand in Flammen. Auch das Zepter in seiner Hand begann zu brennen, die Glaskugel an der Spitze erglühte.

»Großvater!« Ihre Stimme war wieder da, schrill, voller Panik. Sie merkte, dass Kilian an ihre Seite schlitterte, sie in seine Arme zog. Ihre Schreie kippten, ihre Stimme schraubte sich höher, sie kreischte. Kreischte …

Der Mächtige brannte jetzt lichterloh, eine lebende Fackel aus purer Magie. Seine Haut schien zu schmelzen, sie floss wie Wachs an ihm herab, blau schimmernde Feuerbäche, die sich zu seinen Füßen sammelten, dort zu Asche zerfielen.

Die Flammen fraßen sich in sein Fleisch, bis an die Knochen. Jetzt schrie auch er.

Ein Schuss donnerte. Es war Kilian, erkannte Natalie, der auf den Mächtigen gezielt hatte. Die Kugel traf und die gepeinigten Schreie verstummten.

Die Erkenntnis fuhr ihr bis ins Mark, ihr Mund klappte zu. *Er hat ihn erschossen. Damit er nicht mehr leiden muss.*

Blaues Feuer pulsierte in der Brust des Mächtigen, dort, wo sein Herz verglühte. Säuselnd erloschen die Flammen, die magische Kugel des Zepters fiel mit einem hellen *Pling* ins Gras.

Die Stille hatte das Gewicht von Tonnen – Angst, Qual, Zorn, Hass, Schmerz vereinten sich in dieser Last. Natalie würgte. Vor ihnen erhob sich ein verkohlter Körper, aufrecht gehalten durch einen Zauber.

»Adună-te«, befahl Raikun und leise flüsternd rieselte die Asche des Mächtigen in eine Schale, die sie bereithielt. Sie lächelte. »Catalin! Wir starten!«

Ein letzter Blick auf Natalie, dann wich sie mit Brisko zurück. Die Laderampe schloss sich. Der Motor des Aeromobs dröhnte auf und es flog in einem eleganten Bogen davon.

Erstickte Laute kamen aus Natalies Mund. Sie wollte weinen, schluchzen, schreien, aber nichts davon gelang. Als wäre da eine Barriere, die verhinderte, dass ihre Gefühle hervorbrachen.

»Ruhig«, murmelte Kilian. »Ruhig, ganz ruhig.«

Sie krallte die Hände in seine Schultern und er wiegte sie sanft, bis sich ihr Klagen in ihr Inneres zurückzog. Vielleicht in ihr Herz, tief drinnen, wo sich Kummer gut verstauen ließ.

Sie saßen lange im nassen Gras, dreckverschmiert, mit Blut besudelt, und hielten einander fest.

Natalie fiel komplett aus der Zeit. Was passiert war, sprengte ihren Verstand. Das einzig Wahrhaftige waren Kilians Atem in ihrem Nacken, sein Herzschlag an ihrem, sein Griff, der ihr Halt gab und zugleich verhinderte, dass sie sich verlor.

Nur das zählte, nur das war echt.

Es war Eds Stöhnen, das sie schließlich zurückholte. Kilian stützte Natalie, als sie zu ihm wankten. Ed blinzelte zu ihnen auf, doch seine Augen fokussierten nicht.

»Ed«, sagte Kilian, »hörst du mich?«

Ein Nicken. »Ist Brisko tot?«

Natalie leckte sich über die Lippen. »Nein«, flüsterte sie. »Aber der Mächtige.«

Ed lachte rau. »Scheiße.«

»Du kommst wieder auf die Beine«, sagte Kilian. »Dann jagen wir Brisko. Und rechnen ab.«

»Das ist das Problem.« Ed blinzelte heftiger. Verzog einen Mundwinkel. »Ich … spüre sie nicht. Meine Beine. Ich kann sie nicht bewegen.«

Natalie schloss die Augen. Kniff sie ganz fest zu. Jetzt kamen die Tränen, aber sie schluckte sie hinunter.

Hoffentlich war in ihrem Herzen genügend Platz. Sie würde viel Kummer verstauen müssen.

39

Die Salbe war gut, doch sie konnte keine Wunder bewirken. Paige beugte sich näher zum Spiegel, ihre Finger berührten die verknitterte Haut. *Von Krötengift verunstaltet – was für eine Schlagzeile!*

»Weißt du«, sagte Jolly, »so schlimm ist es nicht. Du bist immer noch wunderschön.«

Es war schwierig, etwas zu entgegnen, bei dem sie sich nicht erbärmlich vorkam. Denn es war doch Jolly, ihre Schwester, gefangen im Körper einer Schlange. Hatte Paige da das Recht, sich über ein hässliches Mal auf ihrer Wange zu grämen? Braun, faltig, in der Form eines Tintenkleckses gehörte es jetzt seit zwei Wochen zu ihr. Sie war Paige, die Entstellte. Paige, die an keinem Spiegel mehr vorbeigehen konnte, ohne das Gesicht zu verziehen. Paige, die niemals mehr einfach Paige sein würde.

»Am besten bewerbe ich mich für diese Top-Model-Show.«

»Mach bloß nicht auf arm, sonst erzähle ich dir mal, was ich so für Pläne habe.«

Paige streckte ihrem Spiegelbild und damit auch Jolly, die wie stets um ihren Hals hing, die Zunge heraus. »Und du, denk ja nicht, nur weil du jetzt bei mir wohnst, kannst du dir alles herausnehmen. Ich streiche dir das Fernsehen, wenn du weiter so frech bist.«

»Ja, gut. Dann bring ich dir hübsche kleine Ratten in die Wohnung. Ich könnte sie in dein Bett legen, unter dein Kissen vielleicht. Oder in die Badewanne.«

»Die Nachbarin hat übrigens gefragt, ob sie meine Katze sehen darf. Du weißt schon, wegen der Katzenklappe in der Tür.

Ich werde mir also eine zulegen müssen. Dann könnt ihr zusammen auf die Jagd gehen.«

»Untersteh dich«, zischte Jolly.

Paige trug noch einen Klacks Salbe auf und massierte sie ein. Die Hexenärztin der OMB hatte ihr versprochen, weiter an einem Heilmittel für sie zu forschen. Sie hatte aber auch angedeutet, dass Paige über eine Hauttransplantation nachdenken solle. Natalie und Jolly wiederum hatten ihr Hexenstyling vorgeschlagen – so ein Phönix auf der Wange sähe doch bestimmt zauberhaft aus. Paige hatte eher daran gedacht, das Mal zur Gänze zu kaschieren, doch im Moment konnte sie sich ohnehin zu nichts durchringen.

»Bestimmt wird es mit der Zeit besser«, sagte sie. »Die Haut muss sich eben regenerieren.«

»Positive Einstellung, das empfehle ich Nat auch immer.« Jolly züngelte verärgert. »Sie will aber nichts davon hören. Sie will lieber leiden.«

Paige seufzte. »Auch das wird mit der Zeit besser. Ich weiß, wovon ich rede.«

Ihre Smartwatch gab einen Signalton von sich. Eine E-Mail. Womöglich ihr Chef, der wissen wollte, ob sie überhaupt mal wieder zur Arbeit käme? Noch war sie nicht bereit. Noch hatte sie genug damit zu tun, das Geschehene zu verarbeiten. Sie schnappte sich den Laptop und fläzte sich auf die Couch. Die Mail war von einem unbekannten Absender. Paige wollte sie schon löschen, da huschte ihr Blick über die Betreffzeile: *Kommen wir ins Geschäft? R.*

»R Punkt?«, murmelte sie. »Wer ist R Punkt?«

»Ich kenne nur eine R«, meinte Jolly hilfreich.

Paiges Herz begann wild zu trommeln. Sie öffnete die Mail.

Liebste Paige,
mit Bedauern musste ich hören, was Ihnen am Brunnen widerfahren ist. Ich denke, ich kann Ihnen im Gegenzug für Ihre Dienste gleich

ein dreifaches Angebot machen, für Ihre Schwester, für Sie und Ihre große Liebe.

Gruß R.

»Die ist ja wirklich von ihr!«, rief Jolly. »Da bleibt einem glatt die Spucke weg.«

»Was bildet sich diese Frau eigentlich ein! Nach allem was sie angerichtet hat, glaubt sie ernsthaft, ich würde darauf anspringen?« Paige war so wütend, dass sie eine Antwort tippte, in Großbuchstaben und fett gedruckt, mit drei Ausrufezeichen:

NEIN!!!

»Ein dreifaches Angebot«, überlegte Jolly, als Paige die Mail abschickte. »Was meint sie damit? Kann sie dein Krötenmal wegzaubern? Mich erlösen? Nein, das könnte nur Brisko. Und Valeriu? Was ist mit ihm?«

Paige klappte den Laptop zu. »Wir werden es nie erfahren.«

Zwei Minuten später klingelte ihre Smartwatch. Eine unbekannte Nummer. Zufall? Sie stellte auf Lautsprecher. »Ja?«

»Ich denke, es wäre vernünftig, wenn Sie sich meine Vorschläge wenigstens anhören, Paige«, sagte Raikun sanft.

»Wissen Sie, was *ich* denke: Fahren Sie zur Hölle!« Sie drückte das Gespräch weg.

Sekunden später läutete es an der Tür. Sie wechselten einen Blick und Paiges Herz spielte erneut verrückt. Ein Name wirbelte ihr durch den Kopf, als sie in den Vorraum lief. Sie war überzeugt davon, *er* würde auf dem Flur stehen. In seiner Menschengestalt. Mit dem Vorsatz, ihm die Tür demonstrativ vor der Nase zuzuschlagen, wollte sie öffnen, doch da entdeckte sie das kleine Paket auf dem Boden. Jemand musste es durch die Katzenklappe geschoben haben.

Unschlüssig drehte sie es in den Händen und ihr erster Impuls, es in den Müll zu werfen, verflüchtigte sich. Eins war sicher: Raikun hatte ihre Reaktion vorausgesehen. Sie hatte das alles Schritt für Schritt geplant.

»Was jetzt?«, flüsterte sie an Jolly gerichtet.

»Weiß auch nicht. Aufmachen? Nur mal gucken?«

Noch auf dem Rückweg ins Wohnzimmer riss Paige das schlichte Papier herunter und hob den Styropordeckel an. Ein Zettel lag obenauf. *Eine kleine Aufmerksamkeit, um die Entscheidung zu erleichtern*, stand da in geschwungener Handschrift. *Vielleicht sprechen wir danach noch mal? Gruß R.*

Paige war so übel, dass sie das Gefühl hatte, sich auf der Stelle übergeben zu müssen. Sie sank auf die Couch. Starrte stumm auf das, was unter dem Zettel zum Vorschein kam.

Jolly schoss von ihrem Hals und schlängelte sich um die Schachtel. »Auweia. Ist es das, was ich denke, dass es ist?«

»Ich glaube schon.« Paiges Hände zitterten, als sie Ampulle und Einwegspritze aus dem Styroporbett löste. »Das hier ist deine Chance, für eine Weile wieder ein Mensch zu sein. Aber Jolly …« Sie schluckte an einem Kloß in ihrer Kehle, der Schlangenkopf verschwamm vor ihren Augen. »… was wird uns das kosten?«

Nachwort und Dank

Als sich die Idee zu »Almost a Fairy Tale« in meinem Kopf festsetzte, war ich überzeugt davon, dass ich hauptsächlich in die Welt der Märchen eintauchen würde. Weit gefehlt. Ich habe jetzt Einblicke in Physik, Astronomie, Biologie und Pharmazie, ich weiß mehr über Laser, als ich je wissen wollte, ich kann euch über die Entwicklung der ersten Untergrundbahnen in Europa aufklären … Aller Recherche zum Trotz steht die Geschichte immer im Vordergrund und somit mussten sich einige wissenschaftliche Fakten der Magie beugen.

Mein Dank gilt all den wunderbaren Menschen, die mich inspiriert und mit Informationen versorgt haben:

emer. o. Univ.-Prof. Dr. Walter Kutschera, Dr. Florian Freistetter, Annette Pieta – ich wäre verloren gewesen, ohne euren Input.

Emily Huggins, Angela Iacenda und alle anderen beim großartigen Ueberreuter Verlag – danke, dass ihr meiner Märchenwelt ein Zuhause gebt. Angela, danke, dass du die Schwächen ans Licht zerrst und meinen Text veredelst.

Alexander Kopainski – danke für das traumhafte Cover.

Meinem Agenten Dr. Michael Wenzel danke ich für die tolle Zusammenarbeit.

Danke an Susanne Halbeisen, Andrea Wallner, Julia Wallner, Beate Maly fürs Aufbauen und Mutmachen und insbesondere an Nicole Makarewicz – du weißt, wofür.

Martin, meine Liebe, mein Lebensmensch, mein Plotcoach – danke für deine Geduld und deine Liebe. Du bist der Beste!

Danke an euch, die ihr dieses Buch gelesen habt – ich hoffe, ich konnte euch verzaubern. Bald geht das Märchen weiter.

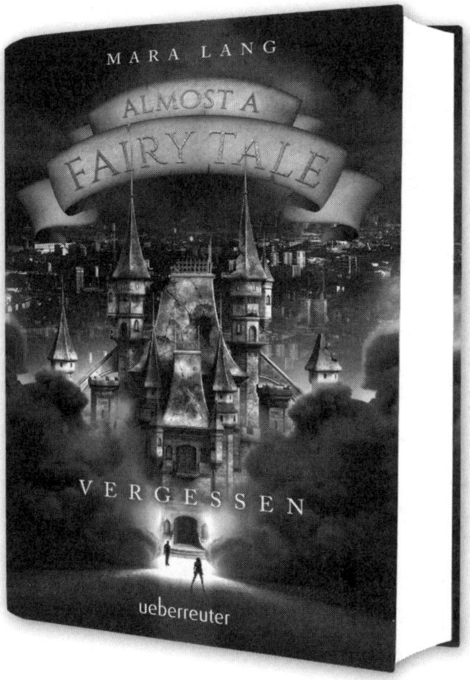

Mara Lang
Almost a Fairy Tale
Vergessen (Band 2)
400 Seiten
Hardcover
mit Schutzumschlag
ISBN 978-3-7641-7069-1

ebook **Auch als E-Book erhältlich!**

Wenn Märchen wahr werden ...

Das große Finale der »Almost a Fairy Tale«-Dilogie! Wird Natalie es schaffen, ihren Bruder aus den Klauen der machthungrigen Hexe Raikun zu retten und die Welt vor ihrer Schreckensherrschaft zu bewahren? Das nervenaufreibende Abenteuer um Natalie und ihre große Liebe Kilian geht weiter!

www.ueberreuter.de
www.facebook.com/UeberreuterBerlin

Oliver Schlick
So kalt wie Eis, so klar wie Glas

384 Seiten
Hardcover
ISBN 978-3-7641-7043-1

ebook **Auch als E-Book erhältlich!**

Das Geheimnis der Glaskugeln

Die achtzehnjährige Cora kommt nach dem plötzlichen Tod ihrer Mutter nach Rockenfeld, wo ihr Großvater Jacob Dorneyser lebt. In dem Dorf werden nach alter Handwerkskunst Schneekugeln hergestellt, eine Tradition, die Coras Urahn Ende des 16. Jahrhunderts begründete. Der Legende nach soll ihm vom Teufel höchstpersönlich die erste Kugel geschenkt worden sein.
Fasziniert von der Kunst, kleine Welten unter Glas zu schaffen, bittet Cora ihren Großvater darum, sie auszubilden. Doch schon nach kürzester Zeit geschehen die seltsamsten Dinge.
Nachts beobachtet Cora Lichter im Wald und Schneeflocken fügen sich wie von Geisterhand vor ihren Augen zu warnenden Worten zusammen. In Cora wächst die Überzeugung, dass an der alten Legende ein Fünkchen Wahrheit haften muss.
Was hat es mit der rätselhaften, ersten je geschaffenen Schneekugel auf sich?

www.ueberreuter.de
www.facebook.com/UeberreuterBerlin